国学经典文库

图文珍藏版

看英雄人物驰骋江山 鉴历史兴亡龙虎争斗

东周列国志

第二册

[明]冯梦龙·原著 王艳军·整理

线装书局

图文总汇编

永嘉县图志

〔民国〕

第二十七回　骊姬巧计杀申生
献公临终嘱荀息

　　话说晋献公既并虞、虢二国，群臣皆贺，惟骊姬心中不乐。他本意欲遣世子申生伐虢，却被里克代行，又一举成功，一时间无题目可做。乃复与优施相议，言："里克乃申生之党，功高位重，我无以敌之，奈何？"优施曰："荀息以一璧马灭虞、虢二国，其智在里克之上，其功亦不在里克之下。若求荀息为奚齐、卓子之傅，则可以敌里克有余矣。"骊姬请于献公，遂使荀息傅奚齐、卓子。骊姬又谓优施曰："荀息已入我党矣。里克在朝，必破我谋，何计可以去之？克去而申生乃可图也。"优施曰："里克为人，外强而中多顾虑，诚以利害动之，彼必持两端，然后可收而为我用。克好饮，夫人能为我具特羊①之飨，我因侍饮而以言探之。其入，则夫人之福也；即不入，我优人亦聊与为戏，何罪焉？"骊姬曰："善。"乃代为优施治饮具。

　　优施预请于里克曰："大夫驱驰虞、虢间，劳苦甚。施有一杯之献，愿取闲邀大夫片刻之欢，何如？"里克许之。乃携酒至克家。克与内子孟②，皆西坐为客。施再拜进觞，因侍饮于侧，调笑甚洽。酒至半酣，施起舞为寿，因谓孟曰："主③唉我，我有新歌，为主歌之。"孟酌兕觥④以赐施，啗以羊脾，问曰："新歌何名？"施对曰："名《暇豫》，大夫得此事君，可保富贵也。"乃顿嗓⑤而歌。歌曰：

　　暇豫⑥之吾吾⑦兮，不如鸟乌⑧。众皆集于菀⑨兮，尔独于枯。菀何荣且茂兮，枯招斧柯！斧柯行及兮，奈尔枯何⑩！

歌讫，里克笑曰："何谓菀？何谓枯？"施曰："譬之于人，其母为夫人，其子将为君。本深枝茂，众鸟依托，所谓菀也。若其母已死，其子又得谤，祸害将及，本摇叶落，鸟无所栖，斯为枯矣。"言罢，遂出门。

里克心中怏怏，即命撤馔，起身径入书房，独步庭中，回旋良久。是夕不用晚餐，挑灯就寝，展转床褥，不能成寐。左思右想："优施内外俱宠，出入宫禁，今日之歌，必非无谓而发。彼欲言未竟，俟天明当再叩之。"捱至半夜，心中急不能忍，遂吩咐左右："密唤优施到此问话。"优施已心知其故，连忙衣冠整齐，跟着来人直达寝所。里克召优施坐于床间，以手抚其膝，问曰："适来'菀枯'之说，我已略喻，岂非为曲沃乎？汝必有所闻，可与我详言，不可隐也。"施对曰："久欲告知，因大夫乃曲沃之傅，且未敢直言，恐见怪耳。"里克曰："使我预图免祸之地，是汝爱我也，何怪之有？"施乃俯首就枕畔低语曰："君已许夫人，杀太子而立奚齐，有成谋矣。"里克曰："犹可止乎？"施对曰："君夫人之得君，子所知也。中大夫⑪之得君，亦子所知也。夫人主乎内，中大夫主乎外，虽欲止，得乎？"里克曰："从君而杀太子，我不忍也。辅太子以抗君，我不及也。中立而两无所为，可以自脱否？"施对曰："可。"

施退，里克坐以待旦，取往日所书之简视之，屈指恰是十年。叹曰："卜筮之理⑫，何其神也！"遂造大夫㔻郑父⑬之家，屏去左右，告之曰："史苏、卜偃之言，验于今矣！"㔻郑父曰："有闻乎？"里克曰："夜来优施告我曰：'君将杀太子而立奚齐也。'"㔻郑父曰："子何以复之？"里克曰："我告以中立。"㔻郑父曰："子之言，如见火而益之薪也。为子计，宜阳为不信，彼见子不信，必中忌而缓其谋。子乃多树太子之党，以固其位，然后乘间而进言，以夺君之志，成败犹未有定。今子曰'中立'，则太子孤矣，祸可立而待也！"里克顿足曰："惜哉，不早与吾子商之！"里克别去登车，诈坠于车下。次日遂称伤足，不能赴朝。史臣有诗云：

特羊具享优人舞，断送储君一曲歌。

堪笑大臣无远识，却将中立佐操戈。

优施回复骊姬，骊姬大悦，乃夜谓献公曰："太子久居曲沃，君何不召之，但言妾之思见太子。妾因以为德于太子，冀免旦夕何如？"献公果如其言，以召申生。申生应呼而至，先见献公，再拜问安，礼毕，入宫参见骊姬。骊姬设飨待之，言语甚欢。次日，申生入宫谢宴，骊姬又留饭。是夜，骊姬复向献公垂泪言曰："妾欲回太子之心，故召而礼之。不意太子无礼更甚。"献公曰："何如？"骊姬曰："妾留太子午餐，索饮，半酣，戏谓妾曰：'我父老矣，若母何？'妾怒而不应。太子又曰：'昔我祖老，而以我母姜氏，遗于我父⑭。今我父老，必有所遗，非子而谁？'欲前执妾手，妾拒之乃免。君若不信，妾试与太子同游于囿⑮，君从台上观之，必有睹焉。"献公曰："诺。"及明，骊姬召申生同游于囿。骊姬预以蜜涂其发，蜂蝶纷纷，皆集其髻。姬曰："太子盍为我驱蜂蝶乎？"申生从后以袖麾之。献公望见，以为真有调戏之事矣，心中大怒，即欲执申生行诛。骊姬跪而告曰："妾召之而杀之，是妾杀太子也。且宫中暧昧之事，

外人未知，姑忍之。”献公乃使申生还曲沃，而使人阴求其罪[16]。

　　过数日，献公出田于翟桓[17]。骊姬与优施商议，使人谓太子曰：“君梦齐姜诉曰：‘苦饥无食。’必速祭之。”齐姜别有祠在曲沃。申生乃设祭，祭齐姜。使人送胙于献公。献公未归，乃留胙于宫中。六日后，献公回宫。骊姬以鸩入酒，以毒药傅肉，而献之曰：“妾梦齐姜苦饥不可忍，因君之出也，以告太子而使祭焉。今致胙于此，待君久矣。”献公取觯[18]，欲尝酒。骊姬跪而止之曰：“酒食自外来者，不可不试。”献公曰：“然。”乃以酒沥地，地即坟起。又呼犬，取一脔肉掷之，犬啖肉立死。骊姬佯为不信，再呼小内侍，使尝酒肉。小内侍不肯，强之，才下口，七窍流血亦死。骊姬佯大惊，疾趋下堂而呼曰："天乎！天乎！国固太子之国也。君老矣，岂旦暮之不能待，而必欲弑之？"言罢，双泪俱下。复跪于献公之前，带噎而言曰："太子所以设此谋者，徒以妾母子故也。愿君以此酒肉赐妾，妾宁代君而死，以快太子之志！"即取酒欲饮。献公夺而覆之，气咽不能出语。骊姬哭倒在地，恨曰："太子真忍心哉！其父而且欲弑之，况他人乎？始君欲废之，妾固不肯。后圃中戏我，君又欲杀之，我犹力劝。今几害我君，妾误君甚矣！"献公半晌方言，以手扶骊姬曰："尔起。孤便当暴之群臣，诛此贼子！"

　　当时出朝，召诸大夫议事。惟狐突久杜门，里克称足疾，丕郑父托以他出不至，其余毕集朝堂。献公以申生逆谋，告诉群臣。群臣知献公畜谋已久，皆面面相觑，不敢置对。东关五进曰："太子无道，臣请为君讨之。"献公乃使东关五为将，梁五副之，率车二百乘，以讨曲沃。嘱之曰："太子数将兵，善用众，尔其慎之！"狐突虽然杜门，时刻使人打听朝事。闻"二五"戒车⑲，心知必往曲沃，急使人密报太子申生。申生以告太傅杜原款。原款曰："昨已留宫六日，其为宫中置毒明矣。子必以状自理，群臣岂无相明者？毋束手就死为也！"申生曰："君非姬氏，居不安，食不饱。我自理而不明，是增罪也，幸而明，君护姬，未必加罪，又以伤君之心。不如我死！"原款曰："且适他国，以俟后图如何？"申生曰："君不察其无罪，而行讨于我，我被弑父之名以出，人将以我为鸱鸮⑳矣！若出而归罪于君，是恶君也。且彰君父之恶，必见笑于诸侯。内困于父母，外困于诸侯，是重困也。弃君脱罪，是逃死也。我闻之：'仁不恶君，智不重困，勇不逃死。'"乃为书以复狐突曰："申生有罪，不敢爱死。虽然，君老矣，子少，国家多难，伯氏㉑努力以辅国家，申生虽死，受伯氏之赐实多！"于是北向再拜，自缢而死。死之明日，东关五兵到，知申生已死，乃执杜原款囚之，以报献公曰："世子自知罪不可逃，乃先死也。"献公使原款证成㉒太子之罪。原款大呼曰："天乎冤哉！原款所以不死而就俘者，正欲明太子之心也！昨留宫六日，岂有毒而久不变者乎？"骊姬从屏后急呼曰："原款辅导无状，何不速杀之？"献公使力士以铜锤击破其脑而死。群臣皆暗暗流涕。

梁五、东关五谓优施曰："重耳、夷吾，与太子一体也。太子虽死，二公子尚在，我窃忧之。"优施言于骊姬，使引二公子。骊姬夜半复泣诉献公曰："妾闻重耳、夷吾，实同申生之谋。申生之死，二公子归罪于妾，

终日治兵，欲袭晋而杀妾，以图大事，君不可不察！"献公意犹未信。蚤朝，近臣报："蒲、屈二公子来觐，已至关，闻太子之变，即时俱回辕去

矣。"献公曰:"不辞而去,必同谋也。"乃遣寺人勃鞮率师往蒲,擒拿公子重耳,贾华率师往屈,擒拿公子夷吾。狐突唤其次子狐偃至前,谓曰:"重耳骈胁重瞳㉒,状貌伟异,又素贤明,他日必能成事。且太子既死,次当及之。汝可速往蒲,助之出奔,与汝兄毛,同心辅佐,以图后举。"狐偃遵命,星夜奔蒲城来投重耳。重耳大惊,与狐毛、狐偃方商议出奔之事,勃鞮车马已到。蒲人欲闭门拒守,重耳曰:"君命不可抗也!"勃鞮攻入蒲城,围重耳之宅。重耳与毛、偃趋后园,勃鞮挺剑逐之。毛偃先逾墙出,推墙以招重耳。勃鞮执重耳衣袂,剑起袂绝,重耳得脱去。勃鞮收袂回报。三人遂出奔翟国㉔。

翟君先梦苍龙蟠于城上,见晋公子来到,欣然纳之。须臾,城下有小车数乘,相继而至,叫开城甚急。重耳疑是追兵,便教城上放箭。城下大叫曰:"我等非追兵,乃晋臣愿追随公子者。"重耳登城观看,认得为首一人,姓赵,名衰,字子余,乃大夫赵夙之弟,仕晋朝为大夫。重耳曰:"子余到此,孤无虑矣。"即命开门放入。余人乃胥臣㉕、魏犫㉖、狐射姑㉗、颠颉、介子推、先轸㉘,皆知名之士。其他愿执鞭负囊,奔走效劳,又有壶叔等数十人。重耳大惊曰:"公等在朝,何以至此?"赵衰等齐声曰:"主上失德,宠妖姬,杀世子,晋国旦晚必有大乱。素知公子宽仁下士,所以愿从出亡。"翟君教开门放入,众人进见。重耳泣曰:"诸君子能协心相辅,如肉傅骨,生死不敢忘德。"魏犫攘臂前曰:"公子居蒲数年,蒲人咸乐为公子死。若借助于狄,以用蒲人之众,杀入绛城,朝中积愤已深,必有起为内应者。因以除君侧之恶,安社稷而抚民人,岂不胜于流离道途为逋客㉙哉?"重耳曰:"子言虽壮,然震惊君父,非亡人所敢出也。"魏犫乃一勇之夫,见重耳不从,遂咬牙切齿,以足顿地曰:"公子畏骊姬辈如猛虎蛇蝎,何日能成大事乎?"狐偃谓犫曰:"公子非畏骊姬,畏名义耳。"犫乃不言。昔人有古风一篇,单道重耳从亡诸臣之盛:

蒲城公子㉚遭谗变,轮蹄㉛西指奔如电。担囊仗剑何纷纷?英雄尽是山西彦㉜。山西诸彦争相从,吞云吐雨星罗胸。文臣高等擎天柱,武将雄夸驾海虹。君不见，赵成子^㉝，冬日之温^㉞彻人髓。又下见，司空季，六韬三略^㉟饶经济。二狐^㊱肺腑兼尊亲，出奇制变圆如轮。魏犨矫矫人中虎，贾佗强力轻千钧。颠颉昂藏^㊲独行意，直哉先轸胸无滞。子推个节谁与俦？

百炼坚金任磨砺。颉颃^㊳上下如掌股，周流遍历秦齐楚。行居寝食无相离，患难之中定臣主。古来真主百灵扶，风虎云龙^㊴自不孤。梧桐种就鸾凤集，何问朝中菀共枯？

重耳自幼谦恭下士，自十七岁时，已父事狐偃，师事赵衰，长事^㊵狐射姑，凡朝野知名之士，无不纳交，故虽出亡，患难之际，豪杰愿从者甚众。

惟大夫郤芮^㊶，与吕饴甥^㊷腹心之契，虢射是夷吾之母舅^㊸，三人独奔屈以就夷吾。相见之间，告以："贾华之兵，且暮且至。"夷吾即令敛兵为城守计。贾华原无必获夷吾之意，及兵到，故缓其围，使人阴告夷吾曰："公子宜速去。不然，晋兵继至，不可当也。"夷吾谓郤芮曰："重耳在翟，今奔翟何如?"，郤芮曰："君固言二公子同谋，以是为讨。今异出而同走，骊姬有辞矣。晋兵且至翟，不如之梁⑭。梁与秦近，秦方强盛，且婚姻之国，君百岁后，可借其力以图归也。"夷吾乃奔梁国。贾华佯追之不及，以逃奔复命。献公大怒曰："二子不获其一，何以用兵?"叱左右欲缚贾华斩之。丕郑父奏曰："君前使人筑二城，使得聚兵为备，非贾华之罪也。"梁五亦奏曰："夷吾庸才无足虑。重耳有贤名，多士从之，朝堂为之一空。且翟吾世仇，不伐翟除重耳，后必为患。"献公乃赦贾华，使召勃鞮。鞮闻贾华几不免，乃自请率兵伐翟，献公许之。勃鞮兵至翟城，翟君亦盛陈兵于采桑⑮，相守二月余。丕郑父进曰："父子无绝恩之理。二公子罪恶未彰，既已出奔，而必追杀之，得无已甚乎?且翟未可必胜，徒老⑯我师，为邻国笑。"献公意稍转，即召勃鞮还师。

献公疑群公子⑰多重耳、夷吾之党，异日必为奚齐之梗，乃下令尽逐群公子。晋之公族，无敢留者。于是立奚齐为世子。百官自"二五"及荀息之外，无不人人扼腕⑱，多有称疾告老者。时周襄王之元年⑲，晋献公之二十六年也。

是秋九月，献公奔赴葵丘之会不果，于中途得疾，至国还宫，骊姬坐于足，泣曰："君遭骨肉之衅⑳，尽逐公族，而立妾之子。一旦设有不讳，我妇人也，奚齐年又幼，倘群公子挟外援以求入，妾母子所靠何人?"献公曰："夫人勿忧! 太傅荀息，忠臣也，忠不二心，孤当以幼君托之。"于是召荀息至于榻前，问曰："寡人闻'士之立身，忠信为本'。何以谓之忠信?"荀息对曰："尽心事主曰忠，死不食言曰信。"献公曰："寡人欲以弱孤累大夫，大夫其许我乎?"荀息稽首对曰："敢不竭死力!"献公不觉堕泪，骊姬哭声闻幕外。数日，献公薨。骊姬抱奚齐以授荀息，时年才十一岁。荀息遵遗命，奉奚齐主丧，百官俱就位哭泣。骊姬亦以遗命，

拜荀息为上卿，梁五、东关五加左右司马，敛兵巡行国中，以备非常。国中大小事体，俱关白^⑪荀息而后行。以明年为新君元年，告讣诸侯。

毕竟奚齐能得几日为君，且看下回分解。

【注释】

①特羊：即牛羊。

②内子孟：夫人孟氏。春秋时，内子为大夫嫡妻之专称。

③主：即内主，指卿、大夫的夫人。

④兕觥（sìgōng 四工）：酒器。腹椭圆或方形，有足有盖。

⑤顿嗓：抖动嗓子。

⑥暇豫：悠闲逸乐。

⑦吾吾（yú 于）：疏远的样子。

⑧鸟乌：泛指众鸟及乌鸦。这两句暗讽里克欲闲乐自适，而又离群远君，其智反不如众鸟之乐群。

⑨菀（wǎn 宛）：茂盛貌。此指茂盛的树木。

⑩奈尔枯何：你拿枯木怎么办呢？奈尔，即尔奈的倒文。

⑪中大夫：此指梁五、东关五等人。

⑫卜筮之理：龟卜及占筮所讲的神理。见第二十回。

⑬丕（pí 皮）郑父：名丕，字郑父。丕，同岯。

⑭"而以"二句：遗，赐给。其事见第二十回。

⑮囿（yòu 又）：有围墙的园林。

⑯阴求其罪：暗地查访他的罪过。

⑰田于翟桓：田，打猎。翟桓，古地名。似为狄人聚居地区。明刊本作"翟柤"，柤，翟人所建国名。

⑱觯（zhì 治）：一种盛酒器。圆腹侈口，圈足。

⑲戒车：准备兵车。

⑳鸱鸮（chī xiāo 吃消）：鸱为猛禽。鸮，通枭，传说中食母之鸟。常用以比喻凶恶不孝之人。

㉑伯氏：指狐突。据《国语·晋语四》韦注云："伯行，狐突字。"故称之为伯氏。

㉒证成：证明太子之罪成立。

㉓骈胁重瞳：胸部肋骨连成一整块叫骈胁。眼睛里有两个瞳仁叫重瞳。

㉔翟国：翟，同狄。即狄人所建之国。因犬戎此时已溶合于狄，故翟国实为重耳外祖之国。

㉕胥臣：胥为氏，臣为名。字季子，曾官司空，故又称司空季子。食邑于白，故亦称白季。

㉖魏犨（chōu 抽）：字武子，故又称魏武子。系毕万之子。毕万曾从太子申生攻灭霍、魏等国，魏被赐为其采邑，故其子孙以魏为氏。

㉗狐射姑：狐偃之子，字季，又字季佗。食邑于贾，又称贾季、贾佗。

㉘先轸（zhěn 枕）：因食邑于原，又称原轸。

㉙逋客：失意流亡之人。

㉚蒲城公子：指重耳。因曾出守蒲城。

㉛轮蹄：指随从诸臣有坐车的，也有乘马的。

㉜彦：才德杰出的人。

㉝赵成子：即赵衰（cuī 崔）。衰死后谥为成，故称赵成子。季为其排行，又称成季。赵衰应为赵夙（见第二十回）之子。上文言"赵夙之

弟"，乃据《国语·晋语四》。据《世本》："公明生孟及赵夙，夙生成季衰。"以世系推之，此说较为合理。

㉞冬日之温：狐射姑以后说过赵衰如冬日之日，人赖其温。见第四十八回。

㉟六韬三略：均为古兵书。《六韬》托名姜太公作，实乃汉人采掇旧说编成。分文韬、武韬、龙韬、虎韬、豹韬、犬韬六部分。《三略》题汉黄石公撰，上、中、下三卷，故称"三略"。

㊱二狐：指狐毛、狐偃兄弟。系重耳之舅，故下文曰："肺腑兼尊亲。"

㊲昂藏：气概高朗不凡。

㊳颉颃（xié háng 谐杭）：抗衡，不相上下。

㊴风虎云龙：旧说云从龙，风从虎，以喻诸贤随从重耳。

㊵长事：以兄长事之。

㊶郤芮（xì ruì 细瑞）：字子公。食采于冀，亦称冀芮。冀本国名，地并于虞，虞亡归晋。晋赐芮为采邑。故址在今山西河津市北。

㊷吕饴甥：亦称吕甥、瑕甥、阴饴甥等。因吕（今山西霍县西）、瑕（今山西临猗县境）、阴（今山西霍县东南）皆其采邑。饴乃其名。他又是晋侯的外甥，故或配名以呼之。

㊸"虢射"句：虢射亦晋大夫。夷吾之母为小戎允姓之女（见第二十回），则虢射不得为其舅。此据《国语·晋语二》，但来源待考。

㊹梁：周代诸侯国名。嬴姓。故址在今陕西韩城市东南。

㊺采桑：古地名。在晋、翟之边界。故址在今山西乡宁县西。

㊻老：指军队疲劳，斗志衰弱。

㊼群公子：晋献公有子九人（见第二十五回），除申生、重耳、夷吾、奚齐、卓子外，尚有四公子，故称群公子。

㊽扼腕：手握其腕，表示愤怒或惋惜。

㊾周襄王之元年：即公元前 651 年。

㊿衅（xìn 信）：争端，裂痕。

(51)关白：禀告。

第二十八回　里克两弑孤主　穆公一平晋乱

　　话说荀息拥立公子奚齐，百官都至丧次哭临①，惟狐突托言病笃不至。里克私谓丕郑父曰："孺子遂立矣，其若亡公子何？"丕郑父曰："此事全在荀叔②，姑与探之。"二人登车，同往荀息府中。息延入，里克告曰："主上晏驾，重耳、夷吾俱在外，叔为国大臣，乃不迎长公子嗣位，而立嬖人③之子，何以服人？且三公子④之党，怨奚齐子母入于骨髓，只碍主上耳。今闻大变，必有异谋。秦⑤、翟辅之于外，国人应之于内，子何策以御之？"荀息曰："我受先君遗托而傅奚齐，则奚齐乃我君矣。此外不知更有他人。万一力不从心，惟有一死，以谢先君而已。"丕郑父曰："死无益也，何不改图？"荀息曰："我既以忠信许先君矣，虽无益，敢食言乎？"二人再三劝谕，荀息心如铁石，终不改言，乃相辞而去。

　　里克谓郑父曰："我以叔有同僚之谊，故明告以利害。彼坚执不听，奈何？"郑父曰："彼为奚齐，我为重耳，各成其志，有何不可。"于是二人密约，使心腹力士，变服杂于侍卫服役之中，乘奚齐在丧次，就刺杀于苫块⑥之侧。时优施在旁，挺剑来救，亦被杀。一时幕间大乱。荀息哭临方退，闻变大惊，疾忙趋入，抚尸大恸曰："我受遗命托孤，不能保护太子，我之罪也！"便欲触柱而死。骊姬急使人止之曰："君柩在殡，大夫独不念乎？且奚齐虽死，尚有卓子在，可辅也。"荀息乃诛守幕者数十人，即日与百官会议，更扶卓子为君，时年才九岁。

　　里克、丕郑父佯为不知，独不与议。梁五曰："孺子之死，实里、丕二人为先太子报仇也。今不与公议，其迹昭然，请以兵讨之！"荀息曰：

"二人者，晋之老臣，根深党固，七舆大夫⑦，半出其门，讨而不胜，大事去矣。不如姑隐之，以安其心而缓其谋。俟丧事既毕，改元正位，外结邻国，内散其党，然后乃可图矣。"梁五退谓东关五曰："荀卿忠而少谋，作事迂缓，不可恃也。里、丕虽同志，而克为先太子之冤，衔怨独深。若除克，则丕氏之心惬矣。"东关五曰："何策除之？"梁五曰："今丧事在迩，诚伏甲东门，视其送葬，突起攻之，此一夫之力也。"东关五曰："善。我有客屠岸夷者，能负三千钧⑧绝地⑨而驰，若啖以爵禄，此人可使也。"乃召屠岸夷而语之。夷素与大夫雅遄^⑩相厚，密以其谋告于雅遄，问："此事可行否？"遄曰："故太子之冤，举国莫不痛之，皆因骊姬母子之故。今里、㔻二大夫，欲歼骊姬之党，迎立公子重耳为君，此义举也。汝若辅佞仇忠，干此不义之事，我等必不容汝。徒受万代骂名，不可，不可！"夷曰："我侪小人不知也，今辞之何如？"雅遄曰："辞之，则必复遣他人矣。子不如佯诺，而反戈以诛逆党，我以迎立之功与子。子不失富贵，而且有令名，与为不义杀身，孰得？"屠岸夷曰："大夫之教是也。"雅遄曰："得无变否？"夷曰："大夫见疑，则请盟！"乃割鸡而为盟。夷去，遄即与㔻郑父言之，郑父亦言于里克，各整顿家甲，约定送葬日齐发。

至期，里克称病不会葬。屠岸夷谓东关五曰："诸大夫皆在葬，惟里克独留，此天夺其命也。请授甲兵三百人，围其宫而歼之。"东关五大悦，与甲士三百，伪围里克之家。里克故意使人如墓告变。荀息惊问其故，东关五曰："闻里克将乘隙为乱，五等辄使家客，以兵守之。成则大夫之功，不成不相累也。"荀息心如芒刺，草草毕葬，即使"二五"勒兵助攻，自己奉卓子坐于朝堂，以俟好音。

东关五之兵先至东市，屠岸夷来见，托言禀事，猝以臂拉其颈，颈折坠，军中大乱。屠岸夷大呼曰："公子重耳引秦、翟之兵，已在城外。我奉里大夫之命，为故太子申生伸冤，诛奸佞之党，迎立重耳为君。汝等愿从者皆来，不愿从者自去。"军士闻重耳为君，无不踊跃愿从者。梁五闻东关五被杀，急趋朝堂，欲同荀息奉卓子出奔，却被屠岸夷追及，里克、㔻郑父、雅遄各率家甲，一时亦到。梁五料不能脱，拔剑自刎，不断，被屠岸夷只手擒来，里克趁势挥刀，劈为两段。时左行大夫^⑪共华，亦统家甲来助，一齐杀入朝门。里克仗剑先行，众人随之，左右皆惊散。荀息面不改色，左手抱卓子，右手举袖掩之。卓子惧而啼。荀息谓里克曰："孺子何罪？宁杀我，乞留此先君一块肉！"里克曰："申生安在？亦先君一块肉也！"顾屠岸夷曰："还不下手！"屠岸夷就荀息手中夺来，掷之于

阶。但闻趷蹋一声，化为肉饼。荀息大怒，挺佩剑来斗里克，亦被屠岸夷
斩之。遂杀入宫中。骊姬先奔贾君[12]之宫，贾君闭门不纳，走入后园，从
桥上投水中而死，里克命戮其尸。骊姬之娣，虽生卓子，无宠无权，恕不
杀，锢之别室。尽灭"二五"及优施之族。髯仙有诗叹骊姬云：

谮杀申生意若何？要将稚子掌山河。

一朝母子遭骈戮，笑杀当年《暇豫》歌。

又有诗叹荀息从君之乱命，而立庶孽，虽死不足道也。诗云：

昏君乱命岂宜从？犹说硁硁[13]效死忠。

璧马智谋何处去？君臣束手一场空。

　　里克大集百官于朝堂，议曰："今庶孽已除，公子中惟重耳最长且贤，当立。诸大夫同心者，请书名于简！"丕郑父曰："此事非狐老大夫不可。"里克即使人以车迎之。狐突辞曰："老夫二子从亡，若与迎，是同弑也。突老矣，惟诸大夫之命是听！"里克遂执笔先书己名，次丕郑父，以下共华、贾华、骓遄等共三十余人。后至者俱不及书。以上士之衔假屠岸夷，使之奉表往翟，奉迎公子重耳。重耳见表上无狐突名，疑之。魏犨曰："迎而不往，欲长为客乎？"重耳曰："非尔所知也。群公子尚多，何必我？且二孺子新诛，其党未尽，入而求出，何可得也？天若祚我，岂患无国？"狐偃亦以乘丧因乱，皆非美名，劝公子勿行。乃谢使者曰："重耳得罪于父，逃死四方。生既不得展问安侍膳之诚，死又不得尽视含哭位[14]之礼，何敢乘乱而贪国。大夫其更立他子，重耳不敢违。"屠岸夷还报，里克欲遣使再往。大夫梁繇靡曰："公子孰非君者，盍迎夷吾乎？"里克曰："夷吾贪而忍。贪则无信，忍则无亲。不如重耳。"梁繇靡曰："不犹愈于群公子乎？"众人俱唯唯。里克不得已，乃使屠岸夷辅梁繇靡迎夷吾于梁。

　　且说公子夷吾在梁，梁伯以女妻之，生一子，名曰圉。夷吾安居于梁，日夜望国中有变，乘机求入。闻献公已薨，即命吕饴甥袭屈城[15]据之。荀息为国中多事，亦不暇问。及闻奚齐、卓子被杀，诸大夫往迎重耳，饴甥以书报夷吾，夷吾与虢射、郤芮商议，要来争国。忽见梁繇靡等来迎，以手加额曰："天夺国于重耳，以授我也！"不觉喜形于色。郤芮进曰："重耳非恶得国者，其不行，必有疑也。君勿轻信。夫在内而外求君者，是皆有大欲焉。方今晋臣用事，里、丕为首，君宜捐厚赂以啖之。虽然，犹有危。夫入虎穴者，必操利器。君欲入国，非借强国之力为助不可。邻晋之国，惟秦最强，子盍遣使卑辞以求纳于秦乎？秦许我，则国可入矣。"夷吾用其言，乃许里克以汾阳[16]之田百万，许丕郑父以负蔡[17]之田七十万，皆书契而缄之。先使屠岸夷还报，留梁繇靡使达手书于秦，并道晋国诸大夫奉迎之意。

秦穆公谓蹇叔曰:"晋乱待寡人而平,上帝先示梦矣。寡人闻重耳、夷吾皆贤公子也。寡人将择而纳之,未知孰胜?"蹇叔曰:"重耳在翟,夷吾在梁,地皆密迩。君何不使人往吊,以观二公子之为人?"穆公曰:"诺。"乃使公子絷先吊重耳,次吊夷吾。

公子絷至翟,见公子重耳,以秦君之命称吊。礼毕,重耳即退。絷使阍者传语:"公子宜乘时图入,寡君愿以敝赋为前驱。"重耳以告赵衰。赵衰曰:"却内之迎,而借外宠以求入,虽入不光矣!"重耳乃出见使者曰:"君惠吊亡臣重耳,辱以后命[18]。亡人无宝,仁亲为宝,父死之谓何,而敢有他志?"遂伏地大哭,稽颡[19]而退,绝无一私语。公子絷见重耳不从，心知其贤，叹息而去。遂吊夷吾于梁，礼毕，夷语谓絷曰："大夫以君命下吊亡人，亦何以教亡人乎？"絷亦以"乘时图入"相劝。夷吾稽颡称谢，入告郤芮曰："秦人许纳我矣！"郤芮曰："秦人何私于我？亦将有取于我也！君必大割地以赂之。"夷吾曰："大割地不损晋乎？"郤芮曰："公子不返国，则梁山一匹夫耳，能有晋尺寸之土乎？他人之物，公子何惜焉？"夷吾复出见公子絷，握其手谓曰："里克、丕郑皆许我矣，亡人皆有以酬之，且不敢薄也。苟假君之宠，入主社稷，惟是河外㉑五城，所以便君之东游者，东尽虢地，南及华山，内以解梁㉑为界，愿入之于君，以报君德于万一。"出契于袖中，面有德色。公子絷方欲谦让，夷吾又曰："亡人另有黄金四十镒，白玉之珩㉒六双，愿纳于公子之左右。乞公子好言于君，亡人不忘公子之赐。"公子絷乃皆受之。史臣有诗云：

重耳忧亲为丧亲，夷吾利国喜津津。

但看受吊相悬处，成败分明定两人。

絷返命于穆公，备述两公子相见之状。穆公曰："重耳之贤，过夷吾远矣，必纳重耳。"公子絷对曰："君之纳晋君也，忧晋乎？抑欲成名于天下乎？"穆公曰："晋何与我事？寡人亦欲成名于天下耳。"公子絷曰："君如忧晋，则为之择贤君。第欲成名于天下，则不如置不贤者。均之有置君之名，而贤者出我上，不贤者出我下，二者孰利？"穆公曰："子之言，开我肺腑。"乃使公孙枝出车三百乘，以纳夷吾。秦穆公夫人，乃晋世子申生之娣，是为穆姬，幼育于献公次妃贾君之宫，甚有贤德。闻公孙枝将纳夷吾于晋，遂为手书以属夷吾，言："公子入为晋君，必厚视贾君。其群公子因乱出奔，皆无罪。闻叶茂者本荣，必尽纳之，亦所以固我藩也。"夷吾恐失穆姬之意，随以手书复之，一一如命。

时齐桓公闻晋国有乱，欲合诸侯谋之，乃亲至高梁㉓之地。又闻秦师已出，周惠王亦遣大夫王子党率师至晋，乃遣公孙隰朋会周、秦之师，同纳夷吾。吕饴甥亦自屈城来会。桓公遂回齐，里克、丕郑父请出国舅㉔狐突做主，率群臣备法驾，迎夷吾于晋界。夷吾入绛都即位，是为惠公㉕。

即以本年为元年。按晋惠公之元年，实周襄王之二年也。国人素慕重耳之贤，欲得为君，乃失重耳得夷吾，乃大失望。

惠公既即位，遂立子圉为世子。以狐突、虢射为上大夫，吕饴甥、郤芮俱为中大夫，屠岸夷为下大夫。其余在国诸臣，一从其旧。使梁繇靡从王子党如周，韩简从隰朋如齐，各拜谢纳国之恩。惟公孙枝以索取河西五城之地，尚留晋国。惠公有不舍之意，乃集群臣议之。虢射目视吕饴甥，饴甥进曰：“君所以赂秦者，为未入，则国非君之国也。今既入矣，国乃君之国矣，虽不界秦，秦其奈君何？"里克曰："君始得国，而失信于强邻，不可，不如与之。"郤芮曰："去五城是去半晋矣。秦虽极兵力，必不能取五城于我。且先君百战经营，始有此地，不可弃也。"里克曰："既知先君之地，何以许之？许而不与，不怒秦乎？且先君立国于曲沃，

地不过蕞尔，惟自强于政，故能兼并小国，以成其大。君能修政而善邻，何患无五城哉？"郤芮大喝曰："里克之言，非为秦也，为取汾阳之田百

万，恐君不与，故以秦为例耳！"丕郑父以臂推里克，克遂不敢复言。惠公曰："不与则失信，与之则自弱，畀一二城可乎？"吕饴甥曰："畀一二城，未为全信也，而适以挑秦之争，不如辞之。"惠公乃命吕饴甥作书辞秦。书略曰：

始夷吾以河西五城许君，今幸入守社稷，夷吾念君之赐，欲即践言。大臣皆曰："地者，先君之地。君出亡在外，何得擅许他人？"寡人争之弗能得。惟君少缓其期，寡人不敢忘也。

惠公问："谁人能为寡人谢秦者？"丕郑父愿往，惠公从之。

原来惠公求入国时，亦曾许丕郑父负葵之田七十万，惠公既不与秦城，安肯与里、丕二人之田？郑父口虽不言，心中怨恨，特地讨此一差，欲诉于秦耳。郑父随公孙枝至于秦国，见了穆公，呈上国书。穆公览毕，拍案大怒曰："寡人固知夷吾不堪为君，今果被此贼所欺！"欲斩丕郑父。公孙枝奏曰："此非郑父之罪也，望君恕之。"穆公余怒未尽，问曰："谁使夷吾负寡人者？寡人愿得而手刃之。"丕郑父曰："君请屏左右，臣有所言。"穆公色稍和，命左右退于帘下，揖郑父进而问之。郑父对曰："晋之诸大夫，无不感君之恩，愿归地者，惟吕饴甥、郤芮二人从中阻挠。君若重币聘问，而以好言召此二人，二人至，则杀之。君纳重耳，臣与里克逐夷吾，为君内应，请得世世事君。何如？"穆公言："此计妙哉，固寡人之本心也！"于是遣大夫泠至㉖随丕郑父行聘于晋，欲诱吕饴甥、郤芮而杀之。

不知吕、郤性命何如，且看下回分解。

【注释】

①丧次哭临：丧次，停丧之处。哭临，凡帝后之丧，集众举哀叫哭临。

②荀叔：即荀息。原氏，名黯。曲沃武公灭荀国以赐之，故又以荀为

氏。字息，叔乃其排行。

③嬖（bì 闭）人：宠爱的人。贱而得幸曰嬖。此指骊姬。

④三公子：指申生、重耳、夷吾三人。

⑤秦：夷吾此时在梁，秦、梁同为嬴姓，梁小秦大。故此处提秦可兼梁。

⑥苫（shān 删）块：寝苫枕块的略称。古人居父母之丧，以草垫为席，土块为枕。苫，用茅草编成的被子。

⑦七舆大夫：指国君最亲近、职务最重要的七位大夫。春秋时，侯伯

出行多随有副车七乘，每车有一位大夫主管，故称七舆大夫。

⑧钧：古代以三十斤为一钧，四钧为石。

⑨绝地：跨越地面。

⑩骓遄（zhuī chuán 追船）：晋大夫名。《左传》《国语》均作骓歂。

⑪左行大夫：晋官职名。晋文公五年（前632），于三军之外，复设左、中、右三行。首任左行大夫乃先蔑。但此时（前650）尚无此建置及官职。"左行"二字疑衍。

⑫贾君：晋献公姬妾，贾妃之妹。曾抚育申生之妹、秦穆公夫人穆姬长大成人。见第二十回。

⑬硁硁（kēng 坑）：固执的样子。

⑭视含哭位：指诸侯死后，其臣子亲临殡殓，让死者口中含玉，并哭于其位等礼节。

⑮屈城：春秋时晋邑名，在今山西吉县境内。

⑯汾阳：春秋时晋邑名。在今山西静乐县西。

⑰负蔡：春秋时晋地名。在今山西河津市汾水南岸一带。清本多作"负葵"，疑误。

⑱辱以后命：承蒙告以后来的命令。辱，谦辞。后命，后来的命令，指劝重耳乘父丧借秦之力入国。因前有吊唁，然后才有吩咐，故借称后命。

⑲稽颡：叩首。颡，前额。

⑳河外：指黄河以西及以南地区。晋都于绛，在黄河以东，故以河西河南为河外。

㉑解（xiè 谢）梁：春秋时晋邑名。在今山西永济市北之解城。此邑在黄河东，故言"内以"。

㉒珩（héng 恒）：一种横玉，形如残环，或上有折角，用于佩璧之上。

㉓高梁：春秋时晋邑名，在今山西临汾市东北。

㉔国舅：晋献公曾娶犬戎主之侄女狐姬，生子重耳（见第二十回）。狐突为其父辈，即晋献公之外舅，故称之为国舅。

㉕惠公：即姬夷吾。在位十四年（前650—前636）。

㉖泠（líng 凌）至：秦国大夫。泠，诸本多误为"冷"，此据《左传》校正。

第二十九回　晋惠公大诛群臣
管夷吾病榻论相

话说里克主意，原要奉迎公子重耳，因重耳辞不肯就，夷吾又以重赂求入，因此只得随众行事。谁知惠公即位之后，所许之田，分毫不给，又任用虢射、吕饴甥、郤芮一班私人，将先世旧臣，一概疏远，里克心中已自不服。及劝惠公畀地于秦，分明是公道话，郤芮反说他为己而设，好生不怂，忍了一肚子气，敢怒而不敢言。出了朝门，颜色之间，不免露些怨望之意。及丕郑父使秦，郤芮等恐其与里克有谋，私下遣人窥瞯。郑父亦虑郤芮等有人伺察，遂不别里克而行。里克使人邀郑父说话，则郑父已出城矣。克自往追之，不及而还。早有人报知郤芮。芮求见惠公，奏曰："里克谓君夺其权政，又不与汾阳之田，心怀怨望。今闻丕郑父聘秦，自驾往追，其中必有异谋。臣素闻里克善于重耳，君之立非其本意，万一与重耳内应外合，何以防之？不若赐死，以绝其患。"惠公曰："里克有功于寡人，今何辞以戮之？"郤芮曰："克弑奚齐，又弑卓子，又杀顾命之臣①荀息，其罪大矣！念其入国之功，私劳也。讨其弑逆之罪，公义也。明君不以私劳而废公议，臣请奉君命行讨！"惠公曰："大夫往矣！"

郤芮遂诣里克之家，谓里克曰："晋侯有命，使芮致之吾子。晋侯云：'微子②，寡人不得立，寡人不敢忘子之功。虽然，子弑二君，杀一大夫，为尔君者难矣。寡人奉先君之遗命，不敢以私劳而废大义，惟子自图之。'"里克曰："不有所废，君何以兴？欲加之罪，何患无辞？臣闻命矣。"郤芮复迫之，克乃拔佩剑跃地大呼曰："天乎冤哉！忠而获罪，死若有知，何面目见荀息乎？"遂自刎其喉而死。郤芮还报惠公，惠公大悦。髯仙有诗云：

才入夷吾身受兵，当初何不死申生？

方知中立非完策，不及荀家有令名。

惠公杀了里克，群臣多有不服者。祁举、共华、贾华、雅遄辈，俱口出怨言。惠公欲诛之，郤芮曰："丕郑在外，而多行诛戮，以启其疑叛之心，不可。君且忍之。"惠公曰："秦夫人有言，托寡人善视贾君，而尽纳群公子，何如？"郤芮曰："群公子谁无争心？不可纳也。善视贾君，以报秦夫人可矣。"惠公乃入见贾君。时贾君色尚未衰，惠公忽动淫心，谓贾君曰："秦夫人属寡人与君为欢，君其无拒。"即往抱持贾君，宫人皆含笑避去。贾君畏惠公之威，勉强从命。事毕，贾君垂泪言曰："妾不幸事先君不终，今又失身于君。妾身不足惜，但乞君为故太子申生白冤，妾得复于秦夫人，以赎失身之罪！"惠公曰："二竖子见杀，先太子之冤已白矣。"贾君曰："闻先太子尚藁葬③新城④，君必迁冢而为之立谥，庶冤魂获安，亦国人之所望于君者也。"惠公许之。乃命郤芮之从弟郤乞，往曲沃择地改葬。使太史议谥，以其孝敬，谥曰"共⑤世子"。再使狐突往彼设祭告墓。

先说郤乞至曲沃，别制衣衾棺椁，及冥器木偶之类，极其整齐。掘起申生之尸，面色如生，但臭不可当。役人俱掩鼻欲呕，不能用力。郤乞焚香再拜曰："世子生而洁，死而不洁乎？若不洁，不在世子，愿无骇众！"言讫，臭气顿息，转为异香。遂重殓入棺，葬于高原。曲沃之人，空城来送，无不堕泪。

葬之三日，狐突赍祭品来到，以惠公之命，设位拜奠，题其墓曰："晋共太子之墓。"事毕，狐突方欲还国，忽见旌旗对对，戈甲层层，簇拥一队车马，狐突不知是谁，仓忙欲避。只见副车一人，须发斑白，袍笏整齐，从容下车，至于狐突之前，揖曰："太子有话奉迎，请国舅那步⑥。"突视之，太傅杜原款也。恍惚中忘其已死，问曰："太子何在？"原款指后面大车曰："此即太子之车矣。"突乃随至车前。见太子申生冠缨剑佩，宛如生前，使御者下引狐突升车，谓曰："国舅亦念申生否？"突垂泪对曰："太子之冤，行道之人，无不悲涕。突何人，能勿念乎？"申生曰："上帝怜我仁孝，已命我为乔山⑦之主矣。夷吾行无礼于贾君，吾恶其不洁，欲却其葬，恐违众意而止。今秦君甚贤，吾欲以晋畀秦，使秦人奉吾之祀，舅以为何如？"突对曰："太子虽恶晋君，其民何罪？且晋之先君又何罪？太子舍同姓而求食于异姓，恐乖仁孝之德也。"申生曰："舅言亦是。然吾已具奏于上帝矣。今当再奏，舅为姑留七日。新城之西偏有巫者，吾将托之以复舅也。"杜原款在车下唤曰："国舅可别矣！"牵狐突下车，失足跌仆于地，车马一时不见。突身乃卧于新城外馆⑧。心中大惊，问左右："吾何得在此？"左右曰："国舅祭奠方毕，焚祝辞神，忽

然仆于席上，呼唤不醒。吾等扶至车中，载归此处安息。今幸无恙。"狐突心知是梦，暗暗称异。不与人言，只推抱恙，留车外馆。

至第七日未申之交，门上报："有城西巫者求见。"突命召入，预屏左右以待之。巫者入见，自言："素与鬼神通语，今有乔山主者，乃晋国故太子申生，托传语致意国舅：'今已覆奏上帝，但辱其身，斩其胤®，以示罚罪而已，无害于晋。'"狐突佯为不知，问曰："所罚者，何人之罪？"巫曰："太子但命传语如此，我亦不知所指何事也。"突命左右以金帛酬巫者，戒勿妄言。巫者叩谢而去。狐突归国，私与丕郑父之子丕豹言之。豹曰："君举动乖张，必不克终。有晋国者，其重耳乎？"正叙谈间，阍人来报："丕大夫使秦已归，见在朝中复命。"二人遂各别而归。

却说丕郑父同秦大夫冷至，赍着礼币数车，如晋报聘⑩。行及绛郊，忽闻诛里克之信，郑父心中疑虑，意欲转回秦国，再作商量。又念其子豹在绛城："我一走，必累及豹。"因此去住两难，踌躇不决。恰遇大夫共华在于郊外，遂邀与相见。郑父叩问里克缘由，共华一一叙述了。郑父曰："吾今犹可入否？"共华曰："里克同事之人尚多，如华亦在其内，今止诛克一人，其余并不波及。况子出使在秦，若为不知可也。如惧而不入，是自供其罪矣。"郑父从其言，乃催车入城。郑父先复命讫，引进冷至朝见，呈上国书礼物。惠公启书看之，略曰：

晋、秦甥舅之国，地之在晋，犹在秦也。诸大夫亦各忠其国，寡人何敢曰必得地，以伤诸大夫之义。但寡人有疆场之事，欲与吕、郤二大夫面议。幸旦暮一来，以慰寡人之望！

书尾又一行云："原地券纳还。"惠公是见小之人，看见礼币隆厚，又且缴还地券，心中甚喜，便欲遣吕饴甥、郤芮报秦。

郤芮私谓饴甥曰："秦使此来，不是好意。其币重而言甘，殆诱我也。吾等若往，必劫我以取地矣。"饴甥曰："吾亦料秦之欢晋，不至若是。此必丕郑父闻里克之诛，自惧不免，与秦共为此谋，欲使秦人杀吾等而后作乱耳。"郤芮曰："郑父与克，同功一体之人，克诛，郑父安得不惧？子金之料是也。今群臣半是里、丕之党，若郑父有谋，必更有同谋之人。且先归秦使而徐察之。"饴甥曰："善。"乃言于惠公，先遣冷至回秦，言："晋国未定，稍待二臣之暇，即当趋命。"冷至只得回秦。吕、郤二人使心腹每夜伏于军郑父之门，伺察动静。

郑父见吕、郤全无行色，乃密请祁举、共华、贾华、骓遄等，夜至其家议事，五鼓方回。心腹回报所见，如此如此。郤芮曰："诸人有何难决之事？必逆谋也。"乃与饴甥商议，使人请屠岸夷至，谓曰："子祸至矣，

奈何？"屠岸夷大惊曰："祸从何来？"郤芮曰："子前助里克弑幼君，今克已伏法，君将有讨于子。吾等以子有迎立之功，不忍见子之受诛，是以告也。"屠岸夷泣曰："夷乃一勇之夫，听人驱遣，不知罪之所在，惟大夫救之。"郤芮曰："君怒不可解也。独有一计，可以脱祸。"夷遂跪而问计。郤芮慌忙扶起，密告曰："今丕郑父党于里克，有迎立之心，与七舆大夫阴谋作乱，欲逐君而纳公子重耳。子诚⑪伪为惧诛者，而见郑父，与之同谋。若尽得其情，先事出首，吾即以所许郑父负葵之田，割三十万以酬子功。子且重用，又何罪之足患乎？"夷喜曰："夷死而得生，大夫之赐也，敢不效力！但我不善为辞，奈何？"吕饴甥曰："吾当教子。"乃拟为问答之语，使夷熟记。

是夜，夷遂叩至郑父之门，言有密事。郑父辞以醉寝，不与相见。夷守门内，更深犹不去。乃延之入。夷一见郑父，便下跪曰："大夫救我一命！"郑父惊问其故。夷曰："君以我助里克弑卓子，将加戮于我，奈何？"郑父曰："吕、郤二人为政，何不求之？"夷曰："此皆吕、郤之谋也。吾恨不得食二人之肉，求之何益？"郑父犹未深信，又问曰："汝意欲何如？"夷曰："公子重耳仁孝，能得士心，国人皆愿戴之为君。而秦人恶夷吾之背约，亦欲改立重耳。诚得大夫手书，夷星夜往致重耳，使合秦、翟之众，大夫亦纠故太子之党，从中而起，先斩吕、郤之首，然后逐君而纳重耳，无不济矣。"郑父曰："子意得无变否？"夷即啮一指出血，誓曰："夷若有贰心，当使合族受诛！"郑父方才信之。约次日三更，再会定议。至期，屠岸夷复往。则祁举、共华、贾华、骓遄皆先在，又有叔坚、累虎、特宫、山祁四人，皆故太子申生门下，与郑父、屠岸夷共是十人，重复对天歃血，共扶公子重耳为君。后人有诗云：

只疑屠岸来求救，谁料奸谋吕郤为？

强中更有强中手，一人行诈九人危。

至郑父款待众人，尽醉而别。

屠岸夷私下回报郤芮。芮曰："汝言无据，必得郑父手书，方可正罪。"夷次夜再至郑父之家，索其手书，往迎重耳。郑父已写就了，简后署名，共是十位，其九人俱先有花押，第十屠岸夷也。夷亦请笔书押。郑父缄封停当，交付夷手，嘱他："小心在意，不可漏泄。"屠岸夷得书，如获至宝，一径投郤芮家，呈上芮看。芮乃匿夷于家，将书怀于袖中，同吕饴甥往见国舅虢射，备言如此如此："若不早除，变生不测。"虢射夜叩宫门，见了惠公，细述至郑父之谋："明日早朝，便可面正其罪，以手书为证。"

次日，惠公早朝，吕郤等预伏武士于壁衣之内。百官行礼已毕，惠公召㔻郑父问曰："知汝欲逐寡人而迎重耳，寡人敢请其罪！"郑父方欲致辩，郤芮仗剑大喝曰："汝遣屠岸夷将手书迎重耳，赖吾君洪福，屠岸夷已被吾等伺候于城外拿下，搜出其书。同事共是十人，今屠岸夷已招出，汝等不必辩矣。"惠公将原书掷于案下。吕饴甥拾起，按简呼名，命武士擒下。只有共华告假在家未到，另行捕拿。见在八人，面面相觑，真个是有口难开，无地可入。惠公喝教："押出朝门斩首！"内中贾华大呼曰：

"臣先年奉命伐屈，曾有私放吾君之功，求免一死，可乎？"吕饴甥曰："汝事先君而私放吾主，今事吾主，复私通重耳，此反覆小人，速宜就戮。"贾华语塞。八人束手受刑。

　　却说共华在家，闻郑父等事泄被诛，即忙拜辞家庙，欲赴朝中领罪。其弟共赐谓曰："往则就死，盍逃乎？"共华曰："丕大夫之人，吾实劝之。陷人于死，而己独生，非丈夫也！吾非不爱生，不敢负丕大夫耳！"遂不待捕至，疾趋入朝，请死。惠公亦斩之。丕豹闻父遭诛，飞奔秦国逃难。惠公欲尽诛里、丕诸大夫之族，郤芮曰："'罪人不孥⑫'，古之制也。乱人行诛，足以儆众矣。何必多杀，以惧众心？"惠公乃赦各族不诛。进屠岸夷为中大夫，赏以负葵之田三十万。

却说邳豹至秦，见了穆公，伏地大哭。穆公问其故，邳豹将其父始谋及被害缘由，细述一遍，乃献策曰："晋侯背秦之大恩，而修国之小怨，百官耸惧，百姓不服。若以偏师往伐，其众必内溃，废置惟君所欲耳。"穆公问于群臣，蹇叔对曰："以邳豹之言而伐晋，是助臣伐君，于义不可。"百里奚曰："若百姓不服，必有内变，君且俟其变而图之。"穆公曰："寡人亦疑此言，彼一朝而杀九大夫，岂众心不附，而能如此？况兵无内应，可必有功乎？"邳豹遂留仕秦为大夫。时晋惠公之二年，周襄王之三年[13]也。

是年周王子带[14]，以赂结好伊、雒之戎[15]，使戎伐京师，而己从中应之。戎遂入寇，围王城。周公孔与召伯廖悉力固守，带不敢出会戎师。襄王遣使告急于诸侯。秦穆公、晋惠公皆欲结好周王，各率师伐戎以救周。戎知诸侯兵至，焚掠东门而去。惠公与穆公相见，面有惭色。惠公又接得穆姬密书，书中数晋侯无礼于贾君，又不纳群公子，许多不是，教他速改前非，不失旧好。惠公遂有疑秦之心，急急班师。邳豹果劝穆公夜袭晋师，穆公曰："同为勤王而来此，虽有私怨，未可动也。"乃各归其国。

时齐桓公亦遣管仲将兵救周，闻戎兵已解，乃遣人诘责戎主。戎主惧齐兵威，使人谢曰："我诸戎何敢犯京师？尔甘叔[16]招我来耳。"襄王于是逐王子带。子带出奔齐国。戎主使人诣京师，请罪求和，襄王许之。襄王追念管仲定位之功，今又有和戎之劳，乃大飨[17]管仲，待以上卿之礼。管仲逊曰："有国、高二子[18]在，臣不敢当。"再三谦让，受下卿之礼而还。

是冬，管仲病，桓公亲往问之。见其瘠甚，乃执其手曰："仲父之疾甚矣。不幸而不起，寡人将委政于何人？"时宁戚、宾须无先后俱卒，管仲叹曰："惜哉乎，宁戚也！"桓公曰："宁戚之外，岂无人乎？吾欲任鲍叔牙，何如？"仲对曰："鲍叔牙，君子也。虽然，不可以为政。其人善恶过于分明。夫好善可也，恶恶已甚，人谁堪之？鲍叔牙见人之一恶，终身不忘，是其短也。"桓公曰："隰朋何如？"仲对曰："庶乎可矣。隰朋不耻下问，居其家不忘公门。"言毕，喟然叹曰："天生隰朋，以为夷吾舌[19]也。身死，舌安得独存？恐君之用隰朋不能久耳！"桓公曰："然则易

牙何如？"仲对曰："君即不问，臣亦将言之。彼易牙、竖刁、开方三人，必不可近也！"桓公曰："易牙烹其子，以适寡人之口，是爱寡人胜于爱子，尚可疑耶？"仲对曰："人情莫爱于子。其子且忍之，何有于君[20]？"桓公曰："竖刁自宫以事寡人，是爱寡人胜于爱身，尚可疑耶？"仲对曰："人情莫重于身。其身且忍之，何有于君？"桓公曰："卫公子开方，去其千乘之太子，而臣于寡人，以寡人之爱幸之也。父母死不奔丧，是爱寡人胜于父母，无可疑矣。"仲对曰："人情莫亲于父母。其父母且忍之，又

何有于君？且千乘之封，人之大欲也。弃千乘而就君，其所望有过于千乘者矣。君必去之勿近，近必乱国！”桓公曰："此三人者，事寡人久矣。仲父平日何不闻一言乎？"仲对曰："臣之不言，将以适君之意也。譬之于水，臣为之堤防焉，勿令泛溢。今堤防去矣，将有横流之患，君必远之！"桓公默然而退。

毕竟管仲性命如何，且看下回分解。

【注释】

①顾命之臣：意同托孤之臣，即受国君临终嘱托的大臣。顾命，即遗命。

②微子：没有您。

③薨葬：草草埋葬。

④新城：即晋曲沃。因经赵凤为申生重新修筑，故又称新城。见第二十回。

⑤共（gōng 公）：同"恭"。

⑥那（nuó 挪）步：挪步。

⑦乔山：疑即桥山，乃黄帝陵所在之山。地在今陕西黄陵县。

⑧外馆：指客舍，乃申生所建以接待国中之使者。

⑨辱其身、斩其胤：使他的身体受辱，使他的后嗣断绝。前句指夷吾被秦所俘。后句指夷吾之子圉嗣位不久即被杀。

⑩报聘：回答丕郑父对秦的聘问。

⑪诚：果真。

⑫罪人不孥（nú 奴）：惩罚罪人不累及其妻子儿女。孥，妻儿子女。此句见《孟子·梁惠王下》。

⑬周襄王之三年：即公元前 649 年。

⑭周王子带：即周襄王姬郑之庶弟姬带。见第二十四回。

⑮伊、雒（luò 洛）之戎：指杂居在伊水、洛水之间的各支戎人。雒，即今洛水。伊水乃其支流。

⑯甘叔：即周王子带，因封于甘（今河南宜阳县东南），故又称甘叔。

⑰大飨（xiǎng 享）：同大享，大张筵席。

⑱国、高二子：齐之世卿，世代继位为上卿。故管仲不敢接受上卿之位。

⑲舌：比喻为代言人。

⑳何有于君：对您会有什么爱重之心呢？

第三十回　秦晋大战龙门山
穆姬登台要大赦

话说管仲于病中，嘱桓公斥远易牙、竖刁，开方三人，荐隰朋为政。左右有闻其言者，以告易牙。易牙见鲍叔牙谓曰："仲父之相，叔所荐也。今仲病，君往问之，乃言叔不可以为政，而荐隰朋，吾意甚不平焉。"鲍叔牙笑曰："是乃牙之所以荐仲也。仲忠于为国，不私其友。夫使牙为司寇，驱逐佞人，则有余矣，若使当国为政，即尔等何所容身乎？"易牙大惭而退。

踰一日，桓公复往视仲，仲已不能言，鲍叔牙、隰朋莫不垂泪。是夜，仲卒。桓公哭之恸，曰："哀哉，仲父，是天折吾臂也！"使上卿高虎董①其丧，殡葬从厚。生前采邑，悉与其子，令世为大夫。易牙谓大夫伯氏曰："昔君夺子骈邑三百②，以赏仲之功。今仲父已亡，子何不言于君，而取还其邑？吾当从旁助子。"伯氏泣曰："吾惟无功，是以失邑。仲虽死，仲之功尚在也。吾何面目求邑于君乎？"易牙叹曰："仲死犹能使伯氏心服，吾侪真小人矣！"

且说桓公念管仲遗言，乃使公孙隰朋为政。未一月，隰朋病卒。桓公曰："仲父其圣人乎，何以知朋之用于吾不久也？"于是使鲍叔牙代朋之位，牙固辞。桓公曰："今举朝无过于卿者，卿欲让之何人？"牙对曰："臣之好善恶恶，君所知也。君必用臣，请远易牙、竖刁、开方，乃敢奉命。"桓公曰："仲父固言之矣，寡人敢不从子！"即日罢斥三人，不许入朝相见。鲍叔牙乃受事。时有淮夷③侵犯杞国④，杞人告急于齐。齐桓公合宋、鲁、陈、卫、郑，许、曹七国之君，亲往救杞，迁其都于缘陵⑤。诸侯尚从齐之令，以能用鲍叔，不改管仲之政故也。

话分两头。却说晋自惠公即位，连岁麦禾不熟，至五年，复大荒，仓廪空虚，民间绝食，惠公欲乞籴于他邦。思想惟秦毗邻地近，且婚姻之国，但先前负约未偿，不便开言。郤芮进曰："吾非负秦约也，特告缓其期耳。若乞籴而秦不与，秦先绝我，我乃负之有名矣。"惠公曰："卿言是也。"乃使大夫庆郑，持宝玉如秦告籴。穆公集群臣计议："晋许五城不与，今因饥乞籴，当与之否？"蹇叔、百里奚同声对曰："天灾流行，何国无之，救灾恤邻，理之常也。顺理而行，天必福我。"穆公曰："吾之施于晋已重矣。"公孙枝对曰："若重施而获报，何损于秦？其或不报，曲在彼矣。民憎其上，孰与我敌？君必与之。"丕豹思念父仇，攘臂[⑥]言曰："晋侯无道，天降之灾。乘其饥而伐之，可以灭晋。此机不可失！"繇余曰："'仁者不乘危以邀利，智者不侥幸以成功。'与之为当。"穆公曰："负我者，晋君也。饥者，晋民也。吾不忍以君故，迁祸于民。"于是运粟数万斛于渭水，直达河、汾、雍、绛之间[⑦]，舳舻[⑧]相接，命曰"泛舟之役[⑨]"，以救晋之饥。晋人无不感悦。史官有诗称穆公之善云：

晋君无道致天灾，雍绛纷纷送粟来。

谁肯将恩施怨者？穆公德量果奇哉！

明年冬，秦国年荒，晋反大熟。穆公谓蹇叔、百里奚曰："寡人今日乃思二卿之言也，丰凶互有。若寡人去冬遏晋之籴，今日岁饥，亦难乞于晋矣。"丕豹曰："晋君贪而无信，虽乞之，必不与。"穆公不以为然。乃使冷至亦赍宝玉，如晋告籴。惠公将发河西之粟，以应秦命。郤芮进曰："君与秦粟，亦将与秦地乎？"惠公曰："寡人但与粟耳，岂与地哉？"芮曰："君之与粟为何？"惠公曰："亦报其'泛舟之役'也。"芮曰："如以泛舟为秦德，则昔年纳君，其德更大。君舍其大而报其小，何哉？"庆郑曰："臣去岁奉命乞籴于秦，秦君一诺无辞，其意甚美。今乃闭籴不与，秦怨我矣！"吕饴甥曰："秦与晋粟，非好晋也，为求地也。不与粟秦怨，与粟而不与地，秦亦怨，均之怨也，何为与之？"庆郑曰："幸人之灾，不仁。背人之施，不义。不义不仁，何以守国？"韩简曰："郑之言是也。使去岁秦闭我籴，君意何如？"虢射曰："去岁天饥晋以授秦，秦弗知取，而贷我粟，是甚愚也。今岁天饥秦以授晋，晋奈何逆天而不取？以臣愚意，不如约会梁伯，乘机伐秦，共分其地，是为上策。"

惠公从虢射之言，乃辞冷至曰："敝邑连岁饥馑，百姓流离，今冬稍稔，流亡者渐归故里，仅能自给，不足以相济也。"冷至曰："寡君念婚姻之谊，不责地，不闭籴，固曰：'同患相恤也。'寡君济君之急，而不得报于君，下臣难以复命。"吕饴甥、郤芮大喝曰："汝前与丕郑父合谋，以重币诱我，幸天破奸谋，不堕汝计。今番又来饶舌！可归语汝君，要食晋粟，除非用兵来取！"冷至含愤而退。庆郑出朝，谓太史郭偃曰："晋侯背德怒邻，祸立至矣。"郭偃曰："今秋沙鹿山^⑩崩，草木俱偃。夫山川国之主也，晋将有亡国之祸，其在此乎？"史臣有诗讥晋惠公云：

泛舟远道赈饥穷，偏遇秦饥意不同。

自古负恩人不少，无如晋惠负秦公。

冷至回复秦君，言："晋不与秦粟，反欲纠合梁伯，共兴伐秦之师。"穆公大怒曰："人之无道，乃至出于意料若此！寡人将先破梁，而后伐晋。"百里奚曰："梁伯好土功，国之旷地，皆筑城建室，而无民以实之，百姓胥怨，此其不能用众助晋明矣。晋君虽无道，而吕、郤俱强力自任⑪，若起绛州之众，必然震惊西鄙。兵法云：'先发制人⑫。'今以君之贤，诸大夫之用命，往声晋侯负德之罪，胜可必也。因以余威，乘梁之敝，如振槁叶耳！"穆公然之。乃大起三军，留蹇叔、繇余辅太子罃守国，孟明视引兵巡边，弹压诸戎。穆公同百里奚亲将中军，西乞术、白乙丙保驾，公孙枝将右军，公子絷将左军，共车四百乘，浩浩荡荡，杀奔晋国来。

晋之西鄙告急于惠公，惠公问于群臣曰："秦无故兴兵犯界，何以御之？"庆郑进曰："秦兵为主上背德之故，是以来讨，何谓无故？依臣愚见，只宜引罪请和，割五城以全信，免动干戈。"惠公大怒曰："以堂堂千乘之国，而割地求和，寡人何面目为君哉？"喝令先斩庆郑，然后发兵迎敌。虢射曰："未出兵，先斩将，于军不利。姑赦令从征，将功折罪。"惠公准奏。当日大阅车马，选六百乘，命郤步扬⑬、家仆徒、庆郑、蛾皙分将左右，己与虢射居中军调度，屠岸夷为先锋，离绛州望西进发。晋侯所驾之马，名曰小驷，乃郑国所献。其马身材小巧，毛鬣润泽，步骤安稳，惠公平昔甚爱之。庆郑又谏曰："古者出征大事，必乘本国出产之马。其马生在本土，解人心意，安其教训，服习道路，故遇战随人所使，无不如志。今君临大敌，而乘异产之马，恐不利也。"惠公叱曰："此吾惯乘，汝勿多言！"

却说秦兵已渡河东，三战三胜，守将皆奔窜。长驱而进，直至韩原⑭下寨。晋惠公闻秦军至韩，乃蹙额曰："寇已深矣，奈何？"庆郑曰："君自招之，又何问焉？"惠公曰："郑无礼，可退！"晋兵离韩原十里下寨，使韩简⑮往探秦兵多少。简回报曰："秦师虽少于我，然其斗气十倍于我。"惠公曰："何故？"简对曰："君始以秦近而奔梁，继以秦援而得国，又以秦赈而免饥，三受秦施而无一报。君臣积愤，是以来伐，三军皆有责负之心，其气锐甚，岂止十倍而已！"惠公愠曰："此乃庆郑之语，定伯亦为此言乎？寡人当与秦决一死敌。"遂命韩简往秦军请战曰："寡人有甲车六百乘，足以待君。君若退师，寡人之愿；若其不退，寡人即欲避君，其奈此三军之士何！"穆公笑曰："孺子何骄也？"乃使公孙枝代对曰："君欲国，寡人纳之。君欲粟，寡人给之。今君欲战，寡人敢拒命乎？"韩简退曰："秦理直，吾不知死所矣！"

晋惠公使郭偃卜车右⑯，诸人莫吉，惟庆郑为可。惠公曰："郑党于秦，岂可任哉？"乃改用家仆徒为车右，而使郤步扬御车，逆秦师于韩原。百里奚登垒，望见晋师甚众，谓穆公曰："晋侯将致死于我，君其勿战。"穆公指天曰："晋负我已甚，若无天道则已，天而有知，吾必胜之！"乃于龙门山⑰下，整列以待。须臾，晋兵亦布阵毕，两阵对圆，中军各鸣鼓进兵。屠岸夷恃勇，手握浑铁枪一条，何止百斤之重，先撞入对阵，逢人便刺，秦军披靡。正遇白乙丙，两下交战，约莫五十余合，杀得性起，各跳下车来，互相扭结。屠岸夷曰："我与你拼个死活，要人帮助的，不为好汉！"白乙丙曰："正要独手擒拿你，方是英雄！"吩咐众人："都莫来！"两个拳槌脚踢，直扭入阵后去了。晋惠公见屠岸夷陷阵，急叫韩简、梁繇靡，引军冲其左，自引家仆徒等冲其右，约于中军取齐。穆公见晋分兵两路冲来，亦分作两路迎敌。

且说惠公之车，正遇见公孙枝，惠公遂使家仆徒接战。那公孙枝有万夫不当之勇，家仆徒如何斗得过？惠公教步扬："用心执辔，寡人亲自助战。"公孙枝横戟大喝曰："会战者一齐上来！"只这一声喝，如霹雳震天，把个国舅虢射吓得伏于车中，不敢出气。那小驷未经战阵，亦被惊吓，不繇御人做主，向前乱跑，遂陷于泥泞之中。步扬用力鞭打，奈马小力微，拔脚不起。正在危急，恰好庆郑之车，从前而过。惠公呼曰："郑速救我！"庆郑曰："虢射何在？乃呼郑耶？"惠公又呼曰："郑速将车来载寡人！"郑曰："君稳乘小驷，臣当报他人来救也！"遂催辕转左而去。步扬欲往觅他车，争奈秦兵围裹将来，不能得出。

再说韩简一军冲入，恰遇着秦穆公中军，遂与秦将西乞术交战三十余合，未分胜败。蛾皙引军又到，两下夹攻，西乞术不能当，被韩简一戟刺于车下。梁繇靡大叫："败将无用之物，可协力擒捉秦君！"韩简不顾西

乞术，驱率晋兵，径奔戎辂，来捉穆公。穆公叹曰："我今日反为晋俘，天道何在？"才叹一声，只见正西角上，一队勇士，约三百余人，高叫："勿伤吾恩主！"穆公抬头看之，见那三百余人，一个个蓬首袒肩，脚穿草履，步行如飞，手中皆执大砍刀，腰悬弓箭，如混世魔王手下鬼兵一般。脚踪到处，将晋兵乱砍。韩简与梁繇靡慌忙迎敌。又见一人飞车从北而至，乃庆郑也，高叫："勿得恋战，主公已被秦兵困于龙门山泥泞之中，可速往救驾！"韩简等无心厮杀，撇了那一伙壮士，径奔龙门山来救晋侯。谁知晋惠公已被公孙枝所获，并家仆徒、虢射、步扬等，一齐就缚，已归

大寨去了。韩简顿足曰："获秦君犹可相抵，庆郑误我矣！"梁繇靡曰："君已在此，我辈何归？"遂与韩简各弃兵仗，来投秦寨，与惠公做一处。再说那壮士三百余人，救了秦穆公，又救了西乞术。秦兵乘胜掩杀，晋兵大溃，龙门山下尸积如山，六百乘得脱者，十分中之二三耳。庆郑闻晋君见擒，遂偷出秦军，遇蛾晳被伤在地，扶之登车，同回晋国。髯翁有诗，咏韩原大战之事。诗曰：

龙门山下叹舆尸，只为昏君不报施。

善恶两家分胜败，明明天道岂无知！

却说秦穆公还于大寨，谓百里奚曰："不听井伯之言，几为晋笑。"那壮士三百余人，一齐到营前叩首。穆公问曰："汝等何人，乃肯为寡人出死力耶？"壮士对曰："君不记昔年亡善马乎？吾等皆食马肉之人也。"原来穆公曾出猎于梁山⑱，夜失良马数匹，使吏求之。寻至岐山之下，有野人三百余，群聚而食马肉。吏不敢惊之，趋报穆公："速遣兵往捕，可尽得。"穆公叹曰："马已死矣，又因而戮人，百姓将谓寡人贵畜而贱人也。"乃索军中美酒数十瓮,使人赍往岐下,宣君命而赐之曰:"寡君有言:'食良马肉不饮酒伤人。'今以美酒赐汝。"野人叩头谢恩,分饮其酒,齐叹曰:"盗马不罪,更虑我等之伤,而赐以美酒,君之恩大矣,何以报之!"至是,闻穆公伐晋,三百余人,皆舍命趋至韩原,前来助战。恰遇穆公被围,一齐奋勇救出。真个是:

种瓜得瓜,种豆得豆。施薄报薄,施厚报厚。有施无报,何异禽兽!

穆公仰天叹曰:"野人且有报德之义,晋侯独何人哉?"乃问众人中:"有愿仕者,寡人能爵禄之。"壮士齐声应曰:"吾侪野人,但报恩主一时之惠,不愿仕也!"穆公各赠金帛,野人不受而去。穆公叹息不已。后人有诗云:

韩原山下两交锋,晋甲重重困穆公。

当日若诛牧马士,今朝焉得出樊笼?

穆公点视将校不缺,单不见白乙丙一人。使军士遍处搜寻,闻土窟中有哼声,趋往视之,乃是白乙丙与屠岸夷相持滚入窟中,各各力尽气绝,尚扭定不放手。军士将两下拆开,抬放两个车上,载回本寨。穆公问白乙丙,已不能言。有人看见他两人拼命之事,向前奏知如此如此。穆公叹曰:"两人皆好汉也。"问左右:"有识晋将姓名者乎?"公子絷就车中观看,奏曰:"此乃勇士屠岸夷也。臣前吊晋二公子,夷亦奉本国大臣之命来迎,相遇于旅次,是以识之。"穆公曰:"此人可留为秦用乎?"公子絷曰:"弑卓子,杀里克,皆出其手。今日正当顺天行诛。"穆公乃下令将屠岸夷斩首。亲解锦袍,以覆白乙丙,命百里奚先以温车载回秦国就医。丙服药,吐血数斗,半年之后,方才平复。此是后话。

再说穆公大获全胜,拔寨都起,使人谓晋侯曰:"君不欲避寡人,寡人今亦不能避君,愿至敝邑而请罪焉!"惠公俯首无言。穆公使公孙枝率车百乘,押送晋君至秦。虢射、韩简、梁繇靡、家仆徒、郤步扬、郭偃、郤乞等,皆披发垢面,草行露宿相随,如奔丧之仪。穆公复使人吊诸大夫,且慰之曰:"尔君臣谓要食晋粟,用兵来取。寡人之留尔君,聊以致晋之粟[19]耳，敢为已甚乎？二三子何患无君？勿过戚也。"韩简等再拜稽首曰："君怜寡君之愚，及于宽政，不为已甚，皇天后土，实闻君语，臣等敢不拜赐！"

秦兵回至雍州[20]界上，穆公集群臣议曰："寡人受上帝之命，以平晋乱，而立夷吾。今晋君背寡人之德，即得罪于上帝也。寡人欲用晋君，郊祀上帝，以答天贶，何如？"公子絷曰："君言甚当。"公孙枝进曰："不可。晋大国也，吾俘虏其民，已取怨矣。又杀其君，以益其忿，晋之报秦，将甚于秦之报晋也！"公子絷曰："臣意非徒杀晋君已也，且将以公子重耳代之。杀无道而立有道，晋人德我不暇，又何怨焉？"公孙枝曰：

"公子重耳，仁人也。父子兄弟，相去一间⑳耳。重耳不肯以父丧为利，其肯以弟死为利乎？若重耳不入，别立他人，与夷吾何择？如其肯入，必且为弟而仇秦。君废前德于夷吾，而树新仇于重耳，臣窃以为不可。"穆

公曰："然则逐之乎？囚之乎？抑复之乎？三者孰利？"公孙枝对曰："囚之，一匹夫耳！于秦何益？逐之，必有谋纳者。不如复之。"穆公曰："不丧功乎？"枝对曰："臣意亦非徒复之已也。必使归吾河西五城之地，又使其世子圉留质于吾国，然后许成焉。如是，则晋君终身不敢恶秦，且异日父死子继，吾又以为德于圉。晋世世戴秦，利孰大乎？"穆公曰："子桑之算，及于数世矣！"乃安置惠公于灵台山⑳之离宫⑳，以千人守之。

穆公发遣晋侯，方欲起程，忽见一班内侍，皆服衰绖⑳而至。穆公意

谓有夫人之变，方欲问之，那内侍口述夫人之命，曰："上天降灾，使秦、晋两君，弃好即戎㉕。晋君之获，亦婢子㉖之羞也。若晋君朝入，则婢子朝死，夕入，则婢子夕死。今特使内侍以丧服迎君之师。若赦晋侯，犹赦婢子，惟君裁之。"穆公大惊，问："夫人在宫作何状？"内侍奏曰："夫人自闻晋君见获，便携太子服丧服，徒步出宫，至于后园崇台之上，立草舍而居。台下俱积薪数十层，送饔飧者履薪上下。吩咐只待晋君入城，便自杀于台上：'纵火焚吾尸，以表兄弟之情也。'"穆公叹曰："子桑劝我勿杀晋君，不然，几丧夫人之命矣！"于是使内侍去其衰绖，以报穆姬曰："寡人不日归晋侯也。"穆姬方才回宫。内侍跪而问曰："晋侯见利忘义，背吾君之约，又负君夫人之托，今日乃自取囚辱，夫人何为哀痛如此？"穆姬曰："吾闻'仁者虽怨不忘亲，虽怒不弃礼'。若晋侯遂死于秦，吾亦与有罪矣！"内侍无不诵君夫人之贤德。

毕竟晋侯如何回国，且看下回分解。

【注释】

①高虎：高傒之子。董，主持，主管。

②"昔君"句：事在召陵之盟后，见第二十四回。

③淮夷：古代东夷族的一支。商朝时分布于今淮河流域一带，经营农业及渔业。

④杞国：周代诸侯国名。姒姓。开国之君是夏禹的后裔东楼公。建都于雍丘，即今河南杞县。

⑤缘陵：春秋时邑名。在今山东昌乐县东南七十里。

⑥攘臂：捋衣出臂，表示愤慨。

⑦直达河、汾，雍、绛之间：河指黄河，汾指汾水。雍指秦都雍城，即今陕西凤翔县南。此为出发之地。绛即晋都，在今山西翼城县东南。此为目的地。由雍至绛，乃沿渭河而东，至华阴转黄河，又东入汾河。

⑧舳舻（zhú lú 竹卢）：舳，船后舵。舻，船头刺棹之处。舳舻相接，即船尾船头相接，连续不断，极言其多。

⑨命曰泛舟之役：命曰，称之为。泛，浮也。役，行列，引申为运输线。

⑩沙鹿山：山名。地在今河北省大名县东。

⑪强力自任：恃强逞力，自以为能。

⑫先发制人：先下手可以取得主动权，可以制服对手。语出《汉书·项籍传》："先发制人，后发制于人。"

⑬郤步扬：晋大夫。姬姓。晋公族郤氏之后。食采于步，遂以为氏。

其子乃郤犨。

⑭韩原：春秋时晋地名。应在今山西河津市与万荣县之间。

⑮韩简：晋大夫名。字定伯。其祖父韩万，乃曲沃桓叔之子，封于韩（即韩原），遂以为氏。

⑯卜车右：指占卜谁适合担任晋侯战车之车右。车右即戎右，站在战车右边的武士，执戈矛，主刺击。

⑰龙门山：山名。在今山西河津市西。

⑱梁山：山名。在今陕西岐山县境内。

⑲聊以致晋之粟：姑且用来获取晋国的粮食。

⑳雍州：古九州之一。其地区包括今陕西、甘肃东南部一带。此处仅指当时秦国统治区域。

㉑一间：相差无几，非常接近的一小段距离。间，闻隙。

㉒灵台山：古山名。在今陕西渭南县境内。

㉓离宫：古代帝王诸侯常于正式宫殿之外，别筑宫室，以便随时游处，叫作离宫，亦称行宫。

㉔衰绖（cuī dié 崔叠）：古代居丧者的服饰。衰，丧服。绖，系于腰间的麻带。

㉕弃好即戎：抛弃友好关系，采取战争。

㉖婢子：穆姬谦称。穆姬即秦穆公夫人，晋惠公乃其庶兄。

第三十一回　晋惠公怒杀庆郑
介子推割股啖君

　　话说晋惠公囚于灵台山，只道穆姬见怪，全不知衰绖逆君之事，遂谓韩简曰："昔先君与秦议婚时，史苏已有'西邻责言，不利婚媾'之占。若从其言，必无今日之事矣。"简对曰："先君之败德，岂在婚秦哉？且秦不念婚姻，君何以得入？入而又伐，以好成仇，秦必不然，君其察之。"惠公嘿然。

　　未几，穆公使公孙枝至灵台山问候晋侯，许以复归。公孙枝曰："敝邑群臣，无不欲甘心于君者。寡君独以君夫人登台请死之故，不敢伤婚姻之好。前约河外五城，可速交割，再使太子圉为质，君可归矣。"惠公方才晓得穆姬用情，愧惭无地。即遣大夫郤乞归晋，吩咐吕省①以割地质子之事。省特至王城②，会秦穆公，将五城地图，及钱谷户口之数献之，情愿纳质归君。穆公问："太子如何不到？"省对曰："国中不和，故太子暂留敝邑。俟寡君入境之日，太子即出境矣。"穆公曰："晋国为何不和？"省对曰："君子自知其罪，惟思感秦之德。小人不知其罪，但欲报秦之仇。以此不和也。"穆公曰："汝国犹望君之归乎？"省对曰："君子以为必归，便欲送太子以和秦。小人以为必不归，坚欲立太子以拒秦。然以臣愚意，执吾君可以立威，舍吾君又可以见德，德威兼济，此伯主之所以行乎诸侯也。伤君子之心，而激小人之怒，于秦何益？弃前功而坠伯业，料君之必不然矣。"穆公笑曰："寡人意与饴甥正合。"命孟明往定五城之界，设官分守。迁晋侯于郊外之公馆，以宾礼待之。馈以七牢③，遣公孙枝引兵同吕省护送晋侯归国。凡牛羊豕各一，谓之一牢，七牢，礼之厚者。此乃穆公修好之意也。

惠公自九月战败，囚于秦，至十一月才得释。与难诸臣，一同归国，惟虢射病死于秦，不得归。蛾晳闻惠公将入，谓庆郑曰："子以救君误韩简，君是以被获。今君归，子必不免，盍奔他国以避之？"庆郑曰："军法：'兵败当死，将为虏当死。'况误君而贻以大辱，又罪之甚者？君若不还，吾亦将率其家属以死于秦。况君归矣，乃令失刑乎？吾之留此，将使君行法于我，以快君之心；使人臣知有罪之无所逃也。又何避焉？"蛾晳叹息而去。

惠公将至绛，太子圉率领狐突、郤芮、庆郑、蛾晳、司马说、寺人勃鞮等，出郊迎接。惠公在车中望见庆郑，怒从心起，使家仆徒召之来前，问曰:"郑何敢来见寡人?"庆郑对曰:"君始从臣言,报秦之施,必不伐。继从臣言,与秦讲和,必不战。三从臣言,不乘小驷,必不败。臣之忠于君也至矣,何为不见?"惠公曰:"汝今尚有何言?"庆郑对曰:"臣有死罪三:有忠言而不能使君必听,罪之一也。卜车右吉,而不能使君必用,罪之二也。以救君召二三子,而不能使君必不为人擒,罪之三也。臣请受刑,以明臣罪。"惠公不能答,使梁繇靡代数其罪。梁繇靡曰:"郑所言,皆非死法也。郑有死罪三,汝不自知乎?君在泥泞之中,急而呼汝,汝不顾,一宜死。我几获秦君,汝以救君误之,二宜死。二三子俱受执缚,汝不力战,不面伤,全身逃归,三宜死。"庆郑曰:"三军之士皆在此,听郑一言:'有人能坐以待刑,而不能力战面伤者乎?'"蛾晳谏曰:"郑死不避刑,可谓勇矣!君可赦之,使报韩原之仇。"梁繇靡曰:"战已败矣,又用罪人以报其仇,天下不笑晋为无人乎?"家仆徒亦谏曰:"郑有忠言三,可以赎死。与其杀之以行君之法,不若赦之以成君之仁。"梁繇靡又曰:"国所以强,惟法行也。失刑乱法,谁复知惧!不诛郑,今后再不能用兵矣!"惠公顾司马说,使速行刑。庆郑引颈受戮。髯仙有诗叹惠公器量之浅,不能容一庆郑也。诗曰:

闭籴谁教负泛舟?反容奸佞杀忠谋。

惠公褊急④无君德,只合灵台永作囚!

梁繇靡当时围住秦穆公,自谓必获,却被庆郑呼云:"急救主公!"遂弃之而去。以此深恨庆郑,必欲诛之。诛郑之时,天昏地惨,日色无光,诸大夫中多有流涕者。蛾晳请其尸葬之,曰:"吾以报载我之恩也!"惠公既归国,遂使世子圉随公孙枝入秦为质。因请屠岸夷之尸,葬以上大夫之礼,命其子⑤嗣为中大夫。

惠公一日谓郤芮曰:"寡人在秦三月,所忧者惟重耳,恐其乘变求入,今日才放心也。"郤芮曰:"重耳在外,终是心腹之疾,必除了此人,方绝后患。"惠公问:"何人能为寡人杀重耳者?寡人不吝重赏。"郤芮曰:"寺人勃鞮,向年伐蒲,曾斩重耳之衣袂,常恐重耳入国,或治其罪。君

欲杀重耳，除非此人可用。"惠公召勃鞮，密告以杀重耳之事。勃鞮对曰："重耳在翟十二年矣。翟人伐咎如⑥，获其二女，曰叔隗、季隗，皆有美色。以季隗妻重耳，而以叔隗妻赵衰，各生有子⑦，君臣安于室家之乐，无复虞我之意。臣今往伐，翟人必助重耳兴兵拒战，胜负未卜。愿得力士数人，微行至翟，乘其出游，刺而杀之。"惠公曰："此计大妙。"遂与勃鞮黄金百镒，使购求力士，自去行事："限汝三日内，便要起身。事毕之日，当加重用。"自古道："若要不知，除非莫为。若要不闻，除非莫言。"惠公所托，虽是勃鞮一人，内侍中多有闻其谋者。狐突闻勃鞮挥金如土，购求力士，心怀疑惑，密地里访问其故。那狐突是老国舅，那个内侍不相熟？不免把这密谋来泄漏于狐突之耳。狐突大惊，即时密写一信，遣人星夜往翟，报与公子重耳知道。

却说重耳是日，正与翟君猎于渭水之滨。忽有一人冒围而入，求见狐氏兄弟，说："有老国舅家书在此。"狐毛、狐偃曰："吾父素不通外信，今有家书，必然国中有事。"即召其人至前。那人呈上书信，叩了一头，转身就走。毛偃心疑。启函读之，书中云："主公谋刺公子，已遣寺人勃鞮，限三日内起身。汝兄弟禀知公子，速往他国，无得久延取祸。"二狐大惊，将书禀知重耳。重耳曰："吾妻子皆在此，此吾家矣。欲去将何之？"狐偃曰："吾之适此，非以营家，将以图国也；以力不能适远，故暂休足于此。今为日已久，宜徙大国，勃鞮之来，殆天遣之促公子之行乎？"重耳曰："即行，适何国为可？"狐偃曰："齐侯虽耄，伯业尚存，收恤诸侯，录用贤士。今管仲、隰朋新亡，国无贤佐，公子若至齐，齐侯必然加礼。倘晋有变，又可借齐之力，以图复也。"重耳以为然。乃罢猎归，告其妻季隗曰："晋君将使人行刺于我，恐遭毒手，将远适大国，结连秦楚，为复国之计。子宜尽心抚育二子，待我二十五年不至，方可别嫁他人。"季隗泣曰："男子志在四方，非妾敢留。然妾今二十五岁矣，再过二十五年，妾当老死，尚嫁人乎？妾自当待子，子勿虑也！"赵衰亦嘱咐叔隗，不必尽述。

次早，重耳命壶叔整顿车乘，守藏小吏头须收拾金帛。正吩咐间，只见狐毛、狐偃仓皇而至，言："父亲老国舅见勃鞮受命次日，即便起身，诚恐公子未行，难以提防，不及写书，又遣能行快走之人，星夜赶至，催促公子速速逃避，勿淹时刻！"重耳闻信，大惊曰："鞮来何速也？"不及装束，遂与二狐徒步出于城外。壶叔见公子已行，止备辆车一乘追上，与公子乘坐。赵衰、臼季诸人，陆续赶上，不及乘车，都是步行。重耳问："头须如何不来？"有人说："头须席卷藏中所有逃走，不知去向了。"重耳已失窠巢，又没盘费，此时情绪，好不愁闷，事已如此，不得不行。正是忙忙似丧家之犬，急急如漏网之鱼。公子出城半日，翟君始知，欲赠资装，已无及矣。有诗为证：

流落夷邦十二年，困龙伏蛰未升天。

豆萁®何事相煎急？道路于今又播迁。

却说惠公原限寺人勃鞮三日内起身，往翟干事，如何次日便行？那勃

勃鞮原是个寺人，专以献勤取宠为事。前番献公差他伐蒲，失了公子重耳，仅割取衣袂而回，料想重耳必然衔恨。今番又奉惠公之差，若能够杀却重耳，不惟与惠公立功，兼可除自己之患。故此纠合力士数人，先期疾走，正要公子不知防备，好去结果他陛命。谁知老国舅两番送信，漏泄其情，比及勃鞮到翟，访问公子消息，公子已不在了。翟君亦为公子面上，吩咐关津，凡过往之人，加意盘诘，十分严紧。勃鞮在晋国，还是个近侍的宦者，今日为杀重耳而来，做了奸人刺客之流，若被盘诘，如何答应？因此过不得翟国，只得快快而回，复命于惠公。惠公没法，只得暂时搁起。

　　再说公子重耳一心要往齐国，却先要经繇卫国，这是"登高必自卑，行远必自迩"。重耳离了翟境，一路穷苦之状，自不必说。数日，至于卫界，关吏叩其来历。赵衰曰："吾主乃晋公子重耳，避难在外，今欲往齐，假道于上国耳。"吏开关延入，飞报卫侯。上卿宁速，请迎之入城。卫文公曰："寡人立国楚丘，并不曾借晋人半臂之力。卫、晋虽为同姓，未通盟好。况出亡之人，何关轻重？若迎之，必当设宴赠贿，费多少事，不如逐之。"乃吩咐守门闾者，不许放晋公子入城。重耳乃从城外而行。魏犨、颠颉进曰："卫煅⑨无礼，公子宜临城责之。"赵衰曰："蛟龙失势，比于蚯蚓。公子且宜含忍，无徒责礼于他人也。"犨、颉曰："既彼不尽主人之礼，剽掠村落，以助朝夕，彼亦难怪我矣。"重耳曰："剽掠者谓之盗。吾宁忍饿，岂可行盗贼之事乎？"

是日，公子君臣，尚未早餐，忍饥而行。看看过午，到一处地名五鹿⑩，见一伙田夫，同饭于陇上。重耳令狐偃问之求食。田夫问："客从何来？"偃曰："吾乃晋客，车上者乃吾主也。远行无粮，愿求一餐！"田夫笑曰："堂堂男子，不能自资，而问吾求食耶？吾等乃村农，饱食方能荷锄，焉有余食及于他人？"偃曰："纵不得食，乞赐一食器！"田夫乃戏以土块与之曰："此土可为器也。"魏犨大骂："村夫焉敢辱吾！"夺其食器，掷而碎之。重耳亦大怒，将加鞭扑。偃急止之曰："得饭易，得土难。土地，国之基也。天假手野人，以土地授公子，此乃得国之兆，又何怒焉？公子可降拜受之。"重耳果依其言，下车拜受。田夫不解其意，乃群聚而笑曰："此诚痴人耳！"后人有诗曰：

土地应为国本基，皇天假手慰艰危。

高明子犯窥先兆，田野愚民反笑痴。

再行约十余里，从者饥不能行，乃休于树下。重耳饥困，枕狐毛之膝而卧。狐毛曰："子余尚携有壶餐⑪，其行在后，可俟之。"魏犨曰："虽有壶餐，不够子余一人之食，料无存矣。"众人争采蕨薇⑫煮食，重耳不能下咽。忽见介子推捧肉汤一盂以进，重耳食之而美。食毕，问："此处何从得肉？"介子推曰："臣之股肉也。臣闻'孝子杀身以事其亲，忠臣

杀身以事其君'。今公子乏食，臣故割股以饱公子之腹。"重耳垂泪曰：
"亡人累子甚矣，将何以报？"子推曰："但愿公子早归晋国，以成臣等股
肱之义，臣岂望报哉？"髯仙有诗赞云：

孝子重归全⑬，亏体谓亲辱。嗟嗟介子推，割股充君腹。委质⑭称股
肱，腹心⑮同祸福。岂不念亲遗？忠孝难兼局⑯！彼哉私身家，何以食
君禄？

良久，赵衰始至。众人问其行迟之故，衰曰："被棘刺损足胫，故不
能前。"乃出竹笥中壶餐，以献于重耳。重耳曰："子余不苦饥耶？何不
自食？"衰对曰："臣虽饥，岂敢背君而自食耶？"狐毛戏魏犨曰："此浆
若落子手，在腹中且化矣。"魏犨惭而退。重耳即以壶浆赐赵衰，衰汲水
调之，遍食从者。重耳叹服。

重耳君臣一路觅食，半饥半饱，至于齐国。齐桓公素闻重耳贤名，一知公子进关，即遣使往郊，迎入公馆，设宴款待。席间问："公子带有内眷否？"重耳对曰："亡人一身不能自卫，安能携家乎？"桓公曰："寡人独宿一宵，如度一年。公子绌[17]在行旅，而无人以侍巾栉[18]，寡人为公子忧之！"于是择宗女中之美者，纳于重耳，赠马二十乘[19]，自是从行之众，皆有车马。桓公又使廪人致粟，庖人致肉，日以为常。重耳大悦，叹曰："向闻齐侯好贤礼士，今始信之。其成伯，不亦宜乎？"其时周襄王之八年[20]，乃齐桓公之四十二年也。

　　桓公自从前岁委政鲍叔牙，一依管仲遗言，将竖刁、雍巫、开方三人逐去，食不甘味，夜不酣寝，口无谑语，面无笑容。长卫姬进曰："君逐

竖刁诸人，而国不加治，容颜日悴，意者左右使令，不能体君之心，何不召之？"桓公曰："寡人亦思念此三人，但已逐之，而又召之，恐拂鲍叔牙之意也。"长卫姬曰："鲍叔牙左右，岂无给使令者？君老矣，奈何自苦如此！君但以调味，先召易牙，则开方、竖刁可不烦招而致也。"桓公从其言，乃召雍巫和五味。鲍叔牙谏曰："君岂忘仲父遗言乎？奈何召之？"桓公曰："此三人有益于寡人，而无害于国。仲父之言，无乃太过！"遂不听叔牙之言，并召开方、竖刁。三人同时皆令复职，给事左右。鲍叔牙愤郁发病而死，齐事从此大坏矣。

后来毕竟如何，且看下回分解。

【注释】

①吕省：即晋大夫吕饴甥，此据《史记》。但吕饴甥无省作名或字的记载。或甥、省音近，故通。

②王城：春秋时大荔戎筑以为都，故号王城。故址在今陕西大荔县东。

③七牢：牛、羊、猪三牲各七。

④褊（biǎn 扁）急：器量小而性急躁。

⑤其子：即下文的屠击，奸臣屠岸贾为其孙。

⑥咎（gāo 高）如：赤狄的一支，隗姓。当时活动于今河南安阳市西南一带。

⑦咎生有子：重耳妻季隗生伯儵、叔刘，赵衰妻叔隗生赵盾。

⑧豆萁：比喻兄弟相煎。出曹植《煮豆燃豆萁》一诗。

⑨卫煅毁：即卫文公姬煅毁。见二十三回。文公处亡国之馀，物力艰难，故吝啬无礼。

⑩五鹿：春秋时卫地名。在今河南濮阳县南。

⑪壶餐：即稀饭。

⑫蕨薇：野菜名。蕨俗名拳菜，嫩叶可食。薇又名巢菜，俗称野豌豆，可食。

⑬归全：身体发肤无任何损伤地死去。这是古代孝子最为重视之事。

⑭委质：以臣事君，意味着将个人躯体交付、抵押给国君。

⑮腹心：指臣下。臣子应是君主的腹心，分君之忧，急君之难。

⑯兼局：同一棋局。局，棋局。这里意指体现在同一棋局之中。

⑰绌（chù 畜）：通"黜"。贬斥。

⑱侍巾栉（zhì 治）：巾用以拭手，栉用以梳发。巾栉乃洗沐用品。古

代贵族以侍巾栉为婢妾之事。

⑲二十乘：即马八十四。春秋时每一战车（乘）用四匹马，故一乘指马四匹。

⑳周襄王之八年：即公元前 644 年。

第三十二回　晏蛾儿逾墙殉节
群公子大闹朝堂

话说齐桓公背了管仲遗言，复用竖刁、雍巫、开方三人，鲍叔牙谏诤不从，发病而死。三人益无忌惮，欺桓公老耄无能，遂专权用事。顺三人者，不贵亦富，逆三人者，不死亦逐。这话且搁过一边。

且说是时有郑国名医，姓秦名缓，字越人，寓于齐之卢村①，因号卢医。少时开邸舍，有长桑君来寓，秦缓知其异人，厚待之，不责其直②。长桑君感之，授以神药，以上池水③服之，眼目如镜，暗中能见鬼物，虽人在隔墙，亦能见之，以此视人病症，五脏六腑，无不洞烛，特以诊脉为名耳。古时有个扁鹊，与轩辕黄帝同时，精于医药。人见卢医手段高强，遂比之古人，亦号为扁鹊④。先年扁鹊曾游虢国，适值虢太子暴蹷⑤而死，扁鹊过其宫中，自言能医。内侍曰："太子已死矣，安能复生？"扁鹊曰："请试之。"内侍报知虢公，虢公流泪沾襟，延扁鹊入视。扁鹊教其弟子阳厉，用砭石⑥针之。须臾，太子苏，更进以汤药，过二旬复故。世人共称扁鹊有回生起死之术。扁鹊周游天下，救人无数。

一日，游至临淄，谒见齐桓公⑦，奏曰："君有病在腠理⑧，不治将深。"桓公曰："寡人不曾有疾。"扁鹊出，后五日复见，奏曰："君病在血脉，不可不治。"桓公不应。后五日又见，奏曰："君之病已在肠胃矣，宜速治也。"桓公复不应。扁鹊退，桓公叹曰："甚矣，医人之喜于见功也！无疾而谓之有疾。"过五日，扁鹊又求见，望见桓公之色，退而却走。桓公使人问其故。曰："君之病在骨髓矣！夫腠理，汤熨⑨之所及也。血脉，针砭之所及也。肠胃，酒醪⑩之所及也。今在骨髓，虽司命⑪其奈之何？臣是以不言而退也。"又过五日，桓公果病，使人召扁鹊，其馆人曰："秦先生五日前已束装而去矣。"桓公懊悔无已。

桓公先有三位夫人，曰王姬、徐姬、蔡姬，皆无子。王姬、徐姬相继先卒，蔡姬退回蔡国。以下又有如夫人⑫六位，俱因他得君宠爱，礼数与夫人无别，故谓之如夫人。六位各生一子。第一位长卫姬，生公子无亏。第二位少卫姬，生公子元。第三位郑姬，生公子昭。第四位葛嬴，生公子潘。第五位密姬，生公子商人。第六位宋华子⑬，生公子雍。其余姜媵，有子者尚多，不在六位如夫人之数。那六位如夫人中，惟长卫姬事桓公最久。六位公子中，亦惟无亏年齿最长。桓公嬖臣雍巫、竖刁，俱与卫姬相善，巫、刁因请于桓公，许立无亏为嗣。后又爱公子昭之贤，与管仲商议，在葵丘会上，嘱咐宋襄公，以昭为太子。卫公子开方，独与公子潘相善，亦为潘谋嗣立。公子商人性喜施予，颇得民心，因母密姬有宠，未免萌觊觎之心。内中只公子雍出身微贱，安分守己。其他五位公子，各树党羽，互相猜忌，如五只大虫，各藏牙爪，专等人来搏噬。桓公虽然是个英主，却不道剑老无芒，人老无刚，他做了多年的侯伯，志足意满，且是耽于酒色之人，不是个清心寡欲的，到今日衰耄之年，志气自然昏惰了。况又小人用事，蒙蔽耳目，但知乐境无忧境，不听忠言听谀言。那五位公子，各使其母求为太子，桓公也一味含糊答应，全没个处分的道理。

正所谓："人无远虑，必有近忧。"忽然桓公疾病，卧于寝室。雍巫见扁鹊不辞而去，料也难治了。遂与竖刁商议出一条计策，悬牌宫门，假传桓公之语，牌上写道：

寡人有怔忡之疾⑭，恶闻人声，不论群臣子姓⑮，一概不许入宫，著寺貂紧守宫门，雍巫率领宫甲巡逻。一应国政，俱俟寡人病痊日奏闻。

巫、刁二人，假写悬牌，把住宫门。单留公子无亏，住长卫姬宫中，他公子问安，不容入宫相见。过三日，桓公未死，巫、刁将他左右侍卫之人，不问男女，尽行逐出，把宫门塞断。又于寝室周围，筑起高墙三丈，内外隔绝，风缝不通。止存墙下一穴，如狗窦一般，早晚使小内侍钻入，打探生死消息。一面整顿宫甲，以防群公子之变。不在话下。

再说桓公伏于床上，起身不得，呼唤左右，不听得一人答应，光着两眼，呆呆而看。只见扑蹋一声，似有人自上而坠，须臾推窗入来，桓公睁目视之，乃贱妾晏蛾儿也。桓公曰："我腹中觉饿，正思粥饮，为我取之。"蛾儿对曰："无处觅粥饮。"桓公曰："得热水亦可救渴。"蛾儿对曰："热水亦不可得。"桓公曰："何故？"蛾儿对曰："易牙与竖刁作乱，守禁宫门，筑起三丈高墙，隔绝内外，不许人通，饮食从何处而来？"桓公曰："汝如何得至于此？"蛾儿对曰："妾曾受主公一幸之恩，是以不顾性命，逾墙而至，欲以视君之瞑也。"桓公曰："太子昭安在？"蛾儿对曰："被二人阻挡在外，不得入宫。"桓公叹曰："仲父不亦圣乎？圣人所

见，岂不远哉！寡人不明，宜有今日。”乃奋气大呼曰："天乎，天乎！
小白乃如此终乎！"连叫数声，吐血数口，谓蛾儿曰："我有宠妾六人，
子十余人，无一人在目前者，单只你一人送终，深愧平日未曾厚汝。"蛾
儿对曰："主公请自保重，万一不幸，妾情愿以死送君！"桓公叹曰："我
死若无知则已，若有知，何面目见仲父于地下？"乃以衣袂自掩其面，连
叹数声而绝。计桓公即位于周庄王十二年之夏五月，薨于周襄王九年之冬
十月，在位共四十有三年，寿七十三岁。潜渊先生有诗，单赞桓公好处：

　　　　姬辙[16]东迁纲纪亡，首倡列国共尊王。

南征僭楚包茅贡，北启顽戎朔漠疆。

立卫存邢仁德著，定储明禁义声扬。

正而不谲春秋许，五伯之中业最强。

髯仙又有一绝，叹桓公一生英雄，到头没些结果。诗云：

四十余年号方伯，南摧西抑雄无敌。

一朝疾卧牙刁狂，仲父原来死不得！

晏蛾儿见桓公命绝，痛哭一场，欲待叫唤外人，奈墙高声不得达，欲待逾墙而出，奈墙内没有衬脚之物，左思右想，叹口气曰："吾曾有言：'以死送君。'若殡殓之事，非妇人所知也！"乃解衣以覆桓公之尸，复肩负窗槅二扇以盖之，权当掩覆之意。向床下叩头曰："君魂且勿远去，待妾相随！"遂以头触柱，脑裂而死。贤哉此妇也！

是夜，小内侍钻墙穴而入，见寝室堂柱之下，血泊中挺着一个尸首，惊忙而出，报与巫、刁二人曰："主公已触柱自尽矣！"巫、刁二人不信，使内侍辈掘开墙垣，二人亲自来看，见是个妇人尸首，大惊。内侍中有认得者，指曰："此晏蛾儿也。"再看牙床之上，两扇窗槅，掩盖着个不言不动、无知无觉的齐桓公。呜呼哀哉，正不知几时气绝的。

竖刁便商议发丧之事。雍巫曰："且慢，且慢，必须先定了长公子的君位，然后发丧，庶免争竞。"竖刁以为然。当下二人同到长卫姬宫中，密奏曰："先公已薨逝矣。以长幼为序，合当夫人之子。但先公存日，曾将公子昭嘱托宋公，立为太子，群臣多有知者；倘闻先公之变，必然辅助太子。依臣等之计，莫若乘今夜仓卒之际，即率本宫甲士，逐杀太子，而奉长公子即位，则大事定矣！"长卫姬曰："我妇人也，惟卿等好为之！"于是雍巫、竖刁各率宫甲数百，杀入东宫，来擒世子。

且说世子昭不得入宫问疾，闷闷不悦。是夕方挑灯独坐，恍惚之间，似梦非梦，见一妇人前来谓曰："太子还不速走，祸立至矣！妾乃晏蛾儿也，奉先公之命，特来相报。"昭方欲叩之，妇人把昭一推，如坠万丈深渊，忽然惊醒，不见了妇人。此兆甚奇，不可不信，忙呼侍者取行灯相

随，开了便门，步至上卿高虎之家，急扣其门。高虎迎入，问其来意，公

子昭诉称如此。高虎曰："主公抱病半月，被奸臣隔绝内外，声息不通。世子此梦，凶多吉少。梦中口称先公，主公必已薨逝了。宁可信其有，不可信其无，世子且宜暂出境外，以防不测。"昭曰："何处可以安身？"高虎曰："主公曾将世子嘱咐宋公，今宜适宋，宋公必能相助。虎乃守国之臣，不敢同世子出奔。吾有门下士崔天，见管东门锁钥，吾使人吩咐开门，世子可乘夜出城也。"言之未已，阍人传报："宫甲围了东宫。"吓得世子昭面如土色。高虎使昭变服，与从人一般，差心腹人相随，至于东

门，传谕崔夭，令开钥放出世子。崔夭曰："主公存亡未知，吾私放太子，罪亦不免。太子无人侍从，如不弃崔夭，愿一同奔宋。"世子昭大喜曰："汝若同行，吾之愿也！"当下开了城门，崔夭见有随身车仗，让世子登车，自己执辔，望宋国急急而去。

话分两头。却说巫、刁二人，率领宫甲，围了东宫，遍处搜寻，不见世子昭的踪影。看看鼓打四更，雍巫曰："吾等擅围东宫，不过出其不意，若还迟至天明，被他公子知觉，先据朝堂，大事去矣。不如且归宫拥立长公子，看群情如何，再作道理。"竖刁曰："此言正合吾意。"二人收甲，未及还宫，但见朝门大开，百官纷纷而集，不过是高氏、国氏、管氏、鲍氏、陈氏、隰氏、南郭氏、北郭氏、闾丘氏这一班子孙臣庶，其名也不可尽述。这些众官员闻说巫、刁二人，率领许多甲士出宫，料必宫中有变，都到朝房打听消息。宫内已漏出齐侯凶信了。又闻东宫被围，不消说得，是奸臣乘机作乱。"那世子是先公所立，若世子有失，吾等何面目为齐臣？"三三两两，正商议去救护世子。恰好巫、刁二人兵转，众官员一拥而前，七嘴八张的，都问道："世子何在？"雍巫拱手答曰："世子无亏，今在宫中。"众人曰："无亏未曾受命册立，非吾主也，还我世子昭来！"竖刁仗剑大言曰："昭已逐去了！今奉先公临终遗命，立长子无亏为君，有不从者，剑下诛之。"众人愤愤不平，乱嚷乱骂："都是你这班奸佞，欺死蔑生，擅权废置。你若立了无亏，吾等誓不为臣！"大夫管平挺身出曰："今日先打死这两个奸臣，除却祸根，再作商议。"手挺牙笏，望竖刁顶门便打。竖刁用剑架住。众官员却待上前相助，只见雍巫大喝曰："甲士每，今番还不动手，平日养你每何干？"数百名甲士，各挺器械，一齐发作，将众官员乱砍。众人手无兵器，况且寡不敌众，弱不敌强，如何支架得来？正是："白玉阶前为战地，金銮殿上见阎王。"百官死于乱军之手者，十分之三。其余带伤者甚多，俱乱窜出朝门去了。

再说巫、刁二人，杀散了众百官，天已大明，遂于宫中扶出公子无亏，至朝堂即位。内侍每鸣钟击鼓，甲士环列两边，阶下拜舞称贺者，刚刚只有雍巫、竖刁二人。无亏又惭又怒，雍巫奏曰："大丧未发，群臣尚未知送旧，安知迎新乎？此事必须召国、高二老入朝，方可号召百官，压服人众。"无亏准奏，即遣内侍分头宣召右卿国懿仲，左卿高虎。这两位

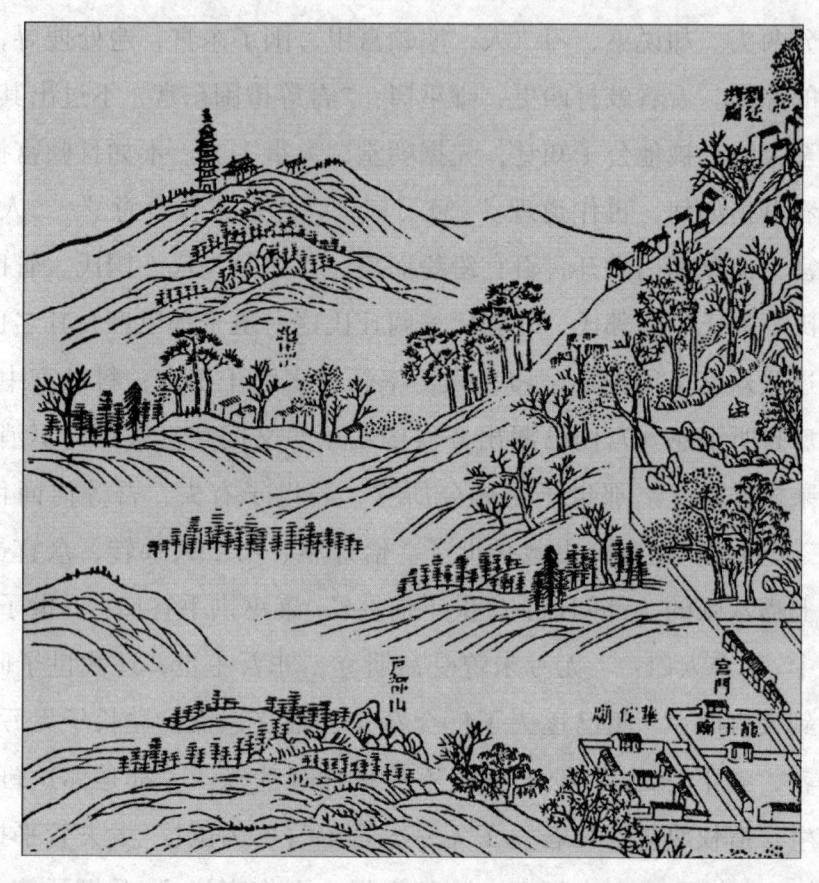

是周天子所命监国之臣，世为上卿，群僚钦服，所以召之。国懿仲与高虎闻内侍将命，知齐侯已死，且不具朝服，即时披麻带孝，入朝奔丧。巫、刁二人，急忙迎住于门外，谓曰："今日新君御殿，老大夫权且从吉。"国、高二老齐声答曰："未殡旧君，先拜新君，非礼也。谁非先公之子，老夫何择，惟能主丧者，则从之。"巫、刁语塞。国、高乃就门外，望空再拜，大哭而出。无亏曰："大丧未殡，群臣又不服，如之奈何？"竖刁曰："今日之事，譬如搏虎，有力者胜。主上但据住正殿，臣等列兵两庑，

俟公子有入朝者，即以兵劫之。"无亏从其言。长卫姬尽出本宫之甲，凡内侍悉令军装，宫女长大有力者，亦凑甲士之数，巫、刁各统一半，分布两庑。不在话下。

且说卫公子开方，闻巫、刁拥立无亏，谓葛嬴之子潘曰："太子昭不知何往，若无亏可立，公子独不可立乎？"乃悉起家丁死士，列营于右殿。密姬之子商人，与少卫姬之子元共议："同是先公骨血，江山莫不有分。公子潘已据右殿，吾等同据左殿。世子昭若到，大家让位，若其不来，把齐国四分均分。"元以为然。亦各起家甲，及平素所养门下之士，成队而来。公子元列营于左殿，公子商人列营于朝门，相约为犄角之势。巫、刁畏三公子之众，牢把正殿，不敢出攻。三公子又畏巫、刁之强，各守军营，谨防冲突。正是："朝中成敌国，路上绝行人。"有诗为证：

凤阁龙楼虎豹嘶，纷纷戈甲满丹墀[17]。

分明四虎争残肉，那个降心肯伏低？

其时只有公子雍怕事，出奔秦国去讫，秦穆公用为大夫[18]。不在话下。

且说众官知世子出奔，无所朝宗，皆闭门不出。惟有老臣国懿仲、高虎，心如刀刺，只想解结，未得其策。如此相持，不觉两月有余。高虎曰："诸公子但知夺位，不思治丧，吾今日当以死争。"国懿仲曰："子先入言，我则继之，同舍一命，以报累朝爵禄之恩可也。"高虎曰："只我两人开口，济得甚事？凡食齐禄者，莫非臣子，吾等沿门唤集，同至朝堂，且奉公子无亏主丧何如？"懿仲曰："'立子以长'，立无亏不为无名。"于是分头四下，招呼群臣，同去哭临。

众官员见两位老大夫做主，放着胆各具丧服，相率入朝。寺貂拦住问曰："老大夫此来何意？"高虎曰："彼此相持，无有了期，吾等专请公子主丧而来，无他意也。"貂乃揖虎而进。虎将手一招，国懿仲同群臣俱入，直至朝堂，告无亏曰："臣等闻：'父母之恩，犹天地也。'故为人子者，生则致敬，死则殡葬。未闻父死不殓，而争富贵者。且君者臣之表，君既不孝，臣何忠焉？今先君已死六十七日矣，尚未入棺，公子虽御正殿，于心安乎？"言罢，群臣皆伏地痛哭。无亏亦泣下曰："孤之不孝，罪通于天。孤非不欲成丧礼，其如元等之见逼何？"国懿仲曰："太子已外奔，惟公子最长。公子若能主丧事，收殓先君，大位自属。公子元等，虽分据殿门，老臣当以义责之，谁敢与公子争者？"无亏收泪下拜曰："此孤之愿也。"高虎吩咐雍巫仍守殿庑，群公子但衰麻入临者，便放入宫，如带挟兵仗者，即时拿住正罪。寺貂先至寝宫，安排殡殓。

却说桓公尸在床上，日久无人照顾，虽则冬天，血肉狼藉，尸气所蒸，生虫如蚁，直散出于墙外。起初众人尚不知虫从何来，及入寝室，发

开窗槁，见虫攒尸骨，无不悽惨。无亏放声大哭，群臣皆哭。即日取梓棺盛殓，皮肉皆腐，仅以袍带裹之，草草而已。惟晏蛾儿面色如生，形体不变，高虎等知为忠烈之妇，叹息不已，亦命取棺殓之。高虎等率群臣奉无亏居主丧之位，众人各依次哭临。是夜，同宿于枢侧。

却说公子元、公子潘、公子商人，列营在外，见高、国老臣率群臣丧服入内，不知何事。后闻桓公已殡，群臣俱奉无亏主丧，戴以为君，各相传语，言："高、国为主，吾等不能与争矣！"乃各散去兵众，俱衰麻入宫奔丧，兄弟相见，各各大哭。当时若无高、国说下无亏，此事不知如何结局也！胡曾先生有诗叹曰：

违背忠臣宠佞臣，致令骨肉肆纷争。

若非高国行和局，白骨堆床葬不成。

却说齐世子昭逃奔宋国，见了宋襄公，哭拜于地，诉以雍巫、竖刁作乱之事。其时宋襄公乃集群臣问曰："昔齐桓公曾以公子昭嘱托寡人，立为太子，屈指十年矣。寡人中心藏之，不敢忘也。今巫、刁内乱，太子见逐，寡人欲约会诸侯，共讨齐罪，纳昭于齐，定其君位而返。此举若遂，名动诸侯，便可倡率会盟，以绍桓公之伯业，卿等以为何如"？忽有一大臣出班奏曰："宋国有三不如齐，焉能伯诸侯乎？"襄公视之，其人乃桓公之长子，襄公之庶兄，因先年让国不立，襄公以为上卿，公子目夷字子鱼也。襄公曰："子鱼言'三不如齐'，其故安在？"目夷曰："齐有泰山、渤海之险，琅琊[19]、即墨[20]之饶，我国小土薄，兵少粮稀，一不如也。齐有高、国世卿，以干其国，有管仲、宁戚、隰朋、鲍叔牙以谋其事，我文武不具，贤才不登，二不如也。桓公北伐山戎，俞儿开道，猎于郊外，委蛇现形。我今年春正月，五星陨地[21]，俱化为石，二月又有大风之异，六鹢退飞[22]，此乃上而降下，求进反退之象，三不如也。有此三不如齐，自保且不暇，何暇顾他人乎？"襄公曰："寡人以仁义为主，不救遗孤，非仁也。受人嘱而弃之，非义也。"遂以纳太子昭传檄诸侯，约以来年春正月，共集齐郊。

　　檄至卫国，卫大夫宁速进曰："立子以嫡，无嫡立长，礼之常也。无亏年长，且有戍卫之劳[23]，于我有恩，愿君勿与。"卫文公曰："昭已立为世子，天下莫不知之。夫戍卫，私恩也，立世子，公义也。以私废公，寡人不为也。"檄至鲁国，鲁僖公曰："齐侯托昭于宋，不托寡人，寡人惟知长幼之序矣。若宋伐无亏，寡人当救之。"

　　周襄王十年，齐公子无亏元年三月，宋襄公亲合卫、曹、邾三国之师，奉世子昭伐齐，屯兵于郊。时雍巫已进位中大夫，为司马，掌兵权矣。无亏使统兵出城御敌，寺貂居中调度。高、国二卿分守城池。高虎谓国懿仲曰：“吾之立无亏，为先君之未殡，非奉之也。今世子已至，又得宋助，论理则彼顺，较势则彼强。且巫、刁戕杀百官，专权乱政，必为齐患。不若乘此除之，迎世子奉以为君。则诸公子绝觊觎之望，而齐有泰山之安矣。”懿仲曰：“易牙统兵驻郊，吾召竖刁，托以议事，因而杀之，率百官奉迎世子，以代无亏之位。吾谅易牙无能为也。”高虎曰：“此计大妙！”乃伏壮士于城楼，托言机密重事，使人请竖刁相会。正是：“做就机关擒猛虎，安排香饵钓鳌鱼。”

不知竖刁性命如何，且看下回分解。

【注释】

①卢村：在今山东长清区东南。

②不责其直：此指不要住宿费。责，索取。直，通"值"，价钱。

③上池水：指露水未及于地者。

④扁鹊：据《史记·扁鹊列传》，应为战国初年人，与赵简子同时。

⑤暴蹶：突然晕倒。

⑥砭（biān 边）石：用石块磨制的尖石，相当于后世的银针，为针灸用具。

⑦齐桓公：据《史记》及《新序》，均作齐桓公（或侯）。而《韩非子·喻老》则作蔡桓侯。但齐桓公小白或蔡桓侯封人与扁鹊均不同时。早于扁鹊两百年以上。

⑧腠（còu 凑）理：中医指皮下肌肉之间的空隙和肌肉的纹理。

⑨汤熨（wèi 位）：汤，指中药汤剂。熨，将中药敷贴于有病之处，

类似后世之膏药。

⑩酒醪（láo 劳）：本指汁滓混合之酒。这里借指浸泡中药药材之酒。

⑪司命：即命运之神。有大司命、少司命之分。

⑫如夫人：姬妾的别称。

⑬宋华子：系宋大夫华氏之女，子姓，故称。

⑭怔忡（zhēng chōng 征充）之疾：疾病名。心脏病的一种，即心动

过速。

⑮子姓：指众子孙。

⑯姬辙：应为姬宜臼，即东周平王。宜臼是否名辙，不见记载。或作"姬姓王室的车辙"解释。

⑰丹墀（chí 池）：古代君王宫殿前的石阶，多漆成红色，称为丹墀。这里借指宫殿。

⑱"其时"三句：此处有误。齐桓公子公子雍出奔楚国，而非秦国，楚成王后伐齐取阳谷之地以封之，参见下文第三十九回。奔秦用为大夫者乃晋文公之子，亦名公子雍（参见第三十六、四十七、四十八等回）。作者因名同而误。

⑲琅玡（láng yá 狼牙）：春秋时齐邑名。在今山东胶南市西南，靠近黄海，故有渔盐之利。

⑳即墨：战国时齐邑名。在今山东平度市西南。有大片沃野，物产富饶。

㉑五星陨（yǔn 允）地：指五颗流星坠落地上。此事亦有据，《左传》有记载：鲁僖公"十六年春，陨石于宋五"。

㉒六鹢（yì 义）退飞：鹢，同"鸃"，水鸟名，似鹭而大。其在天空飞翔之形，颇似古文"六"字。《公羊传》云："视之则六，察之则鹢。"故称六鹢。退飞，指风速特大，鹢飞欲进反退也。

㉓戍卫之劳：狄人杀卫懿公后，公子无亏曾率车三百乘送卫文公燬返国，并留下三千甲士戍守。见第二十三回。

第三十三回　宋公伐齐纳子昭
　　　　　楚人伏兵劫盟主

话说高虎乘雍巫统兵出城，遂伏壮士于城楼，使人请竖刁议事。竖刁不疑，昂然而来。高虎置酒楼中相待，三杯之后，高虎开言："今宋公纠合诸侯，起大兵送太子到此，何以御之？"竖刁曰："已有易牙统兵出郊迎敌矣。"虎曰："众寡不敌，奈何？老夫欲借重吾子，以救齐难。"竖刁曰："刁何能为？如老大夫有差遣，惟命是听。"虎曰："欲借子之头，以谢罪于宋耳！"刁愕然遽起。虎顾左右喝曰："还不下手！"壁间壮士突出，执竖刁斩之。虎遂大开城门，使人传呼曰："世子已至城外，愿往迎者随我！"国人素恶雍巫、竖刁之为人，因此不附无亏，见高虎出迎世子，无不攘臂乐从，随行者何止千人。国懿仲入朝，直叩宫门，求见无亏，奏言："人心思戴世子，相率奉迎，老臣不能阻当，主公宜速为避难之计。"无亏问："雍巫、竖刁安在？"懿仲曰："雍巫胜败未知，竖刁已为国人所杀矣。"无亏大怒曰："国人杀竖刁，汝安得不知？"顾左右欲执懿仲，懿仲奔出朝门。

无亏带领内侍数十人，乘一小车，愤然仗剑出宫，下令欲发丁壮授甲，亲往御敌。内侍辈东唤西呼，国中无一人肯应，反叫出许多冤家出来。正是：

恩德终须报，冤仇撒不开。从前作过事，没兴一齐来。

这些冤家，无非是高氏、国氏、管氏、鲍氏、宁氏、陈氏、晏氏、东郭氏、南郭氏、北郭氏、公孙氏、闾丘氏众官员子姓。当初只为不附无

亏，被雍巫、竖刁杀害的，其家属人人含怨，个个衔冤，今日闻宋君送太

子入国，雍巫统兵拒战，论起私心，巴不得雍巫兵败。又怕宋国兵到，别
有一番杀戮之惨，大家怀着鬼胎。及闻高老相国杀了竖刁，往迎太子，无
不喜欢，都道："今日天眼方开！"齐带器械防身，到东门打探太子来信。
恰好撞见无亏乘车而至，仇人相见，分外眼睁，一人为首，众人相助，各
各挺着器械，将无亏围住。内侍喝道："主公在此，诸人不得无礼！"众
人道："那里是我主公！"便将内侍乱砍，无亏抵挡不住，急忙下车逃走，
亦被众人所杀。东门鼎沸，却得国懿仲来抚慰一番，众人方才分散。懿仲
将无亏尸首抬至别馆殡殓，一面差人飞报高虎。

再说雍巫正屯兵东关，与宋相持，忽然军中夜乱，传说："无亏、竖
刁俱死，高虎相国率领国人，迎接太子昭为君，吾等不可助逆。"雍巫知

军心已变，心如芒刺①，急引心腹数人，连夜逃奔鲁国去讫。天明，高虎已到，安抚雍巫所领之众，直至郊外，迎接世子昭，与宋、卫、曹、邾四国讲和。四国退兵。高虎奉世子昭行至临淄城外，暂停公馆，使人报国懿仲整备法驾，同百官出迎。

却说公子元、公子潘闻知其事，约会公子商人，一同出郭奉迎新君。公子商人怫然②曰："我等在国奔丧，昭不与哭泣之位，今乃借宋兵威，以少凌长，强夺齐国，于理不顺。闻诸侯之兵已退，我等不如各率家甲，声言为无亏报仇，逐杀子昭。吾等三人中，凭大臣公议一人为君，也免得受宋国箝制，灭了先公盟主的志气。"公子元曰："若然，当奉宫中之令而行，庶为有名。"乃入宫禀知长卫姬。长卫姬泣曰："汝能为无亏报仇，我死无恨矣！"即命纠集无亏旧日一班左右人众，合着三位公子之党，同拒世子。竖刁手下亦有心腹，欲为其主报仇，也来相助，分头据住临淄城各门。国懿仲畏四家人众，将府门紧闭，不敢出头了。高虎谓世子昭曰："无亏、竖刁虽死，余党尚存，况有三公子为主，闭门不纳，若欲求入，必须交战，倘战而不胜，前功尽弃，不如仍走宋国求救为上。"世子昭曰："但凭国老主张。"高虎乃奉世子昭复奔宋国。

宋襄公才班师及境，见世子昭来到，大惊，问其来意，高虎一一告诉明白。襄公曰："此寡人班师太早之故也。世子放心，有寡人在，何愁不入临淄哉？"即时命大将公孙固增添车马。先前有卫、曹、邾三国同事，止用二百乘，今日独自出车，加至四百乘。公子荡为先锋，华御事为合后，亲将中军，护送世子，重离宋境，再入齐郊。时有高虎前驱，把关将吏，望见是高相国，即时开门延入，直逼临淄下寨。宋襄公见国门紧闭，吩咐三军准备攻城器具。城内公子商人谓公子元、公子潘曰："宋若攻城，必然惊动百姓。我等率四家之众，乘其安息未定，合力攻之。幸而胜固善，不幸而败，权且各图避难，再作区处。强如死守于此，万一诸侯之师毕集，如之奈何？"元、潘以为然。乃于是日，夜开城门，各引军出来劫宋寨，不知虚实，单劫了先锋公子荡的前营。荡措手不及，弃寨而奔。中

军大将公孙固，闻前寨有失，急引大军来救。后军华御事同齐国老大夫高虎，亦各率部下接应。两下混战，直至天明。四家党羽虽众，各为其主，人心不齐，怎当得宋国大兵。当下混战了一夜，四家人众，被宋兵杀得七零八落。公子元恐世子昭入国，不免于祸，乘乱引心腹数人，逃奔卫国避难去讫。公子潘、公子商人收拾败兵入城，宋兵紧随其后，不能闭门，崔夭为世子昭御车，长驱直入。上卿国懿仲闻四家兵散，世子已进城，乃聚集百官，同高虎拥立世子昭即位。即以本年为元年，是为孝公③。孝公嗣位，论功行赏，进崔夭为大夫。大出金帛，厚犒宋军。襄公留齐境五日，方才回宋。时鲁僖公起大兵来救无亏，闻孝公已立，中道而返，自此鲁、齐有隙，不在话下。

再说公子潘与公子商人计议，将出兵拒敌之事，都推在公子元身上。国、高二国老，明知四家同谋，欲孝公释怨修好，单治首乱雍巫、竖刁二人之罪，尽诛其党，余人俱赦不问。是秋八月，葬桓公于牛首堈④之上，连起三大坟。以晏蛾儿附葬于旁，另起一小坟。又为无亏、公子元之故，将长卫姬、少卫姬两宫内侍宫人，悉令从葬，死者数百人。后至晋永嘉⑤末年，天下大乱，有村人发桓公冢，冢前有水银池，寒气触鼻，人不敢入，经数日，其气渐消，乃牵猛犬入冢中，得金蚕⑥数十斛，珠襦玉匣，缯彩军器，不可胜数，冢中骸骨狼藉，皆殉葬之人也。足知孝公当日葬父之厚矣，亦何益哉！髯仙有诗云：

疑冢三堆峻似山，金蚕玉匣出人间。

从来厚蓄多遭发，薄葬须知不是悭。

话分两头。却说宋襄公自败了齐兵，纳世子昭为君，自以为不世奇功，便想号召诸侯，代齐桓公为盟主。又恐大国难致，先约滕、曹、邾、鄫⑦小国，为盟于曹国之南。曹、邾二君到后，滕子婴齐方至。宋襄不许婴齐与盟，拘之一室。鄫君惧宋之威，亦来赴会，已逾期二日矣。宋襄公问于群臣曰："寡人甫倡盟好，鄫小国，辄敢怠慢，后期二日，不重惩之，何以立威！"大夫公子荡进曰："向者齐桓公南征北讨，独未服东夷之众。君欲威中国，必先服东夷，欲服东夷，必用鄫子。"襄公曰："用之何如？"公子荡曰："睢水⑧之次，有神能致风雨，东夷皆立社祠之，四时不缺。君诚用鄫子为牺牲，以祭睢神，不惟神将降福，使东夷闻之，皆谓君能生杀诸侯，谁不耸惧来服？然后借东夷之力，以征诸侯，伯业成矣。"上卿公子目夷谏曰："不可，不可！古者小事不用大牲⑨，重物命也，况于人乎？夫祭祀，以为人祈福也。杀人以祈人福，神必不飨。且国有常祀，宗伯⑩所掌。睢水河神，不过妖鬼耳，夷俗所祀，君亦祀之，未见君之胜于夷也，而谁肯服之？齐桓公主盟四十年，存亡继绝，岁有德施于天下。今君才一举盟会，而遂戮诸侯以媚妖神，臣见诸侯之惧而叛我，未见

其服也。"公子荡曰:"子鱼之言谬矣!君之图伯与齐异。齐桓公制国二十余年,然后主盟,君能待乎?夫缓则用德,急则用威,迟速之序,不可不察也。不同夷,夷将疑我;不惧诸侯,诸侯将玩我。内玩而外疑,何以成伯?昔武王斩纣头,悬之太白旗⑪,以得天下。此诸侯之行于天子者也,而何有于小国之君?君必用之。"

　　襄公本心急于欲得诸侯,遂不听目夷之言,使邾文公执鄫子杀而烹之，以祭睢水之神。遣入召东夷君长，俱来睢水会祀。东夷素不习宋公之政，莫有至者。滕子婴齐大惊，使人以重赂求释，乃解婴齐之囚。曹大夫僖负羁谓曹共公襄曰："宋躁而虐，事必无成，不如归也。"共公辞归，遂不具地主之礼。襄公怒，使人责之曰："古者国君相见，有脯资饩牢⑫，以修宾主之好。寡君逗留于君之境上，非一日矣。三军之众，尚未知主人之所属，愿君图之！"僖负羁对曰："夫授馆致饩⑬，朝聘之常礼也。今君以公事涉于南鄙，寡人呕⑭于奔命，未及他图。今君责以主人之礼，寡君愧甚，惟君恕之！"曹共公遂归。

襄公大怒，传令移兵伐曹。公子目夷又谏曰："昔齐桓公会盟之迹，遍于列国，厚往薄来，不责其施，不诛其不及，所以宽人之力，而恤人之情也。曹之缺礼，于君无损，何必用兵？"襄公不听，使公子荡将兵车三百乘，伐曹围其城。僖负羁随方设备，与公子荡相持三月，荡不能取胜。是时，郑文公首先朝楚，约鲁、齐、陈、蔡四国之君，与楚成王为盟于齐境。宋襄公闻之大惊。一来恐齐、楚两国之中，或有倡伯者，宋不能与争，二来又恐公子荡攻曹失利，挫了锐气，贻笑于诸侯，乃召荡归。曹共公亦恐宋师再至，遣人至宋谢罪。自此宋、曹相睦如初。

再说宋襄公一心求伯，见小国诸侯，纷纷不服，大国反远与楚盟，心中愤急，与公子荡商议。公子荡进曰："当今大国，无过齐、楚。齐虽伯主之后，然纷争方定，国势未张。楚僭王号，乍通中国，诸侯所畏。君诚不惜卑词厚币，以求诸侯于楚⑮，楚必许之。借楚力以聚诸侯，复借诸侯以压楚，此一时权宜之计也。"公子目夷又谏曰："楚有诸侯，安肯与我？我求诸侯于楚，楚安肯下我？恐争端从此开矣。"襄公不以为然。即命公子荡以厚赂如楚，求见楚成王。成王问其来意，许以明年之春，相会于鹿上⑯之地。公子荡归报襄公，襄公曰："鹿上齐地，不可不闻之齐侯。"复遣公子荡如齐修聘，述楚王期会之事。齐孝公亦许之。时宋襄公之十一年，乃周襄王之十二年⑰也。

次年春正月，宋襄公先至鹿上，筑盟坛以待齐、楚之君。二月初旬，

齐孝公始至。襄公自负有纳孝公之功，相见之间，颇有德色。孝公感宋之
德，亦颇尽地主之礼。又二十余日，楚成王方到。宋、齐二君接见之间，
以爵为序。楚虽僭王号，实是子爵，宋公为首，齐侯次之，楚子又次之。
这是宋襄公定的位次。至期，共登鹿上之坛，襄公毅然以主盟自居，先执
牛耳[18]，并不谦让。楚成王心中不悦，勉强受歃。襄公拱手言曰："兹父
忝先代之后，作宾王家[19]，不自揣德薄力微，窃欲修举盟会之政。恐人心
不肃，欲借重二君之余威，以合诸侯于敝邑之盂地[20]，以秋八月为期。若
君不弃，倡率诸侯，徼惠于盟，寡人愿世敦兄弟之好。自殷先王以下，咸

拜君之赐，岂独寡人乎？”齐孝公拱手以让楚成王，成王亦拱手以让孝公，二君互相推让，良久不决。襄公曰：“二君若不弃寡人，请同署之。”乃出征会之牍，不送齐侯，却先送楚成王求署。孝公心中亦怀怏怏。楚成王举目观览，牍中叙合诸侯修会盟之意，效齐桓公衣裳之会，不以兵车。牍尾宋公先已署名。楚成王暗暗含笑，谓襄公曰：“诸侯君自能致，何必寡人？”襄公曰：“郑、许久在君之宇下，而陈、蔡近者复受盟于齐，非乞君之灵，惧有异同^②。寡人是以借重于上国。”楚成王曰：“然则齐君当署，次及寡人可也。”孝公曰：“寡人于宋，犹宇下也，所难致者，上国之威令耳。”楚王笑而署名，以笔授孝公。孝公曰：“有楚不必有齐。寡人流离万死之余，幸社稷不陨，得从末献为荣，何足重轻，而亵此简牍为耶？”坚不肯署。论齐孝公心事，却是怪宋襄公先送楚王求署，识透他重楚轻齐，所以不署。宋襄公自负有恩于齐，却认孝公是衷肠之语，遂收牍而藏之。三君于鹿上又叙数日，丁宁而别。髯仙有诗叹曰：

诸侯原自属中华，何用纠纷乞楚家？

错认同根成一树，谁知各自有丫叉！

楚成王既归，述其事于令尹子文。子文曰：“宋君狂甚！吾王何以征会许之？”楚王笑曰：“寡人欲主中华之政久矣，恨不得其便耳。今宋公倡衣裳之会，寡人因之以合诸侯，不亦可乎？”大夫成得臣进曰：“宋公为人好名而无实，轻信而寡谋，若伏甲以劫之，其人可虏也。”楚王曰：“寡人意正如此。”子文曰：“许人以会而复劫之，人谓楚无信矣，何以服诸侯？”得臣曰：“宋喜于主盟，必有傲诸侯之心。诸侯未习宋政，莫之与也^②。劫之以示威，劫而释之，又可以示德。诸侯耻宋之无能，不归楚，将谁归乎？夫拘小信而丧大功，非策也。”子文奏曰：“子玉之计，非臣所及。”楚王乃使成得臣、斗勃二人为将，各选勇士五百人，操演听令，预定劫盟之计，不必详说，下文便见。

且说宋襄公归自鹿上，欣然有喜色，谓公子目夷曰：“楚已许我诸侯矣。”目夷谏曰：“楚，蛮夷也，其心不测。君得其口，未得其心，臣恐

君之见欺也。"襄公曰："子鱼太多心了。寡人以忠信待人，人其忍欺寡
人哉？"遂不听目夷之言，传檄征会。先遣人于盂地筑起坛墠，增修公馆，
务极华丽。仓场中储积刍粮，以待各国军马食费。凡献享犒劳之仪，一一
从厚，无不预备。至秋七月，宋襄公命乘车赴会，目夷又谏曰："楚强而
无义，请以兵车往。"襄公曰："寡人与诸侯约为'衣裳之会'，不用兵
车。自我约之，自我堕之，异日无以示信于诸侯矣。"目夷曰："君以乘
车全信，臣请伏兵车百乘于三里之外，以备缓急何如？"襄公曰："子用
兵车，与寡人用之何异？必不可。"临行之际，襄公又恐目夷在国起兵接
应，失了他信义，遂要目夷同往。目夷曰："臣亦放心不下，也要同去。"
于是君臣同至会所。楚、陈、蔡、许、曹、郑六国之君，如期而至。惟齐孝公心怀怏怏，鲁僖公未与楚通，二君不到。襄公使候人迎接六国诸侯，分馆安歇，回报："都用乘车㉓。楚王侍从虽众，亦是乘车。"襄公曰："吾知楚不欺吾也！"

太史卜盟日之吉，襄公命传知各国。先数日，预派定坛上执事人等。是早五鼓，坛之上下，皆设庭燎，照耀如同白日。坛之旁，另有憩息之所，襄公先往以待。陈穆公款、蔡庄公甲午、郑文公捷、许僖公业、曹共公襄五位诸侯，陆续而至。伺候良久，天色将明，楚成王熊恽方到。襄公且循地主之礼，揖让了一番，分左右两阶登坛。右阶宾登，众诸侯不敢僭楚成王，让之居首。成得臣、鬬勃二将相随，众诸侯亦各有从行之臣，不必细说。左阶主登，单只宋襄公及公子目夷君臣二人。方才升阶之时，论个宾主，既登盟坛之上，陈牲歃血，要天矢日㉔，列名载书，便要推盟主为尊了。宋襄公指望楚王开口，以目视之，楚王低头不语。陈、蔡诸国，面面相觑，莫敢先发。

襄公忍不住了，乃昂然而出曰："今日之举，寡人欲修先伯主齐桓公故业，尊王安民，息兵罢战，与天下同享太平之福，诸君以为何如？"诸侯尚未答应，楚王挺身而前曰："君言甚善，但不知主盟今属何人？"襄公曰："有功论功，无功论爵，更有何言？"楚王曰："寡人冒爵为王久矣。宋虽上公，难列王前，寡人告罪占先了。"便立在第一个位次。目夷扯襄公之袖，欲其权且忍耐，再作区处。襄公把个盟主捏在掌中，临时变卦，如何不恼？包着一肚子气，不免疾言遽色，谓楚王曰："寡人微福先代，忝为上公，天子亦待以宾客之礼。君言冒爵，乃僭号也，奈何以假王而压真公乎？"楚王曰："寡人既是假王，谁教你请寡人来此？"襄公曰："君之至此，亦是鹿上先有成议，非寡人之谩约也。"成得臣在旁大喝曰："今日之事，只问众诸侯，为楚来乎？为宋来乎？"陈、蔡各国，平素畏服于楚，齐声曰："吾等实奉楚命，不敢不至。"楚王呵呵大笑曰："宋君更有何说？"

襄公见不是头，欲待与他讲理，他又不管理之长短；欲作脱身之计，

又无片甲相护。正在踌躇，只见成得臣、斗勃卸去礼服，内穿重铠，腰间各插小红旗一面，将旗向坛下一招，那跟随楚王人众，何止千人，一个个俱脱衣露甲，手执暗器，如蜂攒蚁聚，飞奔上坛。各国诸侯，俱吓得魂不附体。成得臣先把宋襄公两袖紧紧捻定，同斗勃指挥众甲士，掳掠坛上所陈设玉帛器皿之类。一班执事，乱窜奔逃。宋襄公见公子目夷紧随在旁，低声谓曰："悔不听子言，以至如此。速归守国，勿以寡人为念！"目夷料想跟随无益，乃乘乱逃回。

不知宋襄公如何脱身，且看下回分解。

【注释】

①芒刺：指草木之刺，锐利如针。"心如芒刺"，实有如箭钻心之意。

②咈（fú 服）然：不赞成的样子。

③孝公：齐孝公吕昭。在位九年（前641—前633）。

④牛首堁：即牛山。在今山东临淄城南。

⑤永嘉：西晋怀帝司马炽年号（公元307—312）。永嘉末年，匈奴刘聪、刘曜攻陷晋都洛阳，导致"五胡乱华"，天下大乱。

⑥金蚕：金制颗粒，其形似蚕，古用作殉葬之具。晋陆翙《邺中记》云："永嘉末，发齐桓公墓，得水银池，金蚕数十箔。"

⑦鄫（zēng 增）：周代诸侯国名。姒姓，子爵。在今山东枣庄市东。

⑧睢（suī 虽）水：睢水，亦称睢河。自今河南睢县、杞县一带经安徽萧县、宿县等地流入淮河。大部河道已被湮。

⑨大牲：古代以羊、牛为大牲。

⑩宗伯：古代六卿之一，掌邦国祭祀典礼。

⑪太白旗：古代战旗之一，绣有太白金星图案。传说太白星主杀伐之事，故用为战旗。《史记·周本纪》曾记载，周武王"以黄钺斩纣头，县

之太白之旗"。

⑫脯资饩牢：脯，干肉。资，粮食。饩，活牲畜。牢，指牛、羊、豕等。这里借指一切必备的生活物资。

⑬授馆致饩：安排邸舍，供给食物。

⑭亟（jí及）：急切，急忙。

⑮求诸侯于楚：意指要求那些与楚结盟的诸侯能与宋结盟。

⑯鹿上：春秋时齐地名。在今山东巨野县西南。

⑰周襄王十二年：即公元前640年。

⑱执牛耳：古时诸侯会盟，多杀牛取其血，主盟者割牛耳以取其血为之，故以称主盟。

⑲作宾王家：作为周王室的宾客。宋为商朝之后，武王灭商以后，一直以宾客之礼款待宋君。

⑳盂：春秋时宋地名。亦称唐盂。在今河南睢县西北。

㉑异同：不同意见。

㉒莫之与也：没有人服从他的。与，赞许，跟从。

㉓乘车：载人之车。意指并非战车。

㉔要（yāo邀）天矢日：对天发誓。要，求也。矢，同"誓"。

第三十四回　宋襄公假仁失众
齐姜氏乘醉遣夫

　　话说楚成王假饰乘车赴会，跟随人众，俱是壮丁，内穿暗甲，身带暗器，都是成得臣、斗勃选练来的，好不勇猛；又遣芳吕臣、斗般二将统领大军，随后而进，准备大大厮杀。宋襄公全然不知，堕其圈套，正是"没心人遇有心人，要脱身时难脱身"了。楚王拿住了襄公，众甲士将公馆中所备献享犒劳之仪，及仓中积粟，掳掠一空，随行车乘，皆为楚有。陈、蔡、郑、许、曹五位诸侯，人人悚惧，谁敢上前说个方便。楚成王邀众诸侯至于馆寓，面数宋襄公六罪，曰："汝伐齐之丧，擅行废置，一罪也；滕子赴会稍迟，辄加絷辱，二罪也；用人代牲，以祭淫鬼，三罪也；曹缺地主之仪，其事甚小，汝乃恃强围之，四罪也；以亡国之余，不能度德量力，天象示戒，犹思图伯，五罪也；求诸侯于寡人，而妄自尊大，全无逊让之礼，六罪也。天夺其魄，单车赴会，寡人今日统甲车千乘，战将千员，踏碎睢阳城①，为齐、鄫各国报仇！诸君但少驻②车驾，看寡人取宋而回，更与诸君痛饮十日方散。"众诸侯莫不唯唯。襄公顿口无言，似木雕泥塑一般，只多着两行珠泪。须臾，楚国大兵俱集，号曰千乘，实五百乘。楚成王赏劳了军士，拔寨都起，带了宋襄公，杀向睢阳城来。列国诸侯，奉楚王之命，俱屯盂地，无敢归者。史官有诗讥宋襄之失，诗云：

　　无端媚楚反遭殃，引得睢阳做战场。

　　昔日齐桓曾九合，何尝容楚近封疆？

　　却说公子目夷自盂地盟坛逃回本国，向司马公孙固说知宋公被劫一事："楚兵旦暮且到，速速调兵，登陴③把守。"公孙固曰："国不可一日无君，公子须暂摄君位，然后号令赏罚，人心始肃。"目夷附公孙固之耳

曰："楚人执我君以伐我，有挟而求也。必须如此如此，楚人必放吾君归国。"固曰："此言甚当。"乃向群臣言："吾君未必能归矣，我等宜推戴公子目夷，以主国事。"群臣知目夷之贤，无不欣然。公子目夷告于太庙，南面摄政。三军用命，铃柝④严明，睢阳各路城门，把守得铁桶相似。

　　方才安排停当，楚王大军已到，立住营寨。使将军鬬勃向前打话，言："尔君已被我拘执在此，生杀在吾手，早早献土纳降，保全汝君性

命!"公孙固在城楼答曰:"赖社稷神灵,国人已立新君矣。生杀任你,欲降不可得也。"鬪勃曰:"汝君见在,安得复立一君乎?"公孙固曰:"立君以主社稷也,社稷无主,安得不立新君?"鬪勃曰:"某等愿送汝君归国,何以相酬?"公孙固曰:"故君被执,已辱社稷,虽归亦不得为君矣。归与不归,惟楚所命。若要决战,我城中甲车未曾损折,情愿决一死敌!"鬪勃见公孙固答语硬挣,回报楚王。楚王大怒,喝教攻城。城上矢石如雨,楚兵多有损伤。连攻三日,干折便宜⑤,不能取胜。楚王曰:"彼国既不用宋君,杀之何如?"成得臣对曰:"王以杀鄫子为宋罪,今杀宋公,是效尤也。杀宋公犹杀匹夫耳,不能得宋,而徒取怨,不如释之。"楚王曰:"攻宋不下,又释其君,何以为名?"得臣对曰:"臣有计矣。今不与盂之会者,惟齐、鲁二国。齐与我已两次通好,且不必较。鲁礼义之邦,一向辅齐定伯,目中无楚。若以宋之俘获献鲁,请鲁君于亳都⑥相会,鲁见宋俘,必恐惧而来。鲁、宋是葵丘同盟之人,况鲁侯甚贤,必然为宋求情,我因以为鲁君之德。是我一举而兼得宋、鲁也。"楚王鼓掌大笑曰:"子玉真有见识!"乃退兵屯于亳都,用宜申为使,将卤获数车,如曲阜献捷。其书云:

宋公傲慢无礼,寡人已幽之于亳。不敢擅功,谨献捷于上国,望君辱临,同决其狱。

鲁僖公览书大惊,正是:"兔死狐悲,物伤其类。"明知楚使献捷,词意夸张,是恐吓之意。但鲁弱楚强,若不往会,恐其移师来伐,悔无及矣。乃厚待宜申,先发回书,驰报楚王,言:"鲁侯如命,即日赴会。"鲁僖公随后发驾,大夫仲遂从行。来至亳都,仲遂因宜申先容⑦,用私礼先见了成得臣,嘱其于楚王前,每事方便。得臣引鲁僖公与楚成王相见,各致敬慕之意。其时,陈、蔡、郑、许、曹五位诸侯,俱自盂地来会,和鲁僖公共是六位,聚于一处商议。郑文公开言,欲尊楚王为盟主,诸侯嗫嚅⑧未应。鲁僖公奋然曰:"盟主须仁义布闻,人心悦服。今楚王恃兵车之众,袭执上公,有威无德,人心疑惧。吾等与宋,俱有同盟之谊,若坐视不救，惟知奉楚，恐被天下豪杰耻笑。楚若能释宋公之囚，终此盟好，寡人敢不惟命是听。"众诸侯皆曰："鲁侯之言甚善。"仲遂将这话私告于成得臣，得臣转闻于楚王。楚王曰："诸侯以盟主之义责寡人，寡人其可违乎？"乃于亳郊，更筑盟坛，期以十二月癸丑日，歃血要神，同赦宋罪。

约会已定，先一日，将宋公释放，与众诸侯相见。宋襄公且羞且愤，满肚不乐，却又不得不向诸侯称谢。至日，郑文公拉众诸侯，敦请楚成王登坛主盟。成王执牛耳，宋、鲁以下，次第受歃。襄公敢怒而不敢言。事毕，诸侯各散。宋襄公讹闻公子目夷已即君位，将奔卫以避之。公子目夷遣使已到，致词曰："臣所以摄位者，为君守也。国固君之国，何为不入？"须臾，法驾齐备，迎襄公以归，目夷退就臣列。胡曾先生论襄公之释，全亏公子目夷定计，神闲气定，全不以旧君为意；若手忙脚乱，求归襄公，楚益视为奇货，岂有轻放。有诗赞云：

金注何如瓦注奇⑨？新君能解旧君围。

为君守位仍推位，千古贤名诵目夷。

又有诗说六位诸侯，公然媚楚求宽，明明把中国操纵之权，授之于楚，楚目中尚有中国乎？诗云：

从来兔死自狐悲，被劫何人劫是谁？

用夏媚夷全不耻，还夸释宋得便宜。

宋襄公志欲图伯，被楚人捉弄一场，反受大辱，怨恨之情，痛入骨髓，但恨力不能报。又怪郑伯倡议，尊楚王为盟主，不胜其愤，正要与郑国作对。时周襄王之十四年⑩春三月，郑文公如楚行朝礼，宋襄公闻之大怒，遂起倾国之兵，亲讨郑罪，使上卿公子目夷辅世子王臣居守。目夷谏曰："楚、郑方睦，宋若伐郑，楚必救之。此行恐不能取胜，不如修德待时为上。"大司马公孙固亦谏。襄公怒曰："司马不愿行，寡人将独往！"固不敢复言，遂出师伐郑。襄公自将中军，公孙固为副，大夫乐仆伊、华秀老、公子荡、向訾守等皆从行。

谍人报知郑文公，文公大惊，急遣人告急于楚。楚成王曰："郑事我如父，宜亟救之。”成得臣进曰：“救郑不如伐宋。”楚成王曰：“何故？”
得臣对曰：“宋公被执，国人已破胆矣。今复不自量，以大兵伐郑，其国
必虚，乘虚而捣之，其国必惧，此不待战而知胜负者也。若宋还而自救，
彼亦劳矣，以逸制劳，安往而不得志耶？”楚王以为然。即命得臣为大将，

鬬勃副之，兴兵伐宋。宋襄公正与郑相持，得了楚兵之信，兼程而归，列
营于泓水①之南以拒楚。成得臣使人下战书。公孙固谓襄公曰：“楚师之
来，为救郑也。吾以释郑谢楚，楚必归。不可与战。”襄公曰：“昔齐桓
公兴兵伐楚，今楚来伐而不与战，何以继桓公之业乎？”公孙固又曰：

"臣闻'一姓不再兴'。天之弃商久矣，君欲兴之，得乎？且吾之甲不如楚坚，兵不如楚利，人不如楚强。宋人畏楚如畏蛇蝎，君何恃以胜楚？"襄公曰："楚兵甲有余，仁义不足。寡人兵甲不足，仁义有余。昔武王虎贲⑫三千，而胜殷亿万之众，惟仁义也。以有道之君，而避无道之臣，寡人虽生不如死矣。"乃批战书之尾，约以十一月朔日，交战于泓阳⑬。命建大旗一面于辂尾，旗上写"仁义"二字。公孙固暗暗叫苦，私谓乐仆伊曰："战主杀而言仁义，吾不知君之仁义何在也？天夺君魄矣，窃为危之。吾等必戒慎其事，毋致丧国足矣。"至期，公孙固未鸡鸣而起，请于襄公，严阵以待。

且说楚将成得臣屯兵于泓水之北，鬬勃请："五鼓济师，防宋人先布阵以扼我。"得臣笑曰："宋公专务迂阔，全不知兵。吾早济早战，晚济晚战，何所惧哉？"天明，甲乘始陆续渡水。公孙固请于襄公曰："楚兵天明始渡，其意甚轻。我今乘其半渡，突前击之，是吾以全军而制楚之半也。若令皆济，楚众我寡，恐不敌，奈何？"襄公指大旗曰："汝见'仁义'二字否？寡人堂堂之阵，岂有半济而击之理？"公孙固又暗暗叫苦。须臾，楚兵尽济。成得臣服琼弁⑭，结玉缨，绣袍软甲，腰挂彫弓，手执长鞭，指挥军士，东西布阵，气宇昂昂，旁若无人。公孙固又请于襄公曰："楚方布阵，尚未成列，急鼓之⑮必乱。"襄公唾其面曰："咄！汝贪一击之利，不顾万世之仁义耶？寡人堂堂之阵，岂有未成列而鼓之之理？"公孙固又暗暗叫苦。楚兵阵势已成，人强马壮，漫山遍野，宋兵皆有惧色。

襄公使军中发鼓，楚军中亦发鼓。襄公自挺长戈，带着公子荡、向訾守二将，及门官之众，催车直冲楚阵。得臣见来势凶猛，暗传号令，开了阵门，只放襄公一队车骑进来。公孙固随后赶上护驾，襄公已杀入阵内去了。只见一员上将挡住阵门，口口声声，叫道："有本事的快来决战！"那员将乃鬬勃也。公孙固大怒，挺戟直刺鬬勃，勃即举刀相迎。两下交战，未及二十合，宋将乐仆伊引军来到，斗勃微有着忙之意。恰好阵中又

冲出一员上将芇氏吕臣，接住乐仆伊斯杀。公孙固乘忙，觑个方便，拨开刀头，驰入楚军。斗勃提刀来赶，宋将华秀老又到，牵住鬬勃，两对儿在阵前厮杀。公孙固在楚阵中，左冲右突，良久，望见东北角上甲士如林，围裹甚紧，疾驱赴之。正遇宋将向訾守，流血被面，急呼曰："司马可速来救主！"公孙固随着訾守，杀入重围，只见门官⑯之众，一个个身带重伤，兀自与楚军死战不退。原来襄公待下人极有恩，所以门官皆尽死力。楚军见公孙固英勇，稍稍退却。公孙固上前看时，公子荡要害被伤，卧于车下，"仁义"大旗，已被楚军夺去了。襄公身被数创，右股中箭，射断膝筋，不能起立。公子荡见公孙固到来，张目曰："司马好扶主公，吾死于此矣！"言讫而绝。公孙固感伤不已。扶襄公于自己车上，以身蔽之，奋勇杀出。向訾守为后殿，门官等一路拥卫，且战且走。比及脱离楚阵，门官之众，无一存者。宋之甲车，十丧八九。乐仆伊、华秀老见宋公已离虎穴，各自逃回。成得臣乘胜追之，宋军大败，辎重器械，委弃殆尽。

公孙固同襄公连夜奔回。宋兵死者甚众。其父母妻子，皆相讪^⑰于朝外，怨襄公不听司马之言，以致于败。襄公闻之，叹曰："君子不重伤^⑱，不擒二毛^⑲。寡人将以仁义行师，岂效此乘危扼险之举哉？"举国无不讥笑。后人相传，以为宋襄公行仁义，失众而亡，正指战泓之事。髯翁有诗叹云：

不恤滕鄫恤楚兵，宁甘伤股博虚名。

宋襄若可称仁义，盗跖^⑳文王两不明。

楚兵大获全胜，复渡泓水，奏凯而还。方出宋界，哨马报："楚王亲率大军接应，见屯柯泽^㉑。"得臣即于柯泽谒见楚王献捷。楚成王曰："明日郑君将率其夫人，至此劳军，当大陈俘馘^㉒以夸示之。"原来郑文公的夫人芈氏，正是楚成王之妹，是为文芈，以兄妹之亲，驾了辎軿^㉓，随郑文公至于柯泽，相会楚王。楚王示以俘获之盛。郑文公夫妇称贺，大出金帛，犒赏三军。郑文公敦请楚王来日赴宴。次早，郑文公亲自出郭，邀楚王进城，设享于太庙之中，行九献礼，比于天子。食品数百，外加笾豆^㉔六器，宴享之侈，列国所未有也。文芈所生二女，曰伯芈、叔芈，未嫁在室。文芈又率之以甥礼见舅，楚王大喜。郑文公同妻女更番进寿，自午至戌，吃得楚王酩酊大醉。楚王谓文芈曰："寡人领隋过厚，已逾量矣！妹与二甥，送我一程何如？"文芈曰："如命。"郑文公送楚王出城，先别。文芈及二女，与楚王并驾而行，直至军营。原来楚王看上了二甥美貌，是夜拉入寝室，遂成枕席之欢。文芈傍徨于帐中，一夜不寐，然畏楚王之威，不敢出声。以舅纳甥，真禽兽也！次日，楚王将军获之半，赠于文芈，载其二女以归，纳之后宫。郑大夫叔詹叹曰："楚王其不得令终乎？享以成礼^㉕，礼而无别^㉖，是不终也。"

且不说楚、宋之事。再表晋公子重耳，自周襄王八年适齐，至襄王十

四年，前后留齐共七年了。遭桓公之变，诸子争立，国内大乱，及至孝公嗣位，又反先人之所为，附楚仇宋，纷纷多事，诸侯多与齐不睦。赵衰等私议曰："吾等适齐，谓伯主之力，可借以图复也。今嗣君失业，诸侯皆叛，此其不能为公子谋，亦明矣。不如更适他国，别作良图。"乃相与见公子，欲言其事。公子重耳溺爱齐姜，朝夕欢宴，不问外事。众豪杰伺候十日，尚不能见。魏犨怒曰："吾等以公子有为，故不惮劳苦，执鞭从游。今留齐七载，偷安惰志，日月如流，吾等十日不能一见，安能成其大事哉？"狐偃曰："此非聚谈之处，诸君都随我来。"乃共出东门外里许，其地名曰桑阴。一望都是老桑，绿荫重重，日色不至。赵衰等九位豪杰，打一团儿席地而坐。赵衰曰："子犯计将安出？"狐偃曰："公子之行，在我而已。我等商议停妥，预备行装，一等公子出来，只说邀他郊外打猎，出了齐城，大家齐心劫他上路便了。但不知此行，得力在于何国？"赵衰曰："宋方图伯，且其君好名之人，盍往投之。如不得志，更适秦、楚，必有遇焉。"狐偃曰："吾与公孙司马㉗有旧，且看如何？"众人商议许久方散。

只道幽僻之处，无人知觉，却不道"若要不闻，除非莫说；若要不知，除非莫作"。其时姜氏的婢妾十余人，正在树上采桑喂蚕，见众人齐坐议事，停手而听之，尽得其语，回宫时，如此恁般，都述于姜氏知道。姜氏喝曰："那有此话，不得乱道！"乃命蚕妾十余人，幽之一室，至夜半尽杀之，以灭其口。蹴公子重耳起，告之曰："从者将以公子更适他国，有蚕妾闻其谋，吾恐泄漏其机，或有阻当，今已除却矣。公子宜早定行计。"重耳曰："人生安乐，谁知其他，吾将老此，誓不他往。"姜氏曰："自公子出亡以来，晋国未有宁岁。夷吾无道，兵败身辱，国人不悦，邻国不亲，此天所以待公子也。公子此行，必得晋国，万勿迟疑！"重耳迷恋姜氏，犹弗肯。

次早，赵衰、狐偃、臼季、魏犨四人，立宫门之外，传语："请公子郊外射猎！"重耳尚高卧未起，使宫人报曰："公子偶有微恙，尚未梳栉，不能往也。"齐姜闻言，急使人单召狐偃入宫。姜氏屏去左右，问其来意。狐偃曰："公子向在翟国，无日不驰车骤马，伐狐击兔。今在齐，久不出猎，恐其四肢懈惰，故来相请，别无他意。"姜氏微笑曰："此番出猎，非宋即秦、楚耶？"狐偃大惊曰："一猎安得如此之远？"姜氏曰："汝等欲劫公子逃归，吾已尽知，不得讳也。吾夜来亦曾苦劝公子，奈彼执意不从。今晚吾当设宴，灌醉公子，汝等以车夜载出城，事必谐矣。"狐偃顿首曰："夫人割房闱之爱，以成公子之名，贤德千古罕有！"狐偃辞出，与赵衰等说知其事。凡车马人众鞭刀糗糒㉘之类，收拾一一完备，赵衰、狐毛等先押往郊外停泊。只留狐偃、魏犨、颠颉三人，将小车二乘，伏于宫门左右，专等姜氏送信，即便行事。正是："要为天下奇男子，须历人间万里程。"

　　是晚，姜氏置酒宫中，与公子把盏。重耳曰："此酒为何而设？"姜氏曰："知公子有四方之志，特具一杯饯行耳。"重耳曰："人生如白驹过隙，苟可适志，何必他求？"姜氏曰："纵欲怀安，非丈夫之事也。从者乃忠谋，子必从之。"重耳勃然变色，搁杯不饮。姜氏曰："子真不欲行乎？抑诳妾也？"重耳曰："吾不行，谁诳汝！"姜氏带笑言曰："行者，公子之志，不行者，公子之情。此酒为饯公子，今且以留公子矣。愿与公子尽欢可乎？"重耳大喜，夫妇交酢，更使侍女歌舞进觞。重耳已不胜饮，再四强之，不觉酩酊大醉，倒于席上。姜氏覆之以衾，使人召狐偃。狐偃知公子已醉，急引魏犨、颠颉二人入宫，和衾连席，抬出宫中。先用重褥衬贴，安顿车上停当。狐偃拜辞姜氏，姜氏不觉泪流。有词为证：

公子贪欢乐，佳人慕远行。要成鸿鹄志，生割凤鸾情。

狐偃等催趱小车二乘，赶黄昏离了齐城，与赵衰等合做一处，连夜驱驰。约行五六十里，但闻得鸡声四起，东方微动。重耳方才在车儿上翻身，唤宫人取水解渴。时狐偃执辔在旁，对曰："要水须待天明。"重耳自觉摇动不安，曰："可扶我下床。"狐偃曰："非床也，车也。"重耳张目曰："汝为谁？"对曰："狐偃。"重耳心下恍然，知为偃等所算，推衾而起，大骂子犯："汝等如何不通知我出城，意欲何为？"狐偃曰："将以晋国奉公子也。"重耳曰："未得晋，先失齐，吾不愿行！"狐偃诳曰："离齐已百里矣。齐侯知公子之逃，必发兵来追，不可复也。"重耳勃然发怒，见魏犨执戈侍卫，乃夺其戈以刺狐偃。

不知生死如何，且看下回分解。

【注释】

①睢阳：春秋时宋都城。在今河南商丘市南。

②少驻：稍做停留。少，同"稍"。

③陴（pí 皮）：城垛，上有孔穴，可作防卫之用。

④铃柝（tuò 唾）：摇铃击柝，乃军营中夜间巡更之号。

⑤干折便（pián 骈）宜：白白地断送了一些优势。折，丧失。便宜，好处。

⑥亳（bó 薄）都：古都邑名，曾为殷商都城，故称。故址在今河南商丘市东南。

⑦宜申先容：应当表示事先致意，预为引进。

⑧嗫嚅（niè rú 聂如）：吞吞吐吐，欲言又止。

⑨“金注”句：以金作赌注不如以瓦作赌注更为奇巧可用。借以暗指把宋襄公当做诸侯不如把他当作匹夫更能有效地救他回国。金注、瓦注，出《庄子·达生》篇。成玄英《疏》谓："无心矜惜，故巧而中也。"

⑩周襄王十四年：即公元前638年。

⑪泓（hóng 红）水：古河流名。故道约在今河南柘城西北，为古涣水的支流。

⑫虎贲（bēn 奔）：勇士。

⑬泓阳：即泓水之北岸。

⑭琼弁（biàn 变）：用美玉装饰的帽子。

⑮鼓之：意指击鼓进军，发动攻击。鼓，用作动词。

⑯门官：守宫廷大门的武士，即国君的侍卫人员。

⑰讪（shàn 善）：毁谤，讥刺。

⑱不重（chóng 虫）伤：不使人两次负伤。意指不能对伤者再加

攻击。

⑲二毛：指头发斑白的老人。头发有白有黑叫二毛。

⑳盗跖（zhí 侄）：传说为春秋时著名大盗。

㉑柯泽：春秋时郑地，其址待考。

㉒俘馘（guó 国）：指敌军俘虏和死者。古代战争中，常割下已死敌人左耳以计功，这叫馘。

㉓辎軿（zī píng 资平）：指有账帷遮蔽之车，多为妇女所乘。

㉔笾（biān 边）豆：均为古代宴会、祭祀时用以盛果脯的器皿。笾系竹制，豆多木制。

㉕享以成礼：用完备的礼节来接待。

㉖礼而无别：礼，本指行为规范或准则。无别，指没有上下亲疏的分别。此指楚王的行为全不顾伦理准则。

㉗公孙司马：即宋大司马公孙固。

㉘糗糒（qiǔ bèi 馈贝）：干粮。

第三十五回　晋重耳周游列国
秦怀嬴重婚公子

话说公子重耳怪狐偃用计去齐，夺魏犨之戈以刺偃，偃急忙下车走避，重耳亦跳下车挺戈逐之。赵衰、臼季、狐射姑、介子推等，一齐下车解劝。重耳投戟于地，恨恨不已。狐偃叩首请罪曰：“杀偃以成公子，偃死愈于生矣。”重耳曰：“此行有成则已，如无所成，吾必食舅氏之肉！”狐偃笑而答曰：“事若不济，偃不知死在何处，焉得与尔食之？如其克济，子当列鼎①而食，偃肉腥臊，何足食？”赵衰等并进曰：“某等以公子负大有为之志，故舍骨肉，弃乡里，奔走道途，相随不舍，亦望垂功名于竹帛②耳。今晋君无道，国人孰不愿戴公子为君？公子自不求入，谁走齐国而迎公子者？今日之事，实出吾等公议，非子犯一人之谋，公子勿错怪也。”魏犨亦厉声曰：“大丈夫当努力成名，声施后世，奈何恋恋儿女子目前之乐，而不思终身之计耶？”重耳改容曰：“事既如此，惟诸君命。”狐毛进乾糒，介子推捧水以进，重耳与诸人各饱食。壶叔等割草饲马，重施衔勒，再整轮辕，望前进发。有诗为证：

　　凤脱鸡群翔万仞，虎离豹穴奔千山。

　　要知重耳能成伯，只在周游列国间。

不一日行至曹国。却说曹共公为人，专好游嬉，不理朝政，亲小人，远君子，以谀佞为腹心，视爵位如粪土。朝中服赤芾③乘轩车者，三百余人，皆里巷市井之徒，胁肩谄笑④之辈。见晋公子带领一班豪杰到来，正是“薰莸不同器”了，惟恐其久留曹国，都阻挡曹共公不要延接他。大夫僖负羁谏曰："晋、曹同姓，公子穷而过我，宜厚礼之。"曹共公曰："曹，小国也，而居列国之中，子弟往来，何国无之？若一一待之以礼，则国微费重，何以支吾？"负羁又曰："晋公子贤德闻于天下，且重瞳骈

胁，大贵之征，不可以寻常子弟视也。"曹共公一团稚气，说贤德他也不管，说到重瞳骈胁，便道："重瞳寡人知之，未知骈胁如何？"负羁对曰："骈胁者，骈胁骨相合如一，乃异相也。"曹共公曰："寡人不信，姑留馆中，俟其浴而现之。"乃使馆人自延公子进馆，以水饭相待，不至饩，不设享，不讲宾主之礼。重耳怒而不食。馆人进澡盆请浴，重耳道路腌臜，正想洗涤尘垢，乃解衣就浴。曹共公与嬖幸数人，微服至馆，突入浴堂，迫近公子，看他的骈胁，言三语四，嘈杂一番而去。狐偃等闻有外人，急

忙来看，犹闻嬉笑之声，询问馆人，乃曹君也，君臣无不愠怒。

却说僖负羁谏曹伯不听，归到家中，其妻吕氏迎之，见其面有忧色，问："朝中何事？"负羁以晋公子过曹，曹君不礼为言。吕氏曰："妾适往郊外采桑，正值晋公子车从过去。妾观晋公子犹未的⑤，但从行者数人，皆英杰也。吾闻：'有其君者，必有其臣，有其臣者，必有其君。'以从行诸子观之，晋公子必能光复晋国，此时兴兵伐曹，玉石俱焚，悔之无及。曹君既不听忠言，子当私自结纳可也。妾已备下食品数盘，可藏白璧于中，以为贽见之礼，结交在未遇之先，子宜速往。"

僖负羁从其言，夜叩公馆。重耳腹中方馁，含怒而坐，闻曹大夫僖负羁求见馈飧，乃召之入。负羁再拜，先为曹君请罪，然后述自家致敬之意。重耳大悦，叹曰："不意曹国有此贤臣！亡人幸而返国，当图相报。"重耳进食，得盘中白璧，谓负羁曰："大夫惠顾亡人，使不饥饿于土地足矣，何用重贿？"负羁曰："此外臣一点敬心，公子万乞勿弃！"重耳再三不受。负羁退而叹曰："晋公子穷困如此，而不贪吾璧，其志不可量也。"次日，重耳即行，负羁私送出城十里方回。史官有诗云：

错看龙虎作狐狸⑥，盲眼曹共识见微。

堪叹乘轩三百辈，无人及得负羁妻！

重耳去曹适宋。狐偃前驱先到，与司马公孙固相会。公孙固曰："寡君不自量，与楚争胜，兵败股伤，至今病不能起。然闻公子之名，向慕久矣。必当扫除馆舍，以候车驾。"公孙固入告于宋襄公，襄公正恨楚国，日夜求贤人相助，以为报仇之计。闻晋公子远来，晋乃大国，公子又有贤名，不胜之喜，其奈伤股未痊，难以面会。随命公孙固郊迎授馆，待以国君之礼，馈之七牢。次日，重耳欲行。公孙固奉襄公之命，再三请其宽留，私问狐偃："当初齐桓公如何相待？"偃备细告以纳姬赠马之事。公孙固回复宋公。宋公曰："公子昔年已婚宋国矣⑦。纳女吾不能，马则如数可也。"亦以马二十乘相赠，重耳感激不已。住了数日，馈问不绝。狐偃见宋襄公病体没有痊好之期，私与公孙固商议复国一事。公孙固曰：

"公子若惮风尘之劳，敝邑虽小，亦可以息足。如有大志，敝邑新遭丧败，力不能振，更求他大国，方可济耳。"狐偃曰："子之言，肺腑也。"即日告知公子，束装起程。宋襄公闻公子欲行，复厚赠资粮衣履之类，从人无不欢喜。

自晋公子去后，襄公箭疮日甚一日，不久而薨。临终，谓世子王臣曰："吾不听子鱼之言，以及于此，汝嗣位，当以国委之。楚，大仇也，世世勿与通好。晋公子若返国，必然得位，得位必能合诸侯，吾子孙谦事之，可以少安。"王臣再拜受命。襄公在位十四年薨。王臣主丧即位，是为成公⑧。髯仙有诗论宋襄公德力俱无，不当列于五伯之内。诗云：

一事无成身死伤，但将迂语自称扬。

腐儒全不稽名实，五伯犹然列宋襄。

再说重耳去宋，将至郑国，早有人报知郑文公。文公谓群臣曰："重耳叛父而逃，列国不纳，屡至饥馁，此不肖之人，不必礼之。"上卿叔詹谏曰："晋公子有三助，乃天祐之人，不可慢也。"郑伯曰："何为三助？"叔詹对曰："'同姓为婚，其类不蕃。'今重耳乃狐女所生，狐与姬同宗⑨，而生重耳，处⑩有贤名，出无祸患，此一助也。自重耳出亡，国家不靖，岂非天意有待治国之人乎？此二助也。赵衰、狐偃，皆当世英杰，重耳得而臣之，此三助也。有此三助，君其礼之。礼同姓，恤困穷，尊贤才，顺天命，四者皆美事也。"郑伯曰："重耳且老矣，是何能为？"叔詹对曰："君若不能尽礼，则请杀之，毋留仇雠，以遗后患。"郑伯笑曰："大夫之言甚矣！既使寡人礼之，又使寡人杀之，礼之何恩，杀之何怨？"乃传令门官，闭门勿纳。

重耳见郑不相延接，遂驱车竟过。行至楚国，谒见楚成王。成王亦待以国君之礼，设享九献。重耳谦让不敢当。赵衰侍立，谓公子曰："公子出亡在外十余年矣，小国犹轻慢，况大国乎？此天命也，子勿让。"重耳乃受其享。终席，楚王恭敬不衰，重耳言词亦愈逊。由此两人甚相得，重耳遂安居于楚。

一日，楚王与重耳猎于云梦之泽。楚王卖弄武艺，连射一鹿一兔，俱获之，诸将皆伏地称贺。适有人熊一头，冲车而过，楚王谓重耳曰："公子何不射之？"重耳拈弓搭箭，暗暗祝祷："某若能归晋为君，此箭去，中其右掌。"飕的一箭，正穿右掌之上，军士取熊以献。楚王惊服曰："公子真神箭也！"须臾，围场中发起喊来，楚王使左右视之，回报道："山谷中赶出一兽，似熊非熊，其鼻如象，其头似狮，其足似虎，其发如豸，其鬣似野豕，其尾似牛，其身大于马，其文黑白斑驳，剑戟刀箭，俱不能伤，嚼铁如泥，车轴裹铁，俱被啮食，矫捷无伦，人不能制，以此喧闹。"楚王谓重耳曰："公子生长中原，博闻多识，必知此兽之名。"重耳回顾赵衰，衰前进曰："臣能知之。此兽其名曰貘^⑪，秉天地之金气而生，头小足卑，好食铜铁，便溺所至，五金见之，皆消化为水，其骨实无髓，可以代槌，取其皮为褥，能辟瘟去湿。"楚王曰："然则何以制之?"赵衰曰："皮肉皆铁所结，惟鼻孔中有虚窍，可以纯钢之物刺之，或以火炙，立死，金性畏火故也。"言毕，魏犨厉声曰："臣不用兵器，活擒此兽，献于驾前。"跳下车来，飞奔去了。楚王谓重耳曰："寡人与公子同往观之。"即命驰车而往。

且说魏犨赶入西北角围中，一见那兽，便挥拳连击几下。那兽全然不

怕，大叫一声，如牛鸣之响，直立起来，用舌一舔，将魏犨腰间鎏金锃带⑫，舔去一段。魏犨大怒曰："业畜不得无礼！"耸身一跃，离地约五尺许。那兽就地打一滚，又蹲在一边，魏犨心中愈怒，再复跃起，趁这一跃之势，用尽平生威力，腾身跨在那兽身上，双手将他项子抱住。那兽奋力踯躅，魏犨随之上下，只不放手。挣扎多时，那兽力势渐衰，魏犨凶猛有余，两臂抱持愈紧。那兽项子被勒，气塞不通，全不动弹。魏犨乃跳下身来，再舒铜筋铁骨，这只臂膊，将那兽的象鼻，一手捻定，如牵犬羊一般，直至二君之前。真虎将也！赵衰命军士取火薰其鼻端，火气透入，那兽便软做一堆。魏犨方才放手，拔起腰间宝剑砍之，剑光迸起，兽毛亦不损伤。赵衰曰："欲杀此兽取皮，亦当用火围而炙之。"楚王依其言。那兽皮肉如铁，经四围火炙，渐渐柔软，可以开剥。楚王曰："公子相从诸杰，文武俱备，吾国中万不及一也！"时楚将成得臣在旁，颇有不服之意，即奏楚王曰："吾王夸晋臣之武，臣愿与之比铰。"楚王不许曰："晋君臣，客也，汝当敬之。"

是日猎罢会饮，大欢。楚王谓重耳曰："公子若返晋国，何以报寡人？"重耳曰："子女玉帛，君所余也，羽毛齿革，则楚地之所产，何以报君王？"楚王笑曰："虽然，必有所报，寡人愿闻之。"重耳曰："若以君王之灵，得复晋国，愿同欢好，以安百姓。倘不得已，与君王以兵车会⑬于平原广泽之间，请避君王三舍。"按行军三十里一停，谓之一舍，三舍九十里。言异日晋，楚交兵，当退避三舍，不敢即战，以报楚相待之恩。

当日饮罢，楚将成得臣怒言于楚王曰："王遇晋公子甚厚，今重耳出言不逊，异日归晋，必负楚恩，臣请杀之。"楚王曰："晋公子贤，其从者皆国器，似有天助，楚其敢违天乎？"得臣曰："王即不杀重耳，且拘留狐偃、赵衰数人，勿令与虎添翼。"楚王曰："留之不为吾用，徒取怨焉。寡人方施德于公子，以怨易德，非计也。"于是待晋公子益厚。

话分两头。却说周襄王十五年⑭，实晋惠公之十四年，是岁惠公抱病在身，不能视朝。其太子圉，久质秦国。圉之母家，乃梁国也，梁君无道，不恤民力，日以筑凿为事，万民嗟怨，往往流徙入秦，以逃苛役。秦

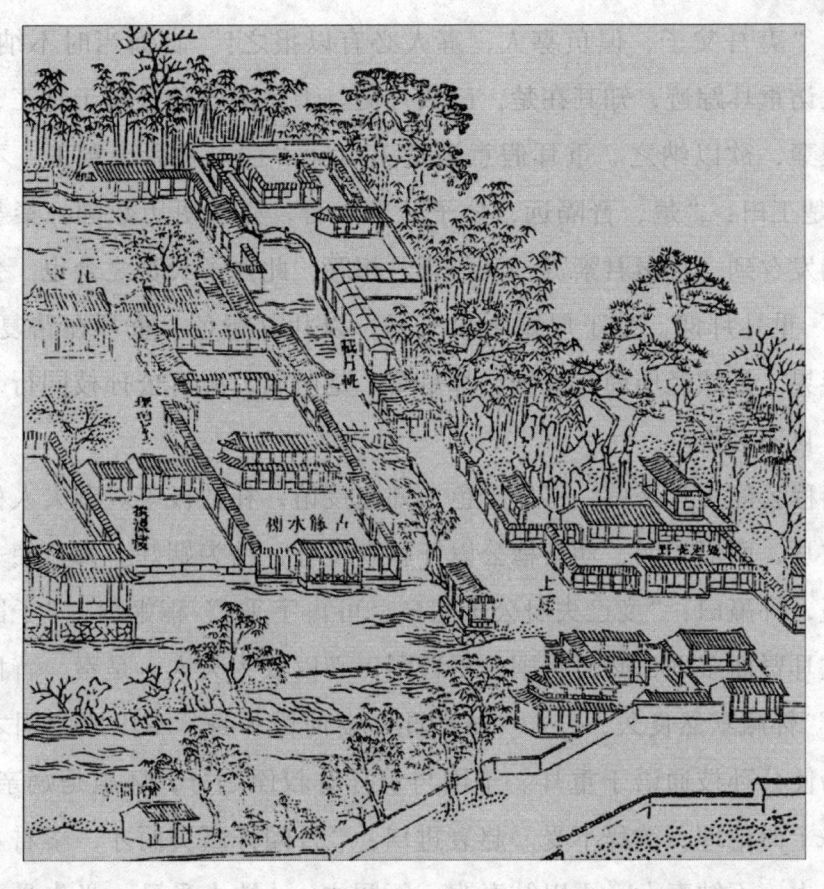

穆公乘民心之变，命百里奚兴兵袭梁，灭之。梁君为乱民所杀。太子圉闻梁见灭，叹曰："秦灭我外家，是轻我也！"遂有怨秦之意。及闻惠公有疾，思想："只身在外，外无哀怜之交，内无腹心之援，万一君父不测[15]，诸大夫更立他公子，我终身客死于秦，与草木何异？不如逃归侍疾，以安国人之心。"乃夜与其妻怀嬴，枕席之间，说明其事："我如今欲不逃归，晋国非我之有，欲逃归，又割舍不得夫妇之情。你可与我同归晋国，公私两尽。"怀嬴泣下，对曰："子一国太子，乃拘辱于此，其欲归不亦宜乎？寡君使婢子侍巾栉，欲以固子之心也。今从子而归，背弃君命，妾罪大

矣。子自择便，勿与妾言。妾不敢从，亦不敢泄子之语于他人也。"太子圉遂逃归于晋。

秦穆公闻子圉不别而行，大骂："背义之贼，天不祐汝！"乃谓诸大夫曰："夷吾父子，俱负寡人，寡人必有以报之！"自悔当时不纳重耳，乃使人访重耳踪迹，知其在楚，已数月矣。于是遣公孙枝聘于楚王，因迎重耳至秦，欲以纳之。重耳假意谓楚王曰："亡人委命于君王，不愿入秦。"楚王曰："楚、晋隔远，公子若求入晋，必须更历数国。秦与晋接境，朝发夕到。且秦君素贤，又与晋君相恶，此公子天赞之会也。公子其勉行！"重耳拜谢。楚王厚赠金帛车马，以壮其行色。重耳在路复数月，方至秦界。虽然经历尚有数国，都是秦、楚所属，况有公孙枝同行，一路安稳，自不必说。

秦穆公闻重耳来信，喜形于色，郊迎授馆，礼数极丰。秦夫人穆姬亦敬爱重耳，而恨子圉，劝秦穆公以怀嬴妻重耳，结为姻好。穆公使夫人告于怀嬴，怀嬴曰："妾已失身公子圉矣，可再字乎？"穆姬曰："子圉不来矣。重耳贤而多助，必得晋国。得晋国，必以汝为夫人，是秦、晋世为婚姻也。"怀嬴默然良久，曰："诚如此，妾何惜一身，不以成两国之好？"穆公乃使公孙枝通语于重耳。子圉与重耳有叔侄之分，怀嬴是嫡亲侄妇，重耳恐干碍伦理，欲辞不受。赵衰进曰："吾闻怀嬴美而才，秦君及夫人之所爱也。不纳秦女，无以结秦欢。臣闻之：'欲人爱己，必先爱人；欲人从己，必先从人。'无以结秦欢，而欲用秦之力，必不可得也，公子其毋辞。"重耳曰："同姓为婚，犹有避焉，况犹子⑯乎？"曰季进曰："古之同姓，为同德也，非谓族也。昔黄帝、炎帝，俱有熊国⑰君少典⑱之子，黄帝生于姬水⑲，炎帝生于姜水⑳，二帝异德，故黄帝为姬姓，炎帝为姜姓。姬、姜之族，世为婚姻。黄帝之子二十五人，得姓者十四人，惟姬、己各二㉑，同德故也。德同姓同，族虽远，婚姻不通。德异姓异，族虽近，男女不避㉒。尧为帝喾之子，黄帝五代之孙㉓，而舜为黄帝八代之孙㉔，尧之女于舜为祖姑，而尧以妻舜，舜未尝辞。古人婚姻之道若此。以德言，子圉之德，岂同公子？以亲言，秦女之亲，不比祖姑。况收其所弃，非夺其所欢，是何伤哉？”重耳复谋于狐偃曰：“舅犯以为可否？”狐偃问曰："公子今求入，欲事之乎？抑代之也？”重耳不应。狐偃曰："晋之统系，

将在圉矣。如欲事之，是为国母。如欲代之，则仇雠之妻，又何问焉？”重耳犹有惭色。赵衰曰："方夺其国，何有于妻？成大事而惜小节，后悔何及？”重耳意乃决。

　　公孙枝复命于穆公。重耳择吉布币，就公馆中成婚。怀嬴之貌，更美于齐姜，又妙选宗女四名为媵，俱有颜色，重耳喜出望外，遂不知有道路之苦矣。史官有诗论怀嬴之事云：

只因要结秦欢好，不恤人言礼义愆。

秦穆公素重晋公子之品，又添上甥舅之亲，情谊愈笃。三日一宴，五日一飨。秦世子莹亦敬事重耳，时时馈问。赵衰、狐偃等因与秦臣蹇叔、百里奚、公孙枝等深相结纳，共踌躇复国之事。一来公子新婚，二来晋国无衅，以此不敢轻易举动。自古道："运到时来，铁树花开。"天生下公子重耳，有晋君之分，有名的伯主，自然生出机会。

再说太子圉自秦逃归，见了父亲晋惠公，惠公大喜曰："吾抱病已久，正愁付托无人。今吾子得脱樊笼，复还储位，吾心安矣。"是秋九月，惠公病笃，托孤于吕省、郤芮二人，使辅子圉："群公子不足虑，只要谨防重耳。"吕、郤二人，顿首受命。是夜，惠公薨，太子圉主丧即位，是为怀公。怀公恐重耳在外为变，乃出令："凡晋臣从重耳出亡者，因亲及亲，限三个月内俱要唤回。如期回者，仍复旧职，既往不咎。若过期不至，禄籍除名，丹书[25]注死。父子兄弟坐视不召者，并死不赦！"老国舅狐突二子狐毛、狐偃，俱从重耳在秦，郤芮私劝狐突作书，唤二子归国。狐突再三不肯。郤芮乃谓怀公曰："二狐有将相之才，今从重耳，如虎得翼。突不肯唤归，其意不测，主公当自与言之。"怀公即使人召狐突。突与家人诀别而行，来见怀公，奏曰："老臣病废在家，不知宣召何言？"怀公曰："毛、偃在外，老国舅曾有家信去唤否？"突对曰："未曾。"怀公曰："寡人有令：'过期不至者，罪及亲党。'老国舅岂不闻乎？"突对曰："臣二子委质重耳，非一日矣。忠臣事君，有死无二。二子之忠于重耳，犹在朝诸臣之忠于君也，即使逃归，臣犹将数其不忠，戮于家庙。况召之乎？"怀公大怒，喝令二力士以白刃交加其颈，谓曰："二子若来，免汝一死！"因索简置突前，郤芮执其手，使书之。突呼曰："勿执我手，我当自书。"乃大书"子无二父，臣无二君"八字。怀公大怒曰："汝不惧耶？"突对曰："为子不孝，为臣不忠，老臣之所惧也。若死，乃臣子之常事，有何惧焉！"舒颈受刑。怀公命斩于市曹。太卜郭偃见其尸，叹曰："君初嗣

位，德未及于匹夫，而诛戮老臣，其败不久矣！"即日称疾不出。狐氏家臣，急忙逃奔秦国，报与毛、偃知道。

不知毛、偃如何，且看下回分解。

【注释】

①列鼎而食：指过诸侯的奢侈生活。鼎为古代诸侯的食器，以盛菜馔。

②竹帛：指竹简和白绢，古时用以书写。这里代指史书。

③赤芾（fú 服）：各诸侯国卿大夫所用的红色蔽膝，多以皮革制成。芾，亦作"韍"。这里借指大夫的服饰。

④胁肩诌笑：缩着肩膀，假装笑脸。指阿谀奉承者的姿态。

⑤未的：没有看准，看得不真切。

⑥狉貒（pī tuān 丕湍）：野兽名。狉乃狐狸的一种，貒为猪獾。

⑦"公子"句：此事未见记载。本书也未作交代。一说，重耳继妻偪姞，疑为偪阳国之女。偪阳乃妘姓国，地在今山东峄县南。此时地归于宋，故曰。

⑧成公：宋成公子王臣，在位十七年（前636—前620）。

⑨狐与姬同宗：周平王有子名狐，其子孙乃以狐为氏。故狐氏亦姓姬。

⑩处：在家，在本国。

⑪貘（mò 莫）：兽名。据《尔雅·释兽注》云："似熊，小头卑脚，黑白驳，能舐食铜铁及竹骨，骨节强直，中实少髓，皮辟湿，或曰豹白色者。"这大约是作者想象的依据。

⑫鎏（liú 留）金锃（zèng 赠）带：用美金做的闪光耀眼的带子。

⑬兵车会：暗指两国开战。

⑭周襄王十五年：即公元前637年。

⑮不测：意料不到的事，隐喻死亡。

⑯犹子：侄儿。

⑰有熊国：上古国名。故址在今河南新郑市一带。

⑱少典：上古帝王名。曾娶有蛴氏，生黄帝、炎帝。见《国语·晋语四》。

⑲姬水：古代水名。故址不详。

⑳姜水：古代水名，即岐水。源于岐山，南向与横水合流，入雍河。

㉑惟姬、己各二：指十四人中姓姬者与姓己者各有二人。据《史记·

五帝本纪》载，青阳与夷鼓皆为己姓；玄嚣与苍林皆为姬姓。

ⓘ"德同姓同"以下六句：德，指品德，操守。此言上古之时，姓氏正处于分化衍变时期，"德姓同者乃为兄弟。"（《国语·晋语四》韦昭注）品德不同，即使同父所生，亦不同姓，故不妨害互为婚姻，用以说明夷吾、子圉与重耳虽同为晋献公子孙，但品德不同，故不存在兄弟、叔侄之间的伦理约束。

ⓙ"尧为"二句：据《史记》，黄帝生玄嚣，玄嚣生蛲极，蛲极生帝喾，帝喾生尧。故尧为黄帝五代孙。

㉔"而舜为"句：据《史记》，黄帝生昌意，昌意生颛顼，颛顼五代孙为瞽叟，瞽叟生舜。故舜为黄帝八代孙。

㉕丹书：罪人名册。古时用红笔书写，故称丹书。

第三十六回　晋吕郤夜焚公宫　秦穆公再平晋乱

话说狐毛、狐偃兄弟，从公子重耳在秦，闻知父亲狐突被子圉所害，捶胸大哭。赵衰、臼季等都来问慰，赵衰曰："死者不可复生，悲之何益？且同见公子，商议大事。"毛、偃收泪，同赵衰等来见重耳。毛偃言："惠公已薨，子圉即位，凡晋臣从亡者，立限唤回，如不回，罪在亲党。怪老父不召臣等兄弟，将来杀害。"说罢，痛上心来，重复大哭。重耳曰："二舅不必过伤，孤有复国之日，为汝父报仇。"即时驾车来见穆公，诉以晋国之事。穆公曰："此天以晋国授公子，不可失也！寡人当身任之。"赵衰代对曰："君若庇荫重耳，幸速图之！若待子圉改元告庙①，君臣之分已定，恐动摇不易也。"穆公深然其言。

重耳辞回甥馆②，方才坐定，只见门官通报："晋国有人到此，说有机密事，求见公子。"公子召入，问其姓名。其人拜而言曰："臣乃晋大夫栾枝之子栾盾也。因新君性多猜忌，以杀为威，百姓胥怨，群臣不服，臣父特遣盾私送款于公子。子圉心腹，只有吕省、郤芮二人，旧臣郤步扬、韩简等一班老成，俱疏远不用，不足为虑。臣父已约会郤溱、舟之侨等，敛集私甲，只等公子到来，便为内应。"重耳大喜，与之订约，以明年岁首为期，决至河上。

栾盾辞去，重耳对天祷祝，以蓍布筮，得《泰卦》六爻③安静。重耳疑之，召狐偃占其吉凶。偃拜贺曰："是为天地配享④，小往大来⑤，上吉之兆。公子此行，不惟得国，且有主盟之分。"重耳乃以栾盾之言告狐偃，

偃曰："公子明日便与秦公请兵，事不宜迟。"重耳乃于次日复入朝谒秦

穆公，穆公不待开言，便曰："寡人知公子急于归国矣。恐诸臣不任其事，寡人当亲送公子至河。"重耳拜谢而出。丕豹闻穆公将纳公子重耳，愿为先锋效力，穆公许之。太史择吉于冬之十二月。先三日，穆公设宴，饯公子于九龙山⑥，赠以白璧十双，马四百匹，帷席器用，百物俱备，粮草自不必说。赵衰等九人，各白璧一双，马四匹。重耳君臣俱再拜称谢。

　　至日，穆公自统谋臣百里奚、蹇余，大将公子絷、公孙枝，先锋丕豹

等，率兵车四百乘，送公子重耳离了雍州城，望东进发。秦世子罃与重耳素本相得，依依不舍，直送至渭阳⑦，垂泪而别。诗曰：

猛将精兵似虎狼，共扶公子立边疆。

怀公空自诛狐突，只手安能掩太阳？

周襄王十六年⑧，晋怀公圉之元年，春正月，秦穆公同晋公子重耳行至黄河岸口。渡河船只，俱已预备齐整，穆公重设钱筵，丁宁重耳曰："公子返国，毋忘寡人夫妇也。"乃分军一半，命公子絷、丕豹护送公子济河，自己大军屯于河西。正是："眼望捷旌旗，耳听好消息。"

却说壶叔主公子行李之事，自出奔以来，曹、卫之间，担饥受饿，不止一次，正是无衣惜衣，无食惜食，今日渡河之际，收拾行装，将日用的坏筐残豆，敝席破帷，件件搬运入船，有吃不尽的酒馐之类，亦皆爱惜如宝，摆列船内。重耳见了，呵呵大笑，曰："吾今日入晋为君，玉食一方，要这些残敝之物何用？"喝教抛弃于岸，不留一些。狐偃私叹曰："公子未得富贵，先忘贫贱，他日怜新弃旧，把我等同守患难之人，看做残敝器物一般，可不枉了这十九年辛苦！乘今日尚未济河，不如辞之，异时还有相念之日。"乃以秦公所赠白璧一双，跪献于重耳之前曰："公子今已渡河，便是晋界，内有诸臣，外有秦将，不愁晋国不入公子之手。臣之一身，相从无益，愿留秦邦，为公子外臣。所有白璧一双，聊表寸意。"重耳大惊曰："孤方与舅氏共享富贵，何出此言？"狐偃曰："臣自知有三罪于公子，不敢相从。"重耳曰："三罪何在？"狐偃对曰："臣闻：'圣臣能使其君尊，贤臣能使其君安。'今臣不肖，使公子困于五鹿⑨，一罪也；受曹、卫二君之慢，二罪也；乘醉出公子于齐城，致触公子之怒，三罪也。向以公子尚在羁旅，臣不敢辞。今入晋矣，臣奔走数年，惊魂几绝，心力并耗，譬之余筐残豆，不可再陈，敝席破帷，不可再设。留臣无益，去臣无损，臣是以求去耳！"重耳垂泪而言曰："舅氏责孤甚当，乃孤之过也。"即命壶叔将已弃之物，一一取回；复向河设誓曰："孤返国，若忘了舅氏之劳，不与同心共政者，子孙不昌！"即取白璧投之于河曰：

"河伯为盟证也!"时介子推在他船中,闻重耳与狐偃立盟,笑曰:"公子之归,乃天意也,子犯欲窃以为己功乎?此等贪图富贵之辈,吾羞与同朝。"自此有栖隐之意。

　　重耳济了黄河,东行至于令狐⑩,其宰邓惛,发兵登城拒守。秦兵围之,丕豹奋勇先登,遂破其城,获邓惛斩之。桑泉、臼衰⑪,望风迎降。

晋怀公闻谍报大惊,悉起境内车乘甲兵,命吕省为大将,郤芮副之,屯于庐柳⑫,以拒秦兵,畏秦之强,不敢交战。公子絷乃为秦穆公书,使人送吕、郤军中。略曰:

寡人之为德于晋，可谓至矣。父子背恩，视秦如仇，寡人忍其父，不能复忍其子。今公子重耳，贤德著闻，多士为辅，天人交助，内外归心。寡人亲率大军，屯于河上，命絷护送公子归晋，主其社稷。子大夫[13]若能别识贤愚，倒戈来迎，转祸为福，在此一举！

吕、郤二人览书，半晌不语。欲接战，诚恐敌不过秦兵，又如龙门山故事；欲迎降，又恐重耳记着前仇，将他偿里克、丕郑之命。踌躇了多时，商量出一个计较来。乃答书于公子絷，其略云：

某等自知获罪公子，不敢释甲；然翼戴[14]公子，实某等之愿也！倘得与从亡诸子，共矢天日，各无相害，子大夫任其无咎[15]，敢不如命。

公子絷读其回书，已识透其狐疑之意。乃单车造于庐柳，来见吕、郤。吕、郤欣然出迎，告以衷腹曰："某等非不欲迎降，惧公子不能相容，欲以盟为信耳。"絷曰："大夫若退军于西北，絷将以大夫之诚，告于公子，而盟可成也。"吕、郤应诺，候公子絷别去，即便出令，退屯于郇城[16]。重耳使狐偃同公子絷至郇城，与吕、郤相会。是日，刑牲歃血，立誓共扶重耳为君，各无二心。盟讫，即遣人相随狐偃至臼衰，迎接重耳到郇城大军之中，发号施令。

怀公不见吕、郤捷音，使寺人勃鞮至晋军催战。行至中途，闻吕、郤退军郇城，与狐偃、公子絷讲和，叛了怀公，迎立重耳，慌忙回报。怀公大惊，急集郤步扬、韩简、栾枝、士会等一班朝臣计议。那一班朝臣，都是向着公子重耳的，平昔见怀公专任吕、郤，心中不忿："今吕、郤等尚且背叛，事到临头，召我等何用？"一个个托辞，有推病的，有推事的，没半个肯上前。怀公叹了一口气道："孤不该私自逃回，失了秦欢，以致如此！"勃鞮奏曰："群臣私约共迎新君，主公不可留矣。臣请为御，暂适高梁[17]避难，再作区处。"

不说怀公出奔高梁。再说公子重耳，因吕、郤遣人来迎，遂入晋军。吕省、郤芮叩首谢罪，重耳将好言抚慰。赵衰、臼季等从亡诸臣，各各相见，吐露心腹，共保无虞。吕、郤大悦，乃奉重耳入曲沃城中，朝于武公

之庙[18]。绛都旧臣，栾枝、郤溱为首，引着士会、舟之侨、羊舌职、荀林父、先蔑、箕郑、先都等三十余人，俱至曲沃迎驾。郤步扬、梁繇靡、韩简、家仆徒等，另做一班，俱往绛都郊外邀接。重耳入绛城即位，是为文公[19]。按重耳四十三岁奔翟，五十五岁适齐，六十一岁适秦，及复国为君，年已六十二岁矣。

文公既立，遣人至高梁刺杀怀公。子圉自去年九月嗣位，至今年二月被杀，首尾为君，不满六个月，哀哉！寺人勃鞮收而葬之，然后逃回。不在话下。

却说文公宴劳秦将公子縶等，厚犒其军。有丕豹哭拜于地，请改葬其父丕郑。文公许之。文公欲留用丕豹，豹辞曰："臣已委质于秦庭，不敢事二君也。"乃随公子縶到河西，回复秦穆公。穆公班师回国。史臣有诗美秦穆公云：

辚辚车骑过河东，龙虎乘时气象雄。

假使雍州无义旅，纵然多助怎成功？

却说吕省、郤芮迫于秦势，虽然一时迎降，心中疑虑到底不能释然，对着赵衰、臼季诸人，未免有惭愧之意。又见文公即位数日，并不曾爵一有功，戮一有罪，举动不测，怀疑益甚。乃相与计较，欲率家甲造反，焚烧公宫，弑了重耳，别立他公子为君。思想："在朝无可与商者。惟寺人勃鞮，乃重耳之深仇，今重耳即位，勃鞮必然惧诛，此人胆力过人，可邀与共事。"使人招之，勃鞮随呼而至。吕、郤告以焚宫之事，勃鞮欣然领命。三人歃血为盟，约定二月晦日[20]会齐，夜半一齐举事。吕、郤二人，各往封邑，暗集人众，不在话下。

却说勃鞮虽然当面应承，心中不以为然，思量道："当初奉献公之命，去伐蒲城，又奉惠公所差，去刺重耳，这是桀犬吠尧，各为其主。今日怀公已死，重耳即位，晋国方定，又干此大逆无道之事，莫说重耳有天人之助，未必成事；纵使杀了重耳，他从亡许多豪杰，休想轻轻放过了我。不如私下往新君处出首，把这话头，反做个进身之阶，此计甚妙。"又想自己是个有罪之人，不便直叩公宫，遂于深夜往见狐偃。狐偃大惊，问曰："汝得罪新君甚矣，不思远引避祸，而夤夜至此何也？"勃鞮曰："某之此来，正欲见新君，求国舅一引进耳！"狐偃曰："汝见主公，乃自投死也。"勃鞮曰："某有机密事来告，欲救一国人性命，必面见主公，方可言之。"

狐偃遂引至公宫门首，偃叩门先入，见了文公，述勃鞮求见之语。文公曰："鞮有何事，救得一国人性命？此必托言求见，借舅氏作面情讨饶耳。"狐偃曰："'刍荛之言⑳，圣人择焉。'主公新立，正宜捐弃小忿，广纳忠告，不可拒之。"文公意犹未释，乃使近侍传语责之曰："汝斩寡人之袂，此衣犹在，寡人每一见之寒心。汝又至翟行刺寡人，惠公限汝三日

起身，汝次日即行，幸我天命见祐，不遭毒手。今寡人入国，汝有何面目来见？可速逃遁，迟则执汝付刑矣！"勃鞮呵呵大笑曰："主公在外奔走十九年，世情尚未熟透耶？先君献公，与君父子；惠公则君之弟也。父仇其子，弟仇其兄，况勃鞮乎？勃鞮小臣，此时惟知有献、惠，安知有君

哉？昔管仲为公子纠射桓公中其钩，桓公用之，遂伯天下。如君所见，将修射钩之怨，而失盟主之业矣。不见臣，不为臣损，但恐臣去，而君之祸不远也。"狐偃奏曰："勃鞮必有所闻而来，君必见之。"

文公乃召勃鞮入宫。勃鞮并不谢罪，但再拜，口称："贺喜！"文公曰："寡人嗣位久矣，汝今日方称贺，不已晚乎？"勃鞮对曰："君虽即位，未足贺也。得勃鞮，此位方稳，乃可贺耳！"文公怪其言，屏开左右，愿闻其说。勃鞮将吕、郤之谋，如此恁般，细述一遍："今其党布满城中，二贼又往封邑聚兵。主公必须乘间与狐国舅微服出城，往秦国起兵，方可平此难也。臣请留此，为诛二贼之内应。"狐偃曰："事已迫矣，臣请从行。国中之事，子余必能料理。"文公叮嘱勃鞮："凡事留心，当有重赏。"勃鞮叩首辞出。

文公与狐偃商议了多时，使狐偃预备温车于宫之后门，只用数人相随。文公召心腹内侍，吩咐如此如此，不可泄漏。是晚，依旧如常就寝。至五鼓，托言感寒疾腹病，使小内侍执灯如厕，遂出后门，与狐偃登车出城而去。次早，宫中俱传主公有病，各来寝室问安，俱辞不见。宫中无有知其出外者。天明，百官齐集朝门，不见文公视朝，来至公宫询问。只见朱扉双闭，门上挂着一面免朝牌，守门者曰："主公夜来偶染寒疾，不能下床。直待三月朔视朝，方可接见列位也。"赵衰曰："主公新立，百事未举，忽有此疾，正是'天有不测风云，人有旦夕祸福'。"众人信以为真，各各叹息而去。吕、郤二人闻知文公患病不出，直至三月朔方才视朝，暗暗欢喜曰："天教我杀重耳也！"

且说晋文公、狐偃潜行离了晋界，直入秦邦，遣人致密书于秦穆公，约于王城相会。穆公闻晋侯微行来到，心知国中有变。乃托言出猎，即日命驾，竟至王城，来会晋侯。相见之间，说明来意。穆公笑曰："天命已定，吕、郤辈何能为哉？吾料子余诸人，必能办贼，君勿虑也！"乃遣大将公孙枝屯兵河口，打探绛都消息，便宜行事。晋侯权住王城。

却说勃鞮恐吕、郤二人见疑，数日前，便寄宿于郤芮之家，假作商

量。至二月晦日，勃鞮说郤芮曰："主公约来早视朝，想病当小愈。宫中火起，必然出外。吕大夫守住前门，郤大夫守住后门，我领家众据朝门，以遏救火之人，重耳虽插翅难逃也。"郤芮以为然，言于吕省。是晚，家众各带兵器火种，分头四散埋伏。约莫三更时分，于宫门放起火来。那火势好不凶猛！宫人都在睡梦中惊醒，只道宫中遗漏，大惊小怪，一齐都乱起来。火光中但见戈甲纷纷，东冲西撞，口内大呼："不要走了重耳！"宫人遇火者，烂额焦头，逢兵者，伤肢损体，哀哭之声，耳不忍闻。吕省仗剑直入寝宫，来寻文公，并无踪影。撞见郤芮，亦仗剑从后宰门入来，问吕省："曾了事否？"吕省对答不出，只是摇头。二人又冒火覆身搜寻一遍，忽闻外面喊声大举，勃鞮仓忙来报曰："狐、赵、栾、魏等各家，悉起兵众前来救火，若至天明，恐国人俱集，我等难以脱身。不如乘乱出城，候至天明，打听晋侯死生的确，再作区处。"吕、郤此时，不曾杀得重耳，心中早已着忙了，全无主意。只得号召其党，杀出朝门而去。史官有诗云：

毒火无情杀械[22]成，谁知车驾在王城！

晋侯若记留袂恨，安得潜行会舅甥？

　　且说狐、赵、栾、魏等各位大夫，望见宫中失火，急忙敛集兵众，准备挠钩水桶，前来救火，原不曾打帐[23]厮杀。直至天明，将火扑灭，方知吕、郤二人造反，不见了晋侯，好大吃惊。有先前吩咐心腹内侍，火中逃出，告知："主公数日前，于五鼓微服出宫，不知去向。"赵衰曰："此事问狐国舅便知。"狐毛曰："吾弟子犯，亦于数日前入宫，是夜便不曾归家。想君臣相随，必然预知二贼之逆谋。吾等只索严守都城，修葺宫寝，以待主公之归可也。"魏犨曰:"贼臣造逆,焚宫弑主,今虽逃不远,乞付我一旅之师,追而斩之。"赵衰曰:"甲兵,国家大权,主公不在,谁敢擅动。二贼虽逃,不久当授首矣。"

再说吕、郤等屯兵郊外,打听得晋君未死,诸大夫闭城谨守;恐其来追,欲奔他国,但未决所向。勃鞮绐之曰:"晋君废置,从来皆出秦意。况二位与秦君原有旧识,今假说公宫失火,重耳焚死,去投秦君,迎公子雍㉔而立之,重耳虽不死,亦难再入矣。"吕省曰:"秦君向与我有王城之盟,今日只合投之。但未知秦肯容纳否?"勃鞮曰:"吾当先往道意,如

其慨许,即当偕往。不然,再作计较。"勃鞮行至河口,闻公孙枝屯兵河西,即渡河求见,各各吐露心腹,说出真情。公孙枝曰:"既贼臣见投,当诱而诛之,以正国法,无负便宜之托可也。"乃为书托勃鞮往召吕、郤。书略曰:

新君入国,与寡君原有割地之约。寡君使枝宿兵河西,理明疆界,恐

新君复如惠公故事也。今闻新君火厄，二大夫有意于公子雍，此寡君之所愿闻，大夫其速来共计。

　　吕、郤得书，欣然而往。至河西军中，公孙枝出迎。叙话之后，设席相款，吕、郤坦然不疑。谁知公孙枝预遣人报知秦穆公，先至王城等候。吕、郤等留连三日，愿见秦君。公孙枝曰："寡君驾在王城，同往可也。车徒暂屯此地，俟大夫返驾，一同济河何如？"吕、郤从其言。行至王城，勃鞮同公孙枝先驱入城，见了秦穆公，使丕豹往迎吕、郤。穆公伏晋文公于围屏之后。吕、郤等继至，谒见已毕，说起迎立子雍之事。穆公曰："公子雍已在此了！"吕、郤齐声曰："愿求一见。"穆公呼曰："新君可出矣！"只见围屏后一位贵人，不慌不忙，叉手步出。吕、郤睁眼看之，乃文公重耳也。吓得吕省、郤芮魂不附体，口称："该死！"叩头不已。穆公邀文公同坐。文公大骂："逆贼！寡人何负于汝而反？若非勃鞮出首，潜出宫门，寡人已为灰烬矣！"吕、郤此时，方知为勃鞮所卖。报称：

"勃鞮实歃血同谋，愿与俱死。"文公笑曰："勃鞮若不共歃，安知汝谋如此?"喝叫武士拿下，就命勃鞮监斩。须臾，二颗人头，献于阶下。可怜吕省、郤芮辅佐惠、怀，也算一时豪杰，索性屯军庐柳之时，与重耳做个头敌，不失为从一忠臣。既已迎降，又复背叛，今日为公孙枝所诱，死于王城，身名俱败，岂不哀哉!

文公即遣勃鞮，将吕、郤首级，往河西招抚其众；一面将捷音驰报国中。众大夫皆喜曰："不出子余所料也!"赵衰等忙备法驾，往河东迎接晋侯。

要知后事如何，且看下回分解。

【注释】

①改元告庙：国君继位，例以次年岁首改用新年号，并告于太庙。但此事主要在汉武帝之后始行之。

②甥馆：女婿的住处。

③泰卦：《易经》六十四卦之一，乾下坤上。"天地交，泰。"泰，引申有通畅、安静之意。六爻：即卦中的六划，亦即泰卦之初九、九二、九三、六四、六五、上六。

④天地配享：泰卦为乾下坤上，乾为天，坤为地，故贺其得天地配享。

⑤小往大来：《易经·彖》："泰，小往大来，吉，亨。"原指所失者小，所得者大。这里暗喻小为子圉，大为重耳；子圉当去，重耳当来。不仅为吉兆，且得亨通。故下文言"不惟得国，且有主盟之分"。

⑥九龙山：疑在秦都雍（今陕西凤翔市）近郊。

⑦渭阳：渭水的北面。《诗经·秦风·渭阳》："我送舅氏，曰至渭阳。"后世常以渭阳表示甥舅之情。因世子罃乃穆姬之子，而重耳乃穆姬庶兄。

⑧周襄王十六年：即公元前636年。

⑨困于五鹿：五鹿为卫地。重耳由翟奔齐，路经卫国，向田夫乞食一事。见第三十一回。

⑩令狐：春秋时晋地名。在今山西临猗县西。

⑪桑泉、臼衰：均为春秋时晋地名。桑泉在今山西临猗县临晋镇东北。臼衰在今山西解州镇西北。

⑫庐柳：春秋时晋地。在今山西临猗县北庐柳城。

⑬子大夫：对他国大夫的尊称，意为尊贵的大夫。子，古时对男子的美称。

⑭翼戴：拥护，拥戴。

⑮任其无咎：承担不治罪的允诺。

⑯郇（xún 旬）城：郇本古国名，后为晋所灭。故址在今山西临猗县西南。

⑰高梁：春秋时晋邑名。在今山西临汾市东北。

⑱武公之庙：在曲沃。晋献公以下各晋侯继位，都要朝拜此庙。

⑲文公：晋文公姬重耳。春秋五霸之一，与齐桓公齐名。在位九年（前636—前628）。

⑳晦日：农历每月的最后一天。

㉑刍荛（chú ráo 除饶）之言：浅陋的话。割草打柴人的见识。刍，割草。荛，打柴。

㉒弑械：意同杀机，即弑君的阴谋。清本多作"杀械"，明刊本作"弑械"，以臣杀君应曰"弑"，故从明本。

㉓打帐：打算，计划。

㉔公子雍：应为晋文公之子，杜祁所生。曾任秦为亚卿。

第三十七回　　介子推守志焚绵上
太叔带怙宠入宫中

　　话说晋文公在王城，诛了吕省、郤芮，向秦穆公再拜称谢。因以亲迎夫人之礼，请逆怀嬴归国。穆公曰："弱女已失身子圉，恐不敢辱君之宗庙，得备嫔嫱①之数足矣。"文公曰："秦、晋世好，非此不足以主宗祀，舅其勿辞。且重耳之出，国人莫知，今以大婚为名，不亦美乎？"穆公大喜，乃邀文公复至雍都，盛饰辒輼②，以怀嬴等五人归之。又亲送其女，至于河上，以精兵三千护送，谓之"纪纲之仆"。今人称管家为纪纲，盖始于此。文公同怀嬴等济河，赵衰诸臣，早备法驾于河口，迎接夫妇升车。百官扈从，旌旗蔽日，鼓乐喧天，好不闹热！昔时宫中夜遁，如入土之龟，缩头缩尾；今番河上荣归，如出冈之凤，双宿双飞。正所谓"彼一时，此一时"也。文公至绛，国人无不额手称庆。百官朝贺，自不必说。遂立怀嬴为夫人。

　　当初晋献公嫁女伯姬之时，使郭偃卜卦，其繇云："世作甥舅，三定我君。"伯姬为秦穆公夫人，穆公女怀嬴，又为晋文公夫人，岂不是"世作甥舅"？穆公先送夷吾归国，又送重耳归国，今日文公避难而出，又亏穆公诱诛吕、郤，重整山河，岂不是"三定我君"？又穆公曾梦宝夫人，引之游于天阙，谒见上帝，遥闻殿上呼穆公之名曰："任好听旨，汝平晋乱！"如是者再。穆公先平里克之乱，复平吕、郤之乱，一筮一梦，无不应验。诗云：

万物荣枯皆有定，浮生碌碌空奔忙。

笑彼愚人不安命，强觅冬雷和夏霜。

　　文公追恨吕、郤二人，欲尽诛其党。赵衰谏曰："惠、怀以严刻失人心，君宜更之以宽。"文公从其言，乃颁行大赦。吕、郤之党甚众，虽见

赦文，犹不自安，讹言日起，文公心以为忧。忽一日清晨，小吏头须叩宫门求见。文公方解发而沐，闻之怒曰："此人窃吾库藏③，致寡人行资缺乏，乞食曹、卫。今日尚何见为？"阍人如命辞之。头须曰："主公得无方沐乎？"阍者惊曰："汝何以知之？"头须曰："夫沐者，俯首曲躬，其心必覆；心覆则出言颠倒，宜我之求见而不得也。且主公能容勃鞮，得免吕、郤之难，今独不能容头须耶？头须此来，有安晋国之策。君必拒之，头须从此逃矣。"阍人遽以其言告于文公，文公曰："是吾过也！"亟索冠带装束，召头须入见。头须叩头请罪讫，然后言曰："主公知吕、郤之党几何？"文公蹙眉而言曰："众甚。"头须奏曰："此辈自知罪重，虽奉赦

犹在怀疑，主公当思所以安之。"文公曰："安之何策？"头须奏曰："臣窃主公之财，使主公饥饿。臣之获罪，国人尽知。若主公出游而用臣为御，使举国之人，闻且见之，皆知主公之不念旧恶，而群疑尽释矣。"文公曰："善。"乃托言巡城，用头须为御。吕、郤之党见之，皆私语曰："头须窃君之藏，今且仍旧录用，况他人乎？"自是讹言顿息。文公仍用头须掌库藏之事。因有恁般容人之量，所以能安定晋国。

　　文公先为公子时，已娶过二妻。初娶徐嬴，早卒。再娶偪姞，生一子一女，子名驩，女曰伯姬。偪姞亦薨于蒲城。文公出亡时，子女俱幼，弃之于蒲，亦是头须收留，寄养于蒲民遂氏之家，岁给粟帛无缺，一日，乘间言于文公。文公大惊曰："寡人以为死于兵刃久矣，今犹在乎？何不早言？"头须奏曰："臣闻'母以子贵，子以母贵'。君周游列国，所至送女，生育已繁。公子虽在，未卜君意何如，是以不敢遽白耳。"文公曰："汝如不言，寡人几负不慈之名。"即命头须往蒲，厚赐遂氏，迎其子女以归，使怀嬴母之。遂立驩为太子，以伯姬赐与赵衰为妻，谓之赵姬。

　　翟君闻晋侯嗣位，遣使称贺，送季隗归晋。文公问季隗之年，对曰：

"别来八载，今三十有二矣。"文公戏曰："犹幸不及二十五年也。"齐孝公亦遣使送姜氏于晋，晋侯谢其玉成之美，姜氏曰："妾非不贪夫妇之乐，所以劝驾者，正为今日耳。"文公将齐、翟二姬平昔贤德，述于怀嬴。怀嬴称赞不已，固请让夫人之位于二姬。于是更定宫中之位，立齐女为夫人，翟女次之，怀嬴又次之。

赵姬闻季隗之归，亦劝其夫赵衰，迎接叔隗母子。衰辞曰："蒙主公赐婚，不敢复念翟女也！"赵姬曰："此世俗薄德之语，非妾所愿闻也。妾虽贵，然叔隗先配，且有子矣，岂可怜新而弃旧乎？"，赵衰口虽唯唯，意犹未决。赵姬乃入宫奏于文公曰："妾夫不迎叔隗，欲以不贤之名遗妾，望父侯作主。"文公乃使人至翟，迎叔隗母子以归。赵姬以内子之位让翟女，赵衰又不可。赵姬曰："彼长而妾幼，彼先而妾后，长幼先后之序，不可乱也。且闻子盾，齿已长矣，而又有才，自当立为嫡子。妾居偏房，理所当然。若必不从，妾惟有退居宫中耳！"衰不得已，以姬言奏于文公。

文公曰：“吾女能推让如此，虽周太妊④莫能过也。”遂宣叔隗母子入朝，立叔隗为内子，立盾为嫡子。叔隗亦固辞，文公喻以赵姬之意，乃拜受谢恩而出。盾时年十七岁，生得气宇轩昂，举动有则，通诗书，精射御，赵衰甚爱之。后赵姬生三子，曰同，曰括，曰婴，其才皆不及盾，此是后话。史官叙赵姬之贤德，有赞云：

阴性好闭⑤，不嫉则妒，惑夫逞骄，篡嫡敢怒。褒进申绌⑥，服欢白怖⑦，理显势穷，误人自误。贵而自贱，高而自卑，同括下盾⑧，隗压于姬⑨。谦谦令德，君子所师，文公之女，成季⑩之妻。

再说晋文公欲行复国之赏，乃大会群臣，分为三等：以从亡为首功，送款者次之，迎降者又次之。三等之中，又各列其劳之轻重，而上下其赏。第一等从亡中，以赵衰、狐偃为最，其他狐毛、胥臣、魏犨、狐射姑、先轸、颠颉，以次而叙。第二等送款者，以栾枝、郤溱为最，其他士会、舟之侨、孙伯纠、祁满等，以次而叙。第三等迎降者，郤步扬、韩简为最，其他梁繇靡、家仆徒、郤乞、先蔑、屠击等，以次而叙。无采地者赐地，有采地者益封。别以白璧五双赐狐偃曰："向者投璧于河，以此为报。"又念狐突冤死，立庙于晋阳^⑪之马鞍山，后人因名其山曰狐突山。又出诏令于国门："倘有遗下功劳未叙者，许其自言。"小臣壶叔进曰："臣自蒲城相从主公，奔走四方，足踵俱裂。居则侍寝食，出则戒车马，未尝顷刻离左右也。今主公行从亡之赏，而不及于臣，意者臣有罪乎？"文公曰："汝来前，寡人为汝明之：夫导我以仁义，使我肺腑开通者，此受上赏；辅我以谋议，使我不辱诸侯者，此受次赏；冒矢石，犯锋镝^⑫，以身卫寡人者，此复受次赏。故上赏赏德，其次赏才，又其次赏功。若夫奔走之劳，匹夫之力，又在其次。三赏之后，行且及汝矣。"壶叔愧服而退。文公乃大出金帛，遍赏舆僚^⑬仆隶之辈，受赏者无不感悦。惟魏犨、颠颉二人，自恃才勇，见赵衰、狐偃都是文臣，以辞令为事，其赏却在己上，心中不悦，口内稍有怨言。文公念其功劳，全不计较。

又有介子推，原是从亡人数，他为人狷介无比，因济河之时，见狐偃有居功之语，心怀鄙薄，耻居其列，自随班朝贺一次以后，托病居家，甘守清贫，躬自织屦，以侍奉其老母。晋侯大会群臣，论功行赏，不见子推，偶尔忘怀，竟置不问了。邻人解张，见子推无赏，心怀不平；又见国门之上，悬有诏令："倘有遗下功劳未叙，许其自言。"特地叩子推之门，报此消息。子推笑而不答。老母在厨下闻之，谓子推曰："汝效劳十九年，且曾割股救君，劳苦不小。今日何不自言？亦可冀数钟之粟米，共朝夕之饔飧，岂不胜于织屦乎？"子推对曰："献公之子九人，惟主公最贤。惠、怀不德，天夺其助，以国属于主公。诸臣不知天意，争据其功，吾方耻之，吾宁终身织屦，不敢贪天之功以为己力也。"老母曰："汝虽不求禄，亦宜入朝一见，庶不没汝割股之劳。"子推曰："孩儿既无求于君，何以见为？"老母曰："汝能为廉士，吾岂不能为廉士之母？吾母子当隐于深山，毋溷于市井中也。"子推大喜曰："孩儿素爱绵上^⑭，高山谷深，今当归此。"乃负其母奔绵上，结庐于深谷之中，草衣木食，将终其身焉。邻

东周列国志

舍无知其去迹者。惟解张知之，乃作书夜悬于朝门。文公设朝，近臣收得此书，献于文公。文公读之，其词曰：

有龙矫矫，悲失其所；数蛇从之，周流天下。龙饥乏食，一蛇割股；龙返于渊，安其壤土。数蛇入穴，皆有宁宇；一蛇无穴，号于中野。

文公览毕，大惊曰："此介子推之怨词也！昔寡人过卫乏食，子推割股以进。今寡人大赏功臣，而独遗子推，寡人之过何辞？"即使人往召子推，子推已不在矣。文公拘其邻舍，诘问子推去处："有能言者，寡人并官之。"解张进曰："此书亦非子推之书，乃小人所代也。子推耻于求赏，负其母隐于绵上深谷之中。小人恐其功劳泯没，是以悬书代为白之。"文公曰："若非汝悬书，寡人几忘子推之功矣。"遂拜解张为下大夫，即日驾车，用解张为前导，亲往绵山，访求子推。

只见峰峦叠叠，草树萋萋，流水潺潺，行云片片，林鸟群噪，山谷应声，竟不得子推踪迹。正是："只在此山中，云深不知处。"左右拘得农夫数人到来，文公亲自问之。农夫曰："数日前，曾有人见一汉子，负一老妪，息于此山之足，汲水饮之，复负之登山而去，今则不知所之也。”
文公命停车于山下，使人遍访，数日不得。文公面有愠色，谓解张曰：
“子推何恨寡人之深耶？吾闻子推甚孝，若举火焚林，必当负其母而出
矣。”魏犨进曰：“从亡之日，众人皆有功劳，岂独子推哉？今子推隐身
以要君，逗遛车驾，虚费时日，待其避火而出，臣当羞之！”乃使军士于
山前山后，周围放火，火烈风猛，延烧数里，三日方息。子推终不肯出，

母子相抱，死于枯柳之下。军士寻得其骸骨，文公见之，为之流涕，命葬
于绵山之下，立祠祀之。环山一境之田，皆作祠田，使农夫掌其岁祀。
“改绵山曰介山，以志寡人之过！”后世于绵上立县，谓之介休，言介子
推休息于此也。焚林之日，乃三月五日清明之候，国人思慕子推，以其死
于火，不忍举火，为之冷食一月，后渐减至三日。至今太原、上党、西
河、雁门各处，每岁冬至后一百五日，预作干糒，以冷水食之，谓之“禁

火"，亦曰"禁烟"。因以清明前一日为寒食节，遇节，家家插柳于门，以招子推之魂，或设野祭，焚纸钱，皆为子推也。胡曾有诗云：

羁绁[15]从游十九年，天涯奔走备颠连。

食君割股[16]心何赤？辞禄焚躯志甚坚。

绵上烟高标气节，介山祠壮表忠贤。

只今禁火悲寒食，胜却年年挂纸钱。

文公既定君臣之赏，大修国政，举善任能，省刑薄敛，通商礼宾，拯寡救乏，国中大治。周襄王使太宰周公孔，及内史叔兴，赐文公以侯伯之命，文公待之有加礼。叔兴归见襄王，言："晋侯必伯诸侯，不可不善也。"襄王自此疏齐而亲晋，不在话下。

是时郑文公臣服于楚，不通中国，恃强凌弱，怪滑伯[17]事卫不事郑，乃兴师伐之。滑伯惧而请成。郑师方退，滑仍旧事卫，不肯服郑。郑文公大怒，命公子士泄为将，堵俞弥副之，再起大军伐滑。卫文公与周方睦，诉郑于周。周襄王使大夫游孙伯至郑，为滑求解。未至，郑文公闻之，怒曰："郑、卫一体也，王何厚于卫，而薄于郑耶？"命拘孙伯于境上，俟破滑凯旋，方可释之。孙伯被拘，其左右奔回，诉知周襄王，襄王骂曰："郑捷欺朕太甚，朕必报之！"问群臣："谁能为朕问罪于郑者？"大夫颓叔、桃子二人进曰："郑自先王兵败[18]，益无忌惮。今又挟荆蛮为重，虐执王臣。若兴兵问罪，难保必胜。以臣之愚，必借兵于翟，方可伸威。"大夫富辰连声曰："不可，不可！古人云：'疏不间亲。'郑虽无道，乃子友[19]之后，于天子兄弟也。武公著东迁之劳，厉公平子颓之乱，其德均不可忘。翟乃戎狄豺狼，非我同类。用异类而蔑同姓，修小怨而置大德，臣见其害，未见其利也。"颓叔、桃子曰："昔武王伐商，九夷俱来助战，何必同姓？东山之征，实因管、蔡。郑之横逆，犹管、蔡也。翟之事周，未尝失礼，以顺诛逆，不亦可乎？"襄王曰："二卿之言是也。"乃使颓叔、桃子如翟，谕以伐郑之事。

翟君欣然奉命，假以出猎为名，突入郑地，攻破栎城，以兵戍之，遣使同二大夫告捷于周。周襄王曰：“翟有功于朕，朕今中宫新丧，欲以翟为婚姻何如？”颓叔、桃子曰：“臣闻翟人之歌曰：‘前叔隗，后叔隗，如珠比玉生光辉。’言翟有二女，皆名叔隗，并有殊色。前叔隗乃咎如国之女，已嫁晋侯。后叔隗乃翟君所生，今尚未聘，王可求之。”襄王大喜，复命颓叔、桃子往翟求婚。翟人送叔隗至周，襄王欲立为继后，富辰又谏曰：“王以翟为有功，劳之可也。今以天子之尊，下配夷女。翟恃其功，加以姻亲，必有窥伺之患矣。”襄王不听，遂以叔隗主中宫之政。

说起那叔隗，虽有韶颜，素无闺德。在本国专好驰马射箭，翟君每出猎，必自请随行，日与将士每驰逐原野，全无拘束。今日嫁与周王，居于深宫，如笼中之鸟，槛内之兽，甚不自在。一日，请于襄王曰：“妾幼习射猎，吾父未尝禁也。今郁郁宫中，四肢懈倦，将有痿痹[20]之疾。王何不举大狩，使妾观之？”襄王宠爱方新，言无不从。遂命太史择日，大集车徒，较猎于北邙山。有司[21]张幕于山腰，襄王与隗后坐而观之。襄王欲悦隗后之意，出令曰："日中为期，得三十禽者，赏轺车㉒三乘；得二十禽者，赏以辎车㉓二乘；得十禽者，赏以辒车㉔一乘；不逾十禽者，无赏。"一时王子王孙及大小将士，击狐伐兔，无不各逞其能，以邀厚赏。打围良久，太史奏："日已中矣。"襄王传令撤回，诸将各献所获之禽，或一十，或二十，惟有一位贵人，所献逾三十之外。那贵人生得仪容俊伟，一表人物，乃襄王之庶弟，名曰带，国人皆称曰太叔，爵封甘公。因先年夺嫡不遂㉕，又召戎师以伐周㉖，事败出奔齐国，后来惠后再三在襄王面前辩解求恕，大夫富辰亦劝襄王兄弟修好，襄王不得已，召而复之。今日在打围中，施逞精神，拔了个头筹。襄王大喜，即赐轺车如数。其余计获多少，各有赐赉。

隗后坐于王侧，见甘公带才貌不凡，射艺出众，夸奖不迭。问于襄王，知是金枝玉叶，十分心爱，遂言于襄王曰："天色尚早，妾意欲自打一围，以健筋骨，幸吾王降旨。"襄王本意欲取悦隗后，怎好不准其奏，即命将士重整围场。隗后解下绣袍，原来袍内，预穿就窄袖短衫，罩上异样黄金锁子轻细之甲，腰系五彩纯丝绣带，用玄色轻绡六尺，周围抹额㉗，笼蔽凤笄㉘，以防尘土，腰悬箭菔，手执朱弓，妆束得好不齐整。有诗为证：

花般绰约㉙玉般肌，幻出戎装态更奇。

仕女班中夸武艺，将军队里擅娇姿。

隗后这回装束，别是一般丰采，喜得襄王微微含笑。左右驾戎辂以待，隗后曰："车行不如骑迅，妾随行诸婢，凡翟国来的，俱惯驰马，请于王前试之。"襄王命多选良马，鞴勒㉚停当。侍婢陪骑者，约有数人。隗后方欲跨马，襄王曰："且慢。"遂问同姓诸卿中："谁人善骑？保护王后下场。"甘公带奏曰："臣当效劳。"这一差，正暗合了隗后之意。侍婢簇拥隗后，做一队儿骑马先行。甘公带随后跨着名驹赶上，不离左右。隗后要在太叔面前施逞精神，太叔亦要在隗后面前夸张手段。未试弓箭，且试跑马。隗后将马连鞭几下，那马腾空一般去了。太叔亦跃马而前，转过山腰，刚刚两骑马，讨个并头。隗后将丝缰勒住，夸奖甘公曰："久慕王子大才，今始见之！"太叔马上欠身曰："臣乃学骑耳，不及王后万分之一！"隗后曰："太叔明早可到太后宫中问安，妾有话讲。"言犹未毕，侍女数骑俱到，隗后以目送情，甘公轻轻点头，各勒马而回。恰好山坡下，赶出一群麋鹿来，太叔左射麋，右射鹿，俱中之。隗后亦射中一鹿。众人喝彩一番。隗后复跑马至于山腰，襄王出幕相迎曰："王后辛苦！"隗后以所射之鹿，拜献襄王。太叔亦以一麋一鹿呈献。襄王大悦。众将及军士，又驰射一番，方才撤围。御庖将野味，烹调以进，襄王颁赐群臣，欢饮而散。

次日，甘公带入朝谢赐，遂至惠后宫中问安。其时隗后已先在矣。隗后预将贿赂，买嘱随行宫侍，遂与太叔眉来眼去，两下意会，托言起身，遂私合于侧室之中。男贪女爱，极其眷恋之情，临别两不相舍。隗后嘱咐太叔："不时入宫相会。"太叔曰："恐王见疑。"隗后曰："妾自能周旋，不必虑也。"惠后宫人，颇知其事，只因太叔是太后的爱子，况且事体重大，不敢多口。惠后心上，亦自觉着，反吩咐宫人闲话少说。隗后的宫侍，已自遍受赏赐，做了一路，为之耳目。太叔连宵达旦，潜住宫中，只瞒得襄王一人。史官有诗叹曰：

太叔无兄何有嫂？襄王爱弟不防妻。

一朝射猎成私约，始悔中宫女是夷！

又有诗讥襄王不该召太叔回来，自惹其祸。诗云：

明知篡逆性难悛[31]，便不行诛也绝亲。

引虎入门谁不噬？襄王真是梦中人！

大凡做好事的心，一日小一日；做歹事的胆，一日大一日。甘公带与隗后私通，走得路熟，做得事惯，渐渐不避耳目，不顾利害，自然败露出来。那隗后少年贪欲，襄王虽则宠爱，五旬之人，到底年力不相当了，不时在别寝休息。太叔用些贿，使些势，那把守宫门的，无过是内侍之辈，都想道："太叔是太后的爱子，周王一旦晏驾，就是太叔为王了，落得他些赏赐，管他甚帐？"以此不分早晚，出入自如。

却说宫婢中有个小东，颇有几分颜色，善于音律。太叔一夕欢宴之际，使小东吹玉箫，太叔歌而和之。是夕开怀畅饮，醉后不觉狂荡，便按住小东求欢。小东惧怕隗后，解衣脱身，太叔大怒，拔剑赶逐，欲寻小东杀之。小东竟奔襄王别寝，叩门哭诉，说太叔如此恁般："如今见在宫中。"襄王大怒，取了床头宝剑，趋至中宫，要杀太叔。

毕竟性命如何，且看下回分解。

【注释】

①嫱嫱（qiáng 强）：古代宫廷中女官名。位在后妃、夫人之下。
②辒辌：均为有障蔽的车，前面开户的叫辒，后面开户的叫辌。多为

妇人所乘。

③此人窃吾库藏：指重耳去翟奔卫时，头须窃库藏而逃。见第三十一回。

④周太妊（rèn 认）：即太任。周文王之母，季历之妃。据传她怀孕之时，目不视恶色，耳不听淫声，口不出傲言，以胎教闻名。

⑤闭：闭塞，目光短浅。

⑥襃进申绌：指襃姒进位为后，申后被废。绌，同黜。事见第二回。

⑦服欢白怖：伯服高兴，宜白害怕。指周幽王废太子宜白，立伯服一事。见第二回。

⑧同括下盾：指赵同、赵括地位低于赵盾。

⑨隗压于姬：指季隗地位在赵姬之上。

⑩成季：即赵衰。成为其谥号，季乃其排行。

⑪晋阳：春秋时晋邑名。在今山西太原市南晋源镇。

⑫锋镝（dí 敌），刀锋和箭头。

⑬舆儓：即舆台。古代分人为十等，舆为第六等，台为第十等。舆台指地位低微之人。

⑭绵上：春秋时晋地名。在今山西介休市东南四十里之介山。

⑮羁绁（jī xiè 机谢）：马笼头和马缰绳，借指乘马驰骋。

⑯食（sì 四）君刳（kū 枯）股：割下股肉给君主食。刳，挖出，剖开。

⑰滑伯：滑为周代诸侯国，姬姓，伯爵。国于费，故一名费滑。故城在今河南偃师县之缑氏镇。滑伯其名不详。

⑱先王兵败：指周桓王带兵伐郑，祝聃射王中肩，兵败而回一事。见第九回。

⑲子友：指郑开国之君桓公姬友。姬友为周宣王幼弟。

⑳痿痹（wěi bì 萎必）：肢体不能动作之病。

㉑有司：官吏。

㉒辁（tún 屯）车：兵车的一种，专司屯守。

㉓轀（chōng 充）车：兵车的一种，专司冲锋。

㉔轈（cháo 巢）车：兵车的一种，专司侦察。因车上加巢，可瞭望敌阵。

㉕先年夺嫡不遂：指惠后与太叔带阴谋废世子郑而自立一事，见第二十四回。

㉖召戎师以伐周：指王子带召伊、雒之戎伐京师，围王城事。见第二十九回。

㉗抹额：束额巾，也称抹头。古时武士多用之。

㉘笼蔽凤笄：笼蔽，即护膝的围裙，又称蔽膝。其形如笼，故称笼蔽。凤笄，外形如凤的簪子，用以束发。

㉙绰约：柔美的样子。

㉚鞴（bèi 备）勒：鞴指将马鞍、辔头等放在马身上。勒指套上马笼头。

㉛悛（quān 圈）：悔改。

第三十八回　周襄王避乱居郑　晋文公守信降原

话说周襄王闻宫人小东之语，心头一时火起，急取床头宝剑，趋至中宫，来杀太叔。才行数步，忽然转念："太叔乃太后所爱，我若杀之，外人不知其罪，必以我为不孝矣。况太叔武艺高强，倘然不逊，挺剑相持，反为不美。不如暂时隐忍，俟明日询有实迹，将隗后贬退，谅太叔亦无颜复留，必然出奔外境，岂不稳便？"叹了一口气，掷剑于地，复回寝宫，使随身内侍，打探太叔消息。回报："太叔知小东来诉我王，已脱身出宫去矣。"襄王曰："宫门出入，如何不禀命于朕？亦朕之疏于防范也。"次早，襄王命拘中宫侍妾审问。初时抵赖，唤出小东面证，遂不能隐，将前后丑情，一一招出。襄王将隗后贬入冷宫，封锁其门，穴墙以通饮食。太叔带自知有罪，逃奔翟国去了。惠太后惊成心疾，自此抱病不起。

却说颓叔、桃子，闻隗后被贬，大惊曰："当初请兵伐郑，是我二人；请婚隗氏，又是我二人。今忽然被斥，翟君必然见怪。太叔今出奔在翟，定有一番假话，哄动翟君。倘然翟兵到来问罪，我等何以自解？"即日乘轻车疾驰，赶上太叔，做一路商量："若见翟君，须是如此如此。"不一日，行到翟国，太叔停驾于郊外。颓叔、桃子先入城见了翟君，告诉道："当初我等原为太叔请婚，周王闻知美色，乃自取之，立为正宫。只为往太后处问安，与太叔相遇，偶然太叔叙起前因，说话良久，被宫人言语诬谤，周王轻信，不念贵国伐郑之劳，遂将王后贬入冷宫，太叔逐出境外。忘亲背德，无义无恩，乞假一旅之师，杀入王城，扶立太叔为王，救出王后，仍为国母，诚贵国之义举也。"翟君信其言，问："太叔何在？"颓叔、桃子曰："现在郊外候命。"翟君遂迎太叔入城。太叔请以甥舅之礼①相见，翟君大喜，遂拨步骑五千，使大将赤丁同颓叔、桃子，奉太叔以伐周。

周襄王闻翟兵临境，遣大夫谭伯为使，至翟军中，谕以太叔内乱之罪。赤丁杀之，驱兵直逼王城之下。襄王大怒，乃拜卿士原伯贯为将，毛卫副之，率车三百乘，出城御敌。伯贯知翟兵勇猛，将辎车联络为营，如坚城一般，赤丁冲突数次，俱不能入，连日搦战，亦不出应。赤丁愤甚，乃定下计策，于翠云山②搭起高台，上建天子旌旗，使军士假扮太叔，在台上饮宴歌舞为乐，却教颓叔、桃子各领一千骑兵，伏于山之左右，只等周兵到时，台上放炮为号，一齐拢杀将来。又教亲儿赤风子引骑兵五百，直逼其营辱骂，以激其怒，若彼开营出战，佯输诈败，引他走翠云山一路，便算功劳。赤丁与太叔引大队在后准备接应。分拨停当。

却说赤风子引五百骑兵搦战，原伯贯登垒望之，欺其寡少，便欲出战。毛卫谏曰："翟人诡计多端，只宜持重，俟其懈怠，方可击也。"挨至午牌时分，翟军皆下马坐地，口中大骂："周王无道之君，用这般无能之将，降又不降，战又不战，待要何如？"亦有卧地而骂者。原伯贯忍耐不住，喝教开营。营门开处，涌出车乘百余，车上立着一员大将，金盔绣袄，手执大杆刀，乃原伯贯也。赤风子忙教："孩儿们快上马！"自挺铁捆来迎战，不上十合，拨马往西而走。军士多有上马不及者，周军乱抢马匹，全无行列。赤风子回马，又战数合，渐渐引至翠云山相近。赤风子委弃马匹器械殆尽，引数骑奔山后去了。

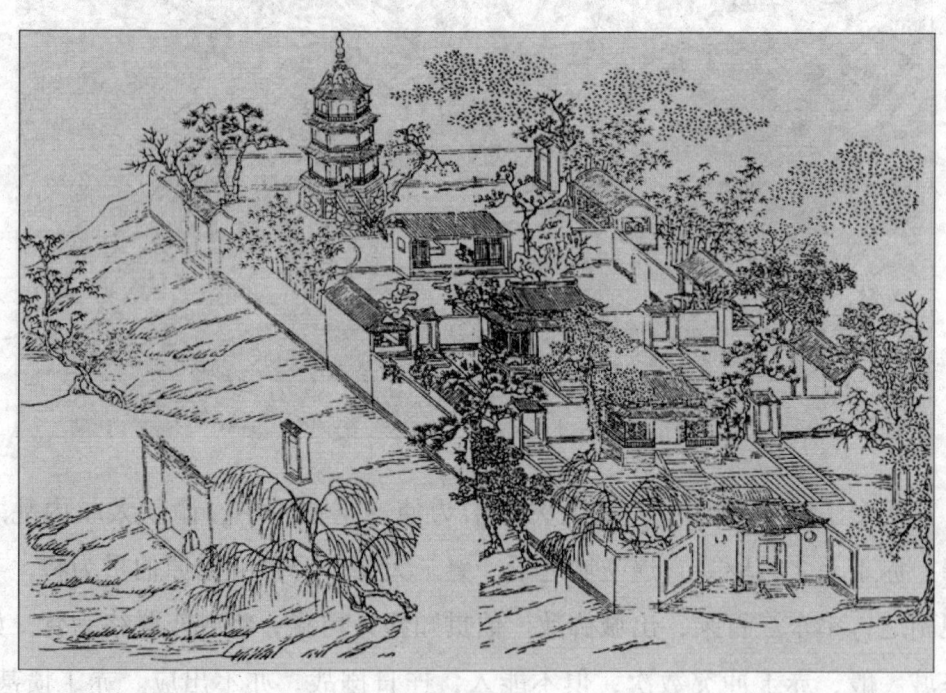

原伯贯抬头一望，见山上飞龙赤旗飘飏，绣伞之下，盖着太叔，大吹大擂饮酒。原伯贯曰："此贼命合尽于吾手！"乃拣平坦处驱车欲上，山上檑木炮石打将下来。原伯正没计较，忽闻山坳中连珠炮响，左有颓叔，右有桃子，两路铁骑，如狂风骤雨，围裹将来。原伯心知中计，急教回车，来路上已被翟军砍下乱木，纵横道路，车不能行。原伯喝令步卒开路，军士都心慌胆落，不战而溃。原伯无计可施，卸下绣袍，欲杂于众中逃命。有小军叫曰："将军到这里来！"颓叔听得叫声，疑为原伯，指挥翟骑追之，擒获二十余人，原伯果在其内。比及赤丁大军到时，已大获全胜，车马器械，悉为所俘。有逃脱的军士，回营报知毛卫。毛卫只教坚守，一面遣人驰奏周王，求其添兵助将。不在话下。

颓叔将原伯贯绑缚献功于太叔，太叔命囚之于营。颓叔曰："今伯贯被擒，毛卫必然丧胆。若夜半往劫其营，以火攻之，卫可擒也。"太叔以为然，言于赤丁。赤丁用其策，暗传号令。是夜三鼓之后，赤丁自引步军千余，俱用利斧，劈开索链，劫入大营，就各车上，将芦苇放起火来。顷刻延烧，遍营中火球乱滚，军士大乱。颓叔、桃子各引精骑，乘势杀入，锐不可当。毛卫急乘小车，从营后而遁。正遇着步卒一队，为首乃是太叔带，大喝："毛卫那里走？"毛卫着忙，被太叔一枪刺于车下。翟军大获全胜，遂围王城。

周襄王闻二将被擒，谓富辰曰："早不从卿言，致有此祸。"富辰曰："翟势甚狂，吾王暂尔出巡，诸侯必有倡义纳王者。"周公孔奏曰："王师虽败，若悉起百官家属，尚可背城一战。奈何轻弃社稷，委命于诸侯乎？"召公过奏曰："言战者，乃危计也。以臣愚见，此祸皆本干叔隗，吾王先正其诛，然后坚守以待诸侯之救，可以万全。"襄王叹曰："朕之不明，自取其祸。今太后病危，朕暂当避位，以慰其意。若人心不忘朕，听诸侯自图之可也。"因谓周、召二公曰："太叔此来，为隗氏耳。若取隗氏，必惧国人之谤，不敢居于王城。二卿为朕缮兵固守，以待朕之归可也。"周、召二公顿首受命。襄王问于富辰曰："周之接壤，惟郑、卫、陈三国，朕将安适？"富辰对曰："陈、卫弱，不如适郑。"襄王曰："朕曾用翟伐郑，郑得无怨乎？"富辰曰："臣之劝王适郑者，正为此也。郑之先世，有功于周，其嗣必不忘。王以翟伐郑，郑心不平，固日夜望翟之背周，以自明其顺也。今王适郑，彼必喜于奉迎，又何怨焉？"襄王意乃决。富辰

又请曰："王犯翟锋而出，恐翟人悉众与王为难，奈何？臣愿率家属与翟决战，王乘机出避可也。"乃尽召子弟亲党，约数百人，勉以忠义，开门直犯翟营，牵住翟兵。襄王同简师父、左鄢父等十余人，出城望郑国而去。富辰与赤丁大战，所杀伤翟兵甚众，辰亦身被重伤，遇颓叔、桃子，慰之曰："子之忠谏，天下所知也，今日可以无死。"富辰曰："昔吾屡谏王，王不听，以及此。若我不死战，王必以我为怼③矣。"复力战多时，力尽而死。子弟亲党，同死者三百余人。史官有诗赞曰：

用夷凌夏岂良谋？纳女宣淫祸自求。

骤谏不从仍死战，富辰忠义播春秋。

富辰死后，翟人方知襄王已出王城。时城门复闭，太叔命释原伯贯之囚，使于城门外呼之。周、召二公立于城楼之上，谓太叔曰："本欲开门奉迎，恐翟兵入城剽掠，是以不敢。"太叔请于赤丁，求其屯兵城外，当出府库之藏为犒，赤丁许之。太叔遂入王城，先至冷宫，放出隗后，然后往谒惠太后。太后见了太叔，喜之不胜，一笑而绝。太叔且不治丧，先与隗后宫中聚阔④。欲寻小东杀之，小东惧罪，先已投井自尽矣。呜呼哀哉！

次日，太叔假传太后遗命，自立为王，以叔隗为王后，临朝受贺。发府藏大犒翟军，然后为太后发丧。国人为之歌曰：

莫⑤丧母，旦娶妇。妇得嫂，臣娶后。为不惭，言可丑！谁其逐之？我与尔左右⑥！

太叔闻国人之歌，自知众论不服，恐生他变。乃与隗氏移驻于温⑦，大治宫室，日夜取乐。王城内国事，悉委周、召二公料理，名虽为王，实未尝与臣民相接也。原伯贯逃往原城去了。这边话且搁过不提。

且说周襄王避出王城，虽然望郑国而行，心中未知郑意好歹。行至氾地⑧，其地多竹而无公馆，一名竹川。襄王询土人，知入郑界，即命停车，借宿于农民封氏草堂之内。封氏问："官居何职？"襄王言曰："我周天子也，为国中有难，避而到此。"封氏大惊，叩头谢罪曰："吾家二郎，夜来梦红日照于草堂，果有贵人下降。"即命二郎杀鸡为黍。襄王问："二郎何人？"对曰："民之后母弟也。与民同居于此，共爨同耕，以奉养后母。"襄王叹曰："汝农家兄弟，如此和睦，朕贵为天子，反受母弟之害，朕不如此农民多矣！"因凄然泪下。大夫左鄢父进曰："周公大圣，尚有骨肉之变。吾王不必自伤，作速告难于诸侯，料诸侯必不坐视。"襄王乃亲作书稿，使人分告齐、宋、陈、郑、卫诸国。略曰：

不毅⑨不德，得罪于母之宠子弟带，越⑩在郑地氾。敢告。

简师父奏曰："今日诸侯有志图伯者，惟秦与晋。秦有蹇叔、百里奚、公孙枝诸贤为政，晋有赵衰、狐偃、胥臣诸贤为政，必能劝其君以勤王之义，他国非所望也。"襄王乃命简师父告于晋，使左鄢父告于秦。

且说郑文公闻襄王居氾，笑曰："天子今日方知翟之不如郑也。"即日使工师往氾地创立庐舍，亲往起居，省视器具，一切供应，不敢菲薄。襄王见郑文公，颇有惭色。鲁、宋诸国，亦遣使问安，各有馈献，惟卫文公不至。鲁大夫臧孙辰字文仲[11]，闻之叹曰："卫侯将死矣！诸侯之有王，犹木之有本，水之有源也。木无本必枯，水无源必竭，不死何为？"时襄王十八年之冬十月也。至明年春，卫文公薨，世子郑立，是为成公[12]，果应臧文仲之言。此是后话。

再说简师父奉命告晋。晋文公访于狐偃，偃对曰："昔齐桓之能合诸侯，惟尊王也。况晋数易其君，民以为常，不知有君臣之大义。君盍纳王而讨太叔之罪，使民知君之不可贰[13]乎？继文侯[14]辅周之勋，光武公启晋之烈[15]，皆在于此。若晋不纳，秦必纳之，则伯业独归于秦矣。"文公使太史郭偃卜之。偃曰："大吉！此黄帝战于阪泉[16]之兆。"文公曰："寡人何敢当此！"偃对曰："周室虽衰，天命未改。今之王，古之帝也，其克叔带必矣。"文公曰："更为我筮之。"得《乾》下《离》上《大有》[17]之卦，第三爻动[18]，变为《兑》下《离》上《睽》卦。偃断之曰："《大有》

之九三云：‘公用享于天子[19]。’战克而王享[20]，吉莫大焉！《乾》为天，《离》为日[21]。日丽[22]于天，昭明之象。《乾》变而《兑》，《兑》为泽[23]，泽在下，以当《离》日之照。是天子之恩光照临晋国，又何疑焉？”文公大悦，乃大阅车徒，分左右二军，使赵衰将左军，魏犨佐之；郤溱将右军，颠颉佐之。文公引狐偃、栾枝等，左右策应。

　　临发时，河东守臣报称：“秦伯亲统大兵勤王，已在河上，不日渡河矣。”狐偃进曰：“秦公志在勤王，所以顿兵河上者，为东道之不通故也。夫草中之戎，丽土之狄[24]，皆车马必由之路，秦素未与通，恐其不顺，是以怀疑不进。君诚行赂于二夷，谕以假道勤王之意，二夷必听。更使人谢秦君，言晋师已发，秦必退矣。”文公然其言，一面使狐偃之子狐射姑，赍金帛之类，行赂于戎、狄，一面使胥臣往河上辞秦。

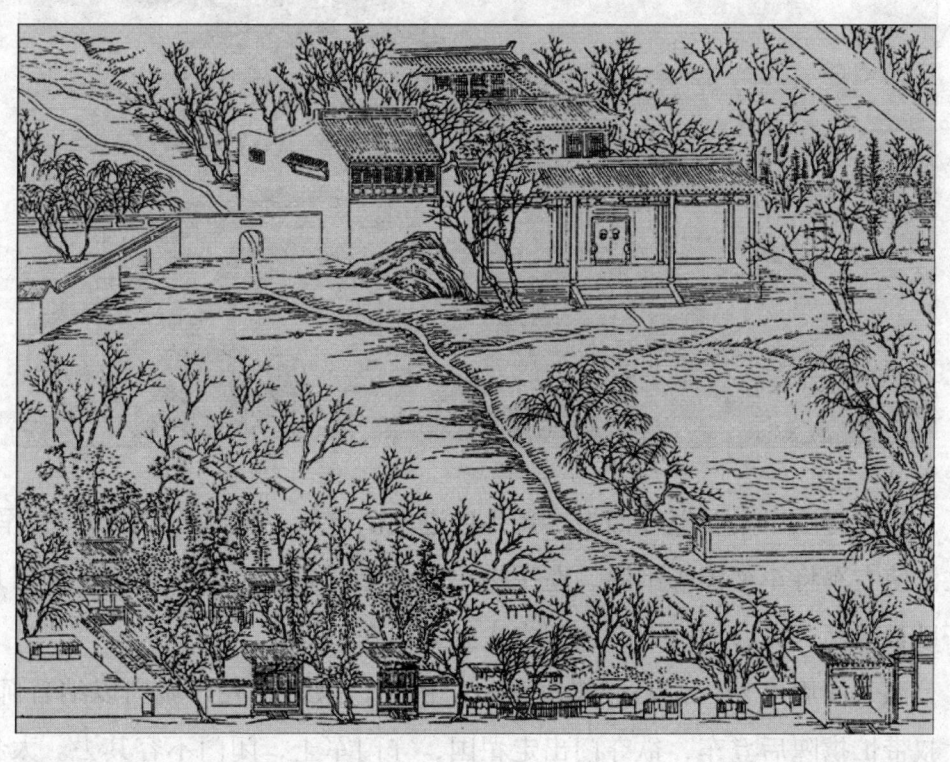

　　胥臣谒见穆公，致晋侯之命曰：“天子蒙尘[25]在外，君之忧，即寡君

之忧也。寡君已扫境内，兴师代君之劳，已有成算，毋敢烦大军远涉。"穆公曰："寡人恐晋君新立，军师未集，是以奔走在此，以御天子之难。既晋君克举大义，寡人当静听捷音。"蹇叔、百里奚皆曰："晋侯欲专大义，以服诸侯，恐主公分其功业，故遣人止我之师。不如乘势而下，共迎天子，岂不美哉？"穆公曰："寡人非不知勤王美事，但东道未通，恐戎、狄为梗。晋初为政，无大功何以定国，不如让之。"乃遣公子縶随左鄩父至氾，问劳襄王。穆公班师而回。

却说胥臣以秦君退师回报，晋兵遂进屯阳樊[20]，守臣苍葛出郊外劳军。文公使右军将军郤溱等围温，左军将军赵衰等迎襄王于氾。襄王以夏四月丁巳日复至王城，周、召二公迎之入朝，不在话下。

温人闻周王复位，乃群聚攻颓叔、桃子，杀之，大开城门以纳晋师。太叔带忙携隗后登车，欲夺门出走翟国，守门军士，闭门不容其去。太叔仗剑砍倒数人，却得魏犨追到，大喝："逆贼走到哪里去？"太叔曰："汝放孤出城，异日厚报。"魏犨曰："问天子肯放你时，魏犨就做人情。"太叔大怒，挺剑刺来，被魏犨跃上其车，一刀斩之。军士擒隗氏来见，犨曰："此淫妇，留他何用！"命众军乱箭攒射。可怜如花夷女，与太叔带半载欢娱，今日死千万箭之下。胡曾先生咏史诗云：

逐兄盗嫂据南阳[27]，半载欢娱并罹殃。

淫逆倘然无速报，世间不复有纲常。

魏犨带二尸以报郤溱，溱曰："何不槛送天子，明正其戮？"魏犨曰："天子避杀弟之名，假手于晋，不如速诛之为快也！"郤溱叹息不已，乃埋二尸于神农涧[28]之侧。一面安抚温民，一面使人报捷于阳樊。

晋文公闻太叔和隗氏俱已伏诛，乃命驾亲至王城，朝见襄王奏捷。襄王设醴酒以飨之，复大出金帛相赠。文公再拜谢曰："臣重耳不敢受赐，但死后得用隧葬[29]，臣沐恩于地下无穷矣。"襄王曰："先王制礼，以限隔上下，止有此生死之文，朕不敢以私劳而乱大典。叔父大功，朕不敢忘！"乃割畿内温、原㉚、阳樊、攒茅㉛四邑，以益其封。文公谢恩而退。百姓携老扶幼，填塞街市，争来识认晋侯，叹曰："齐桓公今复出也！"晋文公下令两路俱班师。大军屯于太行山之南，使魏犨定阳樊之田，颠颉定攒茅之田，栾枝定温之田，晋侯亲率赵衰定原之由。为何定原之田，文公亲往？那原乃周卿士原伯贯之封邑，原伯贯兵败无功，襄王夺其邑以与晋，伯贯见在原城，恐其不服，所以必须亲往。颠颉至攒茅，栾枝至温，守臣俱携酒食出迎。

却说魏犨至阳樊，守臣苍葛谓其下曰："周弃岐、丰，余地几何！而晋复受四邑耶？我与晋同是王臣，岂可服之。"遂率百姓持械登城。魏犨

大怒，引兵围之，大叫："早早降顺，万事俱休，若打破城池，尽皆屠戮！"苍葛在城上答曰："吾闻'德以柔中国，刑以威四夷'。今此乃王畿

之地，畿内百姓，非王之宗族，即王之亲戚。晋亦周之臣子，忍以兵威相劫耶？"魏犫感其言，遣人驰报文公。文公致书于苍葛，略曰：

四邑之地，乃天子之赐，寡人不敢违命。将军若念天子之姻亲，率以归国，亦惟将军之命是听。

因谕魏犫缓其攻，听阳民迁徙。苍葛得书，命城中百姓："愿归周者去，愿从晋者留。"百姓愿去者大半，苍葛尽率之，迁于轵村②。魏犫定其疆界而还。

再说文公同赵衰略地至原。原伯贯绐其下曰："晋兵围阳樊，尽屠其民矣！"原人恐惧，共誓死守，晋兵围之。赵衰曰："民所以不服晋者，不信故也。君示之以信，将不攻而下矣。"文公曰："示信若何？"赵衰对曰："请下令，军士各持三日之粮，若三日攻原不下，即当解围而去。"文公依其言。到第三日，军吏告禀："军中只有今日之粮了！"文公不答。是日夜半，有原民缒城而下，言："城中已探知阳樊之民，未尝遭戮，相约于明晚献门。"文公曰："寡人原约攻城以三日为期，三日不下，解围去之。今满三日矣，寡人明早退师。尔百姓自尽守城之事，不必又怀二念。"军吏请曰："原民约明晚献门，主公何不暂留一日，拔一城而归？即使粮尽，阳樊去此不远，可驰取也。"文公曰："信，国之宝也，民之所凭也。三日之令，谁不闻之？若复留一日，是失信矣！得原而失信，民尚何凭于寡人？"黎明，即解原围。原民相顾曰："晋侯宁失城，不失信，此有道之君！"乃争建降旗于城楼，缒城以追文公之军者，纷纷不绝。原伯贯不能禁止，只得开城出降。髯仙有诗云：

口血犹含起战戈③，谁将片语作山河？

去原毕竟原来服，谲诈何如信义多。

晋军行三十里，原民追至，原伯贯降书亦到。文公命扎住车马，以单车直入原城，百姓鼓舞称庆。原伯贯来见，文公待以王朝卿士之礼，迁其家于河北。

文公择四邑之守曰："昔子余以壶飧从寡人于卫，忍饥不食，此信士

也。寡人以信得原，还以信守之。"使赵衰为原大夫，兼领阳樊。又谓郤溱曰："子不私其族^㉞，首同栾氏通款于寡人，寡人不敢忘。"乃以郤溱为温大夫，兼守欑茅。各留兵二千戍其地而还。后人论文公纳王示义，伐原示信，乃图伯之首事也。

　　毕竟何时称伯，且看下回分解。

【注释】

①甥舅之礼：此指女婿见岳父之礼。

②翠云山：山名。在王城西北，即在今河南洛阳市西北。

③怼（duì对）：怨恨。

④聚阔：指阔别之后的欢聚。

⑤莫（mù暮）：同"暮"，晚上。

⑥左右：辅佐，协助。

⑦温：春秋时东周邑名。在今河南温县南。

⑧氾（fàn 范）：春秋时郑地名。在今河南襄城县南。襄城之得名，即因周襄王避乱居此之故。

⑨不穀：不善。穀作善解。古代王侯自称谦辞。

⑩越：远。

⑪臧孙辰：鲁国著名大夫，曾主持鲁政多年。臧孙为氏，辰为名。以立言不朽著称。

⑫成公：卫成公姬郑，在位三十五年（前634年—前600）。

⑬贰：怀二心，引申为背离。

⑭文侯：即晋文侯姬仇。曾逐犬戎，拥立周平王。见第三回。

⑮武公启晋之烈：武公即曲沃武公姬称。启晋之烈，开拓晋国的功

业。见第二十回。

⑯阪（bǎn 板）泉：古地名。相传黄帝与炎帝曾战于阪泉之野。其地在今河北涿鹿县东南。

⑰《大有》：《易经》六十四卦之一。乾下离上。大有乃盛大丰有的象征。《易经·象》曰："火（即离）在天（即乾）上，大有。"即天子富有四海，故曰大有。

⑱"第三爻动"二句：第三爻，即《大有》卦象六划中倒数第三划。动，即变动原来的阳爻—为阴爻——，那样一来，《乾》即变而为《兑》。《大有》卦就变成《兑》下《离》上的《暌》卦了。

⑲"公用"句：原意为某公侯得到天子的款待。享，原文作亨。享、亨、烹，意并同。

⑳"战克"句：战而胜之，则周王得以享有其位。享，本指宴享；此作享有、享受。

㉑《离》为日：按八卦的象征，《离》为火。火即日之兆。

㉒丽：附着。

㉓《兑》为泽：兑，八卦之一。其象为☱，象泽。

㉔"草中"句：戎、狄别种。地处晋国之东。草中、丽土，均乃地
名，故址失考，但应在晋国东方。《国语·晋语四》云："公行赂于草中
之戎与丽土之狄，以求东道。"

㉕蒙尘：蒙被尘土。多用以比喻君王流亡失位，遭受垢辱。

㉖阳樊：春秋时周畿内邑名。一名樊。在今河南济源市东南。

㉗南阳：古代地区名。指在太行山以南，黄河以北，即济源至获嘉一
带。温邑即在其中。

㉘神龙涧：地在今温县，相传上古神龙曾在此采药，以杖画地，遂
成涧。

㉙隧（suì 岁）葬：周代礼制规定，天子墓葬，得用隧道以通墓室。诸侯则只能用悬棺下葬至墓室。

㉚原：本西周时诸侯国名。平王东迁后成为畿内属邑。地在今河南济源市西北。

㉛攒茅：东周时畿内邑名。在今河南修武县西北。

㉜轵（zhǐ 止）村：古地名。在今河南济源市之南。

㉝"口血"句：古结盟有歃血仪式，结盟涂血于口旁，以示信守。这里有结盟不久即背盟之意。

㉞不私其族：指郤溱与郤芮同族。郤芮为晋惠公夷吾之死党，而欲溱却首先通款于重耳。

第三十九回 柳下惠授词却敌
晋文公伐卫破曹

话说晋文公定了温、原、阳樊、欑茅四邑封境，直通太行山之南，谓之南阳。此周襄王十七年①之冬也。时齐孝公亦有嗣伯之意。自无亏之死，恶了鲁僖公②；鹿上不署，弊了宋襄公③；盂会不赴，背了楚成王④。诸侯离心，朝聘不至。孝公心怀愤怒，欲用兵中原，以振先业，乃集群臣问曰："先君桓公在日，无岁不征，无日不战。今寡人安坐朝堂，如居蜗壳之中，不知外事，寡人愧之。昔年鲁侯谋救无亏，与寡人为难，此仇未报。今鲁北与卫结，南与楚通，倘结连伐齐，何以当之？闻鲁岁饥，寡人意欲乘此加兵，以杜其谋。诸卿以为何如？"上卿高虎奏曰："鲁方多助，伐之未必有功。"孝公曰："虽无功，且试一行，以观诸侯离合之状。"乃亲率车徒二百乘，欲侵鲁之北鄙。

边人闻信，先来告急。鲁正值饥馑之际，民不胜兵，大夫臧孙辰言于僖公曰："齐挟忿深入，未可与争胜负也，请以辞令谢之。"僖公曰："当今善为辞令者何人？"臧孙辰对曰："臣举一人，乃先朝司空无骇⑤之子，展氏获名，字子禽，官拜士师⑥，食邑柳下⑦。此人外和内介，博文达理，因居官执法，不合于时，弃职归隐。若得此人为使，定可不辱君命，取重于齐矣。"僖公曰："寡人亦素知其人，今安在？"曰："见在柳下。"使人召之，展获辞以病不能行。臧孙辰曰："禽有从弟名喜，虽在下僚，颇有口辩。若令喜就获之家，请其指授，必有可听。"僖公从之。

展喜至柳下，见了展获，道达君命。展获曰："齐之伐我，欲绍桓公之伯业也。夫图伯莫如尊王，若以先王之命责之，何患无辞？"展喜复于僖公曰："臣知所以却齐矣。"僖公已具下犒师之物，无非是牲醴粟帛之

类，装做数车，交与展喜。喜至北鄙，齐师尚未入境，乃迎将上去。至汶南⑧地方，刚遇齐兵前队，乃崔夭为先锋。展喜先将礼物呈送崔夭。崔夭引至大军，谒见齐侯，呈上犒军礼物，曰："寡君闻君亲举玉趾，将辱临于敝邑，使下臣喜奉犒执事。"孝公曰："鲁人闻寡人兴师，亦恐惧乎？"喜答曰："小人则或者恐惧矣，若君子，则全无恐惧也。"孝公曰："汝国文无施伯之智，武无曹刿之勇，况正逢饥馑，野无青草，何所恃而不惧？"喜答曰："敝邑别无所恃，所恃者先王之命耳。昔周先王封太公于齐，封我先君伯禽于鲁，使周公与太公割牲为盟，誓曰：'世世子孙，同奖⑨王室，无相害也。'此语载在盟府，太史掌之。桓公是以九合诸侯，而先与庄公为柯之盟，奉王命也。君嗣位九年，敝邑君臣，引领望齐曰：'庶几

修先伯主之业，以亲睦诸侯。'若弃成王之命，违太公之誓，堕桓公之业，以好为仇，度君侯之必不然也。敝邑恃此不惧。"孝公曰："子归语鲁侯，寡人愿修睦，不复用兵矣。"即日传令班师。潜渊有诗，讥臧孙辰知柳下惠之贤，不能荐引同朝。诗云：

北望烽烟鲁势危，片言退敌奏功奇。

臧孙不肯开贤路，柳下仍淹⑩展士师。

展喜还鲁，复命于僖公。臧孙辰曰："齐师虽退，然其意实轻鲁。臣请偕仲遂如楚，乞师伐齐，使齐侯不敢正眼觑鲁，此数年之福也。"僖公以为然。乃使公子遂为正使，臧孙辰为副使，行聘于楚。

臧孙辰素与楚将成得臣相识，使得臣先容于楚王，谓楚王曰："齐背鹿上之约，宋为泓水之战，二国者，皆楚仇也。王若问罪于二国，寡君愿悉索敝赋，为王前驱。"楚成王大喜，即拜成得臣为大将，申公叔侯副之，率兵伐齐。取阳谷⑪之地，以封齐桓公之子雍，使雍巫相之。留甲士千人，从申公叔侯屯戍，以为鲁之声援。成得臣奏凯还朝。

令尹子文时已年老，请让政于得臣。楚王曰："寡人怨宋，甚于怨齐。子玉已为我报齐矣，卿为我伐宋，以报郑之仇。俟凯旋之日，听卿自便何如？"子文曰："臣才万不及子玉，愿以自代，必不误君王之事。"楚王曰："宋方事晋，楚若伐宋，晋必救之。两当晋、宋，非卿不可，卿强为寡人一行。"乃命子文治兵于睽[12]，简阅车马，申明军法。子文满意欲显子玉之能，是日草草完事，终朝毕事，不戮一人。楚王曰："卿阅武而不戮一人，何以立威？"子文奏曰："臣之才力，比于强弩之末矣。必欲立威，非子玉不可。"楚王更使得臣治兵于蒍[13]。得臣简阅精细，用法严肃，有犯不赦，竟一日之长，方才事毕。总计鞭七人之背，贯三人之耳，真个钟鼓添声，旌旗改色。楚王喜曰："子玉果将才也！"子文复请致政，楚王许之。乃以得臣为令尹，掌中军元帅事。群臣皆造子文之宅，贺其举荐得人，致酒相款。

时文武毕集，惟大夫蒍吕臣有微恙不至。酒至半酣，阍人报："门外有一小儿求见。"子文命召入。那小儿举手鞠躬，竟造末席而坐，饮酒啖炙[14]，旁若无人。有人认识此儿，乃蒍吕臣之子，名曰蒍贾，年方一十三岁。子文异之，问曰："某为国得一大将，国老[15]无不贺，尔小子独不贺，何也？"蒍贾曰："诸公以为可贺，愚以为可吊耳！"子文怒曰："汝谓可吊，有何说？"贾曰："愚观子玉为人，勇于任事，而昧于决机[16]。能进而不能退，可使佐斗，不可专任也。若以军政委之，必至偾事[17]。谚云'太刚则折'，子玉之谓矣！举一人而败国，又何贺焉？如其不败，贺未晚也。"左右曰："此小儿狂言，不须听之。"蒍贾大笑而出，众公卿俱散。

明日，楚王拜得臣为大将，亲统大兵，纠合陈、蔡、郑、许四路诸侯，一同伐宋，围其缗邑[18]。宋成公使司马公孙固如晋告急。晋文公集群臣问计，先轸进曰："方今惟楚强横，而于君有私恩。今楚戍谷[19]伐宋，生事中原，此天授我以救灾恤患之名也。取威定伯，在此举矣。"文公曰："寡人欲解齐、宋之患，如何而可？"狐偃进曰："楚始得曹而新婚于卫，

是二国又皆主公之仇也。若兴师以伐曹、卫，楚必移兵来救，则齐、宋宽矣。”文公曰："善。"乃以其谋告公孙固，使回报宋公，令其坚守。公孙固领命去了。

文公以兵少为虑。赵衰进曰："古者大国三军，次国二军，小国一军。我曲沃武公，始以一军受命。献公始作二军，以灭霍、魏、虞、虢诸国，拓地千里。晋在今日，不得为次国，宜作三军。"文公曰："三军既作，遂可用否？"赵衰曰："未也。民未知礼，虽聚而易散。君盍大蒐[20]以示之礼，使民知尊卑长幼之序，动亲上死长之心，然后可用。"文公曰："作三军，必须立元帅，谁堪其任？"赵衰对曰："夫为将者，有勇不如有智，有智不如有学。君如求智勇之将，不患无人。若求有学者，臣所见惟郤縠一人耳。縠年五十余矣，好学不倦，说《礼》《乐》而敦《诗》《书》[21]。夫《礼》《乐》《诗》《书》，先王之法，德义之府也。民生以德义为本，兵事以民为本。惟有德义者，方能恤民。能恤民者，方能用兵。"文公曰：
"善。"乃召郤縠为元帅，縠辞不受。文公曰："寡人知卿，卿不可辞！"
强之再三，乃就职。

　　择日，大蒐于被庐[22]，作中上下三军。郤縠将中军，郤溱佐之，祁瞒
掌大将旗鼓。使狐偃将上军，偃辞曰："臣兄在前，弟不可以先兄。"乃
命狐毛将上军，狐偃佐之。使赵衰将下军，衰辞曰："臣贞慎不如栾枝，
有谋不如先轸，多闻不如胥臣。"乃命栾枝将下军，先轸佐之。荀林父御
戎，魏犨为车右，赵衰为大司马。郤縠登坛发令。三通鼓罢，操演阵法，
少者在前，长者在后，坐作进退，皆有成规。有不能者，教之；三教而不
遵，以违令论，然后用刑。一连操演三日，奇正变化，指挥如意。众将见

郤縠宽严得体，无不悦服。方欲鸣金收军，忽将台之下，起一阵旋风，竟
将大帅旗杆，吹为两段，众皆变色。郤縠曰："帅旗倒折，主将当应之。
吾不能久与诸子同事，然主公必成大功。"众问其故，縠但笑而不答。时

周襄王十九年㉓冬十二月之事也。

明年春，晋文公议分兵以伐曹、卫，谋于郤縠。縠对曰："臣已与先轸商议停当矣。今日非与曹、卫为难也，分兵可以当曹、卫，而不可以当楚。主公宜以伐曹为名，假道于卫，卫、曹方睦，必然不允。我乃从南河㉔济师，出其不意，直捣卫境，所谓'迅雷不及掩耳'，胜有八九。既胜卫，然后乘势而临曹。曹伯素失民心，又惧于败卫之威，其破曹必矣。"文公喜曰："子真有学之将也！"即使人如卫假道伐曹。卫大夫元咺请于成公曰："始晋君出亡过我，先君未尝加礼。今来假道，君必听之。不然，彼将先卫而后曹矣。"成公曰："寡人与曹共服于楚，若假以伐曹之路，恐未结晋欢，而先取楚怒也。怒晋，犹恃有楚，并怒楚，将何恃乎？"遂不许。晋使回报文公。文公曰："不出元帅所料也！"乃命迁道南行。

渡了黄河，行至五鹿之野，文公曰："嘻，此介子推割股处也！"不觉凄然泪下，诸将皆感叹助悲。魏犨曰："吾等当拔城取邑，为君雪往年之耻，何用叹息？"先轸曰："武子之言是也。臣愿率本部之兵，独取五鹿。"文公壮其言，许之。魏犨曰："吾当助子一臂。"二将升车前进。先轸令军士多带旗帜，凡所过山林高阜之处，便教悬插，务要透出林表。魏犨曰："吾闻'兵行诡道'，今遍张旗表，反使敌人知备，不知何意？"先轸曰："卫素臣服于齐，近改事荆蛮，国人不顺，每虞㉕中国之来讨。吾主欲继齐图伯，不可示弱，当以先声夺之。"

却说五鹿百姓，不意晋兵猝然来到，登城瞭望，但见旌旗布满山林，正不知兵有多少。不论城内城外居民，争先逃窜，守臣禁止不住。先轸兵到，无人守御，一鼓拔之。遣人报捷于文公。文公喜形于色，谓狐偃曰："舅云得土㉖，今日验矣！"乃留老将郤步扬屯守五鹿，大军移营，进屯敛盂㉗。郤縠忽然得病，文公亲往视之。郤縠曰："臣蒙主公不世之遇，本欲涂肝裂脑，以报知己。奈天命有限，当应折旗之兆，死在旦夕。尚有一言奉启。"文公曰："卿有何言？寡人无不听教。"縠曰："君之伐曹、卫，本谋固以致楚也。致楚必先计战，计战必先合齐、秦。秦远而齐近，君速遣一使结好齐侯，愿与结盟。齐方恶楚，亦思结晋。倘得齐侯降临，则卫、曹必惧而请成，因而收秦。此制楚之全策也。"文公曰："善。"遂遣使通好于齐，叙述桓公先世之好，愿与结盟，同攘荆蛮。

时齐孝公已薨，国人推立其弟潘，是为昭公㉓。潘，葛嬴所生也，新嗣大位，以取谷㉔之故，正欲结晋以抗楚。闻知晋侯屯军敛盂，即日命驾至卫地相会。卫成公见五鹿已失，忙使宁速之子宁俞，前来谢罪请成。文

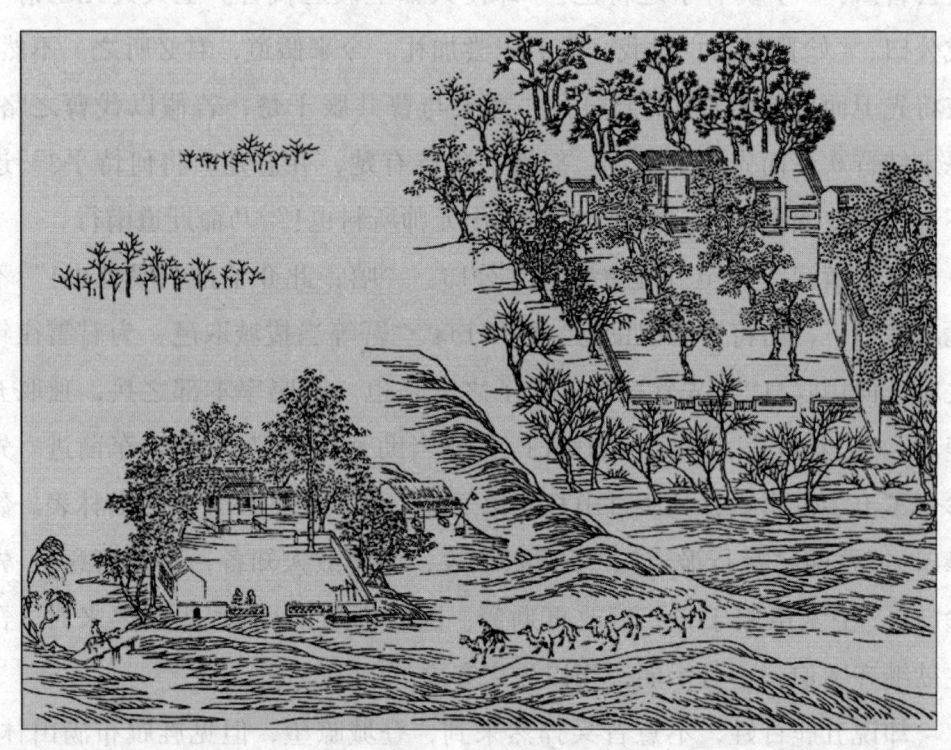

公曰："卫不容假道，今惧而求成，非其本心。寡人旦夕当踏平楚丘矣。"宁俞还报卫侯。时楚丘城中，讹传晋兵将到，一夕五惊。俞谓卫成公曰："晋怒方盛，国人震恐，君不如暂出城避之。晋知主公已出，必不来攻楚丘。然后再乞晋好，保全社稷可也。"成公叹曰："先君不幸失礼于亡公子，寡人又一时不明，不允假道，以至如此。累及国人，寡人亦无面目居于国中！"乃使大夫咺同其弟叔武摄国事，自己避居襄牛㉚之地；一面使大夫孙炎，求救于楚。时乃春二月也。髯翁有诗云：

患难何须具主宾？纳姬赠马怪纷纷。

谁知五鹿开疆者，便是当时求乞人！

是月，郤縠卒于军。晋文公悼惜不已，使人护送其丧归国。以先轸有取五鹿之功，升为元帅。用胥臣佐下军，以补先轸之缺。因赵衰前荐胥臣多闻，是以任之。文公欲遂灭卫国，先轸谏曰："本为楚困齐、宋，来拯其危，今齐、宋之患未解，而先覆人国，非伯者存亡恤小之义也。况卫虽无礼，其君已出，废置在我。不如移兵东伐曹，比及楚师救卫，则我已在曹矣。"文公然其言。

三月，晋师围曹。曹共公集群臣问计。僖负羁进曰："晋君此行，为报观胁之怨也。其怒方深，不可较力。臣愿奉使谢罪请平，以救一国百姓之难。"曹共公曰："晋不纳卫，肯独纳曹平？"大夫于朗进曰："臣闻晋侯出亡过曹，负羁私馈饮食，今又自请奉使，此乃卖国之计，不可听之。主公先斩负羁，臣自有计退晋。"曹共公曰："负羁谋国不忠，姑念世臣，免杀罢官。"负羁谢恩出朝去了。正是："闭门不管窗前月，吩咐梅花自主张。"共公问于朗："计将安出？"于朗曰："晋侯恃胜，其气必骄。臣请诈为密书，约以黄昏献门。预使精兵挟弓弩，伏于城堧㉛之内，哄得晋侯入城，将悬门㉜放下，万矢俱发，不愁不为齑粉㉝。"曹共公从其计。

晋侯得于朗降书，便欲进城。先轸曰："曹力未亏，安知非诈？臣请试之。"乃择军中长须伟貌者，穿晋侯衣冠代行。寺人勃鞮自请为御。黄昏左侧，城上竖起降旗一面，城门大开，假晋侯引着五百余人，长驱而入。未及一半，但闻城堧之内，梆声乱响，箭如飞蝗射来。急欲回车，门已下闸。可惜勃鞮及二百余人，死做一堆。幸得晋侯不去，不然，"昆岗㉞失火，玉石俱焚"了。晋文公先年过曹，曹人多有认得的，其夜仓卒，不辨真伪。于朗只道晋侯已死，在曹共公面前，好不夸嘴。及至天明辨验，方知是假的，早减了一半兴。其未曾入城者，逃命来见晋侯。晋侯怒上加怒，攻城愈急。

于朗又献计曰："可将射死晋兵，暴尸于城上，彼军见之，必然惨沮，攻不尽力。再延数日，楚救必至，此乃摇动军心之计也。"曹共公从之。晋军见城头用栟竿悬尸，累累相望，口中怨叹不绝。文公谓先轸曰："军心恐变，如之奈何？"先轸对曰："曹国坟墓，俱在西门之外。请分军一半，列营于墓地，若将发掘者，城中必惧，惧必乱，而后乃可乘也。"文公曰："善。"乃令军中扬言："将发曹人之墓。"使狐毛、狐偃率所部之

众，移屯墓地，备下锹锄，限定来日午时，各以墓中髑髅献功。城内闻知此信，心胆俱裂。曹共公使人于城上大叫："休要发墓，今番真正愿降！"先轸亦使人应曰："汝诱杀我军，复磔尸城上，众心不忍，故将发墓，以报此恨！汝能殡殓死者，以棺送还吾军，吾当敛兵而退矣。"曹人覆曰："既如此，请宽限三日！"先轸应曰："三日内不送尸棺，难怪我辱汝祖宗也！"曹共公果然收取城上尸骸，计点数目，各备棺木，三日之内，盛敛得停停当当，装载乘车之上。先轸定下计策，预令狐毛、狐偃、栾枝、胥

臣整顿兵车，分作四路埋伏，只等曹人开门出棺，四门一齐攻打进去。

到第四日，先轸使人于城下大叫：“今日还我尸棺否？”曹人城上应曰：“请解围退兵五里，即当交纳。”先轸禀知文公，传令退兵，果退五里之远。城门开处，棺车分四门推出。才出得三分之一，忽闻炮声大举，四路伏兵一齐发作，城门被丧车填塞，急切不能关闭，晋兵乘乱攻入。曹共公方在城上弹压，魏犨在城外看见，从车中一跃登城，劈胸揪住，缚做一束。于朗越城欲遁，被颠颉获住斩之。晋文公率众将登城楼受捷。魏犨献曹伯襄，颠颉献于朗首级，众将各有擒获。晋文公命取仕籍观之，乘轩者三百人，各有姓名，按籍拘拿，无一脱者。籍中不见僖负羁名字，有人说：“负羁为劝曹君行成，已除籍为民矣。”文公乃面数曹伯之罪曰：“汝国只有一贤臣，汝不能用，却任用一班宵小，如小儿嬉戏，不亡何待？”喝教：“幽于大寨，俟胜楚之后，待听处分。”其乘轩三百人，尽行诛戮，抄没其家，以赏劳军士。僖负羁有盘飧之惠，家住北门，环北门一带，传令：“不许惊动，如有犯僖氏一草一木者斩首！”晋侯分调诸将，一半守城，一半随驾，出屯大寨。胡曾先生咏史诗云：

曹伯慢贤遭絷虏，负羁行惠免诛夷。

眼前不肯行方便，到后方知是与非。

却说魏犨、颠颉二人，素有挟功骄恣之意，今日见晋侯保全僖氏之令，魏犨忿然曰：“吾等今日擒君斩将，主公并无一言褒奖。些须盘飧㉟，所惠几何，却如此用情，真个轻重不分了。”颠颉曰：“此人若仕于晋，必当重用，我等被他欺压，不如一把火烧死了他，免其后患。便主公晓得，难道真个斩首不成？”魏犨曰：“言之有理。”二人相与饮酒，候至夜静，私领军卒，围住僖负羁之家，前后门放起火来，火焰冲天。魏犨乘醉恃勇，跃上门楼，冒着火势，在檐溜上奔走如飞，欲寻僖负羁杀之。谁知栋榱㊱焚毁，倒塌下来，扑陆一声，魏犨失脚坠地，跌个仰面朝天。只听得天崩地裂之声，一根败栋刮喇的，正打在魏犨胸脯上。魏犨大痛无声，登时口吐鲜血，前后左右，火球乱滚，只得挣闿㊲起来，兀自攀着庭柱，仍跃上屋，盘旋而出。满身衣服，俱带着火，扯得赤条条，方免焚身之祸。魏犨虽然勇猛，此时不繇不困倒了。刚遇颠颉来到，扶到空闲去处，解衣衣之，一同上车，回寓安歇。

却说狐偃、胥臣在城内，见北门火起，疑有军变，慌忙引兵来视。见僖负羁家中被火，急教军士扑灭，已自焚烧得七零八落。僖负羁率家人救火，触烟而倒，比及救起，已中火毒，不省人事。其妻曰："不可使僖氏无后！"乃抱五岁孩儿僖禄奔后园，立污池中得免。乱到五更，其火方熄。僖氏家丁死者数人，残毁旁舍民居数十余家。狐偃、胥臣访知是魏犨、颠颉二人放的火，大惊，不敢隐瞒，飞报大寨。那大寨离城五里，是夜虽望见城中火光，不甚明白，直到天明，文公接得申报，方知其故。即刻驾车入城，先到北门来看僖负羁，负羁张目一看，遂瞑。文公叹息不已。负羁妻抱着五岁孩儿僖禄，哭拜于地。文公亦为垂泪，谓曰："贤嫂不必愁烦，寡人为汝育之。"即怀中拜为大夫，厚赠金帛，殡葬负羁，携其妻子归晋。直待曹伯归附之后，负羁妻愿归乡省墓，乃遣人送归。僖禄长成，仍仕于曹为大夫，此是后话。

当日文公命司马赵衰，议违命放火之罪，欲诛魏犨、颠颉。赵衰奏曰："此二人有十九年从亡奔走之劳，近又立有大功，可以赦之。"文公怒曰："寡人所以取信于民者，令也。臣不遵令，不谓之臣，君不能行令于臣，不谓之君。不君不臣，何以立国？诸大夫有劳于寡人者甚众，若皆可犯令擅行，寡人自今不复能出一令矣！"赵衰复奏曰："主公之言甚当。然魏犨材勇，诸将莫及，杀之诚为可惜。且罪有首从，臣以为借颠颉一人，亦足警众，何必并诛？"文公曰："闻魏犨伤胸不能起，何惜此旦暮将死之人，而不以行吾法乎？"赵衰曰："臣请以君命问之，如其必死，诚如君言。倘尚可驱驰，愿留此虎将，以备缓急。"文公点头道是，乃使荀林父往召颠颉，使赵衰视魏犨之病。

不知魏犨性命如何，且看下回分解。

【注释】

①周襄王十七年：即公元前 635 年。

②"自无亏"二句：指宋襄公护送孝公昭嗣位，鲁僖公曾起兵救无亏一事。见第三十三回。

③"鹿上"二句：指鹿上之会时，孝公未在征会之牍上署名一事。见第三十三回。愗，违拗。

④"盂会"二句：指楚、宋、陈、蔡等七国会盟于盂时，齐孝公拒不到会一事。见第三十三回。

⑤无骇：人名。鲁公室公子展之孙，鲁隐公时曾任司空，隐公命以其祖父之字为氏，故其子称为展氏。

⑥士师：古代官名，即为狱官。

⑦食邑柳下：柳下乃地名，在鲁国西北部，即今山东新泰市柳里。据《列女传》，其妻私谥为惠，故后世多称为柳下惠。《庄子》《战国策》则称为柳下季。季乃其排行。

⑧汶南：即汶水之南。古汶水出山东莱芜市北，经东平、梁山等地入于济水。

⑨奖：帮助，扶持。

⑩淹：滞留，引申为久居下位。

⑪阳谷：春秋时齐地名。在今山东阳谷县北。

⑫暌（kuí 奎）：春秋时楚地名。故址不详。

⑬芮 wè 位）：春秋时楚地名。故址不详。

⑭啖炙：吃烤肉。

⑮国老：指国家卿大夫已告老退休者。

⑯决机：指当机立断的能力。

⑰偾（fèn 愤）事：败事。

⑱缗（mín 民）邑：春秋时宋邑。在今山东金乡县东北。

⑲戍谷：即戍守阳谷。指楚派兵伐齐取阳谷，派兵戍守一事。见上文。

⑳大蒐（sōu 搜）：古代对军队进行的大检阅。三年一次叫大阅，五年一次叫大蒐。

㉑ "说（yuè悦）《礼》《乐》"名：喜爱《礼记》《乐经》而致力于《诗经》和《尚书》。说，同"悦"，爱好。敦，勤勉。《乐》即《乐经》，先秦"六经"之一，秦以后失传。

㉒ 被庐：晋地名，应在晋都绛附近，地址不详。

㉓ 周襄王十九年：即公元前433年。

㉔ 南河：古称黄河自河套以下自北向南流向的一段为西河，潼关以下自西向东流向的一段为南河。

㉕ 虞：担心，害怕。

㉖ 得土：指重耳逃亡过卫乞食，野人赐土一事，见第三十一回。

㉗ 敛盂：春秋时卫地名。在今河南濮阳县东南。

㉘ 昭公：齐昭公吕潘。齐桓公子，孝公庶弟。据《史记·齐世家》，孝公死后，吕潘曾派公子开方杀死孝公之子而嗣位。在位二十年（前632—前613）。

㉙ 取谷：即欲攻取楚兵戍守之阳谷。

㉚ 襄牛：春秋时卫邑名。在今河南范县南。

㉛ 城壖（ruán 软阳声）：即甓城内与外垣之间的隙地。

㉜ 悬门：古时城门所设的悬挂门闸，平时吊起，有警时放下，以便固守。

㉝ 齑（jī基）粉：细粉，碎屑。喻粉身碎骨。

㉞ 昆冈：即昆仑山。据传山多产玉。

㉟ 盘飧：指饭菜。

㊱ 榱（cuī催）：椽子。即放在檩上架屋瓦的木条。

㊲ 挣趖（cuò挫）：挣扎。

第四十回　先轸诡谋激子玉
晋楚城濮大交兵

话说赵衰奉了晋侯密旨，乘车来看魏犨。时魏犨胸脯伤重，病卧于床，问："来者是几人？"左右曰："止赵司马单车至此。"魏犨曰："此探吾死生，欲以我行法耳！"乃命左右取匹帛："为我束胸，我当出见使者。"左右曰："将军病甚，不宜轻动。"魏犨大喝曰："病不至死，汝勿多言！"如常装束而出。赵衰问曰："闻将军病，犹能起乎？主公使衰问子所苦。"魏犨曰："君命至此，不敢不敬，故勉强束胸以见吾子。犨自知有罪当死；万一获赦，尚将以余息报君父之恩，其敢自逸！"于是距跃①者三，曲踊②者三。赵衰曰："将军保重，衰当为主公言之。"乃复命于文公，言："魏犨虽伤，尚能跃踊，且不失臣礼，不忘报效。君若赦之，后必得其死力。"文公曰："苟足以申法而警众，寡人亦何乐乎多杀？"

须臾，荀林父拘颠颉至，文公骂曰："汝焚僖大夫之家何意？"颠颉曰："介子推割股啖君，亦遭焚死，况盘飧乎？臣欲使僖负羁附于介山之庙也。"文公大怒曰："介子推逃禄不仕，何与寡人？"乃问赵衰曰："颠颉主谋放火，违命擅刑，合当何罪？"赵衰应曰："如令当斩首！"文公喝令军正用刑。刀斧手将颠颉拥出辕门斩之。命以其首祭负羁于僖氏之家，悬其首于北门，号令曰："今后有违寡人之令者，视此！"文公又问赵衰曰："魏犨与颠颉同行，不能谏阻，合当何罪？"赵衰应曰："当革职，使立功赎罪。"文公乃革魏犨右戎之职，以舟之侨代之。将士皆相顾曰："颠、魏二将，有十九年从亡大功，一违君命，或诛或放，况他人乎？国法无私，各宜谨慎！"自此三军肃然知畏。史官有诗云：

乱国全凭用法严，私劳公议两难兼。

只因违命功难赎，岂为盘飧一夕淹？

话分两头。却说楚成王伐宋，克了缗邑，直至睢阳，四面筑起长围，欲俟其困，迫而降之。忽报卫国遣使臣孙炎告急，楚王召问其事，孙炎将晋取五鹿，及卫君出居襄牛之事，备细诉说："如救兵稍迟，楚丘不守。"楚王曰："吾舅③受困，不得不救。"乃分申、息二邑之兵，留元帅成得臣及斗越椒④、斗勃、宛春一班将佐，同各路诸侯围宋，自统芳吕臣、斗宜申等，率中军两广⑤，亲往救卫。四路诸侯，亦虑本国有事，各各辞回，止留其将统兵。陈将辕选、蔡将公子印、郑将石癸、许将百畴，俱听得臣调度。

单说楚王行至半途，闻晋兵已移向曹国，正议救曹，未几，报至："晋兵已破曹，执其君。"楚王大惊曰："晋之用兵，何神速乃尔？"遂驻军于申城⑥，遣人往谷，取回公子雍及易牙等，以谷地仍复归齐，使申公叔侯与齐讲和，撤戍而还。又遣人往宋，取回成得臣之师，且戒谕之曰："晋侯在外十九年矣，年逾六旬，而果得晋国，备尝险阻，通达民情，殆天假之年，以昌大晋国之业。非楚所能敌也，不如让之。"使命至谷，申公叔侯致谷修好于齐，班师回楚。惟成得臣自恃其才，愤愤不平，谓众诸侯曰："宋城旦暮且破，奈何去之？"斗越椒亦以为然。得臣使回见楚王："愿少待破宋，奏凯而回。如遇晋师，请决一死战；若不能取胜，甘伏军法。"楚王召子文问曰："孤欲召子玉还，而子玉请战，于卿何如？"子文曰："晋之救宋，志在图伯；然晋之伯，非楚利也。能与晋抗者惟楚，楚若避晋，则晋遂伯矣。且曹、卫我之与国，见楚避晋，必惧而附晋，姑令相持，以坚曹、卫之心，不亦可乎？王但戒子玉勿轻与晋战，若讲和而退，犹不失南北之局也。"楚王如其言，吩咐越椒，戒得臣勿轻战，可和则和。成得臣闻越椒回复之话，且喜不即班师，攻宋愈急，昼夜不息。

宋成公初时，得公孙固报信，晋侯将伐曹、卫以解宋围，乃悉力固守。及楚成王分兵一半，救卫去了，得臣之围愈急，心下转慌。大夫门尹般进曰："晋知救卫之师已行，未知围宋之师未退也。臣请冒死出城，再见晋君，乞其救援。"宋成公曰："求人至再，岂可以空言往乎？"乃籍库藏中宝玉重器⑦之数，造成册籍，献于晋侯，以求进兵，只等楚兵宁静，便照册输纳。门尹般再要一人帮行，宋公使华秀老同之。

二人辞了宋公，觑个方便，缒城而出。偷过敌寨，一路探访晋军到于何处，径奔军前告急。门尹般、华秀老二人见了晋侯，涕泣而言："敝邑亡在旦夕，寡君惟是不腆宗器，愿纳左右，乞赐哀怜！"文公谓先轸曰："宋事急矣！若不往救，是无宋也。若往救，必须战楚。郤縠曾为寡人策之，非合齐、秦为助不可。今楚归谷地于齐，与之通好，秦、楚又无隙，未肯合谋，将若之何？"先轸对曰："臣有一策，能使齐、秦自来战楚。"

文公欣然问："卿有何妙计，使齐、秦自来战楚？"先轸对曰："宋之赂我，可谓厚矣！受赂而救，君何义焉？不如辞之。使宋以赂晋之物，分赂齐、秦，求二国向楚宛转⑧，乞其解围。二国自谓力能得之于楚⑨，必遣使至楚。楚若不从，则齐、秦之隙成矣。"文公曰："倘请之而从，齐、秦将以宋奉楚，与我何利焉？"先轸对曰："臣又有一策，能使楚必不从齐、秦之请。"文公曰："卿又有何计，使楚必不从齐、秦之请？"先轸曰：“曹、卫，楚所爱也；宋，楚所嫉也。我已逐卫侯，执曹伯矣。二国土地，在我掌握，与宋连界。诚割取二国田土，以畀宋人，则楚之恨宋愈甚。齐、秦虽请，其肯从乎？齐、秦怜宋而怒楚，虽欲不与晋合，不可得也。”文公抚掌称善。乃使门尹般以宝玉重器之数，分作二籍，转献齐、秦二国。门尹般如秦，华秀老如齐，约定一般说话，相见之间，须要极其哀恳。

秀老至齐，参见了昭公，言：“晋、楚方恶，此难非上国不解。若因上国得保社稷，不惟先朝重器不敢爱，愿年年聘好，子孙无间。”齐昭公问曰：“今楚君何在？”华秀老曰：“楚王亦肯解围，已退师于申矣。惟楚令尹成得臣新得楚政，谓敝邑旦暮可下，贪功不退。是以乞怜于上国耳。”昭公曰：“楚王前日取我谷邑，近日复归于我，结好而退，此无贪功之心。既令尹成得臣不肯解围，寡人为宋曲意请之。”乃命崔夭为使，径至宋地，往见得臣，为宋求释。

门尹般到秦，亦如华秀老之言。秦穆公亦遣公子絷为使，如楚军与得臣讨情。齐、秦两不相照，各自遣使。门尹般和华秀老俱转到晋军回话。文公谓之曰：“寡人已灭曹、卫，其田近宋者，不敢自私。”乃命狐偃同门尹般收取卫田，命胥臣同华秀老收取曹田，把两国守臣，尽行赶逐。崔夭、公子絷正在成得臣幕下替宋讲和，恰好那些被逐的守臣，纷纷来诉，说：“宋大夫门尹般；华秀老倚晋之威，将本国田土，都割据去了。”得臣大怒，谓齐、秦使者曰：“宋人如此欺负曹、卫，岂像个讲和的？不敢奉命，休怪，休怪！”崔夭和公子絷一场没趣，即时辞回。晋侯闻得臣不准齐、秦二国之请，预遣人于中途邀迎二国使臣，到于营中，盛席款待，诉以：“楚将骄悍无礼，即日与晋交战，望二国出兵相助。”崔夭、公子絷领命去了。

且说得臣誓于众曰：“不复曹、卫，宁死必不回军！”楚将宛春献策曰：“小将有一计，可以不劳兵刃，而复曹、卫之封。”得臣问曰：“子有何计？”宛春曰：“晋之逐卫君、执曹伯，皆为宋也。元帅诚遣一使至晋军，好言讲解，要晋复了曹、卫之君，还其田土，我这里亦解宋围，大家罢战休兵，岂不为美？"得臣曰："倘晋不见听如何？"宛春曰："元帅先以解围之说，明告宋人，姑缓其攻。宋人思脱楚祸，如倒悬之望解，若晋侯不允，不惟曹、卫二国怨晋，宋亦怒之。聚三怨以敌一晋，我之胜数多矣。"得臣曰："谁人敢使晋军？"宛春曰："元帅若以见委，春不敢辞。"

得臣乃缓宋国之攻，命宛春为使，乘单车直造晋军，谓文公曰："君

之外臣得臣，再拜君侯麾下，楚之有曹、卫，犹晋之有宋也。君若复卫封曹，得臣亦愿解围去宋，彼此修睦，各免生灵涂炭之苦。"言犹未毕，只见狐偃在旁，怒气勃勃骂道："子玉好没道理！你释了一个未亡之宋，却要我这里复两个已亡之国，你直恁便宜！"先轸急蹑狐偃之足，谓宛春曰："曹、卫罪不至灭亡，寡君亦欲复之。且请暂住后营，容我君臣计议施行。"栾枝引宛春归于后营。狐偃问于先轸曰："子载真欲听宛春之请乎？"轸曰："宛春之请，不可听，不可不听。"偃曰："何谓也？"轸曰："宛春此来，盖子玉奸计，欲居德于已，而归怨于晋也。不听，则弃三国，怨在晋矣；听之，则复三国，德又在楚矣。为今之计，不如私许曹、卫，以离其党，再拘执宛春以激其怒，得臣性刚而躁，必移兵索战于我，是宋围不求解而自解也。倘子玉自与宋通和，则我遂失宋矣。"文公曰："子载之计甚善。但寡人前受楚君之惠，今拘执其使，恐于报施之理有碍。"栾枝对曰："楚吞噬小国，凌辱大邦，此皆中原之大耻；君不图伯则已，如欲图伯，耻在于君。乃怀区区之小惠乎？"文公曰："微卿言，寡人不知也。"遂命栾枝押送宛春于五鹿，交付守将郤步扬小心看管。其原来车骑从人，尽行驱回，教他传语令尹曰："宛春无礼，已行囚禁，待拿得令尹，一同诛戮。"从人抱头鼠窜而去。

文公打发宛春事毕，使人告曹共公曰："寡人岂为出亡小忿，求过于君？所以不释然于君者，以君之附楚故也。君若遣一介⑩告绝于楚，以明君之与晋，即当送君还曹耳。"曹共公急于求释，信以为然，遂为书遗得臣云：

孤惧社稷之陨，死亡不免，不得已即安于晋，不得复事上国。上国若能驱晋以为孤宁宇，孤敢有二心耶？

文公又使人往襄牛见卫成公，亦以复国许之。成公大喜。宁俞谏曰："此晋国反间之计，不可信之。"成公不听，亦致书得臣，大约如曹伯之语。时得臣方闻宛春被拘之报，咆哮叫跳，大骂："晋重耳，你是跑不伤饿不死的老贼！当初在我国中，是我刀砧上一块肉，今才得返国为君，辄如此欺负人！自古'两国相争，不罪来使'。如何将我使臣拿住？吾当亲往与他讲理。"正在发怒，帐外小卒报道："曹、卫二国，各有书札上达元帅。"得臣想道："卫侯、曹伯流离之际，有甚书来通我？必是打探得晋国什么破绽，私来报我，此乃天助我成功也！"启书看时，如此恁般，

却是从晋绝楚的话头，气得心头一片无明火，直透上三千丈不止，大叫道："这两封书，又是老贼逼他写的！老贼，老贼！今日不是你就是我，定拼个死活活！"吩咐大小三军，撤了宋围，且去寻晋重耳做对："待我败了晋军，怕残宋走往那里去！"斗越椒曰："吾王曾叮咛'不可轻战'。

要战之时，还须禀命而行。况齐、秦二国，曾为宋求情，恨元帅不从，必然遣兵助晋。我国虽有陈、蔡、郑、许相帮，恐非齐、秦之敌。必须入朝请添兵益将，方可赴敌。"得臣曰："就烦大夫一行，以速为贵。"

越椒奉元帅将令，径到申邑，来见楚王，奏知请兵交战之意。楚王怒曰："寡人戒勿与战，子玉强要出师，能保必胜乎？"越椒对曰："得臣有言在前：'如若不胜，甘当军令。'"楚王终不释意，乃使斗宜申将西广之兵而往。楚兵二广，东广在左，西广在右，凡精兵俱在东广，止分西广之兵，不过千人⑪，又非精卒，乃是楚王疑其兵败，不肯多发兵之意。成得臣之子成大心，聚集宗人之兵，约六百人，自请助战。楚王许之。斗宜申同越椒领兵至宋，得臣看兵少，心中愈怒，大言曰："便不添兵，难道我胜不得晋？"即日约会四路诸侯之兵，拔寨都起。这一去，正中了先轸的机谋了。髯翁有诗云：

久困睢阳功未收，勃然一怒战群侯。

得臣纵有冲天志，怎脱今朝先轸谋！

得臣以西广戎车，兼成氏本宗之兵，自将中军。使斗宜申率申邑之师，同郑、许二路兵将为左军。使斗勃率息邑之兵⑫，同陈、蔡二路兵将为右军，雨骤风驰，直逼晋侯大寨，做三处屯聚。

晋文公集诸将问计。先轸曰："本谋致楚，欲以挫之。且楚自伐齐围宋，以至于今，其师老矣。必战楚，毋失敌！"狐偃曰："主公昔日在楚君面前，曾有一言：'他日治兵中原，请避君三舍。'今遂与楚战，是无信也。主公向不失信于原人，乃失信于楚君乎？必避楚。"诸将皆艴然⑬曰："以君避臣，辱甚矣。不可，不可！"狐偃曰："子玉虽刚狠，然楚君之惠，不可忘也。吾避楚，非避子玉。"诸将又曰："倘楚兵追至，奈何？"狐偃曰："若我退，楚亦退，必不能复围宋矣。如我退而楚进，则以臣逼君，其曲在彼。避而不得，人有怒心，彼骄我怒，不胜何为？"文公曰："子犯之言是也。"传令："三军俱退！"晋军退三十里，军吏来禀曰："已退一舍之地矣。"文公曰："未也。"又退三十里，文公仍不许驻

第四十回

图文珍藏版

车。直退到九十里之程，地名城濮^⑭，恰是三舍之远，方教安营息马。

时齐孝公命上卿国懿仲之子国归父为大将，崔夭副之；秦穆公使其次子小子慭^⑮为大将，白乙丙副之；各率大兵，协同晋师战楚，俱于城濮下寨。宋围已解，宋成公亦遣司马公孙固如晋军拜谢，就留军中助战。

却说楚军见晋军移营退避，各有喜色。斗勃曰："晋侯以君避臣，于我亦有荣名矣。不如借此旋师，虽无功，亦免于罪。"得臣怒曰："吾已请添兵将，若不一战，何以复命？晋军既退，其气已怯，宜疾追之。"传令："速进！"楚军行九十里，恰与晋军相遇，得臣相度地势，凭山阻泽，据险为营。晋诸将言于先轸曰："楚若据险，攻之难拔，宜出兵争之。"先轸曰："夫据险以固守也。子玉远来，志在战而不在守，虽据险，安所用之？"时文公亦以战楚为疑。狐偃奏曰："今日对垒，势在必战。战而胜，可以伯诸侯；即使不胜，我国外河内山，足以自固。楚其奈我何？"文公意犹未决。是夜就寝，忽得一梦，梦见如先年出亡之时，身在楚国，与楚王手搏为戏，气力不加，仰面倒地，楚王伏于上身，击破其脑，以口啑之。既觉，大惧。时狐偃同宿帐中，文公呼而告之，如此恁般："梦中斗楚不胜，被食吾脑，恐非吉兆。"狐偃称贺曰："此大吉之兆也，君必胜矣！"文公曰："吉在何处？"狐偃对曰："君仰面倒地，得天相照；楚王伏于身上，乃伏地请罪也。脑所以柔物，君以脑予楚，柔服之矣，非胜而何？"文公意乃释然。天色乍明，军吏报："楚国使人来下战书。"文公启而观之，书云：

请与君之士戏⑯，君凭轼而观之，得臣与寓目⑰焉。

狐偃曰："战，危事也，而曰戏，彼不敬其事矣，能无败乎？"文公使栾枝答其书云：

寡人未忘楚君之惠，是以敬退三舍，不敢与大夫对垒。大夫必欲观兵⑱，敢下惟命！诘朝⑲相见。

楚使者去后，文公使先轸再阅其军，共七百乘，精兵五万余人，齐、秦之众，不在其内。文公登有莘之墟⑳，以望其师，见其少长有序，进退有节，叹曰："此郤縠之遗教也，以此应敌可矣。"使人伐其山木，以备战具。先轸分拨兵将，使狐毛、狐偃引上军，同秦国副将白乙丙攻楚左师，与斗宜申交战；使栾枝、胥臣引下军，同齐国副将崔夭，攻楚右师，与圈勃交战。各授计策行事。自与郤溱、祁瞒中军结阵，与成得臣相持。却教荀林父、士会，各率五千人为左右翼，准备接应。再教国归父、小子憖，各引本国之兵，从间道抄出楚军背后埋伏，只等楚军败北，便杀入据其大寨。时魏犨胸疾已愈，自请为先锋。先轸曰："留老将军有用处。从有莘南去，地名空桑㉑，与楚连谷㉒地面接壤。老将军可引一枝兵，伏于彼处，截楚败兵归路，擒拿楚将。"魏犨欣然去了。赵衰、孙伯纠、羊舌突、茅茷等一班文武，保护晋文公于有莘山上观战。再教舟之侨于南河整顿船只，伺候装载楚军辎重，临期无误。次日黎明，晋军列阵于有莘之北，楚军列阵于南，彼此三军，各自成列。得臣传令，教："左右二军先进，中军继之。"

且说晋下军大夫栾枝，打探楚右师用陈、蔡为前队，喜曰："元帅密谓我曰：'陈、蔡怯战而易动。'先挫陈、蔡，则右师不攻而自溃矣。"乃使白乙丙出战。陈辕选、蔡公子印，欲在斗勃前建功，争先出车。未及交锋，晋兵忽然退后。二将方欲追赶，只见对阵门旗开处，一声炮响，胥臣领着一阵大车，冲将出来。驾车之马，都用虎皮蒙背，敌马见之，认为真

虎，惊惶跳踯，执辔者拿把不住，牵车回走，反冲动斗勃后队。胥臣和白乙丙乘乱掩杀，胥臣斧劈公子印于车下，白乙丙箭射斗勃中颊。斗勃带箭

而逃，楚右师大败，死者枕藉，不计其数。栾枝遣军卒假扮作陈、蔡军人，执着彼处旗号，往报楚军，说："右师已得胜，速速进兵，共成大功。"得臣凭轼望之，但见晋军北奔，烟尘蔽天，喜曰："晋下军果败矣！"急催左师并力前进。

斗宜申见对阵大旆高悬，料是主将，抖擞精神，冲杀过来。这里狐偃迎住，略战数合，只见阵后大乱，狐偃回辕便走，大旆亦往后退行。宜申只道晋军已溃，招引郑、许二将，尽力追逐。忽然鼓声大震，先轸、邵溱引精兵一枝，从半腰里横冲过来，将楚军截做二段。狐毛、狐偃翻身复战，两下夹攻。郑、许之兵先自惊溃，宜申支架不住，拼死命杀出，遇着齐将崔夭，又杀一阵，尽弃其车马器械，杂于步卒之中，爬山而遁。原来晋下军伪作北奔，烟尘蔽天，却是栾枝砍下有莘山之木，曳于车后，车驰木走，自然刮地尘飞，哄得左军贪功索战。狐毛又诈设大旆，教人曳之而走，装作奔溃之形。狐偃佯败，诱其驱逐。先轸早已算定，吩咐祁瞒虚建大将旗，守定中军，任他敌军搦战，切不可出应，自引兵从阵后抄出，横冲过来，恰与二狐夹攻，遂获全胜。这都是先轸预定下的计策，有诗为证：

临机何用阵堂堂？先轸奇谋不可当。

只用虎皮蒙马计，楚军左右尽奔亡。

话说楚元帅成得臣虽则恃勇求战，想着楚王两番教诫之语，却也十分持重。传闻左右二军，俱已进战得利，追逐晋兵，遂令中军击鼓，使其子小将军成大心出阵。祁瞒先时也守着先轸之戒，坚守阵门，全不招架。楚中军又发第二通鼓，成大心手提画戟，在阵前耀武扬威。祁瞒忍耐不住，使人察之，回报："是十五岁的孩子。"祁瞒曰："谅童子有何本事，手到拿来，也算我中军一功。"喝教："擂鼓！"战鼓一鸣，阵门开处，祁瞒舞刀而出，小将军便迎住交锋。相斗二十余合，不分胜败。斗越椒在门旗之下，见小将军未能取胜，即忙驾车而出，拈弓搭箭，觑得较亲，一箭正射中祁瞒的盔缨。祁瞒吃了一惊，欲待退回本阵，恐冲动了大军，只得绕阵而走。斗越椒大叫："此败将不须追之，可杀入中军，擒拿先轸！"

不知胜负如何，且看下回分解。

【注释】

①距跃：向前直跳，即跳远。

②曲踊：弯腰向上跳。

③吾舅：楚王新婚于卫，故称卫侯为吾舅。

④斗越椒：楚国大臣名。斗伯比之孙，令尹子文之从弟。斗氏名椒，

字子越，又字伯棼。春秋时常连字与名呼之，故称之越椒或斗越椒。

⑤两广：春秋时楚国军制名。中军有左右二列，每列有戎车十五乘及相应步卒，称一广。

⑥申城：申本国名，后并于楚，遂为楚之大邑。故地在今河南南阳市。

⑦重器：即传国之宝器，如鼎鬲之属。

⑧宛转：劝解。劝解需委婉曲折之言，故称。

⑨力能得之于楚：国力能与楚国相称。得，相当。

⑩一介：一个人，一个使者。

⑪不过千人：每广有兵车十五乘，每兵车乘者三人，随从步卒七十二

人，故总数略过千人。

⑫息邑之兵：息原为姬姓国，后并于楚，为楚属邑。地在今河南息县。息与申均在楚方城之北，邻近中原；故楚争霸多用申、息之兵。

⑬艴（bó 勃）然：盛气发怒的样子。

⑭城濮：春秋时卫地名。在今河南范县南之临濮城。

⑮小子慭（yìn 印）：秦穆公之子。小子，多称其幼子。

⑯"请与"句：请求同您的士卒做做游戏。这是请战的外交辞令。

⑰寓目：过目，观看。

⑱观兵：本指检阅军队，这里借指观看两军战斗。

⑲诘朝：明晨。

⑳有莘（shēn 申）之墟：有莘国的故址。有莘为上古国名，商汤曾娶有莘之女。有莘之墟应在今河南范县临濮城附近，当时属卫国地。

㉑空桑：古地名。商汤时贤相伊尹出生之地。在今河南范县附近。

㉒连谷：春秋时楚边境地名。其地应在空桑之南，楚方城之外，具体地址待考。

第四十一回　连谷城子玉自杀
践土坛晋侯主盟

话说楚将斗越椒与小将军成大心，不去追赶祁瞒，竟撞入中军，越椒见大将旗迎风荡扬，一箭射将下来。晋军不见了帅旗，即时大乱。却得荀林父、先蔑两路接应兵到，荀林父接住斗越椒厮杀，先蔑便接住成大心厮杀。成得臣麾军大进，攘臂大呼曰："今日若容晋军一个生还，誓不回军！"正在施设，先轸、郤溱兵到，两下混战多时。栾枝、胥臣、狐毛、狐偃一齐都到，如铜墙铁壁，围裹将来。得臣方知左右二军已溃，无心恋战，急急传令鸣金收军。怎当得晋兵众盛，把楚家兵将，分做十来处围住。小将军成大心一枝画戟，神出鬼没，率领宗兵六百人，无不一以当百，保护其父得臣，拼命杀出重围，不见了斗越椒，复翻身杀入。那斗越椒乃是子文之从弟，生得状如熊虎，声若豺狼，有万夫不当之勇，精于射艺，矢无虚发，在晋军中左冲右突，正寻觅成家父子。恰好成大心遇见，说："元帅有了，将军可快行！"两个遂合做一处，各奋神威，复救出许多楚军，溃围而出。

晋文公在有莘山上，观见晋兵得胜，忙使人教先轸传谕各军："但逐楚兵出了宋、卫之境足矣，不必多事擒杀，以伤两国之情，负了楚王施惠之意。"先轸遂约住诸军，不行追赶。祁瞒违令出战，囚于后军，伺候发落。胡曾先生有诗云：

避兵三舍为酬恩，又诚穷追免楚军。

两敌交锋尚如此，平居负义是何人？

陈、蔡、郑、许四国，损兵折将，各自逃生，回本国去了。

单说成得臣同成大心、斗越椒出了重围，急投大寨。前哨报："寨中

已竖起齐、秦两家旗号了！"原来国归父、小子憗二将杀散楚兵，据了大寨，辎重粮草，尽归其手。得臣不敢经过，只得倒转从有莘山后，沿睢水①一路而行。斗宜申、斗勃各引残兵来会。行至空桑地面，忽然连珠炮响，一军当路，旗上写"大将魏"字。魏犨先在楚国，独制貘兽，楚人无不服其神勇，今日路当险处，遇此劲敌，那残兵又都是个伤弓之鸟，谁人不丧胆消魂，早已望风而溃了。斗越椒大怒，叫小将军保护元帅，奋起精神，独力拒战。斗宜申、斗勃也只得勉强相帮。魏犨力战三将，水泄不

漏。正在相持，只见北来一人，飞马而至，大叫："将军罢战，先元帅奉主公之命，放楚将生还本国，以报出亡时款待之德。"魏犨方才住手，教军士分开两下，大喝："饶你去！"得臣等奔走不迭，回至连谷，点检残军，中军虽有损折，尚十存六七；其申、息之师，分属左右二军者，所存十无一二。哀哉！古人有吊战场诗云：

　　胜败兵家不可常，英雄几个老沙场？

　　禽奔兽骇投坑阱，肉颤筋飞饱剑铓。

　　鬼火荧荧魂宿草，悲风飒飒骨侵霜。

　　劝君莫羡封侯事，一将功成万命亡！

得臣大恸曰："本图为楚国扬万里之威，不意中晋人诡谋，贪功败绩，罪复何辞？"乃与斗宜申、斗勃俱自囚于连谷，使其子大心部领残军，去见楚王，自请受诛。

时楚成王尚在申城，见成大心至，大怒曰："汝父有言在前：'不胜甘当军令。'今又何言？"大心叩头曰："臣父自知其罪，便欲自杀，臣实止之；欲使就君之戮，以申国法也。"楚王曰："楚国之法，兵败者死。诸将速宜自裁②，毋污吾斧锧③。"大心见楚王无怜赦之意，号泣而出，回复得臣。得臣叹曰："纵楚王赦我，我亦何面目见申、息之父老乎？"乃北向再拜，拔佩剑自刎而死。

却说茹贾在家，问其父茹吕臣曰："闻令尹兵败，信乎？"吕臣曰："信。"茹贾曰："王何以处之？"茹吕臣曰："子玉与诸将请死，王听之矣。"茹贾曰："子玉刚愎而骄，不可独任；然其人强毅不屈，使得智谋之士，以为之辅，可使立功。今虽兵败，他日能报晋仇者，必子玉也。父亲何不谏而留之？"吕臣曰："王怒甚，恐言之无益。"茹贾曰："父亲不记范巫矞似④之言乎？"吕臣曰："汝试言之。"茹贾曰："矞似善相人，主上为公子时，矞似曾言：'主上与子玉、子西三人，日后皆不得其死。'主上切记其言，即位之日，即赐子玉、子西免死牌各一面，欲使矞似之言不验也。主上怒中，偶忘之耳。父亲若言及此，主上必留二臣无疑矣。"吕臣即时往见楚王，奏曰："子玉罪虽当死，然吾王曾有免死牌在彼，可以赦之。"楚王愕然曰："岂非范巫矞似之故耶？微子言，寡人几忘之矣！"乃

使大夫潘尪同成大心乘急传⑤宣楚王命："败将一概免死！"比及到连谷时，得臣先死半日矣。左师将军斗宜申悬梁自缢，因身躯重大，悬帛断绝，恰好免死命至，留下性命。斗勃原要收殓子玉、子西之尸，方才自尽，故此亦不曾死，单死了个成得臣，岂非命乎？潜渊居士有诗吊之云：

> 楚国昂藏一丈夫，气吞全晋挟雄图。
> 一朝失足身躯丧，始信坚强是死徒。

成大心殡殓父尸。斗宜申、斗勃、斗越椒等，随潘尪到申城谒楚王，伏地拜谢不杀之恩。楚王知得臣自杀，懊悔不已。还驾郢都，升芳吕臣为

令尹；贬斗宜申为商邑尹，谓之商公；斗勃出守襄城。楚王转怜得臣之死，拜其子成大心、成嘉俱为大夫。令尹子文致政居家，闻得臣兵败，叹曰："不出蒍贾所料！吾之识见，反不如童子，宁不自羞！"呕血数升，伏床不起。召其子斗般嘱曰："吾死在旦夕，惟有一言嘱汝：汝叔越椒，自初生之日，已有熊虎之状，豺狼之声，此灭族之相也。吾比时曾劝汝祖勿畜之，汝祖不听。吾观蒍吕臣不寿，勃与宜申，皆非善终之相，楚国为政，非汝则越椒。越椒傲狠好杀，若为政，必有非理之望，斗氏之祖宗其不祀乎？吾死后，椒若为政，汝必逃之，无与其祸也。"般再拜受命，子文遂卒。未几，蒍吕臣亦死。成王追念子文之功，使斗般嗣为令尹，越椒为司马，蒍贾为工正。不在话下。

却说晋文公既败楚师，移屯于楚大寨。寨中所遗粮草甚广，各军资之以食，戏曰："此楚人馆谷⑥我也。"齐、秦及诸将等，皆北面称贺。文公谢不受，面有忧色。诸将曰："君胜敌而忧，何也？"文公曰："子玉非甘出人下者，胜不可恃，能勿惧乎？"国归父、小子憖等辞归，文公以军获之半遗之，二国奏凯而还。宋公孙固亦归本国，宋公自遣使拜谢齐、秦。不在话下。

先轸囚祁瞒至文公之前，奏其违命辱师之罪。文公曰："若非上下二军先胜，楚兵尚可制乎？"命司马赵衰定其罪，斩祁瞒以徇于军，号令曰："今后有违元帅之令者，视此！"军中益加悚惧。大军留有莘三日，然后下令班师。行至南河，哨马禀复："河下船只，尚未齐备。"文公使召舟之侨。侨亦不在。原来舟之侨是虢国降将，事晋已久，满望重用立功，却差他南河拘集船只，心中不平。恰好接得家报，其妻在家病重，侨料晋、楚相持，必然日久，未必便能班师，因此暂且回国看视。不想夏四月戊辰，师至城濮，己巳交战，便大败楚师，休兵三日，至癸酉大军遂还，前后不过六日，晋侯便至河下，遂误了济河之事。文公大怒，欲令军士四下搜捕民船。先轸曰："南河百姓，闻吾败楚，谁不震恐？若使搜捕，必然逃匿。不若出令以厚赏募之。"文公曰："善。"才悬赏军门，百姓争舣船应募，顷刻舟集如蚁，大军遂渡了黄河。文公谓赵衰曰："曹、卫之耻已雪矣，惟郑仇未报，奈何？"赵衰对曰："君旋师过郑，不患郑之不来也。"文公从之。

　　行不数日，遥见一队车马，簇拥着一位贵人，从东而来。前队栾枝迎住，问："来者何人？"答曰："吾乃周天子之卿士王子虎也。闻晋侯伐楚得胜，以安中国，故天子亲驾銮舆，来犒三军，先令虎来报知。"栾枝即引子虎来见文公。文公问于群下曰："今天子下劳寡人，道路之间，如何行礼？"赵衰曰："此去衡雍⑦不远，有地名践土⑧，其地宽平，连夜建造王宫于此，然后主公引列国诸侯迎驾，以行朝礼，庶不失君臣之义也。"文公遂与王子虎订期，约以五月之吉，于践土候周王驾临。子虎辞去。

　　大军望衡雍而进，途中又见车马一队，有一使臣来迎，乃是郑大夫子人九，奉郑伯之命，恐晋兵来讨其罪，特遣行成。晋文公怒曰："郑闻楚败而惧，非出本心，寡人俟觐王之后，当亲率师徒，至于城下。"赵衰进曰："自我出师以来，逐卫君，执曹伯，败楚师，兵威已大震矣。又求多于郑，奈劳师何？君必许之。若郑坚心来归，赦之可也；如其复贰，姑休息数月，讨之未晚。"文公乃许郑成。大军至衡雍下寨。一面使狐毛狐偃帅本部兵，往践土筑造王宫；一面使栾枝入郑城，与郑伯为盟。郑伯亲至衡雍，致饩谢罪。文公复与歃血订好。话间，因夸美子玉之英勇。郑伯曰："已自杀于连谷矣。"文公叹息久之。郑伯既退，文公私谓诸臣曰："吾今日不喜得郑，喜楚之失子玉也。子玉死，余人不足虑，诸卿可高枕而卧矣！"髯翁有诗云：

　　　得臣虽是莽男儿，胜负将来未可知。
　　　尽说楚兵今再败，可怜连谷有舆尸⑨！

　　却说狐毛、狐偃筑王宫于践土，照依明堂⑩之制。怎见得？有《明堂赋》为证：

　　赫赫明堂，居国之阳⑪。觋峨特立，镇压殊方⑫。所以施一人之政令，朝万国之侯王⑬。面室有三，总数惟九。间太庙于正位，处太室于中霤⑭。启闭乎三十六户，罗列乎七十二牖⑮。左个右个，为季孟之交分⑯；上圆下方，法天地之奇偶⑰。及夫诸位散设，三公最崇。当中阶而列位，与群臣而不同。诸侯东阶之东，西面而北上；诸伯西阶之西，东面而相向。诸子应门⑱之东而鹄立⑲，诸男应门之西而鹤望。戎、夷金木之户外，蛮狄水火而位配⑳。九采外屏之右以成列，四塞外屏之左而遥对㉑。朱干玉戚㉒，森耸㉓以相参；龙旗豹韬㉔，抑扬而相错。肃肃沉沉，峦崇壑深㉕。烟收㉖而卿士齐列，日出而天颜㉗始临。戴冕旒㉘以当轩，见八纮㉙之稽颡㉚。负斧扆㉛而南面，知万国之归心。

　　王宫左右，又别建馆舍数处，昼夜并工，月余而毕。传檄诸侯："俱要五月朔日，践土取齐。"是时，宋成公王臣、齐昭公潘，俱系旧好；郑

文公捷，是新附之国；率先来赴。他如鲁僖公申，与楚通好；陈穆公款、蔡庄公甲午，与楚连兵；都是楚党，至是惧罪，亦来赴会。邾、莒小国，自不必说。惟许僖公业，事楚最久，不愿从晋。秦穆公任好，虽与晋合，从未与中国会盟，迟疑不至。卫成公郑，出在襄牛；曹共公襄，见拘五鹿；晋侯曾许以复国，尚未明赦，亦不与会。

单说卫成公闻晋将合诸侯，谓宁俞曰："征会不及于卫，晋怒尚未息也，寡人不可留矣！"宁俞对曰："君徒出奔，谁纳君者。不如让位于叔武，使元咺[②]奉之，以乞盟于践土，君若为逊避而出。天如祚[③]卫，武获与盟，武之有国，犹君有之。况武素孝友，岂忍代立？必当为复君之计矣。"卫侯心虽不愿，到此地位，无可奈何，使孙炎以君命致国于叔武，如宁俞之言。孙炎领命，往楚丘去了。卫侯又问于宁俞曰："寡人今欲出奔，何国而可？"俞踌躇未答。卫侯又曰："适楚何如？"俞对曰："楚虽婚姻，实晋仇也，且前已告绝，不可复往，不如适陈。陈将事晋，又可藉为通晋之地也。'卫侯曰："不然，告绝非寡人意，楚必谅之。晋、楚将来，事未可定。使武事晋，而我托于楚，两途观望，不亦可乎？"卫侯遂适楚，楚边人追而詈之；乃改适陈，始服宁俞之先见矣。

孙炎见叔武，致卫侯之命。武曰："吾之守国，摄也，敢受让乎？"即同元咺赴会。使孙炎回复卫侯，言："见晋之时，必当为兄乞怜求复也。"元咺曰："君性多猜忌，吾不遣亲子弟相从，何以取信？"乃使其子元角，伴孙炎以往，名虽问候，实则留质之意。公子歂犬私谓元咺曰："君之不复，亦可知矣。子何不以让国之事，明告国人，拥立夷叔㉞而相之？晋人必喜。子挟晋之重以临卫，是子与武共卫也。"元咺曰："叔武不敢无兄，吾敢无君乎？此行且请复吾君矣。"歂犬语塞而退。恐卫侯一旦复国，元咺泄其言，未免得罪，乃私往陈国，密报卫侯，反说元咺已立叔武为君，谋会晋以定其位。卫成公惑其言，以问孙炎。孙炎对曰："臣不知也。元角见在君所，其父有谋，角必与闻，君何不问之？"卫侯复问于元角，角言并无是事。宁俞亦言曰："咺若不忠于君，肯遣子出侍乎？君勿疑也。"公子歂犬私见卫侯曰："咺之设谋拒君，非一日矣。其遣子，非忠于君也，将以窥君之动静，而为之备也。若使乞怜于晋，以求复吾君，必辞会而不敢与，如公然与会，则为君信矣，君其察之。"卫侯果阴使人往践土，伺察叔武元咺之事。胡曾先生有诗云：

弟友臣忠无间然，何堪歂犬肆谗言？

从来富贵生猜忌，忠孝常含万古冤。

却说周襄王以夏五月丁未日驾幸践土，晋侯率诸侯，预于三十里外迎接，驻跸㉟王宫。襄王御殿㊱，诸侯谒拜稽首。起居㊲礼毕，晋文公献所获楚俘于王，被甲之马凡百乘，步卒千人，器械衣甲十余车。襄王大悦，亲劳之曰："自伯舅齐侯即世之后，荆楚复强，凭陵中夏，得叔父³⁸仗义翦伐，以尊王室，自文武³⁹以下，皆赖叔父之休⁴⁰，岂惟朕躬？"晋侯再拜稽首曰："臣重耳幸歼楚寇，皆仗天子之灵，臣何功焉？"

次日，襄王设醴酒以享晋侯，使上卿尹武公、内史叔兴策命晋侯为方伯。赐大辂之服⁴¹，服鷩冕⁴²；戎辂之服，服韦弁⁴³；彤弓一，彤矢百，玈弓⁴⁴十，玈矢千，秬鬯⁴⁵一卣⁴⁶，虎贲之士三百人。宣命曰："俾尔晋侯，得专征伐，以纠王慝⁴⁷。"晋侯逊谢再三，然后敢受。遂以王命布告于诸侯。襄王复命王子虎，册晋侯为盟主，合诸侯修盟会之政。晋侯于王宫之侧，设下盟坛，诸侯先至王宫行觐礼，然后各趋会所。王子虎监临其事。

晋侯先登，执牛耳，诸侯以次而登。元咺已引叔武谒过晋侯了，是日，叔武摄卫君之位，附于载书之末。子虎读誓词曰："凡兹同盟，皆奖王室，毋相害也。有背盟者，明神殛⁴⁸之，殃及子孙，陨命绝祀⁴⁹！"诸侯齐声曰："王命修睦，敢不敬承！"各各歃血为信。潜渊读史诗云：

晋国君臣建大猷⁵⁰，取威定伯服诸侯。

扬旌城濮观俘馘，连袂王宫觐冕旒。

更美今朝盟践土，谩夸当日会葵丘。

桓公末路留遗恨，重耳能将此志酬。

盟事既毕，晋侯欲以叔武见襄王，立为卫君，以代成公。叔武涕泣辞曰："昔宁母之会，郑子华以子奸父，齐桓公拒之。今君方继桓公之业，乃令武以弟奸兄乎？君侯若嘉惠于武，赐之矜怜，乞复臣兄郑之位。臣兄郑事君侯，不敢不尽！"元咺亦叩头哀请，晋侯方才首肯。

不知卫侯何时复国，再看下回分解。

【注释】

①睢水：河流名。见第三十三回注⑧。

②自裁：自尽，自杀。

③斧锧（zhì 至）：斧头及铁制砧板。古代腰斩之刑具。

④范巫矞似：矞似为人名，巫为其职业，范乃地名，在今河南范县。

⑤急传：快速的驿传。古代专用于递送紧急文书。

⑥馆谷：供给食宿。

⑦衡雍：春秋时郑地名。在今河南原阳县西。

⑧践土：春秋时郑地名。在今河南原阳县西南。

⑨舆尸：车载之尸。此指成得臣之尸。

⑩明堂：古代帝王举行朝会、庆赏、祭祀等大典的殿堂。

⑪居国之阳：地在国都的南方。阳，向阳处，即南面。

⑫殊方：异域地方。指域外各附属国。

⑬"所以"二句：故此周王一人发号施令，各诸侯国、附属国均来朝贡。

⑭"面室"四句：叙述明堂的总体结构。每面三间，形如井字，四面共有九间。正东、正西、正南、正北的一间称太庙。最中间的一间叫太室。太庙，帝王祖庙。而明堂正室亦陈列帝王历代昭穆，故称明堂太庙。中霤（liù 六），即中央。

⑮"启闭乎"二句：明堂四面，每室三窗，总共有三十六个窗子。每窗有窗棂二，共排列七十二扇窗棂。

⑯"左个"二句：正室两旁侧室叫"个"。以孟、仲、季为序数代表

左、中、右三室。故左室、右室按其序数乃为季和孟。交分，此指区分。

⑰"上圆"二句：圆形屋顶与方形殿堂正象征天圆地方。奇偶，这里代指方圆。

⑱应门：明堂南面正门叫应门。

⑲鹄（hú 胡）立：鹄为天鹅，颈长能望远。鹄立即引领静立。

⑳"戎夷"二句：戎夷、蛮狄，即所谓九夷、八蛮、六戎、五狄，泛指边疆各民族。金木、水火，代指东南西北四座大门。此二句言其他民族国君则站立于四门之外。

㉑"九采"二句：九采，指各边远诸侯国。《礼记·王制》："千里之外曰采。"四塞，指四方藩卫之国。外屏，即明堂四门之外的门屏，俗称照壁。这二句说，四方边境诸侯国及藩属国，则排列在四门外照壁左右。

㉒朱干玉戚：红色的盾，玉做的大斧。干戚本为兵器，这里用作

仪仗。

㉓森耸：森然耸立的样子。

㉔龙旗豹韬（táo 滔）：韬，古代军队或仪仗队的大旗。这里指绣有龙形的旗帜和绣有豹状的大旗。这都代表着帝王的仪仗。

㉕"肃肃"二句：说明行礼时的气氛。用山高壑深以象征气氛之深沉肃穆。

㉖烟收：指晨雾收敛，以说明天已大明。

㉗天颜：周天子的脸色。此代周天子。

㉘冕旒（liǔ 柳）：天子的冠冕。旒，冠之前后悬垂的玉串。《礼记·礼器》："天子之冕，朱绿藻，十有二旒。"

㉙八纮（hóng 红）：八方极远之处。《淮南子·地形训》："九州之外，乃有八殥……八殥之外，而有八纮，亦方千里。"这里代指边远国家。

㉚稽颡（qǐ sǎng 起嗓）：以额触地。这是最尊敬的行礼方式。

㉛斧扆（yǐ 以）：指画有斧形的屏风。扆，屏风的一种。天子座位正在斧扆之前，面南，故全句说"负斧扆而南面。"

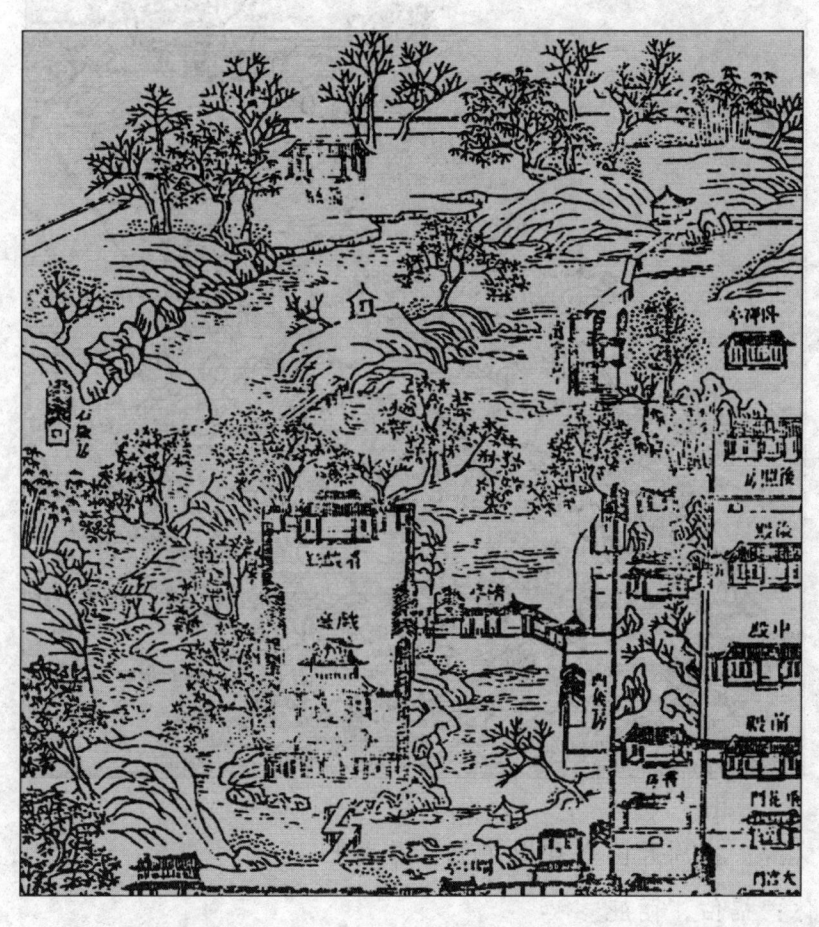

㉜元咺（xuǎn 选）：即卫大夫咺。见第三十九回。咺乃其名。食邑于元（今河北元氏县），故以元为氏。

㉝祚（zuò 坐）：赐福，保佑。

㉞夷叔：即叔武，夷乃其谥号。

㉟驻跸（bì 毕）：帝王出行，中途暂住称驻跸。跸，专指帝王车驾。

㊱御殿：升殿，登殿。

㊲起居：指问候安否之言。

㊳叔父：周王称异姓诸侯曰伯舅，称同姓诸侯曰叔父。晋为姬姓，故称叔父。

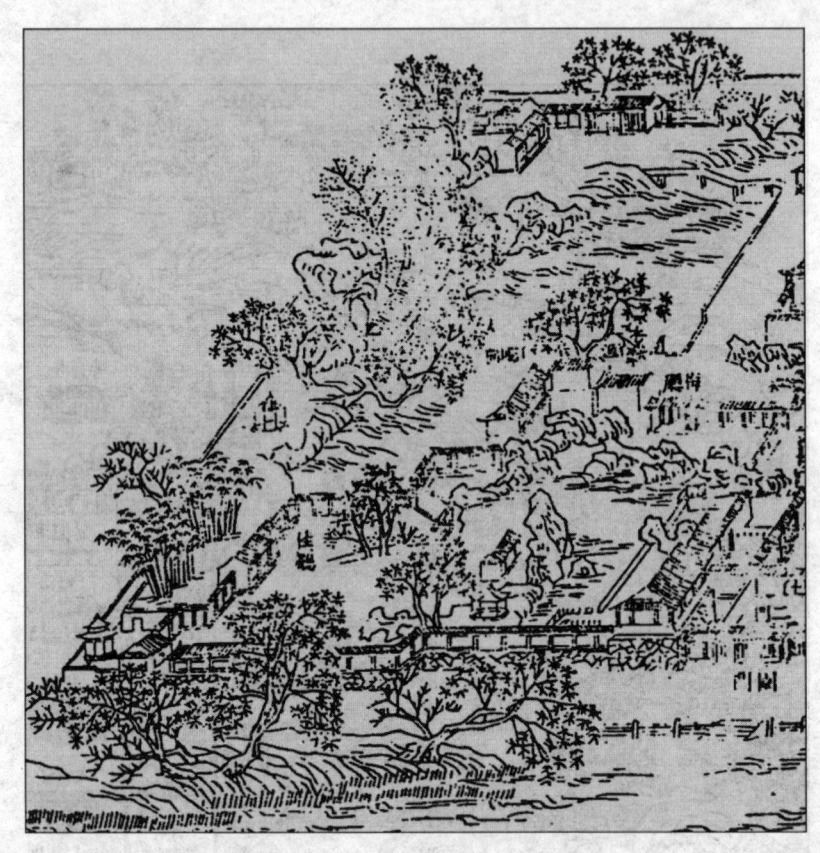

㊴文武：指周开国之君周文王、周武王。

㊵休：福佑，荫庇。

㊶大辂（lù 路）之服：大辂乃天子乘坐之车，亦可赐予诸侯。大辂之服，指大辂及与大辂配套之服饰与装配。

㊷鷩（bì 必）冕：一种礼服，供侯伯之用。其衣有鷩（红色野鸡）形图画，冕有七旒。

㊸韦弁（biàn 辨）：一种熟皮制成的红色帽子。出征时穿戴。

㊹玈（lù 路）弓：玈，黑色。此即黑色之弓。古代一弓配百矢。故彤弓一，彤矢为百。玈弓十，旅矢则为千。

㊺秬鬯（jù chàng 巨畅）：用黑黍与香草酿造的酒，色黄而芳香，甚名贵。

㊻卣（yǒu 有）：盛酒器。其形椭圆，大腹敛口，圈足无耳。亦可作祭器用。

㊼以纠王慝（tè 特）：用来惩治那些危害周王的人。慝，恶。王慝，指有恶于周王的人和事。

㊽殛（jí 及）：杀死。

㊾绝祀：断绝香火，指断子绝孙。

㊿大猷（yóu 犹）：重大谋划。此指大功劳，大事业。

(51)“昔宁母之会”三句：指齐桓公会诸侯于宁母，郑世子华代行，阴谋去郑三良一事，见第二十四回。

第四十二回　周襄王河阳受觐　卫元咺公馆对狱

话说周襄王二十年①，下劳晋文公于践土，事毕归周，诸侯亦各辞回本国。卫成公疑歂犬之言，遣人密地打探，见元咺奉叔武入盟，名列载书，不暇致详，即时回报卫侯。卫侯大怒曰："叔武果自立矣！"大骂："元咺背君之贼，自己贪图富贵，扶立新君，却又使儿子来窥吾动静。吾岂容汝父子乎？"元角方欲置辩，卫侯拔剑一挥，头已坠地，冤哉！元角从人，慌忙逃回，报知其父咺。咺曰："子之生死，命也！君虽负咺，咺岂可负太叔②乎？"司马瞒谓元咺曰："君既疑子，子亦当避嫌。何不辞位而去，以明子之心耶？"咺叹曰："咺若辞位，谁与太叔共守此国者？夫杀子，私怨也；守国，大事也。以私怨而废大事，非人臣所以报国之义也。"乃言于叔武，使奉书晋侯，求其复成公之位。此乃是元咺的好处。这事暂且搁过一边。

再说晋文公受了册命而回，虎贲弓矢，摆列前后，另是一番气象。入国之日，一路百姓扶老携幼，争睹威仪，箪食壶浆，共迎师旅。叹声啧啧，都夸"吾主英雄"；喜色欣欣，尽道"晋家兴旺"。正是：

捍艰复缵文侯绪，攘楚重修桓伯③勋。

十九年前流落客。一朝声价上青云。

晋文公临朝受贺，论功行赏，以狐偃为首功，先轸次之。诸将请曰："城濮之役，设奇破楚，皆先轸之功，今反以狐偃为首，何也？"文公曰："城濮之役，轸曰：'必战楚，毋失敌。'偃曰：'必避楚，毋失信。'夫胜敌者，一时之功也；全信者，万世之利也。奈何以一时之功，而加万世之利乎？是以先之。"诸将无不悦服。狐偃又奏："先臣荀息，死于奚齐、

卓子之难，忠节可嘉。宜录其后，以励臣节。"文公准奏，遂召荀息之子荀林父为大夫。舟之侨正在家中守着妻子，闻晋侯将到，赶至半路相迎。文公命囚之后车。行赏已毕，使司马赵衰议罪，当诛。舟之侨自陈妻病求宽，文公曰："事君者不顾其身，况妻子乎？"喝令斩首示众。文公此番出军，第一次斩了颠颉，第二次斩了祁瞒，今日第三次，又斩了舟之侨。这三个都是有名的宿将，违令必诛，全不轻宥。所以三军畏服，诸将用

命。正所谓："赏罚不明，百事不成，赏罚若明，四方可行。"此文公所以能伯诸侯也。文公与先轸等商议，欲增军额，以强其国，又不敢上同天子之六军，乃假名添作"三行④"。以荀林父为中行大夫，先蔑、屠击为左右行大夫。前后三军三行，分明是六军，但避其名而已。以此兵多将广，天下莫比其强。

一日，文公坐朝，正与狐偃等议曹、卫之事，近臣奏："卫国有书到。"文公曰："此必叔武为兄求宽也。"启而观之，书曰：

君侯不泯卫之社稷，许复故君，举国臣民，咸引领以望高义，惟君侯早图之。

陈穆公亦有使命至晋，代卫郑⑤致悔罪自新之意。文公乃各发回书，听其复归故国，谕郤步扬不必领兵邀阻。

叔武得晋侯宽释之信，急发车骑如陈，往迎卫侯。陈穆公亦遣人劝驾。公子歂犬谓成公曰："太叔为君已久，国人归附，邻国同盟，此番来迎，不可轻信。"卫侯曰："寡人亦虑之。"乃遣宁俞先到楚丘，探其实信，宁俞只得奉命而行。至卫，正值叔武在朝中议政。宁俞入朝，望见叔武设座于殿堂之东，西向而坐。一见宁俞，降坐而迎，叙礼甚恭。宁俞佯问曰："太叔摄位而不御正⑥，何以示观瞻耶？"叔武曰："此正位吾兄所御，吾虽侧其傍，尚栗栗不自安，敢居正乎？"宁俞曰："俞今日方见太叔之心矣。"叔武曰："吾思兄念切，朝暮悬悬，望大夫早劝君兄还朝，以慰我心也。"俞遂与订期，约以六月辛未吉日入城。宁俞出朝，采听人言，但闻得百官之众，纷纷议论，言："故君若复入，未免分别居行二项⑦，行者有功，居者有罪，如何是好？"宁俞曰："我奉故君来此传谕尔众，不论行居，有功无罪。如或不信，当歃血立誓。"众皆曰："若能共盟，更有何疑。"俞遂对天设誓曰："行者卫主，居者守国，若内若外，各宣其力。君臣和协，共保社稷，倘有相欺，明神是殛！"众皆欣然而散，曰："宁子不欺吾也。"叔武又遣大夫长牂，专守国门，吩咐："如有南来人到，不拘早晚，立刻放入。"

却说宁俞回复卫侯，言："叔武真心奉迎，并无歹意。"卫侯也自信得过了。怎奈歇犬谗毁在前，恐临时不合，反获欺谤之罪，又说卫侯曰：

"太叔与宁大夫定约，焉知不预作准备，以加害于君？君不如先期而往，出其不意，可必入也。"卫侯从其言，即时发驾。歇犬请为前驱，除宫备难，卫侯许之。宁俞奏曰："臣已与国人订期矣。君若先期而往，国人必疑。"歇犬大喝曰："俞不欲吾君速入，是何主意？"宁俞乃不敢复谏，只得奏言："君驾若即发，臣请先行一程，以晓谕臣民，而安上下之心。"卫侯曰："卿为国人言之，寡人不过欲早见臣民一面，并无他故。"宁俞去后，歇犬曰："宁之先行，事可疑也，君行不宜迟矣。"卫侯催促御人，并力而驰。

再说宁俞先到国门，长牂询知是卫侯之使，即时放入。宁俞曰："君即至矣。"长牂曰："前约辛未，今尚戊辰，何速也？子先入城报信，吾当奉迎。"宁才转身时，歂犬前驱已至，言："卫侯只在后面。"长牂急整车从，迎将上去。歂犬先入城去了。时叔武方亲督舆隶⑧，扫除宫室，就便在庭中沐发。闻宁俞报言："君至。"且惊且喜，仓卒之间，正欲问先期之故，忽闻前驱车马之声，认是卫侯已到，心中喜极，发尚未干，等不得挽髻，急将一手握发，疾趋而出，正撞了歂犬。歂犬恐留下叔武，恐其兄弟相逢，叙出前因，远远望见叔武到来，遂弯弓搭箭，飕的发去，射个正好。叔武被箭中心窝，望后便倒。宁俞急忙上前扶救，已无及矣，哀哉！元咺闻叔武被杀，吃了一惊，大骂："无道昏君，枉杀无辜，天理岂能容汝？吾当投诉晋侯，看你坐位可稳？"痛哭了一场，急忙逃奔晋国去了。髯翁有诗云：

坚心守国为君兄，弓矢无情害有情。

不是卫侯多忌忮⑨，前驱安敢擅加兵？

却说成公至城下，见长牂来迎，叩其来意。长牂述叔武吩咐之语，早来早入，晚来晚入。卫侯叹曰："吾弟果无他意也！"比及入城，只见宁俞带泪而来，言："叔武喜主公之至，不等沐完，握发出迎，谁知枉被前驱所杀，使臣失信于国人，臣该万死！"卫侯面有惭色，答曰："寡人已知夷叔之冤矣，卿勿复言。"趋车入朝，百官尚未知觉，一路迎谒，先后不齐。宁俞引卫侯视叔武之尸，两目睁开如生。卫侯枕其头于膝上，不觉失声大哭，以手抚之曰："夷叔，夷叔！我因尔归，尔为我死！哀哉痛哉！"只见尸目闪烁有光，渐渐而瞑。宁俞曰："不杀前驱，何以谢太叔之灵？"卫侯即命拘之。时歂犬谋欲逃遁，被宁俞遣人擒至。歂犬曰："臣杀太叔，亦为君也。"卫侯大怒曰："汝谤毁吾弟，擅杀无辜，今又归罪于寡人。"命左右将歂犬斩首号令。吩咐以君礼厚葬叔武。国人初时，闻叔武被杀，议论哄然，及闻诛歂犬，葬叔武，群心始定。

话分两头。再说卫大夫元咺，逃奔晋国，见了晋文公，伏地大哭，诉说卫侯疑忌叔武，故遣前驱射杀之事。说了又哭，哭了又说。说得晋文公发恼起来，把几句好话，安慰了元咺，留在馆驿。因大集群臣问曰："寡人赖诸卿之力，一战胜楚。践土之会，天子下劳，诸侯景从⑩。伯业之盛，窃比齐桓。奈秦人不赴约，许人不会朝，郑虽受盟，尚怀疑贰之心，卫方复国，擅杀受盟之弟。若不再申约誓，严行诛讨，诸侯虽合必离，诸卿计将安出？"先轸进曰："征会讨贰，伯主之职。臣请厉兵秣马，以待君命。"狐偃曰："不然。伯主所以行乎诸侯者，莫不挟天子之威。今天子下劳，而君之觐礼未修，我实有缺，何以服人？为君计，莫若以朝王为

名，号召诸侯，视其不至者，以天子之命临之。朝王，大礼也。讨慢王之罪，大名也。行大礼而举大名，又大业也。君其图之！"赵衰曰："子犯

之言甚善。然以臣愚见，恐入朝之举，未必遂也。"文公曰："何为不遂?"赵衰曰："朝觐之礼，不行久矣。以晋之强，五合六聚①，以临京师，所过之地，谁不震惊？臣惧天子之疑君而谢君也。谢而不受，君之威亵矣。莫若致王于温，而率诸侯以见之。君臣无猜，其便一也。诸侯不劳，其便二也。温有叔带之新宫，不烦造作，其便三也。"文公曰："王可致乎?"赵衰曰："王喜于亲晋，而乐于受朝，何为不可？臣请为君使于周，而商入朝之事，度天子之计，亦必出此。"

文公大悦，乃命赵衰如周，谒见周襄王，稽首再拜，奏言："寡君重耳，感天王下劳锡命之恩，欲率诸侯至京师，修朝觐之礼，伏乞圣鉴。"

襄王嘿然，命赵衰就使馆安歇，即召王子虎计议，言："晋侯拥众入朝，其心不测，何以辞之？"子虎对曰："臣请面见晋使而探其意，可辞则

辞。"子虎辞了襄王，到馆驿见了赵衰，叙起入朝之事。子虎曰："晋侯倡率诸姬，尊奖天子，举累朝废坠之旷典，诚王室之大幸也。但列国鳞集，行李充塞，车徒众盛，士民目未经见，妄加猜度，讹言易起，或相讥讪，反负晋侯一片忠爱之意，不如已之。"赵衰曰："寡君思见天子，实出至诚。下臣行日，已传檄各国，约会于温邑取齐。若废而不举，是以王事为戏也。下臣不敢复命。"子虎曰："然则奈何？"赵衰曰："下臣有策于此，但不敢言耳。"子虎曰："子余有何良策？敢不如命。"赵衰曰："古者，天子有时巡之典，省方观民⑫。况温亦畿内故地也。天子若以巡狩⑬为名，驾临河阳⑭，寡君因率诸侯以展觐。上不失王室尊严之体，下不负寡君忠敬之诚，未知可否？"子虎曰："子余之策，诚为两便。虎即当转达天子。"子虎入朝，述其语于襄王。襄王大喜。约于冬十月之吉，驾幸河阳。赵衰回复晋侯。晋文公以朝王之举，播告诸侯，俱约冬十月朔，于温地取齐。

至期，齐昭公潘、宋成公王臣、鲁僖公申、蔡庄公甲午、秦穆公任好、郑文公捷，陆续俱到。秦穆公言："前此践土之会，因惮路远后期，是以不果。今番愿从诸侯之后。"晋文公称谢。时陈穆公款新卒，子共公朔新立，畏晋之威，墨衰而至。邾、莒小国，无不毕集。卫侯郑自知有罪，意不欲往。宁俞谏曰："若不往，是益罪也，晋讨必至矣。"成公乃行，宁俞与鍼庄子、士荣三人相从。比至温邑，文公不许相见，以兵守之。惟许人终于负固⑮，不奉晋命。总计晋、齐、宋、鲁、蔡、秦、郑、陈、邾、莒，共是十国，先于温地叙会。不一日，周襄王驾到，晋文公率众诸侯迎至新宫驻跸。上前起居，再拜稽首。次日五鼓，十路诸侯，冠裳佩玉，整整齐齐，舞蹈扬尘，锵锵济济。方物有贡，各伸地主之仪；就位惟恭，争睹天颜之喜。这一朝，比践土更加严肃。有诗为证：

衣冠济济集河阳，争睹云车降上方⑯。

虎拜⑰朝天鸣素节⑱，龙颜垂地沐恩光。

酆宫⑲胜事空前代，郏鄏⑳虚名慨下堂㉑。

　　朝礼既毕，晋文公将卫叔武冤情，诉于襄王，遂请王子虎同决其狱。襄王许之。文公邀子虎至于公馆，宾主叙坐，使人以王命呼卫侯。卫侯囚服而至，卫大夫元咺亦到。子虎曰："君臣不便对理，可以代之。"乃停卫侯于庑下。宁俞侍卫侯之侧，寸步不离。缄庄子代卫侯，与元咺对理；士荣摄治狱之官，质正其事。元咺口如悬河，将卫侯自出奔襄牛起首，如何嘱咐太叔守国，以后如何先杀元角，次杀太叔，备细铺叙出来。缄庄子曰："此皆歂犬谗谮之言，以致卫君误听，不全系卫君之事。"元咺曰："歂犬初与咺言，要拥立太叔。咺若从之，君岂得复入？只为咺仰体太叔爱兄之心，所以拒歂犬之请，不意彼反肆离间。卫君若无猜忌太叔之意，歂犬之谮，何由而入？咺遣儿子角，往从吾君，正是自明心迹，本是一团美意，乃无辜被杀。就他杀吾子角之心，便是杀太叔之心了。"士荣折之曰："汝挟杀子之怨，非为太叔也。"元咺曰："咺常言：'杀子私怨，守国大事。'咺虽不肖，不敢以私怨而废大事。当日太叔作书致晋，求复其兄，此书稿出于咺手。若咺挟怨，岂肯如此？只道吾君一时之误，还指望他悔心之萌，不意又累太叔受此大枉。"士荣又曰："太叔无篡位之情，吾君亦已谅之。误遭歂犬之手，非出君意。"元咺曰："君既知太叔无篡位之情，从前歂犬所言，都是虚谬，便当加罪，如何又听他先期而行？比及入国，又用为前驱，明明是假手歂犬，难言不知。"鍼庄子低首不出一语。士荣又折之曰："太叔虽受枉杀，然太叔臣也，卫侯君也。古来人臣被君枉杀者，不可胜计。况卫侯已诛歂犬，又于太叔加礼厚葬，赏罚分明，尚有何罪？"元咺曰："昔者桀枉杀关龙逄，汤放之。纣枉杀比干，武王伐之。汤与武王，并为桀、纣之臣子，目击忠良受枉，遂兴义旅，诛其君而吊其民。况太叔同气㉒，又有守国之功，非龙逄、比干之比。卫不过侯封，上制于天王，下制于方伯，又非桀、纣贵为天子，富有四海之比。安得云无罪乎？"士荣语塞，又转口曰："卫君固然不是，汝为其臣，既然忠心为君，如何君一入国，汝便出奔？不朝不贺，是何道理？"元咺曰："咺奉太叔守国，实出君命；君且不能容太叔，能容咺乎？咺之逃，非贪生怕死，实欲为太叔伸不白之冤耳！"

晋文公在座，谓子虎曰："观士荣、元咺往复数端，种种皆是元咺的理长。卫郑乃天子之臣，不敢擅决，可先将卫臣行刑。"喝教左右："凡相从卫君者，尽加诛戮。"子虎曰："吾闻宁俞，卫之贤大夫，其调停于兄弟君臣之间，大费苦心，无如卫君不听何耳。此狱与宁俞无干，不可累之。士荣摄为士师，断狱不明，合当首坐。鍼庄子不发一言，自知理曲，可从末减。惟君侯鉴裁！"文公依其言，乃将士荣斩首，鍼庄子刖足㉓，宁俞姑赦不问。

卫侯上了槛车，文公同子虎带了卫侯，来见襄王，备陈卫家君臣两造狱词："如此冤情，若不诛卫郑，天理不容，人心不服。乞命司寇行刑，

以彰天罚！"襄王曰："叔父之断狱明矣；虽然，不可以训[24]。朕闻：'《周官》[25]设两造[26]以讯平民，惟君臣无狱，父子无狱。'若臣与君讼，是无上下也。又加胜焉，为臣而诛君，为逆已甚！朕恐其无以彰罚，而适以教逆[28]也。朕亦何私于卫哉？"文公惶恐谢曰："重耳见不及此。既天王不加诛，当槛送京师，以听裁决。"文公仍带卫侯，回至公馆，使军士看守如初。一面打发元咺归卫，听其别立贤君，以代卫郑之位。元咺至卫，与群臣计议，诡言："卫侯已定大辟[29]，今奉王命，选立贤君。"群臣共举一人，乃是叔武之弟名适，字子瑕，为人仁厚。元咺曰："立此人，正合'兄终弟及'之礼。"乃奉公子适即位。元咺相之。司马瞒、孙炎、周歂、冶廑一班文武相助。卫国粗定。

毕竟卫事如何结束，且看下回分解。

【注释】

①周襄王二十年：即公元前632年。

②太叔：即叔武。叔武乃卫成公长弟，故称。

③桓伯：指齐桓公之霸业。

④三行（háng 杭）：意同三军。晋已有上、中、下三军，复作左、

中、右三行。以避天子六军之名。

⑤卫郑：卫成公姬郑。

⑥御正：就正位而坐。宫殿正中面南之位为正位。

⑦居、行二项：居，指留卫都事叔武之人。行，指随成公出逃之人。

⑧舆隶：古代分人为十等之第六及七等。《左传·昭七年》："皂臣舆，舆臣隶。"指地位低贱的服役人员。

⑨忌忮（zhì 治）：猜疑嫉妒。

⑩景（yǐng 影）从：紧相追随，如影从形。

⑪五合六聚：指会合四方诸侯。五、六，泛指各国之数。

⑫省（xǐng 醒）方观民：视察四方，观看民之风俗。

⑬巡狩：亦称巡守。天子出外视察州郡邦国曰巡狩。

⑭河阳：春秋时周畿内地名。在今河南孟州市西三十五里。

⑮负固：倚仗地势险固。

⑯云车：本指神仙以云为车，此借喻周天子车驾之盛。上方：本指天宫，此借指周都王城。

⑰虎拜：古称大将拜君曰虎拜。诸侯身份与大将相当。

⑱素节：玉制的符节。符节为古时使臣执以示信之物，守邦国之诸侯

多用玉节。玉色白，故称素节。

⑲酆（fēng 丰）宫：周文王宫殿名。故址在今陕西鄠邑区东。此借指东周宫殿。

⑳郏鄏（jiá rǔ 袷辱）：古地名，周洛邑之别称。即今河南洛阳市。

㉑下堂：指降阶而到堂下。《礼记·郊特牲》："觐礼，天子不下堂而见诸侯。"此暗指周襄王离开王城到河阳接受诸侯朝见，实等于下堂，故为之感慨不已。

㉒同气：即同胞。卫成公姬郑与叔武系同父同母之兄弟。

㉓刖（yuè 月）足：古代一种把双脚砍掉的酷刑。

㉔训：法则。

㉕《周官》：古代典籍名，亦称《周礼》《周官经》。今本四十二卷。内容主要叙述周朝设官分职情况。

㉖两造：即原告和被告。

㉗君臣无狱：指国君与臣子不得对讼。

㉘教逆：鼓励犯上。

㉙大辟：死刑，一般指杀头。

第四十三回　智宁俞假酖复卫
老烛武缒城说秦

话说周襄王受朝已毕，欲返洛阳。众诸侯送襄王出河阳之境，就命先蔑押送卫侯于京师。时卫成公有微疾，晋文公使随行医衍，与卫侯同行，假以视疾为名，实使之酖①杀卫侯，以泄胸中之忿："若不用心，必死无赦！"又吩咐先蔑："作急在意，了事之日，一同医衍回话。"

襄王行后，众诸侯未散，晋文公曰："寡人奉天子之命，得专征伐。今许人一心事楚，不通中国。王驾再临，诸君趋走不暇，颍阳②密迩，置若不闻，怠慢莫甚。愿偕诸君问罪于许。"众诸侯皆曰："敬从君命。"时晋侯为主，齐、宋、鲁、蔡、陈、秦、莒、邾八国诸侯，皆率车徒听命，一齐向颍阳进发。只有郑文公捷，原是楚王姻党，惧晋来附，见晋文公处置曹、卫太过，心中有不平之意，思想："晋侯出亡之时，自家也曾失礼于他，看他亲口许复曹、卫，兀自不肯放手。如此怀恨，未必便忘情于郑也。不如且留楚国一路，做个退步，后来患难之时，也有个依靠。"上卿叔詹见郑伯踌躇，似有背晋之意，遂进谏曰："晋幸辱收郑矣，君勿贰也，贰且获罪不赦。"郑伯不听，使人扬言国中有疫，托言祈祷，遂辞晋先归，阴使人通款于楚曰："晋侯晋许之暇就上国也，驱率诸侯，将问罪焉。寡君畏上国之威，不敢从兵，敢告。"许人闻有诸侯之兵，亦遣人告急于楚。楚成王曰："吾兵新败，勿与晋争。俟其厌兵③之后，而求成焉。"遂不救许。诸侯之兵，围了颍阳，水滴不漏。

时曹共公襄尚羁五鹿城中，不见晋侯赦令，欲求能言之人，往说晋侯。小臣侯獳，请携重赂以行，曹共公许之。侯獳闻诸侯在许，径至颍阳，欲求见晋文公。适文公以积劳之故，因染寒疾，梦有衣冠之鬼，向文公求食，叱之而退，病势愈加，卧不能起，方召太卜郭偃，占问吉凶。侯

獳遂以金帛一车，致于郭偃，告之以情，使借鬼神之事，为曹求解，须如此恁般进言。郭偃受其贿嘱，许为讲解。既见，晋侯示之以梦。布卦得"天泽"④之象，阴变为阳。偃献繇于文公，其词曰：

阴极生阳，蛰虫开张⑤。大赦天下，钟鼓堂堂。

文公问曰："何谓也？"郭偃对曰："以卦合之于梦，必有失祀之鬼

神，求赦于君也。"文公曰："寡人于祀事，有举无废。且鬼神何罪，而求赦耶？"偃曰："以臣之愚度之，其曹乎？曹叔振铎，文之昭也。晋先君唐叔，武之穆也⑥。昔齐桓公为会，而封邢、卫异姓之国⑦。今君为会，而灭曹、卫同姓之国。况二国已蒙许复矣。践土之盟，君复卫而不复曹，同罪异罚，振铎失祀，其见梦不亦宜乎？君若复曹伯，以安振铎之灵，布宽仁之令，享钟鼓之乐，又何疾之足患？"这一席话，说得文公心下豁然，觉病势顿去其半。即日遣人召曹伯襄于五鹿，使复归本国为君，所畀宋国田土，亦吐还之。曹伯襄得释，如笼鸟得翔于霄汉，槛猿复升于林木，即统本国之兵，趋至颍阳，面谢晋侯复国之恩，遂协助众诸侯围许。文公病亦渐愈。许僖公见楚救不至，乃面缚衔璧，向晋军中乞降，大出金帛犒军。文公乃与诸侯解围而去。

秦穆公临别，与晋文公相约："异日若有军旅之事，秦兵出，晋必助之，晋兵出，秦亦助之，彼此同心协力，不得坐视。"二君相约已定，各自分路。晋文公在半途，闻郑国遣使复通款于楚，勃然大怒，便欲移兵伐郑。赵衰谏曰："君玉体乍平，未可习劳。且士卒久敝，诸侯皆散，不如且归，休息一年，而后图之。"文公乃归。

话分两头。再表周襄王回至京师，群臣谒见称贺毕。先蔑稽首，致晋侯之命，乞以卫侯付司寇。时周公阅为太宰秉政，阅请羁卫侯于馆舍，听其修省⑧。襄王曰："置大狱太重，舍公馆太轻。"乃于民间空房，别立囚室而幽之。襄王本欲保全卫侯，只因晋文公十分忿怨，又有先蔑监押，恐拂其意，故幽之别室，名为囚禁，实宽之也。宁俞紧随其君，寝处必偕，一步不离，凡饮食之类，必亲尝过，方才进用。先蔑催促医衍数次，奈宁俞防范甚密，无处下手。医衍没奈何，只得以实情告于宁俞曰："晋君之强明，子所知也。有犯必诛，有怨必报。衍之此行，实奉命用酖，不然，衍且得罪。衍将为脱死之计，子勿与知可也。"宁俞附耳言曰："子既剖腹心以教我，敢不曲为子谋乎？子之君老矣，远于人谋，而近于鬼谋。近闻曹君获宥，特以巫史一言。子若薄其酖以进，而托言鬼神，君必不罪。

寡君当有薄献。"医衍会意而去。

宁俞假以卫侯之命，向衍取药酒疗疾，因密致宝玉一函⑨。衍告先蔑曰："卫侯死期至矣！"遂调酖于瓯以进，用毒甚少，杂他药以乱其色。宁俞请尝，衍佯不许，强逼卫侯而灌之。才灌下两三口，衍张目仰看庭

中，忽然大叫倒地，口吐鲜血，不省人事，仆瓯于地，酖酒狼藉。宁俞故意大惊小怪，命左右将太医扶起。半晌方苏，问其缘故。衍言："方灌酒时，忽见一神人，身长丈余，头大如斛，装束威严，自天而下，直入室

中，言：'奉唐叔之命，来救卫侯。'遂用金锤，击落酒瓯，使我魂魄俱丧也！"卫侯自言所见，与衍相同。宁俞佯怒曰："汝原来用毒以害吾君，若非神人相救，几不免矣。我与汝义不俱生！"即奋臂欲与衍斗，左右为之劝解。先蔑闻其事，亦飞驾来视，谓宁俞曰："汝君既获神祐，后禄未艾，蔑当复于寡君。"卫侯服酖，又薄又少，以此受毒不深，略略患病，随即痊安。先蔑与医衍还晋，将此事回复文公。文公信以为然，赦医衍不诛。史臣有诗云：

酖酒何名毒卫侯？漫教医衍碎磁瓯。

文公怒气虽如火，怎脱今朝宁武⑩谋？

却说鲁僖公原与卫世相亲睦，闻得医衍进酖不死，晋文公不加责罪，乃问于臧孙辰曰："卫侯尚可复乎？"辰对曰："可复。"僖公曰："何以见之？"辰对曰："凡五刑⑪之用，大者甲兵斧钺，次者刀锯钻笮⑫，最下鞭朴，或陈之原野，或肆⑬之市朝，与百姓共明其罪。今晋侯于卫，不用刑而私酖焉；又不诛医衍，是讳杀卫侯之名也。卫侯不死，其能老于周乎？若有诸侯请之，晋必赦卫。卫侯复国，必益亲于鲁，诸侯谁不诵鲁之高义？"僖公大悦，使臧孙辰先以白璧十双，献于周襄王，为卫求解。襄王曰："此晋侯之意也。若晋无后言，朕何恶于卫君？"辰对曰："寡君将使辰哀请于晋，然非天王有命，下臣不敢自往。"襄王受了白璧，明是依允之意。臧孙辰随到晋国，见了文公，亦以白璧十双为献曰："寡君与卫，兄弟也，卫侯得罪君侯，寡君不遑宁处。今闻君已释曹伯，寡君愿以不腆之赋，为卫君赎罪。"文公曰："卫侯已在京师，王之罪人，寡人何得自专乎？"臧孙辰曰："君侯代天子以令诸侯，君侯如释其罪，虽王命又何殊也？"先蔑进曰："鲁亲于卫，君为鲁而释卫，二国交亲，以附于晋，君何不利焉？"文公许之，即命先蔑再同臧孙辰如周，共请于襄王。乃释卫成公之囚，放之回国。

时元咺已奉公子瑕为君，修城缮备⑭，出入稽察甚严。卫成公恐归国之日，元咺发兵相拒，密谋于宁俞。俞对曰："闻周歂、冶廑以拥子瑕之

功，求为卿而不得，中怀怨望，此可结为内援也。臣有交厚一人，姓孔名
达，此人乃宋忠臣孔父之后，胸中广有经纶[15]，周、冶二人，亦是孔父相
识。若使孔达奉君之命，以卿位啖二人，使杀元咺，其余俱不足惧矣。"
卫侯曰："子为我密致之。若事成，卿位固不吝也。"

宁俞乃使心腹人一路扬言："卫侯虽蒙宽释，无颜回国，将往楚国避
难矣。"因取卫侯手书，付孔达为信，教他私结周歂、冶廑二人，如此恁

般。歜、瘣相与谋曰:"元咺每夜必亲自巡城,诚伏兵于城闉⑯隐处,突起刺之,因而杀入宫中,并杀子瑕,扫清官室,以迎卫侯,功无出我二人上者。"两家各自约会家丁,埋伏停当。黄昏左侧,元咺巡至东门,只见周歜、冶瘣二人一齐来迎。元咺惊曰:"二位为何在此?"周歜曰:"外人传言故君已入卫境,且晚至此,大夫不闻乎?"元咺愕然曰:"此信从何来?"冶瘣曰:"闻宁大夫有人入城,约在位诸臣往迎,大夫何以处之?"元咺曰:"此乱言,不可信之。况大位已定,岂有复迎故君之理?"周歜曰:"大夫身为正卿,当洞观万里。如此大事,尚然不知,要你则甚!"冶瘣便拿住元咺双手,元咺急待挣扎,周歜手拔佩刀,大喝一声,劈头砍来,去了半个天灵盖。伏兵齐起,左右一时惊逃。周歜、冶瘣率领家丁,沿途大呼:"卫侯引齐、鲁之兵,见集城外矣!尔百姓各宜安居,勿得扰动!"百姓家家闭户,处处关门。便是为官在朝的,此时也半疑半信,正不知甚么缘故,一个个袖手静坐,以待消息。

周歜、冶瘣二人,杀入宫中。公子适⑰方与其弟子仪,在宫中饮酒,闻外面有兵变,子仪拔剑在手,出宫探信。正遇周歜,亦被所杀。寻觅公子适不见。宫中乱了一夜,至天明,方知子适已投井中死矣。周歜、冶瘣将卫侯手书,榜于朝堂,大集百官,迎接卫成公入城复位。后人论宁武子,能委曲以求复成公,可谓智矣!然使当此之时,能谕之让国于子瑕,瑕知卫君之归,未必引兵相拒,或退居臣位,岂不两全?乃导周歜、冶瘣行袭取之事,遂及弑逆,骨肉相残,虽卫成公之薄,武子不为无罪也!有诗叹曰:

前驱一矢正含冤,又迫新君赴井泉。

终始贪残无谏阻,千秋空说宁俞贤。

卫成公复位之后,择日祭享太庙。不负前约,封周歜、冶瘣并受卿职,使之服卿服,陪祭于庙。是日五鼓,周歜升车先行,将及庙门,忽然目睛反视,大叫:"周歜穿窬⑱小人,蛇豕奸贼!我父子尽忠为国,汝贪卿位之荣,戕害我命。我父子含冤九泉,汝盛服陪祀,好不快活!我拿你去见太叔及子瑕，看你有何理说？吾乃上大夫元咺是也！"言毕，九窍流血，僵死车中。冶廑后到，吃一大晾，慌忙脱卸卿服，托言中寒而返。卫成公至太庙，改命宁俞、孔达陪祀。还朝之时，冶廑辞爵表章已至。卫侯知周歂死得希奇，遂不强其受。未逾月，冶廑亦病亡。可怜周、冶二人，止为贪图卿位，干此不义之事，未享一日荣华，徒受千年唾骂，岂不愚哉！卫侯以宁俞有保护功，欲用为上卿。俞让于孔达。乃以达为上卿，宁俞为亚卿。达为卫侯画策，将咺，瑕之死，悉推在已死周歂、冶廑二人身上，遣使往谢晋侯。晋侯亦付之不问。

时周襄王十二年[19]，晋兵已休息岁余。文公一日坐朝，谓群臣曰："郑人不礼之仇未报，今又背晋款楚，吾欲合诸侯问罪何如？"先轸曰："诸侯屡勤矣。今以郑故，又行征发，非所以靖中国也。况我军行无缺，将士用命，何必外求？"文公曰："秦君临行有约，必与同事。"先轸对曰："郑为中国咽喉，故齐桓欲霸天下，每争郑地。今若使秦共伐，秦必争之，不如独用本国之兵。"文公曰："郑邻晋而远于秦，秦何利焉？"乃使人以兵期告秦，约于九月上旬，同集郑境。

文公临发，以公子兰[20]从行。兰乃郑伯捷之庶弟，向年逃晋，仕为大夫。及文公即位，兰周旋左右，忠谨无比，故文公爱近之，此行盖欲藉为向导也。兰辞曰："臣闻：'君子虽在他乡，不忘父母之国。'君有讨于郑，臣不敢与其事。"文公曰："卿可谓不背本矣！"乃留公子兰于东鄙，自此有扶持他为郑君之意。

晋师既入郑境，秦穆公亦引着谋臣百里奚，大将孟明视，副将杞子、逢孙、扬孙等，车二百乘来会。两下合兵攻破郊关，直逼曲洧[21]，筑长围而守之。晋兵营于函陵[22]，在郑城[23]之西；秦兵营于氾南[24]，在郑城之东。游兵日夜巡警，樵采俱断。慌得郑文公手足无措。大夫叔詹进曰："秦、晋合兵，其势甚锐，不可与争。但得一舌辩之士，往说秦公，使之退兵，秦若退师，晋势已孤，不足畏矣。"郑伯曰："谁可往说秦公者？"叔詹对曰："佚之狐可。"郑伯命佚之狐。狐对曰："臣不堪也，臣愿举一人以自

代。此人乃口悬河汉，舌摇山岳之士，但其老不见用。主公若加其官爵，使之往说，不患秦公不听矣。"郑伯问："是何人?"狐曰："考城㉕人也，姓烛名武，年过七十，事郑国为圉正㉖，三世不迁官。乞主公加礼而遣之。"

郑伯遂召烛武入朝，见其须眉尽白，伛偻㉗其身，蹒跚㉘其步，左右无不含笑。烛武拜见了郑伯，奏曰："主公召老臣何事?"郑伯曰："佚之狐言子舌辩过人，欲烦子说退秦师，寡人将与子共国。"烛武再拜辞曰："臣学疏才拙，当少壮时，尚不能建立尺寸之功，况今老耄，筋力既竭，语言发喘，安能犯颜进说，动千乘[20]之听乎?"郑伯曰："子事郑三世，老不见用，孤之过也。今封子为亚卿，强为寡人一行。"佚之狐在旁赞言曰："大丈夫老不遇时，委之于命。今君知先生而用之，先生不可再辞。"烛武乃受命而出。

时二国围城甚急，烛武知秦东晋西，各不相照，是夜命壮士以绳索缒下东门，径奔秦寨。将士把持，不容入见。武从营外放声大哭，营吏擒来禀见穆公。穆公问："是谁人？"武曰："老臣乃郑之大夫烛武是也。"穆公曰："所哭何事？"武曰："哭郑之将亡耳！"穆公曰："郑亡，汝安得在吾寨外号哭？"武曰："老臣哭郑，兼亦哭秦。郑亡不足惜，独可惜者秦耳！"穆公大怒，叱曰："吾国有何可惜？言不合理，即当斩首！"武面无惧色，叠着两个指头，指东画西，说出一段利害来。正是：

说时石汉皆开眼，道破泥人也点头。

红日朝升能夜出，黄河东逝可西流。

烛武曰："秦、晋合兵临郑，郑之亡，不待言矣。若亡郑而有益于秦，老臣又何敢言？不惟无益，又且有损，君何为劳师费财，以供他人之役乎？"穆公曰："汝言无益有损，何说也？"烛武曰："郑在晋之东界，秦在晋之西界，东西相距，千里之遥。秦东隔于晋，南隔于周，能越周、晋而有郑乎？郑虽亡，尺土皆晋之有，于秦何与？夫秦、晋两国，毗邻并立，势不相下。晋益强，则秦益弱矣。为人兼地，以自弱其国，智者计不出此。且晋惠公曾以河外五城许君，既入而旋背之，君所知也。君之施于晋者，累世矣，曾见晋有分毫之报于君乎？晋侯自复国以来，增兵设将，日务兼并为强。今日拓地于东，既亡郑矣，异日必思拓地于西，患且及秦。君不闻虞、虢之事乎？假虞君以灭虢，旋反戈而中虞。虞公不智，助晋自灭，可不鉴哉！君之施晋，既不足恃，晋之用秦，又不可测。以君之贤智，而甘堕晋之术中，此臣所谓'无益而有损'，所以痛哭者此也！"

穆公静听良久，耸然动色，频频点首曰："大夫之言是也。"百里奚进曰："烛武辩士，欲离吾两国之好，君不可听之！"烛武曰："君若肯宽目下之围，定立盟誓，弃楚降秦。君如有东方之事，行李往来，取给于郑，犹君外府⑩也。"穆公大悦，遂与烛武歃血为誓，反使杞子、逢孙、扬孙三将，留卒二千人助郑戍守，不告于晋，密地班师而去。早有探骑报入晋营。文公大怒，狐偃在旁，请追击秦师。

不知文公从否，且看下回分解。

【注释】

①酖（zhèn 振）：用毒酒毒杀。酖，通"鸩"。

②颍阳：春秋时邑名。许国都城。在今河南许昌市东。

③厌兵：犹言厌战。对战争感到厌倦。

④天泽：天即八卦中之"乾"，泽即八卦中之"兑"。兑下乾上，即《易经》六十四卦中之《履》卦。天在上，泽在下，比喻上下尊卑之分。

⑤蛰虫开张：伏藏在土中过冬的昆虫叫蛰虫。开张即开口张翅。

⑥"曹叔振铎"四句：昭、穆为古代庙次。始祖居中，左昭右穆。周以后稷为始祖，第一、三、五等奇数代为昭；第二、四、六等偶数代为穆。至周文王姬昌为十四代，周武王姬发为十五代。曹叔振铎，周文王子，故为十五代。他系曹国始封之君，故称"文（王）之昭也"。晋开国之君唐叔虞，周武王子，故为十六代，故曰"武（王）之穆也"。

⑦异姓之国：邢、卫皆姬姓，于齐（吕姓）则为异姓。齐桓公封邢、

⑧修省（xǐng醒）：修身反省。

⑨一函：指一盒、一匣。

⑩宁武：即宁俞。武为其谥号，故下文称宁武子。

⑪五刑：春秋战国时以甲兵、斧钺、刀锯、钻笮、鞭扑为五刑。

⑫钻笮（zuó昨）：笮，通"凿"。钻与凿均为施行黥刑之工具，故以代黥刑。黥刑，指在脸上刺字并涂上墨的一种刑罚。

⑬肆：指陈尸示众。

⑭缮备：整治完备。

⑮经纶：整理丝缕，理出的线绪叫经，编丝成绳叫纶，统称经纶。后借指学问、经济、谋略之类。

⑯城闉（yīn 殷）：古代城门常两重。两门之间叫闉，即瓮城。

⑰公子适：即元咺所立卫君公子瑕。公子瑕姓姬名瑕，字子适。

⑱穿窬（yú 鱼）：穿壁翻墙。借偷窃之事。

⑲周襄王十二年：此处诸本皆误，应为周襄王二十二年，即公元前640年。

⑳公子兰：郑文公捷与妾燕姞所生之子。见第二十四回。下文言"兰乃郑伯捷之庶弟"，大误，应为其庶子。

㉑曲洧（wěi 伟）：春秋时郑邑名。在今河南长葛市境内。

㉒函陵：春秋时郑地名。在今河南新郑市北。

㉓郑城：即新郑，郑之国都。在今河南新郑市。

㉔氾南：春秋时郑地名。在今河南中牟县南。

㉕考城：春秋时城邑名。在今河南兰考县境内。

㉖圉（yǔ 雨）正：主管马牛等牲畜饲养之官。

㉗伛偻（yǔ lǔ 雨吕）：脊梁弯曲，即驼背。

㉘蹒跚（pán shān 盘删）：跛着行的样子。

㉙千乘（shèng 圣）：春秋时，大国能出兵在千乘。故常以千乘代指大国或大国之君。此指秦穆公。

㉚外府：即外库，指国境之外的仓库。

第四十四回　叔詹据鼎抗晋侯　弦高假命犒秦军

话说秦穆公私与郑盟，背晋退兵，晋文公大怒，狐偃进曰："秦虽去不远，臣请率偏师追击之。军有归心，必无斗志，可一战而胜也。既胜秦，郑必丧胆，将不攻自下矣。"文公曰："不可。寡人昔赖其力，以抚有社稷。若非秦君，寡人何能及此？以子玉之无礼于寡人，寡人犹避之三舍，以报其施，况婚姻乎？且无秦，何患不能围郑？"乃分兵一半，营于函陵，攻围如故。

郑伯谓烛武曰："秦兵之退，子之力也。晋兵未退，如之奈何？"烛武对曰："闻公子兰有宠于晋侯，若使人迎公子兰归国，以请成于晋，晋必从矣。"郑伯曰："此非老大夫，亦不堪使也。"石申父曰："武劳矣，臣愿代一行。"乃携重宝出城，直叩晋营求见。文公命之入。石申父再拜，将重宝上献，致郑伯之命曰："寡君以密迩荆蛮，不敢显绝，然实不敢离君侯之宇下也。君侯赫然震怒，寡君知罪矣。不腆世藏，愿效赘于左右。寡君有弟兰①，获侍左右，今愿因兰以乞君侯之怜。君侯使兰监郑之国，当朝夕在庭，其敢有二心！"文公曰："汝离我于秦，明欺我不能独下郑也，今又来求成，莫非缓兵之计，欲俟楚救耶？若欲我退兵，必依我二事方可。"石申父曰："请君侯命之！"文公曰："必迎立公子兰为世子，且献谋臣叔詹出来，方表汝诚心也。"

石申父领了晋侯言语，入城回复郑伯。郑伯曰："孤未有子，闻子兰昔有梦征②，立为世子，社稷必享之。但叔詹乃吾股肱之臣，岂可去孤左右?"叔詹对曰:"臣闻'主忧则臣辱,主辱则臣死'。今晋人索臣,臣不往,兵必不解。是臣避死不忠,而遗君以忧辱也。臣请往。"郑伯曰:

"子往必死,孤不忍也。"叔詹对曰:"君不忍于一詹,而忍于百姓之危困,社稷之陨坠乎?舍一臣以救百姓而安社稷,君何爱焉?"郑伯涕泪而遣之。石申父同侯宣多,送叔詹于晋军,言:"寡君畏君之灵,二事俱不敢违。今使詹听罪于幕下,惟君侯处裁。且求赐公子兰为敝邑之适嗣③,以终上国之德。"晋侯大悦,即命狐偃召公子兰于东鄙,命石申父、侯宣多在营中等候。

且说晋侯见了叔詹,大喝:"汝执郑国之柄,使其君失礼于宾客④,一罪也;受盟而复怀贰心,二罪也。"命左右速具鼎镬⑤,将烹之。叔詹面不改色，拱手谓文公曰："臣愿得尽言而死。"文公曰："汝有何言？"
詹对曰："君侯辱临敝邑，臣常言于君曰：'晋公子贤明，其左右皆卿才，
若返国，必伯诸侯。'及温之盟，臣又劝吾君：'必终事晋，无得罪，罪
且不赦。'天降郑祸，言不见纳。今君委罪于执政，寡君明其非辜，坚不
肯遣；臣引'主辱臣死'之义，自请就诛，以救一城之难。夫料事能中，
智也；尽心谋国，忠也；临难不避，勇也；杀身救国，仁也。仁智忠勇俱
全，有臣如此，在晋国之法，固宜烹矣！"乃据鼎耳而号曰："自今已往，
事君者以詹为戒！"文公悚然，命赦勿杀，曰："寡人聊以试子，子真烈
士也！"加礼甚厚。不一日，公子兰取至，文公告以相召之意；使叔詹同
石申父、侯宣多等，即以世子之礼相见，然后跟随入城。郑伯立公子兰为
世子，晋师方退。自是秦、晋有隙。髯翁有诗叹云：

　　甥舅同兵意下欺，却因烛武片言移。

　　为贪东道蝇头利，数世兵连那得知？

　　是年魏犫醉后，坠车折臂，内伤病复发，呕血斗余死。文公录其子魏
颗嗣爵。未几，狐毛、狐偃，亦相继而卒。晋文公哭之恸曰："寡人得脱
患难，以有今日，多赖舅氏之力，不意弃我而去，使寡人失其右臂矣，哀
哉！"胥臣进曰："主公惜二狐之才，臣举一人，可为卿相，惟主公主
裁！"文公曰："卿所举何人也？"胥臣曰："臣前奉使，舍于冀野⑥，见一
人方秉耒而耨，其妻馈以午餐，双手捧献，夫亦敛容接之。夫祭而后食，
其妻侍立于旁。良久食毕，夫俟其妻行而后复耨，始终无惰容。夫妻之
间，相敬如宾，况他人乎？臣闻'能敬者必有德'。往问姓名，乃郤芮之
子郤缺也。此人若用于晋，不弱于子犯。"文公曰："其父有大罪，安可
用其子乎？"胥臣曰："以尧、舜为父，而有丹朱、商均之不肖⑦；以鲧为
父，而有禹之圣；贤不肖之间，父子不相及也。君奈何因已往之恶，而弃
有用之才乎？"文公曰："善。卿为我召之。"胥臣曰："臣恐其逃奔他国，
为敌所用，已携归在臣家中矣。君以使命往，方是礼贤之道。"

　　文公依其言，使内侍以簪缨袍服，往召郤缺。郤缺再拜稽首辞曰：

"臣乃冀野农夫，君不以先臣之罪，加之罪戮，已荷宽宥，况敢赖宠以玷朝班?"内侍再三传命劝驾，郤缺乃簪佩入朝。郤缺生得身长九尺，隆准丰颐⑧，声如洪钟。文公一见大喜，乃迁胥臣为下军元帅，使郤缺佐之。复改二行⑨为二军，谓之"新上""新下"。以赵衰将"新上军"，箕郑佐之；胥臣之子胥婴将"新下军"，先都佐之。旧有三军，今又添二军，共是五军，亚于天子之制，豪杰向用，军政无阙。楚成王闻之而惧，乃使大夫斗章请平于晋。晋文公念其旧德，许之通好，使大夫阳处父报聘于楚。不在话下。

周襄王二十四年⑩，郑文公捷薨。群臣奉其弟公子兰即位，是为穆公，果应昔日梦兰之兆。是冬，晋文公有疾，召赵衰、先轸、狐射姑、阳处父诸臣入受顾命，使辅世子驩为君，勿替伯业。复恐诸子不安于国，预遣公子雍出仕于秦，公子乐出仕于陈。雍乃杜祁所生，乐乃辰嬴所生也。又使其幼子黑臀，出仕于周，以亲王室。文公薨，在位八年[11]，享年六十八岁。史臣有诗赞云：

道路奔驰十九年，神龙返穴遂乘权[12]。

河阳再觐忠心显，城濮三军义信全。

雪耻酬恩中始快，赏功罚罪政无偏。

虽然广俭[13]繇天授，左右匡扶赖众贤。

世子驩主丧即位，是为襄公。襄公奉文公之枢，殡于曲沃。方出绛城，枢中忽作大声，如牛鸣然，其枢重如泰山，车不能动，群臣无不大骇。太卜郭偃卜之，献其繇曰：

有鼠西来，越我垣墙。我有巨梃，一击三伤。

偃曰：“数日内，必有兵信自西方来。我军击之，大捷。此先君有灵，以告我也。”群臣皆下拜，枢中声顿止，亦觉不重，遂如常而行。先轸曰：“西方者，秦也。”随使人密往秦国探信不题。

话分两头。却说秦将杞子、逢孙、扬孙三人，屯戍于郑之北门。见晋国送公子兰归郑，立为世子，忿然曰：“我等为他戍守，以拒晋兵，他又降服晋国，显得我每无功了。”已将密报知会本国。秦穆公心亦不忿[14]，只碍着晋侯，敢怒而不敢言。及公子兰即位，待杞子等无加礼。杞子遂与逢孙，扬孙商议：“我等屯戍在外，终无了期。不若劝吾主潜师袭郑，吾等皆可厚获而归。”正商议间，又闻晋文公亦薨，举手加额曰：“此天赞吾成功也！”遂遣心腹人归秦，言于穆公曰：“郑人使我掌北门之管[15]，若遣兵潜来袭郑，我为内应，郑可灭也。晋有大丧，必不能救郑。况郑君嗣位方新，守备未修，此机不可失。”

秦穆公接此密报，遂与蹇叔及百里奚商议。二臣同声进谏曰：“秦去郑千里之遥，非能得其地也，特利其俘获耳。夫千里劳师，跋涉日久，岂能掩人耳目？若彼闻吾谋，而为之备，劳而无功，中途必有变。夫以兵戍

人，还而谋之，非信也；乘人之丧而伐之，非仁也；成则利小，不成则害大，非智也。失此三者，臣不知其可也！"穆公艴然曰："寡人三置晋君，再平晋乱，威名著于天下。只因晋侯败楚城濮，遂以伯业让之。今晋侯即世⑯，天下谁为秦难⑰者？郑如困鸟依人，终当飞去。乘此时灭郑，以易晋河东之地，晋必听之，何不利之有？"蹇叔又曰："君何不使人行吊于晋，因而吊郑，以窥郑之可攻与否，毋为杞子辈虚言所惑也。"穆公曰："若待行吊而后出师，往返之间，又几一载。夫用兵之道，疾雷不及掩耳，汝老悖何知？"乃阴约来人："以二月上旬，师至北门，里应外合，不得有误。"

于是召孟明视为大将，西乞术、自乙丙副之，挑选精兵二千余人，车三百乘，出东门之外。孟明乃百里奚之子，白乙乃蹇叔之子。出师之日，蹇叔与百里奚号哭而送之曰："哀哉，痛哉！吾见尔之出，而不见尔之入也！"穆公闻之大怒，使人让二臣曰："尔何为哭吾师？敢沮吾军心耶？"蹇叔、百里奚并对曰："臣安敢哭君之师？臣自哭吾子耳！"白乙见父亲哀哭，欲辞不行。蹇叔曰："吾父子食秦重禄，汝死自分内事也。"乃密授以一简，封识甚固，嘱之曰："汝可依吾简中之言。"白乙领命而行，心下又惶惑，又凄楚。惟孟明自恃才勇，以为成功可必，恬不为意。

大军既发，蹇叔谢病不朝，遂请致政⑱。穆公强之，蹇叔遂称病笃，求还铚村。百里奚造其家问病，谓蹇叔曰："奚非不知见几之道，所以苟留于此者，尚冀吾子生还一面耳！吾兄何以教我？"蹇叔曰："秦兵此去必败。贤弟可密告子桑，备舟楫于河下，万一得脱，接应西还。切记，切记！"百里奚曰："贤兄之言，即当奉行。"穆公闻蹇叔决意归田，赠以黄金二十斤，彩缎百束，群臣俱送出郊关而返。百里奚握公孙枝之手，告以蹇叔之言，如此恁般："吾兄不托他人，而托子桑，以将军忠勇，能分国家之忧也。将军不可泄漏，当密图之！"公孙枝曰："敬如命。"自去准备船只。不在话下。

却说孟明见白乙领父密简，疑有破郑奇计在内，是夜安营已毕，特来索看。白乙丙启而观之，内有字二行曰："此行郑不足虑，可虑者晋也。崤山⑲地险，尔宜谨慎，我当收尔骸骨于此！"孟明掩目急走，连声曰："咄咄！晦气，晦气！"白乙意亦以为未必然。三帅自冬十二月丙戌日出师，至明年春正月，从周北门而过。孟明曰："天子在是，虽不敢以戎事谒见，敢不敬乎？"传令左右⑳，皆免胄下车。前哨牙将褒蛮子，骁勇无比，才过都门，即从平地超越登车，疾如飞鸟，车不停轨。孟明叹曰："使人人皆褒蛮子，何事不成？"众将士哗然曰："吾等何以不如褒蛮子？"于是争先攘臂呼于众曰："有不能超乘者㉑，退之殿后！"凡行军以殿为怯，军败则以殿为勇。此言殿后者，辱之也。一军凡三百乘，无不超腾而上者。登车之后，车行迅速，如疾风闪电一般，霎时不见。

时周襄王使王子虎同王孙满，往观秦师，过讫，回复襄王。王子虎叹曰："臣观秦师骁健如此，谁能敌者？此去郑必无幸矣！"王孙满时年甚小，含笑而不言。襄王问曰："尔童子以为何如？"满对曰："礼，过天子门，必卷甲束兵而趋[22]。今止于免胄，是无礼也。又超乘而上，其轻甚矣。轻则寡谋，无礼则易乱。此行也，秦必有败衄[23]之辱，不能害人，只自害耳！"

却说郑国有一商人，名曰弦高，以贩牛为业。自昔王子颓爱牛，郑、卫各国商人，贩牛至周，颇得重利，今日弦高尚袭其业。此人虽则商贾之流，倒也有些忠君爱国之心，排患解纷之略，只为无人荐引，屈于市井之中。今日贩了数百肥牛，往周买卖。行近黎阳津㉔，遇一故人，名曰蹇他，乃新从秦国而来。弦高与蹇他相见，问："秦国近有何事？"他曰："秦遣三帅袭郑，以十二月丙戌日出兵，不久即至矣。"弦高大惊曰："吾父母之邦，忽有此难，不闻则已，若闻而不救，万一宗社沦亡，我何面目回故乡也？"遂心生一计，辞别了蹇他，一面使人星夜奔告郑国，教他速作准备。一面打点犒军之礼，选下肥牛二十头随身，余牛俱寄顿客舍。弦高自乘小车，一路迎秦师上去。

来至滑国，地名延津㉕，恰好遇见秦兵前哨，弦高拦住前路，高叫："郑国有使臣在此，愿求一见！"前哨报入中军。孟明倒吃一惊，想道："郑国如何便知我兵到来，遣使臣远远来接？且看他来意如何。"遂与弦高车前相见。弦高诈传郑君之命，谓孟明曰："寡君闻三位将军，将行师出于敝邑，不腆之赋，敬使下臣高远犒从者。敝邑摄乎大国之间，外侮迭至，为久劳远戍，恐一旦不戒㉖，或有不测，以得罪于上国，日夜儆备，不敢安寝，惟执事㉗谅之。"孟明曰："郑君既犒师，何无国书？"弦高曰："执事以冬十二月丙戌日出兵，寡君闻从者驱驰甚力，恐俟词命之修，或失迎犒，遂口授下臣，匍匐请罪，非有他也。"孟明附耳言曰："寡君之遣视，为滑故也，岂敢及郑？"传令："住军于延津。"弦高称谢而退。

西乞、白乙问孟明："驻军延津何意？"孟明曰："吾师千里远涉，正以出郑人之不意，可以得志。今郑人已知吾出军之日，其为备也久矣。攻之则城固而难克，围之则兵少而无继。今滑国无备，不若袭滑而破之，得其卤获，犹可还报吾君，师出不为无名也。"是夜三更，三帅兵分作三路，并力袭破滑城。滑君奔翟。秦兵大肆掳掠，子女玉帛，为之一空。史臣论此事，谓秦帅目中已无郑矣。若非弦高矫命犒师，以杜三帅之谋，则灭国之祸，当在郑而不在滑也。有诗赞云：

千里驱兵狼似狼，岂因小滑逞锋铓。

弦高不假军前犒，郑国安能免灭亡？

滑自被残破，其君不能复国，秦兵去后，其地遂为卫国所并，不在话下。

　　却说郑穆公接了商人弦高密报，犹未深信。时当二月上旬，使人往客馆，窥觇杞子、逢孙、扬孙所为，则已收束车乘，厉兵秣马㉓，整顿器械，人人装束，个个抖擞，只等秦兵到来，这里准备献门。使者回报，郑伯大惊。乃使老大夫烛武，往见杞子、逢孙、扬孙，各以束帛为赆㉙，谓之曰："吾子淹久于敝邑，敝邑以供给之故，原圃㉚之麋鹿俱竭矣。今闻吾子戒严，意者有行色③乎？孟明诸将在周、滑之间，盍往从之?"杞子大惊，暗思："吾谋已泄，师至无功，反将得罪，不惟郑不可留，秦亦不可归矣。"乃缓词以谢烛武，即日引亲随数十人，逃奔齐国。逢孙、扬孙，亦奔宋国避罪。戍卒无主，屯聚于北门，欲为乱。郑穆公使佚之狐多赍行粮，分散众人，导之还乡。郑穆公录弦高之功，拜为军尉②。自此郑国安靖。

却说晋襄公在曲沃殡宫守丧，闻谍报："秦国孟明将军，统兵东去，不知何往。"襄公大惊，即使人召群臣商议。先轸预已打探明白，备知秦君袭郑之谋，遂来见襄公。

不知先轸如何计较，且看下回分解。

【注释】

①弟兰：应为子兰。见上回注⑳。下文郑伯说"孤未有子"，亦误。据《史记·郑世家》，郑文公有宠子五人，皆以罪早死，其中公子华、公子臧均被诛。见第二十四回。郑文公怒，概逐群公子，故子兰奔晋。

②梦征：指公子兰之母燕姞梦伟丈夫持兰草以赠一事。见第二十四回。

③逋（dí 敌）嗣：即世子。適，通嫡。正妻所生长子才可继承君位，故世子称嫡嗣。

④失礼于宾客：指重耳流亡时过郑，郑闭门不纳一事。见第三十五回。

⑤鼎镬（huò 祸）：鼎、镬都是烹饪器。镬形似鼎而无足。

⑥冀野：冀邑野外。冀本国名，在今山西河津市境内。后为晋灭，以其地为郤氏食邑。

⑦不肖：不似其父。后引申为不才或品德不佳。丹朱为尧之子，不肖，故尧禅帝位于舜。商均为舜之子，不肖，乃使禹继位。

⑧隆准丰颐（yí移）：高高的鼻子，肥肥的下巴。颐，面颊，腮。

⑨二行：晋原有三军三行。见第四十二回。此处之"二"疑为"三"之误。

⑩周襄王二十四年：即公元前628年。

⑪在位八年：应为九年。文公自周襄王十六年（前636）二月驱子圉即位，当即改元，到襄王二十四年（前628）冬病故，在位应为九年。又

下句"享年六十八岁"，亦与上文矛盾。据第三十六回，文公即位时已六十二岁，故享年应为七十岁或七十一岁。

⑫乘权：指掌握、控制权力。

⑬广俭：宽窄，借指才能大小。

⑭不忿（fèn 愤）：不平，不服气。

⑮管：钥匙。

⑯即世：去世，死亡。

⑰难：敌对，对手。

⑱致政：归还政事，辞官退休。

⑲崤（xiáo 淆）山：或作殽山。在今河南渑池至陕县之间。山分东西二崤，险峻无比。

⑳左右：指车左主射者及车右持戈者。暗示居中之驾车者并未下车，仍驾车赶行。

㉑超乘：指在行进中的战车上跳上跳下，以示有勇。

㉒卷甲束兵而趋：把盔甲卷起，兵器收束，小步疾走而过。这是当时对周天子的礼貌。

㉓败衄（nǜ 恧）：失败，挫折。

㉔黎阳津：古津渡名。故址在今河南浚县东南，位于古黄河北岸。

㉕延津：古河水名。古黄河流经滑地，通称为延津。在今河南滑县南。

㉖不戒：不谨慎，不注意。

㉗执事：手下办事人员，借指对方。

㉘厉兵秣（mò 沫）马：磨好武器，喂饱马匹。指做好战斗准备。

㉙赆（jìn 近）：离别时赠送的礼物。

㉚原圃：郑国著名园林，一名圃田泽。故址在今河南中牟县西。

㉛"意者"句：意为估计会有出行的计划吧。

㉜军尉：春秋时军队中将佐名。

第四十五回　晋襄公墨缞败秦　先元帅免胄殉翟

话说中军元帅先轸，已备知秦国袭郑之谋，遂来见襄公曰："秦违蹇叔、百里奚之谏，千里袭人。此卜偃所谓'有鼠西来，越我垣墙'者也。急击之，不可失！"栾枝进曰："秦有大惠于先君，未报其德，而伐其师，如先君何？"先轸曰："此正所以继先君之志也。先君之丧，同盟方吊恤之不暇，秦不加哀悯，而兵越吾境，以伐我同姓之国，秦之无礼甚矣！先君亦必含恨于九泉，又何德之足报？且两国有约，彼此同兵，围郑之役，背我而去，秦之交情，亦可知矣。彼不顾信，我岂顾德？"栾枝又曰："秦未犯吾境，击之毋乃太过？"先轸曰："秦之树吾先君于晋，非好晋也，以自辅也。君之伯诸侯，秦虽面从，心实忌之。今乘丧用兵，明欺我之不能庇郑也，我兵不出，真不能矣。袭郑不已，势将袭晋。谚云：'一日纵敌，数世贻殃①。'若不击秦，何以自立？"赵衰曰："秦虽可击，但吾主苫块之中，遽兴兵革，恐非居丧之礼。"先轸曰："礼，人子居丧，寝处苫块，以尽孝也。翦强敌以安社稷，孝孰大焉？诸卿若云不可，臣请独往！"胥臣等皆赞成其谋。

先轸遂请襄公墨缞②治兵。襄公曰："元帅料秦兵何时当返？从何路行？"先轸屈指算之曰："臣料秦兵，必不能克郑。远行无继，势不可久，总计往返之期，四月有余，初夏必过渑池。渑池乃秦、晋之界，其西有崤山两座，自东崤至于西崤，相去三十五里，此乃秦归必由之路。其地树木丛杂，山石峻嶒③，有数处车不可行，必当解骖④下走。若伏兵于此处，出其不意，可使秦之兵将，尽为俘虏。"襄公曰："但凭元帅调度。"先轸乃使其子先且居同屠击引兵五千，伏于崤山之左；使胥臣之子胥婴同狐鞫居引兵五千，伏于崤山之右；候秦兵到日，左右夹攻。使狐偃之子狐射姑

同韩子舆引兵五千，伏于西崤山，预先砍伐树木，塞其归路。使梁繇靡之子梁弘同莱驹引兵五千，伏于东崤山，只等秦兵尽过，以兵追之。先轸同赵衰、栾枝、胥臣、阳处父、先蔑一班宿将，跟随晋襄公，离崤山二十里下寨，各分队伍，准备四下接应。正是："整顿窝弓射猛虎，安排香饵钓鳌鱼。"

　　再说秦兵于春二月中，灭了滑国，掳其辎重，满载而归。只为袭郑无功，指望以此赎罪。时夏四月初旬，行及渑池，白乙丙言于孟明曰："此去从渑池而西，正是崤山险峻之路，吾父谆谆叮嘱谨慎，主帅不可轻忽。"孟明曰："吾驱驰千里，尚然不惧，况过了崤山，便是秦境，家乡密迩，缓急可恃，又何虑哉？"西乞术曰："主帅虽然虎威，然慎之无失。恐晋有埋伏，卒然⑤而起，何以御之？"孟明曰："将军畏晋如此，吾当先行，如有伏兵，吾自当之！"乃遣骁将褒蛮子，打着元帅百里旗号，前往开路。

孟明做第二队，西乞第三队，白乙第四队，相离不过一二里之程。

却说褒蛮子惯使着八十斤重的一柄方天画戟，抡动如飞，自谓天下无敌，驱车过了渑池，望西路进发。行至东崤山口，忽然山凹里鼓声大震，飞出一队车马，车上立着一员大将，当先拦路，问：“汝是秦将孟明否？吾等候多时矣。”褒蛮子曰：“来将可通姓名。”那将答曰：“吾乃晋国大将莱驹是也！”蛮子曰：“教汝国栾枝、魏犨来到，还斗上几合戏耍，汝乃无名小卒，何敢拦吾归路？快快闪开，让我过去。若迟慢时，怕你捱不得我一戟！”莱驹大怒，挺长戈劈胸刺去，蛮子轻轻拨开，就势一戟刺来，莱驹急闪，那戟来势太重，就刺在那车衡⑥之上。蛮子将戟一绞，把衡木折做两段。莱驹见其神勇，不觉赞叹一声道：“好孟明，名不虚传！”蛮子呵呵大笑曰：“我乃孟明元帅部下牙将褒蛮子便是！我元帅岂肯与汝鼠辈交锋耶？汝速速躲避，我元帅随后兵到，汝无噍类⑦矣！”莱驹吓得魂不附体，想道：“牙将且如此英雄，不知孟明还是如何？”遂高声叫曰：“我放汝过去，不可伤害吾军！”遂将车马约在一边，让褒蛮子前队过去。蛮子即差军士传报主帅孟明，言：“有些小晋军埋伏，已被吾杀退，可速上前合兵一处，过了崤山，便没事了。”孟明得报大喜，遂催趱西乞、白乙两军，一同进发。

且说莱驹引兵来见梁弘，盛述褒蛮子之勇。梁弘笑曰：“虽有鲸蛟，已入铁网，安能施其变化哉？吾等按兵勿动，俟其尽过，从后驱之，可获全胜。”

再说孟明等三帅，进了东崤，约行数里，地名上天梯、堕马崖、绝命岩、落魂涧、鬼愁窟、断云峪，一路都是有名的险处，车马不能通行。前哨褒蛮子，已自去得远了。孟明曰：“蛮子已去，料无埋伏矣。”吩咐军将，解了辔索，卸了甲胄，或牵马而行，或扶车而过，一步两跌，备极艰难，七断八续，全无行伍。有人问道：“秦兵当日出行，也从崤山过去的，不见许多艰阻。今番回转，如何说得恁般？”这有个缘故。当初秦兵出行之日，乘着一股锐气，且没有晋兵拦阻，轻车快马，缓步徐行，任意经

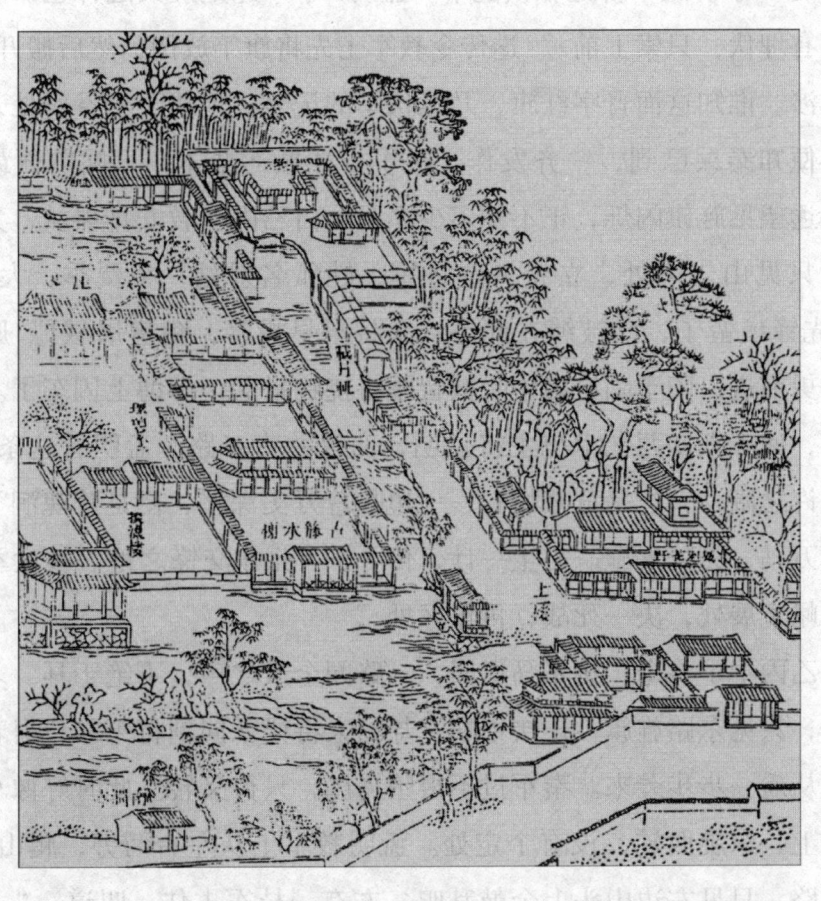

过，不觉其苦。今日往来千里，人马俱疲困了，又掳掠得滑国许多子女金帛，行装重滞，况且遇过晋兵一次，虽然硬过，还怕前面有伏，心下慌忙，倍加艰阻，自然之理也。

孟明等过了上天梯第一层险隘，正行之间，隐隐闻鼓角之声，后队有人报道："晋兵从后追至矣！"孟明曰："我既难行，他亦不易，但愁前阻，何怕后追？吩咐各军，速速前进便了。"教白乙前行："我当亲自断后，以御追兵。"又蓦⑧过了堕马崖。将近绝命岩了，众人发起喊来，报道："前面有乱木塞路，人马俱不能通，如何是好？"孟明想："这乱木从何而来？莫非前面果有埋伏？"乃亲自上前来看，但见岩旁有一碑，镌上五字道："文王避雨处。"碑旁竖立红旗一面，旗竿约长三丈有余，旗上有一"晋"字。旗下都是纵横乱木。孟明曰:"此是疑兵之计也。事已至此,便有埋伏,只索上前。"遂传令教军士先将旗竿放倒,然后搬开柴木,以便跋涉。谁知这面晋字红旗,乃是伏军的记号。他伏于岩谷僻处,望见旗倒,便知秦兵已到,一齐发作。秦军方才搬运柴木,只闻前面鼓声如雷,远远望见旌旗闪烁,正不知多少军马。白乙丙且教安排器械,为冲突之计。只见山岩高处,立着一位将军,姓狐名射姑,字贾季,大叫道:"汝家先锋褒蛮子,已被缚在此了。来将早早投降,免遭屠戮!"原来褒蛮子恃勇前进,堕于陷坑之中,被晋军将挠钩搭起,绑缚上囚车了。白乙丙大惊,使人报知西乞术与主将孟明,商议并力夺路。孟明看这条路径,只有尺许之阔,一边是危峰峻石,一边临着万丈深溪,便是落魂涧了,虽有千军万马,无处展施。心生一计,传令:"此非交锋之地。教大军一齐退转东崤宽展处,决一死战,再作区处。"

白乙丙奉了将令,将军马退回,一路闻金鼓之声,不绝于耳。才退至堕马崖,只见东路旌旗,连接不断,却是大将梁弘同副将莱驹,引着五千人马,从后一步步袭来。秦军过不得堕马崖,只得又转。此时好像马蚁在热盘之上,东旋西转,没有个定处。孟明教军士从左右两旁,爬山越溪,寻个出路。只见左边山头上金鼓乱鸣,左有一枝军占住,叫道:"大将先且居在此,孟明早早投降!"右边隔溪一声炮响,山谷俱应,又竖起大将胥婴的旗号。孟明此时,如万箭攒心,没摆布一头处。军士每分头乱窜,爬山越溪,都被晋兵斩获。孟明大怒,同西乞白乙二将,仍杀到堕马崖来。那柴木上都掺有硫黄焰硝引火之物,被韩子舆放起火来,烧得"焰腾腾烟涨迷天,红赫赫火星撒地"。后面梁弘军马已到,逼得孟明等三帅叫苦不迭。左右前后,都是晋兵布满。孟明谓白乙丙曰:"汝父真神算也!今日困于绝地,我死必矣!你二人变服,各自逃生。万一天幸,有一人得回秦国,奏知吾主,兴兵报仇,九泉之下,亦得吐气!"西乞术、白乙丙哭曰:"吾等生则同生,死则同死,纵使得脱,何面目独归故国?"

言之未已,手下军兵,看看散尽,委弃车仗器械,连路堆积。孟明等

三帅，无计可施，聚于岩下，坐以待缚。晋兵四下围裹将来，如馒头一般，把秦家兵将，做个馅子⑧，一个个束手受擒。杀得血污溪流，尸横山径，匹马只轮，一些不曾走漏。髯翁有诗云：

千里雄心一旦灰，西崤无复只轮回。

休夸晋帅多奇计，蹇叔先曾堕泪来。

先且居诸将会集于东崤之下，将三帅及褒蛮子，上了囚车。俘获军士及车马，并滑国掳掠来许多子女玉帛，尽数解到晋襄公大营。襄公墨缞受俘，军中欢呼动地。襄公问了三帅姓名，又问："褒蛮子何人也？"梁弘曰："此人虽则牙将，有兼人之勇，莱驹曾失利一阵，若非落于陷坑，亦难制缚。"襄公骇然曰："既如此骁勇，留之恐有他变!"唤莱驹上前："汝前日战输与他，今日在寡人面前，可斩其头以泄恨。"莱驹领命，将褒蛮子缚于庭柱，手握大刀，方欲砍去。那蛮子大呼曰："汝是我手下败将，安敢犯吾?"这一声，就如半空中起个霹雳一般，屋宇俱震动。蛮子就呼声中，将两臂一撑，麻索俱断。莱驹吃一大惊，不觉手颤，堕刀于地。蛮子便来抢这把大刀。有个小校，名曰狼瞫，从旁观见，先抢刀在手，将蛮子一刀劈倒，再复一刀，将头割下，献于晋侯之前。襄公大喜曰："莱驹之勇，不及一小校也!"乃黜退莱驹不用，立狼瞫为车右之职。狼瞫谢恩而出，自谓乃受知于君，不往元帅先轸处拜谢。先轸心中，颇有不悦之意。

次日，襄公同诸将奏凯而归，因殡在曲沃，且回曲沃。欲俟还绛之后，将秦帅孟明等三人献俘于太庙，然后施刑。先以败秦之功，告于殡宫⑩，遂治窀穸⑪之事。襄公墨缞视葬，以表战功。母夫人嬴氏⑫，因会葬亦在曲沃，已知三帅被擒之信，故意问襄公曰："闻我兵得胜，孟明等俱被囚执，此社稷之福也。但未知已曾诛戮否?"襄公曰："尚未。"文嬴曰："秦、晋世为婚姻，相与甚欢。孟明等贪功起衅，妄动干戈，使两国恩变为怨。吾量秦君，必深恨此三人。我国杀之无益，不如纵之还秦，使其君自加诛戮，以释二国之怨，岂不美哉?"襄公曰："三帅用事于秦，获而纵之，恐贻晋患。"文嬴曰："'兵败者死'，国有常刑。楚兵一败，得臣伏诛。岂秦国独无军法乎? 况当时晋惠公被执于秦，秦君且礼而归之，秦之有礼于我如此。区区败将，必欲自我行戮，显见我国无情也。"襄公初时不肯，闻说到放还惠公之事，悚然动心。即时诏有司释三帅之囚，纵归秦国。

孟明等得脱囚系，更不入谢，抱头鼠窜而逃。先轸方在家用饭，闻晋侯已赦三帅，吐哺入见，怒气冲冲，问襄公："秦囚何在?"襄公曰："母夫人请放归即刑，寡人已从之矣。"先轸勃然唾襄公之面曰："咄! 孺子

不知事如此！武夫千辛万苦，方获此囚，乃坏于妇人之片言耶？放虎归山，异日悔之晚矣！"襄公方才醒悟，拭面而谢曰："寡人之过也！"遂问班部中："谁人敢追秦囚者？"阳处父愿往。先轸曰："将军用心，若追得，便是第一功也。"阳处父驾起追风马，抡起斩将刀，出了曲沃西门，来追孟明。史臣有诗赞襄公能容先轸，所以能嗣伯业。诗曰：

　　妇人轻丧武夫功，先轸当时怒气冲。

拭面容言无愠意，方知嗣伯属襄公。

却说孟明等三人，得脱大难，路上相议曰："我等若得渡河，便是再生，不然，犹恐晋君追悔，如之奈何？"比到河下，并无一个船只，叹曰："天绝我矣！"叹声未绝，见一渔翁，荡着小艇，从西而来，口中唱歌曰：

囚猿离槛兮，困鸟出笼。有人遇我兮，反败为功。

孟明异其言，呼曰："渔翁渡我！"渔翁曰："我渡秦人，不渡晋人！"孟明曰："吾等正是秦人，可速渡我！"渔翁曰："子非崤山失事之人耶？"孟明应曰："然。"渔翁曰："吾奉公孙将军将令，特舣舟^⑬在此相候，已非一日矣。此舟小，不堪重载，前行半里之程有大舟，将军可以速往。"说罢，那渔翁反棹而西，飞也似去了。

三帅循河而西，未及半里，果有大船数只泊于河中，离岸有半箭之地，那渔舟已自在彼招呼。孟明和西乞、白乙跣足^⑭下船，未及撑开，东岸上早有一位将官，乘车而至，乃大将阳处父也。大叫："秦将且住！"孟明等各各吃惊。须臾之间，阳处父停车河岸，见孟明已在舟中，心生一计，解自家所乘左骖之马，假托襄公之命，赐与孟明："寡君恐将军不给于乘，使处父将此良马，追赠将军，聊表相敬之意，伏乞将军俯纳。"阳处父本意要哄孟明上岸相见，收马拜谢，乘机缚之。那孟明漏网之鱼，"脱却金钩去，回头再不来"，心上也防这一着，如何再肯登岸？乃立于船头之上，遥望阳处父，稽首拜谢曰："蒙君不杀之恩，为惠已多，岂敢复受良马之赐？此行寡君若不加戮，三年之后，当亲至上国，拜君之赐耳！"阳处父再欲开口，只见舟师水手运桨下篙，船已荡入中流去了。阳处父惘然如有所失，闷闷而回，以孟明之言，奏闻于襄公。先轸忿然进曰："彼云'三年之后，拜君之赐'者，盖将伐晋报仇也。不如乘其新败丧气之日，先往伐之，以杜其谋。"襄公以为然，遂商议伐秦之事。

话分两头。再说秦穆公闻三帅为晋所获，又闷又怒，寝食俱废。过了数日，又闻三帅已释放还归，喜形于色。左右皆曰："孟明等丧师辱国，其罪当诛。昔楚杀得臣以警三军，君亦当行此法也。"穆公曰："孤自不听蹇叔、百里奚之言，以累及三帅，罪在于孤，不在他人。"乃素服迎之于郊，哭而唁之，复用三帅主兵，愈加礼待。百里奚叹曰："吾父子复得相会，已出望外矣。"遂告老致政。穆公乃以繇余、公孙枝为左右庶长，代蹇叔、百里奚之位。此话且搁过一边。

再说晋襄公正议伐秦，忽边吏驰报："今有翟主白部胡引兵犯界，已过箕城⑮，望乞发兵防御。"襄公大惊曰："翟、晋无隙，如何相犯？"先轸曰："先君文公，出亡在翟，翟君以二隗妻我君臣，一住十二年，礼遇

甚厚。及先君返国，翟君又遣人拜贺，送二隗还晋。先君之世，从无一介束帛以及于翟。翟君念先君之好，隐忍不言。今其子白部胡嗣位，自恃其

勇，故乘丧来伐耳。"襄公曰："先君勤劳王事，未暇报及私恩。今翟君伐我之丧，是我仇也，子载为寡人创之。"先轸再拜辞曰："臣忿秦帅之归，一时怒激，唾君之面，无礼甚矣！臣闻'兵事尚整[16]，惟礼可以整民'。无礼之人，不堪为帅。愿主公罢臣之职，别择良将。"襄公曰："卿为国发愤，乃忠心所激，寡人岂不谅之？今御翟之举，非卿不可，卿其勿辞。"先轸不得已，领命而出，叹曰："我本欲死于秦，谁知却死于翟也！"闻者亦莫会其意。襄公自回绛都去了。

单说先轸升了中军帐，点集诸军，问众将："谁肯为前部先锋者？"一人昂然而出曰："某愿往。"先轸视之，乃新拜右车将军狼曋也。先轸因他不来谒谢，已有不悦之意，今番自请冲锋，愈加不喜，遂骂曰："尔新进小卒，偶斩一囚，遂获重用。今大敌在境，汝全无退让之意，岂藐我帐下无一良将耶？"狼曋曰："小将愿为国家出力，元帅何故见阻？"先轸曰："眼前亦不少出力之人，汝有何谋勇，辄敢掩诸将之上？"遂叱去不用，以狐鞠居有崤山夹战之功，用以代之。狼曋垂首叹气，恨恨而出。遇其友人鲜伯于途，问曰："闻元帅选将御敌，子安能在此闲行？"狼曋曰："我自请冲锋，本为国家出力，谁知反触了先轸那厮之怒。他道我有何谋勇，不该掩诸将之上，已将我罢职不用矣！"鲜伯大怒曰："先轸妒贤嫉能，我与你共起家丁，刺杀那厮，以出胸中不平之气，便死也落得爽快！"狼曋曰："不可，不可！大丈夫死必有义，死而不义，非勇也。我以勇受知于君，得为戎右。先轸以为无勇而黜之。若死于不义，则我今日之被黜，乃黜一不义之人，反使嫉妒者得借其口矣。子姑待之。"鲜伯叹曰："子之高见，吾不及也！"遂与狼曋同归。不在话下。后人有诗议先轸黜狼曋之非。诗曰：

提戈斩将勇如贲[17]，车右超升属主恩。

效力何辜遭黜逐？从来忠勇有冤吞！

再说先轸用其子先且居为先锋，栾盾、郤缺为左右队，狐射姑、狐鞠居为合后，发车四百乘，出绛都北门，望箕城进发。两军相遇，各安营停

当。先轸唤集诸将授计曰："箕城有地名曰大谷，谷中宽衍，正乃车战之地。其旁多树木，可以伏兵。栾、郤二将，可分兵左右埋伏。待且居与翟交战，佯败，引至谷中，伏兵齐起，翟主可擒也。二狐引兵接应，以防翟兵驰救。"诸将如计而行。先轸将大营移后十余里安扎。

次早，两下结阵，翟主白部胡亲自索战。先且居略战数合，引车而退。白部胡引着百余骑，奋勇来追，被先且居诱入大谷，左右伏兵俱起，白部胡施逞精神，左一冲，右一突，胡骑百余，看看折尽，晋兵亦多损伤。良久，白部胡杀出重围，众莫能御。将至谷口，遇着一员大将，刺斜里飕的一箭，正中白部胡面门，翻身落马，军士上前擒之。射箭者，乃新拜下军大夫郤缺也。箭透脑后，白部胡登时身死。郤缺认得是翟主，割下首级献功。时先轸在中营，闻知白部胡被获，举首向天连声曰："晋侯有福！晋侯有福！"遂索纸笔，写表章一道，置于案上。不通诸将得知，竟与营中心腹数人，乘单车驰入翟阵。

却说白部胡之弟白暾，尚不知其兄之死，正欲引兵上前接应。忽见有单车驰到，认是诱敌之兵，白暾急提刀出迎。先轸横戈于肩，瞪目大喝一声，目眦尽裂，血流及面。白暾大惊，倒退数十步，见其无继，传令弓箭手围而射之。先轸奋起神威，往来驰骤，手杀头目三人，兵士二十余人，身上并无点伤。原来这些弓箭手，惧怕先轸之勇，先自手软，箭发的没力了。又且先轸身被重铠，如何射得入去？先轸见射不能伤，自叹曰："吾不杀敌，无以明吾勇；既知吾勇矣，多杀何为？吾将就死于此！"乃自解其甲以受箭，箭集如蝟，身死而尸不僵仆。白暾欲断其首，见其怒目扬须，不异生时，心中大惧。有军士认得的，言："此乃晋中军元帅先轸。"白暾乃率众罗拜，叹曰："真神人也！"祝曰："神许我归翟供养乎？则仆！"尸僵立如故。乃改祝曰："神莫非欲还晋国否？我当送回。"祝毕，尸遂仆于车上。

要知如何送回晋国，且看下回分解。

【注释】

①贻殃：留下灾难。

②墨缞（cuī）：束于胸前的麻布带叫缞。子为父服三年之缞者用之。墨缞，即以墨染缞经，表示以丧服治兵。

③崚嶒（léng céng 陵层）：指山的高峻险怪。

④骖（cān 餐）：古时驾车例用马四匹，居中两马叫服。两旁的马叫

骖，或分别称为左骖、右骖。

⑤卒（cù）然：突然。卒，同"猝"。

⑥车衡：车辕前横木叫衡。

⑦噍（jiào 叫）类：活人。噍，嚼食。噍类，活着而能嚼食者。

⑧暮（mò 漠）：超越，闯。

⑨饻（dàn 但）子：饻，通"馅"。即包在米面所制食物中的心子。

⑩殡宫：古代临时停柩之所。

⑪窀穸（zhūn xì 谆戏）：墓穴。长埋谓窀，长夜谓穸。墓中长埋，有如长夜，故称窀穸。

⑫嬴氏：即秦穆公之女怀嬴。因再嫁晋文公，故下文亦称文嬴。

⑬舣（yǐ 以）舟：船泊岸边。

⑭跣（xiǎn 显）足：光着脚。

⑮箕城：春秋时晋城邑名。在今山西蒲县东北。

⑯尚整：重视秩序。

⑰贲（bēn 奔）：指孟贲。古代勇士，能力举千斤。

第四十六回 楚商臣宫中弑父
秦穆公崤谷封尸

话说翟主白部胡被杀，有逃命的败军，报知其弟白暾。白暾涕泣曰："俺说'晋有天助，不可伐之'。吾兄不听，今果遭难也！"欲将先轸尸首，与晋打换部胡之尸，遣人到晋军打话。

且说郤缺提了白部胡首级，同诸将到中军献功，不见了元帅。有守营军士说道："元帅乘单车出营去了，但吩咐'紧守寨门'，不知何往。"先且居心疑，偶于案上见表章一道，取而观之，云：

臣中军大夫先轸奏言：臣自知无礼于君，君不加诛讨，而复用之，幸而战胜，赏赉将及臣。臣归而不受赏，是有功而不赏也；若归而受赏，是无礼而亦可论功也。有功不赏，何以劝功？无礼论功，何以惩罪？功罪紊乱，何以为国？臣将驰入翟军，假手翟人，以代君之讨。臣子且居有将略，足以代臣。臣轸临死冒昧！

且居曰："吾父驰翟师死矣！"放声大哭。便欲乘车闯入翟军，查看其父下落。此时郤缺、栾盾、狐鞫居、狐射姑等，毕集营中，死劝方住。众人商议："必先使人打听元帅生死，方可进兵。"忽报："翟主之弟白暾，差人打话。"召而问之，乃是彼此换尸之事。且居知死信真实，又复痛哭了一场，约定明日军前，各抬亡灵，彼此交换。翟使回复去后，先且居曰："戎狄多诈，来日不可不备。"乃商议令郤缺、栾盾仍旧张两翼于左右，但有交战之事，便来夹攻。二狐同守中军。

次日，两边结阵相持，先且居素服登车，独出阵前，迎接父尸。白暾畏先轸之灵，拔去箭翎，将香水浴净，自脱锦袍包裹，装载车上，如生人一般，推出阵前，付先且居收领。晋军中亦将白部胡首级，交割还翟。翟送还的，是香喷喷一具全尸；晋送去的，只是血淋淋一颗首级。白暾心怀

不忿，便叫道："你晋家好欺负人！如何不把全尸还我？"先且居使人应曰："若要取全尸，你自去大谷中乱尸内寻认。"白暾大怒，手执开山大斧，指挥翟骑冲杀过来。这里用轒车①结阵，如墙一般，连冲突数次，皆不能入。引得白暾踟躕②咆哮，有气莫吐。忽然晋军中鼓声骤起，阵门开处，一员大将，横戟而出，乃狐射姑也。白暾便与交锋。战不多合，左有郤缺，右有栾盾，两翼军士围裹将来。白暾见晋兵众盛，急忙拨转马头，

晋军从后掩杀。翟兵死者，不计其数。狐射姑认定白暾，紧紧追赶。白暾恐冲动本营，拍马从剌斜里跑去。射姑不舍，随着马尾赶来。白暾回首一看，带转马头，问曰："将军面善，莫非贾季乎？"射姑答曰："然也。"白暾曰："将军别来无恙？将军父子，俱住吾国十二年，相待不薄，今日留情，异日岂无相见？我乃白部之弟白暾是也。"狐射姑见提起旧话，心中不忍，便答道："我放汝一条生路，汝速速回军，无得淹久于此。"言毕回车，至于大营。晋兵已自得胜，便拿不着白暾，众俱无话。是夜白暾潜师回翟，白部胡无子，白暾为之发丧，遂嗣位为君，此是后话。

且说晋师凯旋而归，参见晋襄公，呈上先轸的遗表。襄公怜轸之死，亲殓其尸。只见两目复开，勃勃有生气，襄公抚其尸曰："将军死于国事，英灵不泯，遗表所言，足见忠爱，寡人不敢忘也！"乃即柩前，拜先且居为中军元帅，以代父职，其目遂瞑。后人于箕城立庙祀之。襄公嘉郤缺杀白部胡之功，仍以冀③为之食邑，谓曰："尔能盖父之愆，故还尔父之封也。"又谓胥臣曰："举郤缺者，吾子之功。微子，寡人何由任缺？"乃以先茅之县④赏之。诸将见襄公赏当其功，无不悦服。

时许、蔡二国，因晋文公之变，复受盟于楚。晋襄公拜阳处父为大将，帅师伐许，因而侵蔡。楚成王命斗勃同成大心，帅师救之。行及泜水⑤，隔岸望见晋军，遂逼泜水下寨。晋军营于泜水之北，两军只隔得一层水面，击柝⑥之声，彼此相闻。晋军为楚师所拒，不能前进。如此相持，约有两月。看看岁终，晋军粮食将尽，阳处父意欲退军，既恐为楚所乘，又嫌于避楚，为人所笑。乃使人渡泜水，直入楚军，传语斗勃曰："谚云：'来者不惧，惧者不来。'将军若欲与吾战，吾当退去一舍之地，让将军济水而阵，决一死敌；如将军不肯济，将军可退一舍之地，让我渡河南岸，以请战期。若不进不退，劳师费财，何益于事？处父今驾马于车，以候将军之命，惟速裁决！"斗勃忿然曰："晋欺我不敢渡河耶？"便欲渡河索战。成大心急止曰："晋人无信，其言退舍，殆诱我耳。若乘我半济而击之，我进退俱无据矣。不如姑退，以让晋涉。我为主，晋为宾，不亦可

乎？"斗勃悟曰："孙伯之言是也！"乃传令军中，退三十里下寨，让晋济水。使人回复阳处父。处父使改其词，宣言于众，只说："楚将斗勃，畏晋不敢涉水，已遁去矣。"军中一时传遍。处父曰："楚师已遁，我何济为？岁暮天寒，且归休息，以俟再举可也。"遂班师还晋。斗勃退舍二日，不见晋师动静，使人侦之，已去远矣。亦下令班师而回。

却说楚成王之长子，名曰商臣，先时欲立为太子，问于斗勃。勃对曰："楚国之嗣，利于少，不利于长，历世皆然。且商臣之相，蜂目豺声⑦，其性残忍，今日爱而立之，异日复恶而黜之，其为乱必矣。"成王不听，竟立为嗣，使潘崇傅之。商臣闻斗勃不欲立己，心怀怨恨。及斗勃救蔡，不战而归，商臣谮于成王曰："子上受阳处父之赂，故避之以为晋名。"成王信其言，遂不许斗勃相见，使人赐之以剑。斗勃不能自明，以剑刎喉而死。成大心自诣成王之前，叩头涕泣，备述退师之故，如此恁般："并无受赂之事，若以退为罪，罪宜坐臣。"成王曰："卿不必引咎，孤亦悔之矣！"自此成王有疑太子商臣之意。后又爱少子职，遂欲废商臣而立职，诚恐商臣谋乱，思寻其过失而诛之。宫人颇闻其语，传播于外。商臣犹豫未信，以告于太傅潘崇。崇曰："吾有一计，可察其说之真假。"商臣问："计将安出？"潘崇曰："王妹芈氏，嫁于江国，近以归宁来楚，久住宫中，必知其事。江芈性最躁急，太子诚为设享，故加怠慢，以激其怒，怒中之言，必有泄漏。"商臣从其谋，乃具享以待江芈。芈氏来至东宫，商臣迎拜甚恭，三献之后，渐渐疏慢，中馈但使庖人供馔，自不起身，又故意与行酒侍儿，窃窃私语，芈氏两次问话，俱失应答。芈氏大怒，拍案而起，骂曰："役夫[⑧]不肖如此，宜王之欲杀汝而立职也！"商臣假意谢罪，芈氏不顾，竟上车而去，骂声犹不绝口。

商臣连夜告于潘崇，因叩以自免之策。潘崇曰："子能北面而事职乎？"商臣曰："吾不能以长事少也。"潘崇曰："若不能屈首事人，盍适他国？"商臣曰："无因也，只取辱焉。"潘崇曰："舍此二者，别无策矣！"商臣固请不已，潘崇曰："有一策，甚便捷，但恐汝不忍耳！"商臣曰："死生之际，有何不忍？"潘崇附耳曰："除非行大事，乃可转祸为福。"商臣曰："此事吾能之。"乃部署宫甲，至夜半，托言宫中有变，遂围王宫。潘崇仗剑，同力士数人入宫，径造成王之前，左右皆惊散。成王问曰："卿来何事？"潘崇答曰："王在位四十七年矣，成功者退，今国人思得新王，请传位于太子。"成王惶遽答曰："孤即当让位，但不知能相活否？"潘崇曰："一君死，一君立，国岂有二君耶？何王之老而不达也？"成王曰："孤方命庖人治熊掌，俟其熟而食之，虽死不恨！"潘崇厉声曰："熊掌难熟，王欲延时刻，以待外救乎？请王自便，勿俟臣动手！"言毕，解束带投于王前。成王仰天呼曰："好斗勃！好斗勃！孤不听忠言，自取其祸，复何言哉！"遂以带自挽其颈，潘崇命左右拽之，须臾气绝。江芈曰："杀吾兄者，我也！"亦自缢而死。时周襄王二十六年[⑨]，冬十月之丁未日也。髯翁论此事，谓成王以弟弑兄⑩，其子商臣，遂以子弑父，天理报应，昭昭不爽。有诗叹曰：

　　楚頵昔日弑熊囏，今日商臣报叔冤。

　　天遣潘崇为逆傅，痴心犹想食熊蹯。

商臣既弑其父，遂以暴疾讣于诸侯，自立为王，是为穆王。加潘崇之爵为太师，使掌环列之尹⑪，复以为太子之室赐之。令尹斗般等，皆知成王被弑，无人敢言。商公斗宜申闻成王之变，托言奔丧，因来郢都，与大夫仲归谋弑穆王。事露，穆王使司马斗越椒擒宜申、仲归杀之。巫者范巫似言："楚成王与子玉、子西三人，俱不得其死。"至是，其言果验矣。斗越椒觊令尹之位，乃说穆王曰："子扬常向人言：'父子世秉楚政⑫，受先王莫大之恩，愧不能成先王之志。'其意欲扶公子职为君。子西⑬之来，子扬实召之。今子上伏诛，子扬意不自安，恐有他谋，不可不备。"穆王疑之，乃召斗般使杀公子职，斗般辞以不能。穆王怒曰："汝欲成先王之志耶？"自举铜锤击杀之。公子职欲奔晋，斗越椒追杀之于郊外。穆王拜成大心为令尹。未几，大心亦卒。遂迁斗越椒为令尹，芍贾为司马。后穆王复念子文治楚之功，录斗克黄为箴尹⑭。克黄字子仪，乃斗般之子，子文之孙也。

晋襄公闻楚成王之死，问于赵盾曰："天其遂厌楚乎？"赵盾对曰："楚頵虽横，犹可以礼义化诲。商臣不爱其父，况其他乎？臣恐诸侯之祸，方未艾耳！"不几年，穆王遣兵四出，先灭江，次灭六⑮，灭蓼⑯，又用兵陈、郑，中原多事，果如赵盾之言。此是后话。

却说周襄王二十七年春二月，秦孟明视请于穆公，欲兴师伐晋，以报崤山之败。穆公壮其志，许之。孟明遂同西乞、白乙，率车四百乘伐晋。晋襄公虑秦有报怨之举，每日使人远探，一得此信，笑曰："秦之拜赐者至矣！"遂拜先且居为大将，赵衰为副，狐鞫居为车右，迎秦师于境上。大军将发之际，狼瞫自请以私属⑰效劳，先且居许之。时孟明等尚未出境，先且居曰："与其俟秦至而战，不如伐秦。"遂西行至于彭衙⑱，方与秦兵

相遇，两边各排成阵势。狼瞫请于先且居曰："昔先元帅以瞫为无勇，罢黜不用，今日瞫请自试，非敢求录功，但以雪前之耻耳。"言毕，遂与其友鲜伯等百余人，直犯秦阵，所向披靡，杀死秦兵无算。鲜伯为白乙所杀。先且居登车，望见秦阵已乱，遂驱大军掩杀前去。孟明等不能当，大败而走。先且居救出狼瞫，瞫遍体皆伤，呕血斗余，逾日而亡。晋兵凯歌还朝。且居奏于襄公曰："今日之胜，狼瞫之力，与臣无与也。"襄公命以上大夫之礼，葬狼瞫于西郭，使群臣皆送其葬。此是襄公激励人才的好处。史臣有诗夸狼瞫之勇云：

壮哉狼车右，斩囚如割鸡！

被黜不妄怒，轻身犯敌威。

一死表生平，秦师因以摧。

重泉若有知，先轸应低眉。

　　却说孟明兵败回秦，自分必死，谁知穆公一意引咎，全无嗔怪之意，依旧使人郊迎慰劳，任以国政如初。孟明自愧不胜。乃增修国政，尽出家财，以恤阵亡之家。每日操演军士，勉以忠义，期来年大举伐晋。是冬，晋襄公复命先且居，纠合宋大夫公子成、陈大夫辕选、郑大夫公子归生，率师伐秦，取江⑲及彭衙二邑而还。戏曰："吾以报拜赐之役也。"昔郭偃卜繇，有"一击三伤"之语，至是三败秦师，其言果验。孟明不请师御晋，秦人皆以为怯。惟穆公深信之，谓群臣曰："孟明必能报晋，但时未至耳。"

　　至明年夏五月，孟明补卒蒐乘，训练已精，请穆公自往督战："吾今次不能雪耻，誓不生还！"穆公曰："寡人凡三见败于晋矣。若再无功，寡人亦无面目返国也。"乃选车五百乘，择日兴师。凡军士从行者，皆厚赠其家，三军踊跃，皆愿效死。兵由蒲津关⑳而出。既渡黄河，孟明出令，使尽焚其舟。穆公怪而问曰："元帅焚舟，何意也？"孟明视奏曰："'兵以气胜'，吾屡挫之后，气已衰矣。幸而胜，何患不济？吾之焚舟，示三军之必死，有进无退，所以作其气也。"穆公曰："善。"孟明自为先锋，长驱直入，破王官城㉑，取之。

　　谍报至绛州，晋襄公大集群臣，商议出兵拒敌。赵衰曰："秦怒已甚，此番起倾国之兵，将致死于我。且其君亲行，不可当也，不如避之。使稍逞其志，可以息两国之争。"先且居亦曰："困兽犹能斗，况大国乎？秦君耻败，而三帅俱好勇，其志不胜不已。兵连祸结，未有已时，子余之言是也。"襄公乃传谕四境坚守，毋与秦战。繇余谓穆公曰："晋惧我矣！君可乘此兵威，收崤山死士之骨，可以盖昔之耻。"穆公从之。遂引兵渡黄河上岸，自茅津㉒济师，屯于东崤，晋兵无一人一骑敢相迎者。穆公命

军士于堕马崖、绝命岩、落魂涧等处，收检尸骨，用草为衬，埋藏于山谷僻坳之处。宰牛杀马，大阵祭享。穆公素服，亲自沥酒，放声大哭。孟明诸将伏地不能起，哀动三军，无不堕泪。髯仙有诗云：

曾嗔二老哭吾师，今日如何白哭之？

莫道封尸豪举事，崤山虽险本无尸。

江及彭衙二邑百姓，闻穆公伐晋得胜，哄然相聚，逐去晋之守将，还复归秦。秦穆公奏凯班师，以孟明为亚卿，与二相同秉国政。西乞、白乙，俱加封赏。改蒲津关为大庆关，以志军功。

却说西戎主赤班，初时见秦兵屡败，欺秦之弱，欲倡率诸戎叛秦。及伐晋回来，穆公遂欲移师伐戎。繇余请传檄戎中，征其朝贡，若其不至，然后攻之。赤班打听孟明得胜，正怀忧惧；一见檄文，遂率西方二十余国，纳地请朝，尊穆公为西戎伯主。史臣论秦事，以为"千军易得，一将难求"。穆公信孟明之贤，能始终任用，所以卒成伯业。

是时秦之威名，直达京师，周襄王谓尹武公曰："秦、晋匹也，其先世皆有功于王室。昔重耳主盟中夏，朕册命为侯伯。今秦伯任好，强盛不亚于晋，朕亦欲册之如晋。卿以为何如？"尹武公曰："秦自伯西戎，未若晋之能勤王也。今秦、晋方恶，而晋侯骧能继父业，若册命秦，则失晋欢矣。不若遣使颁赐以贺秦，则秦知感，而晋亦无怨。"襄王从之。

要知后事如何，再看下回分解。

【注释】

①轒（tún 屯）车：兵车的一种，常作屯扎以便守卫、防护之用。

②踯躅：徘徊不进。此处引申为跳来跳去。

③冀：春秋时晋邑名。在今山西河津市北。原为其父郤芮之采邑，故称"仍以"。参见二十七回注㊶。

④先茅之县：先茅，晋大夫名。因无后人，故将其生前食采之县改称先茅之县。故址不详。

⑤泜（zhì 治）水：一作滍水，即今沙河。源出河南鲁山县西，东流经叶县北入汝河。

⑥击柝（tuò 唾）：敲梆巡夜。柝，一种木梆。

⑦蜂目豺声：目如蜂眼突露，声似豺狼凶残。

⑧役夫：当时骂人的话，犹言贱人。

⑨周襄王二十六年：即公元前626年。

⑩成王以弟弑兄：楚成王乘其胞兄熊囏出猎而袭杀之，才得继位。见第二十回。

⑪环列之尹：楚官名。负责宫廷警卫，后代谓之环卫官。

⑫父子世秉楚政：子扬（令尹斗般）乃令尹子文之子。父子二人相继为成王之令尹。

⑬子西：斗宜申之字。原文为"子上"，而子上乃斗勃之字，疑系刻印之误，故改正。

⑭箴（zhēn 真）尹：亦作铖尹。楚国官名。主规谏等事。

⑮六：古国名。传为皋陶之后。故址在今安徽六安市北。

⑯蓼（liǎo 了）：周代诸侯国名。姬姓。故址在今河南固始县东北。

⑰私属：指家众，家丁。

⑱彭衙：春秋时秦邑名。在今陕西白水县东北。

⑲汪：春秋时秦邑名。在今陕西澄城县境内。

⑳蒲津关：古关塞名，亦称临晋关，简称蒲关。地在今陕西大荔县东黄河西岸，扼蒲津渡口。此关乃战国时魏国所置。此时只应称蒲津渡。

㉑王官城：春秋时晋城邑名。在今山西闻喜县西。

㉒茅津：古黄河渡口。即今山西平陆县之茅津渡，亦称大阳渡。

第四十七回　弄玉吹箫双跨凤
赵盾背秦立灵公

话说秦穆公并国二十，遂伯西戎。周襄王命尹武公赐金、鼓①以贺之。秦伯自称年老，不便入朝，使公孙枝如周谢恩。是年，繇余病卒，穆公心加痛惜，遂以孟明为右庶长。公孙枝自周还，知穆公意向孟明，亦告老致政，不在话下。

却说秦穆公有幼女，生时适有人献璞②，琢之得碧色美玉。女周岁，宫中陈晬盘③，女独取此玉，弄之不舍，因名弄玉。稍长，姿容绝世，且又聪明无比，善于吹笙，不由乐师，自成音调。穆公命巧匠，剖此碧玉为笙，女吹之，声如凤鸣。穆公钟爱其女，筑重楼以居之，名曰凤楼。楼前有高台，亦名凤台。弄玉年十五，穆公欲为之求佳婿。弄玉自誓曰："必得善笙人，能与我唱和者，方是我夫，他非所愿也。"穆公使人遍访，不得其人。

忽一日，弄玉于楼上卷帘闲看，见天净云空，月明如镜，呼侍儿焚香一炷，取碧玉笙临窗吹之。声音清越，响入天际，微风拂拂，忽若有和之者，其声若远若近。弄玉心异之，乃停吹而听，其声亦止，余音犹嫋嫋不断。弄玉临风惘然，如有所失。徙倚夜半，月昃④香消，乃将玉笙置于床头，勉强就寝。梦见西南方，天门洞开，五色霞光，照耀如昼。一美丈夫羽冠鹤氅⑤，骑彩凤自天而下，立于凤台之上，谓弄玉曰："我乃太华山⑥之主也。上帝命我与尔结为婚姻，当以中秋日相见，宿缘应尔。"乃于腰间解赤玉箫，倚栏吹之。其彩凤亦舒翼鸣舞，凤声与箫声，唱和如

一，宫商协调，喤喤盈耳⑦。弄玉神思俱迷，不觉问曰："此何曲也?"美
丈夫对曰："此《华山吟》第一弄⑧也。"弄玉又问曰："曲可学乎?"美

丈夫对曰："既成姻契，何难相授?"言毕，直前执弄玉之手。弄玉猛然
惊觉，梦中景象，宛然在目。及旦，自言于穆公。乃使孟明以梦中形象，
于太华山访之。有野夫指曰："山上明星岩，有一异人，自七月十五日至
此，结庐独居，每日下山沽酒自酌。至晚，必吹箫第一曲，箫声四彻，闻者
忘卧，不知何处人也。"孟明登太华山，至明星岩下，果见一人羽冠鹤氅，

玉貌丹唇，飘飘然有超尘出俗之姿。孟明知是异人，上前揖之，问其姓名。对曰："某萧姓，史名。足下何人？来此何事？"孟明曰："某乃本国右庶长，百里视是也。吾主为爱女择婿，女善吹笙，必求其匹。闻足下精于音乐，吾主渴欲一见，命某奉迎。"萧史曰："某粗解宫商，别无他长，不敢辱命⑨。"孟明曰："同见吾主，自有分晓。"乃与共载而回。

　　孟明先见穆公，奏知其事，然后引萧史入谒。穆公坐于凤台之上，萧史拜见曰："臣山野匹夫，不知礼法，伏祈矜宥⑩！"穆公视萧史形容潇洒，有离尘绝俗之韵，心中先有三分欢喜；乃赐坐于旁，问曰："闻子善箫，亦善笙乎？"萧史曰："臣止能箫，不能笙也。"穆公曰："本欲觅吹笙之侣，今箫与笙不同器，非吾女匹也。"顾孟明使引退。弄玉遣侍者传语穆公曰："箫与笙一类也。客既善箫，何不一试其长？奈何令怀技而去乎？"穆公以为然，乃命萧史奏之。萧史取出赤玉箫一枝，玉色温润，赤光照耀人目，诚希世之珍也。才品一曲，清风习习而来；奏第二曲，彩云四合；奏至第三曲，见白鹤成对，翔舞于空中，孔雀数双，栖集于林际，百鸟和鸣，经时方散。穆公大悦。时弄玉于帘内，窥见其异，亦喜曰："此真吾夫矣！"

　　穆公复问萧史曰："子知笙箫何为而作？始于何时？"萧史对曰："笙者，生也，女娲氏所作，义取发生，律应太簇⑪。箫者，肃也，伏羲氏所作，义取肃清，律应仲吕⑫。"穆公曰："试详言之。"萧史对曰："臣执艺在箫，请但言箫。昔伏羲氏，编竹为箫，其形参差，以象凤翼；其声和美，以象凤鸣。大者谓之雅箫，编二十三管，长尺有四寸；小者谓之颂箫，编十六管，长尺有二寸。总谓之箫管。其无底者，谓之洞箫⑬。其后黄帝使伶伦⑭伐竹于昆溪，制为笛，横七孔，吹之，亦象凤鸣，其形甚简。后人厌箫管之繁，专用一管而竖吹之。又以长者名箫，短者名管。今之箫，非古之箫矣。"穆公曰："卿吹箫，何以能致珍禽也？"史又对曰："箫制虽减，其声不变，作者以象凤鸣，凤乃百鸟之王，故皆闻凤声而翔集也。昔舜作《箫韶》之乐，凤凰应声而来仪⑮。凤且可致，况他鸟乎？"

萧史应对如流，音声洪亮。穆公愈悦，谓史曰："寡人有爱女弄玉，颇通音律，不欲归之盲婚⑯，愿以室吾子。"萧史敛容再拜辞曰："史本山僻野人，安敢当王侯之贵乎？"穆公曰："小女有誓愿在前，欲择善笙者为偶，今吾子之箫，能通天地，格万物，更胜于笙多矣。况吾女复有梦征，今日正是八月十五中秋之日，此天缘也，卿不可辞。"萧史乃拜谢。穆公命太史择日婚配，太史奏今夕中秋上吉，月圆于上，人圆于下。乃使左右具汤

沐，引萧史洁体，赐新衣冠更换，送至凤楼，与弄玉成亲。夫妻和顺，自不必说。

　　次早，穆公拜萧史为中大夫。萧史虽列朝班，不与国政，日居凤楼之中，不食火食，时或饮酒数杯耳。弄玉学其导气之方，亦渐能绝粒⑰。萧

史教弄玉吹箫，为《来凤》之曲。约居半载，忽然一夜，夫妇于月下吹箫，遂有紫凤集于台之左，赤龙盘于台之右。箫史曰："吾本上界仙人，上帝以人间史籍散乱，命吾整理。乃以周宣王十七年[18]五月五日，降生于周之萧氏，为萧三郎。至宣王末年，史官失职，吾乃连缀本末，备典籍之遗漏。周人以吾有功于史，遂称吾为萧史，今历一百十余年矣。上帝命我为华山之主，与子有夙缘，故以箫声作合，然不应久住人间。今龙凤来迎，可以去矣。"弄玉欲辞其父，萧史不可，曰："既为神仙，当脱然无思，岂容于眷属生系恋耶？"于是萧史乘赤龙，弄玉乘紫凤，自凤台翔云而去。今人称佳婿为"乘龙"，正谓此也。是夜，有人于太华山闻凤鸣焉。次早，宫侍报知穆公。穆公惘然，徐叹曰："神仙之事，果有之也！倘此时有龙凤迎寡人，寡人视弃山河，如弃敝屣耳！"命人于太华踪迹之，杳然无所见闻。遂立祠于明星岩，岁时以酒果祀之，至今称为萧女祠，祠中时闻凤鸣也。六朝鲍照[19]有《萧史曲》云：

萧史爱少年，嬴女[20]夺童颜。火粒[21]愿排弃，霞雾好登攀。

龙飞逸天路，凤起出秦关。身去长不返，箫声时往还。

又江总[22]亦有诗云：

弄玉秦家女，萧史仙处童。来时兔月[23]满，去后凤楼空。

密笑开还敛，浮声咽更通。相期红粉色，飞向紫烟中。

穆公自是厌言兵革，遂超然有世外之想。以国政专任孟明，日修清净无为之业。未几，公孙枝亦卒。孟明荐子车氏之三子奄息、仲行、鍼虎并有贤德，国中称为"三良"。穆公皆拜为大夫，恩礼甚厚。又三年，为周襄王三十一年[24]春二月望日，穆公坐于凤台观月，想念其女弄玉，不知何往，更无会期，蓦然睡去。梦见萧史与弄玉，控一凤来迎，同游广寒之宫，清冷彻骨。既醒，遂得寒疾，不数日薨，人以为仙去矣。在位三十九年，年六十九岁。穆公初娶晋献公女，生太子罃，至是即位，是为康公。葬穆公于雍。用西戎之俗，以生人殉葬，凡用一百七十七人，子车氏之三子亦与其数。国人哀之，为赋《黄鸟》之诗。诗见《毛诗·国风》。后人论穆公用"三良"殉葬，以为死而弃贤，失贻谋之道。惟宋苏东坡学士有题秦穆公墓诗，出人意表。诗云：

橐泉㉕在城东，墓在城中无百步。乃知昔未有此城，秦人以此识公墓。昔公生不诛孟明，岂有死之日而忍用其良？乃知三子殉公意，亦如齐之二子从田横㉖。古人感一饭，尚能杀其身。今人不复见此等，乃以所见疑古人。古人不可望，今人益可伤！

话分两头。却说晋襄公六年，立其子夷皋为世子，使庶弟公子乐出仕于陈。是年，赵衰、栾枝、先且居、胥臣先后皆卒，连丧四卿，位署俱虚。明年，乃大蒐车徒于夷㉗，舍㉘二军，仍复三军之旧。襄公欲使士縠㉙、梁益耳将中军，使箕郑父、先都将上军。先且居之子先克进曰："狐、赵有大功于晋，其子不可废也。且士縠位司空，与梁益耳俱未有战功，骤为大将，恐人心不服。"襄公从之，乃以狐射姑为中军元帅，赵盾佐之；以箕郑父为上军元帅，荀林父佐之；以先蔑为下军元帅，先都佐之。狐射姑登坛号令，指挥如意，旁若无人。其部下军司马臾骈谏曰："骈闻之：'师克在和㉚。'今三军之帅，非夙将即世臣也。元帅宜虚心咨访，常存谦退。夫刚而自矜，子玉所以败于晋也，不可不戒。"射姑大怒，喝曰："吾发令之始，匹夫何敢乱言，以慢军士？"叱左右鞭之一百。众人俱有不服之意。

再说士縠、梁益耳闻先克阻其进用，心中大恨。先都不得上军元帅之职，亦深恨之。时太傅阳处父聘于卫，不与其事。及处父归国，闻狐射姑为元帅，乃密奏于襄公曰："射姑刚而好上，不得民心，此非大将之才也。臣曾佐子余之军，与其子盾相善，极知盾贤而且能。夫尊贤使能，国之令典。君如择帅，毋如盾者。"襄公用其言，乃使阳处父改蒐于董㉛。狐射姑未知易帅之事，欣然长中军之班，襄公呼其字曰："贾季，向也寡人使盾佐吾子，今吾子佐盾矣。"射姑不敢言，唯唯而退。襄公乃拜赵盾为中军元帅，而使狐射姑佐之。其上军下军如故。赵盾自此当国，大修政令，国人悦服。有人谓阳处父曰："子尽言无隐，忠则忠矣，独不虞取怨于人乎？"处父曰："苟利国家，何敢避私怨也？"次日，狐射姑独见襄公，问曰："蒙主公念先人之微劳，不以臣为不肖，使司戎政；忽然更易，臣未知罪。意者以先臣偃㉜之勋，不如衰乎？抑别有所谓耶？"襄公曰："无他也。阳处父谓寡人，言吾子不得民心，难为大将，是以易之。"射姑嘿然而退。

是年秋八月，晋襄公病，将死，召太傅阳处父、上卿赵盾及诸臣，在榻前嘱曰："寡人承父业，破狄伐秦，未尝挫锐气于外国。今不幸命之不长，将与诸卿长别。太子夷皋年幼，卿等宜尽心辅佐，和好邻国，不失盟

东周列国志

图文珍藏版

主之业可也。"群臣再拜受命，襄公遂薨。次日，群臣欲奉太子即位。赵盾曰："国家多难，秦、狄为仇，不可以立幼主。今杜祁之子公子雍，见仕于秦，好善而长，可迎之以嗣大位。"群臣莫对。狐射姑曰："不如立公子乐。其母，君之嬖也。乐仕于陈，而陈素睦于晋，非若秦之为怨，迎之，则朝发而夕至矣。"赵盾曰："不然。陈小而远，秦大而近。迎君于陈不加睦，而迎君于秦，可以释怨而树援，必公子雍乃可。"众议方息。乃使先蔑为正使，士会副之，如秦报丧，因迎公子雍为君。将行，荀林父止之曰："夫人太子皆在，而欲迎君于他国，恐事之不成，将有他变。子何不托疾以辞之？"先蔑曰："政在赵氏，何变之有？"林父谓人曰："'同官为僚'。吾与士伯为同僚，不敢不尽吾心。彼不听吾言，恐有去日，无来日矣。"不说先蔑往秦。

且说狐射姑见赵盾不从其言，怒曰："狐、赵等也，今有赵其无狐耶？"亦阴使人召公子乐于陈，将为争立之计。早有人报知赵盾。盾使其客公孙杵曰，率家丁百人，伏于中路，候公子乐行过，要而杀之。狐射姑益怒曰："使赵孟③有权者，阳处父也。处父族微无援，今出宿郊外，主诸国会葬之事，刺之易耳。盾杀公子乐，我杀处父，不亦可乎？"乃与其弟狐鞫居谋。鞫居曰："此事吾力能任之。"与家人诈为盗，夜半逾墙而人，处父尚秉烛观书，鞫居直前击之，中肩。处父惊而走，鞫居逐杀之，取其首以归。阳处父之从人，有认得鞫居者，走报赵盾。盾佯为不信，叱曰："阳太傅为盗所害，安敢诬人？"令人收殓其尸。此九月中事。

至冬十月，葬襄公于曲沃。襄夫人穆嬴同太子夷皋送葬，谓赵盾曰："先君何罪？其适嗣亦何罪？乃舍此一块肉，而外求君于他国耶？"赵盾曰："此国家大事，非盾一人之私也。"葬毕，奉主入庙。赵宣子即庙中谓诸大夫曰："先君惟能用刑赏，以伯诸侯。今君枢在殡，而狐鞫居擅杀太傅，为诸臣者，谁不自危？此不可不讨也！"乃执鞫居付司寇，数其罪而斩之。即于其家，搜出阳处父之首，以线缝于颈而葬之。狐射姑惧赵盾已知其谋，乃夜乘小车，出奔翟国，投翟主白暾去讫。

时翟国有长人曰侨如，身长一丈五尺，谓之长翟。力举千钧，铜头铁额，瓦砾不能伤害。白暾用之为将，使之侵鲁。文公使叔孙得臣帅师拒之。时值冬月，冻雾漫天，大夫富父终甥，知将雨雪，进计曰："长翟骁勇异常，但可智取，不可力敌。"乃于要道，深掘陷坑数处，将草蓐掩盖，上用浮土。是夜果降大雪，铺平地面，不辨虚实。富父终甥引一枝军，去劫侨如之寨。侨如出战，终甥诈败，侨如奋勇追杀。终甥留下暗号，认得路径，沿坑而走。侨如随后赶来，遂坠于深坑之中。得臣伏兵悉起，杀散翟兵。终甥以戈刺侨如之喉而杀之，取其尸载以大车，见者都骇，以为防风氏之骨㉞，不是过也。得臣适生长子，遂名曰叔孙侨如，以志军功。自此鲁与齐、卫合兵伐翟，白暾走死，遂灭其国。

狐射姑转入赤翟潞国[35]，依潞大夫酆舒。赵盾曰："贾季，吾先人同时出亡者，左右先君，功劳不浅。吾诛鞫居，正以安贾季也。彼惧罪而亡，何忍使孤身栖止于翟境乎？"乃使臾骈送其妻子往潞。臾骈唤集家丁，将欲起行。众家丁禀曰："昔蒐夷之日，主人尽忠于狐帅，反被其辱，此仇不可不报。今元帅使主人押送其妻孥，此天赐我也。当尽杀之，以雪其

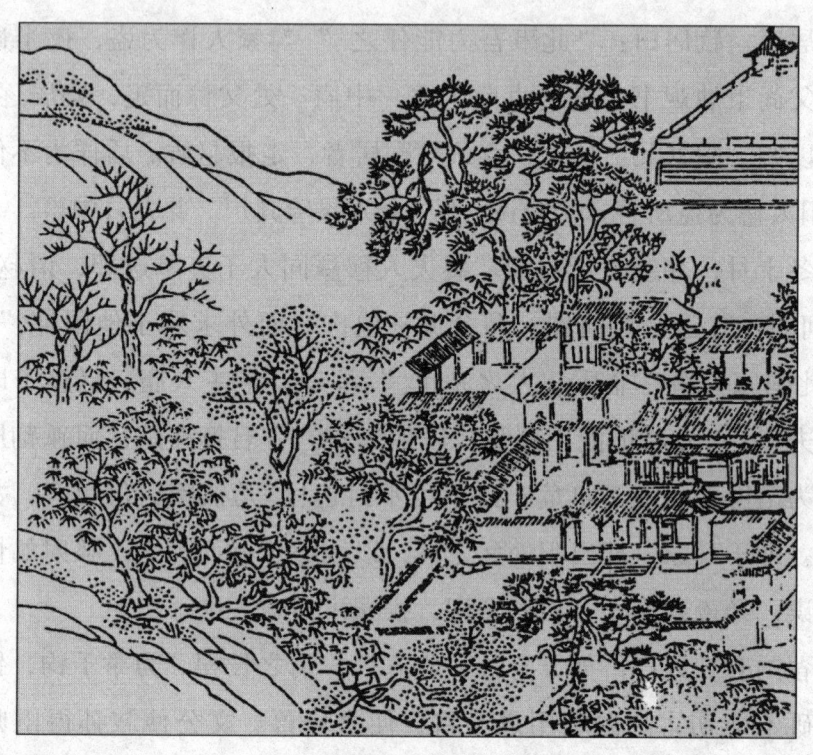

恨！"臾骈连声曰："不可，不可！元帅以送孥见委，宠我也。元帅送之，而我杀之，元帅不怒我乎？乘人之危，非仁也；取人之怒，非智也。"乃迎其妻子登车，将家财细细登籍，亲送出境，毫无遗失。射姑闻之，叹曰："吾有贤人而不知，吾之出奔宜也！"赵盾自此重臾骈之人品，有重用之意。

再说先蔑同士会如秦，迎公子雍为君。秦康公喜曰："吾先君两定晋君，当寡人之身，复立公子雍，是晋君世世自秦出也。"乃使白乙丙率车

四百乘，送公子雍于晋。

却说襄夫人穆嬴自送葬归朝之后，每日侵晨，必抱太子夷皋于怀，至朝堂大哭，谓诸大夫曰："此先君适子也，奈何弃之!"既散朝，则命车适于赵氏，向赵盾顿首曰："先君临终，以此子嘱卿尽心辅佐。君虽弃世，言犹在耳。若立他人，将置此子于何地耶? 不立吾儿，吾子母有死而已。"言毕，号哭不已。国人闻之，无不哀怜穆嬴，而归咎于赵盾。诸大夫亦以迎雍失策为言。赵盾患之，谋于郤缺曰："士伯已往秦迎长君矣，何可再立太子?"缺曰："今日舍幼子而立长君，异日幼子渐长，必然有变。可亟遣人往秦，止住士伯为上。"盾曰："先定君，然后发使，方为有名。"即时会集群臣，奉夷皋即位，是为灵公㊱，时年才七岁耳。

百官朝贺方毕，忽边谍报称："秦遣大兵送公子雍已至河下。"诸大夫曰："我失信于秦矣，何以谢之?"赵盾曰："我若立公子雍，则秦吾宾客也。既不受其纳，是敌国矣。使人往谢，彼反有辞于我，不如以兵拒之。"乃使上军元帅箕郑父辅灵公居守。盾自将中军。先克为副，以代狐射姑之职。荀林父独将上军。先都因先蔑往秦，亦独将下军。三军整顿，出迎秦师，屯于堇阴㊲。秦师已济河而东，至令狐下寨。闻前有晋军，犹以为迎公子雍而来，全不戒备。先蔑先至晋军来见赵盾。盾告以立太子之故。先蔑睁目视曰："谋迎公子，是谁主之? 今又立太子而拒我乎?"拂袖而出，见荀林父曰："吾悔不听子言，以至今日。"林父止之曰："子，晋臣也。舍晋安归?"先蔑曰："我受命往秦迎雍，则雍是我主，秦为吾主之辅。岂可自背前言，苟图故乡之富贵乎?"遂奔秦寨。

赵盾曰："士伯不肯留晋，来日秦师必然进逼，不如乘夜往劫秦寨，出其不意，可以得志。"遂出令厉兵秣马，军士于寝蓐㊳饱食，衔枚疾走，比至秦寨，恰好三更，一声呐喊，鼓角齐鸣，杀入营门。秦师在睡梦中惊觉，马不及披甲，人不及操戈，四下乱窜。晋兵直追至刳首㊴之地，白乙丙死战得脱，公子雍死于乱军之中。先蔑叹曰："赵孟背我，我不可背秦!"乃奔秦。士会亦叹曰："吾与士伯同事，士伯既往秦，吾不可以独归也!"亦从秦师而归。秦康公俱拜为大夫。荀林父言于赵盾曰:"昔贾季奔狄,相国念同僚之义,归其妻孥。今士伯、随季与某亦有僚谊,愿效相国昔日之事。"赵盾曰:"荀伯重义,正合吾意。"遂令卫士送两宅家眷及家财于秦。胡曾先生有诗云:

谁当越境送妻孥?只为同僚义气多。

近日人情相忌刻,一般僚谊却如何?

又髯翁有诗,讥赵宣子轻于迎雍,以宾为寇:

弈棋下子必踌躇,有嫡如何又外求?

宾寇须臾成反覆,赵宣谋国是何筹?

按此一战,各军将皆有俘获,惟先克部下骁将蒯得,贪进不顾,为秦所败，反丧失戎车五乘。先克欲按军法斩之，诸将皆代为哀请。先克言于赵盾，乃夺其田禄。蒯得恨恨不已。

再说箕郑父与士縠、梁益耳素相厚善，自赵盾升为中军元帅，士縠、梁益耳俱失了兵柄，连箕郑父也有不平之意。时郑父居守，士縠、梁益耳俱聚做一处，说起："赵盾废置自由，目中无人。今闻秦以重兵送公子雍，若两军相持，急未能解，我这里从中为乱，反了赵盾，废夷皋，迎公子雍，大权皆归于吾党之手。"商议已定。

不知成败如何，且看下回分解。

【注释】

①金、鼓：均为军中用器。金指金钲，一种金属乐器，军中用代号令，用以止兵。鼓则用以进兵。执金、鼓即可以号令三军，以示讨罪。周襄王赐秦伯金、鼓，亦含有使专征伐之意。

②璞（pú 仆）：未经雕琢加工的玉。

③晬（zuì 最）盘：旧俗于婴儿周岁日，以盘盛各种杂物听其抓取，以占其将来之志趣。这叫抓晬、抓周。盛物之盘名晬盘。

④月昃：月亮偏西。

⑤羽冠鹤氅（chǎng 厂）：用羽毛装饰的帽子，用鹤毛编织的外衣。这代表道者之服。

⑥太华山：即西岳华山。在今陕西华阴市南。因附近有少华山，故名。

⑦喤喤（huáng 皇）盈耳：喤喤，象声词。此兼指音色之优美。盈耳，充满两耳。

⑧弄：曲。

⑨辱命：即奉命的谦虚说法。

⑩伏祈矜宥：敬请原谅。

⑪太簇（cù 促）：音律名。十二律中第三律。

⑫仲吕：音律名。即中吕。十二律中第六律。

⑬洞箫：乐器名。古代的箫，以竹管编排而成，称为排箫。上文雅箫、颂箫均属排箫一类。排箫以蜡封底。无蜡封底者称洞箫。今称单管直吹、正面五孔、背面一孔者为洞箫。

⑭伶伦：传说黄帝时乐官。曾制作音律。

⑮来仪：来贺。仪有贺意。

⑯盲婿：指昏暗不通音律之婿。

⑰绝粒：指不食五谷。

⑱周宣王十七年：即公元前811年。至秦穆公三十六年（前624年），实际已经历一百八十余年，而不是下文所说的"一百十余年"。

⑲鲍照：刘宋时诗人，公元414—466年在世，字明远。曾官前军参

军，世号鲍参军。

⑳吝（lìn 赁）：同"吝"，惜也。

㉑火粒：指熟食，谷食。

㉒江总：南朝陈代诗人，公元 519—594 年在世。为陈后主宠信，官至尚书令。世称江令，所作多艳诗。

㉓兔月：即月亮。因月中有玉兔，故称。

㉔周襄王三十一年：即公元前 621 年。

㉕橐（tuó 驼）泉：秦宫殿名。秦穆公之墓即在橐泉宫祈年观之下。见《三辅皇图·宫》。

㉖齐之二子从田横：田横，战国齐田氏后代。秦末起义反秦，自立为

齐王。刘邦称帝后，率五百人逃往海岛。刘邦招之。横与二客前往洛阳。未至二十里，羞为汉臣，自杀。二客亦随之自杀。原居海岛之徒众，闻横死，亦皆自杀。

㉗夷：本周采地，后属晋。故址待考。

㉘舍：舍弃，即撤销。

㉙士縠（hú 胡）：士蒍之子，继士蒍为司空。《穀梁传》作士穀。縠、穀音近，古通。

㉚师克在和：意指军队打胜仗的原因在于内部团结和睦。

㉛董：春秋时晋地。在今山西闻喜县东北。

㉜先臣偃：已经死亡的臣子叫先臣。偃即狐偃。狐射姑乃狐偃之子。

㉝赵孟：即赵盾。赵氏自赵盾之后，世称其为赵孟。

㉞防风氏之骨：防风氏为古部落酋长名。相传夏禹会诸部落于会稽之山，防风氏后至，为夏禹所杀。其身躯高大，骨节要用专车运载。

㉟潞国：赤狄部落国家名。故址在今山西潞城县东北。

㊱灵公：晋灵公姬夷皋，在位十四年（前620—前607）。

㊲厔（yǐn 引）阴：春秋时晋地名。在今山西临猗县东。

㊳寝蓐（rù 褥）：睡草席。意指休息。

㊴刳（kū 枯）首：春秋时晋地名。在今山西临猗县西四十五里，乃秦、晋分界之处。

第四十八回

刺先克五将乱晋
召士会寿余绐秦

话说箕郑父、士縠、梁益耳三人商议，只等秦兵紧急，便从中作乱，欲更赵盾之位，不意赵盾袭败秦兵，奏凯而回，心中愈愤。先都为下军

佐，因主将先蔑为赵盾所卖，出奔于秦，亦恨赵盾。凑着蒯得被先克以军事夺其田禄，中怀怨望，诉于士縠。縠曰："先克倚恃赵孟之属，故敢横行如此。盾所专制，惟中军耳。诚得一死士，先往刺克，则盾势孤矣。此事非得先子会不可。"蒯得曰："子会因主帅①为盾所卖，意亦恨之。"士縠曰："既如此，则克不难办也。"遂附耳曰："只须如此恁般，便可了事。"蒯得大喜曰："吾当即往言之。"蒯得往见先都，倒是先都开口说起："赵孟背了士季，袭败秦师，全无信义，难与同事。"蒯得遂以士縠之言，告于先都。都曰："诚如此，晋国之幸也。"

时冬月将尽，约至新春，先克往箕城，谒拜其祖先轸之祠。先都使家丁伏于箕城之外，只等先克过去，远远跟定，觑个空隙，群起刺杀之。从人惊散。赵盾闻先克为贼所杀，大怒，严令司寇缉获，五日一比②。先都等情慌，与蒯得商议，怂恿士縠、梁益耳等作速举事。梁益耳醉中泄其语于梁弘。弘大惊曰："此灭族之事也！"乃密告于臾骈，骈转闻于赵盾。盾即聚甲戒车，吩咐伺候听令。先都闻赵氏聚甲戒车，疑其谋已泄，急走士縠处，催并速发。箕郑父欲借上元节③晋侯赐酺④，乘乱行事，议久不决。赵盾先遣臾骈围先都之家，执都付狱。梁益耳、蒯得慌忙之际，欲与箕郑父、士縠团集四族家丁，劫出先都，一同为乱。赵盾使人反以先都之谋，告于箕郑父，请他入朝商议。箕郑父曰："赵孟见召，殆不疑我也。"遂轻身而往。原来赵孟为箕郑父见为上军元帅，恐其鼓众同乱，假意召之。郑父不知是计，坦然入朝。赵盾留住于朝房，与之议先都之事。密遣荀林父、郤缺、栾盾领着三枝军马，分头拿捕士縠、梁益耳、蒯得三人，俱下狱讫，荀林父等三将，至朝房回话。林父大声喝曰："箕郑父亦在作乱数内，如何还不就狱？"郑父曰："我有居守之劳，彼时三军在外，我独居中，不以此时为乱，今日诸卿济济，乃求死耶？"赵盾曰："汝之迟于为乱，正欲待先都、蒯得也。我已访知的实，不须多辩！"箕郑父俯首就狱。

赵盾奏闻晋灵公，欲将先都等五人行诛。灵公年幼，唯唯而已。灵公

既入宫，襄夫人闻五人在狱，问灵公曰："相国如何处置？"灵公曰："相国言：'罪并应诛。'"襄夫人曰："此辈事起争权，原无篡逆之谋，且主谋杀先克者，不过一二人，罪有首从，岂可一概诛戮？迩年老成彫丧，人才稀少，一朝而戮五臣，恐朝堂之位遂虚矣，可不虑乎？"明日，灵公以襄夫人之言，述于赵盾。盾奏曰："主少国疑，大臣擅杀，不大诛戮，何以惩后？"遂将先都、士縠、箕郑父、梁益耳、蒯得五人，坐以不君之罪，斩于市曹。录先克之子先縠为大夫。国人畏赵盾之严，无不股栗。

狐射姑在潞国闻其事，骇曰："幸哉，我之得免于死也。"一日，潞大夫酆舒问于狐射姑曰："赵盾比赵衰二人孰贤？"射姑曰："赵衰乃冬日之日，赵盾乃夏日之日。冬日赖其温，夏日畏其烈。"酆舒笑曰："卿宿闲话休提。却说楚穆王自篡位之后，亦有争伯中原之志，闻谍报晋君新立，赵盾专政，诸大夫自相争杀，乃召群臣计议，欲加兵于郑。大夫范山进曰："晋君年幼，其臣志在争权，不在诸侯。乘此时出兵以争北方，谁能当者！"穆王大悦，使斗越椒为大将，蒍贾副之，帅车三百乘伐郑。自引两广精兵，屯于狼渊⑤，以为声援。别遣息公子朱为大将，公子茷副之，帅车三百乘伐陈。

且说郑穆公闻楚兵临境，急遣大夫公子坚、公子龙、乐耳三人，引兵拒楚于境上，嘱以固守勿战，别遣人告急于晋。越椒连日挑战，郑兵不出。蒍贾密言于越椒曰："自城濮之后，楚兵久不至郑矣。郑人恃有晋救，不与我战。乘晋之未至，诱而擒之，可以雪往日之耻。不然，迁延日久，诸侯毕集，恐复如子玉故事，将奈何？"越椒曰："今欲诱之，当用何计？"蒍贾附耳曰："必须如此恁般。"越椒从其谋，乃传令军中，言："粮食将缺，可于村落掠取，以供食用。"自于帐中鼓乐饮酒，每日至夜半方散。有人传至狼渊，楚穆王疑斗越椒玩敌⑥，欲自往督战。范山曰："伯嬴智士，此必有计，不出数日，捷音当至矣。"

再说公子坚等，见楚兵不来搦战，心中疑虑，使人探听。回言："楚兵四出掳掠为食。斗元帅中军，日逐鼓乐饮酒，酒后谩骂，言郑人无用，不堪厮杀。"公子坚喜曰："楚兵四出掳掠，其营必虚；楚将鼓乐饮酒，其心必懈；若夜劫其营，可获全胜。"公子龙、乐耳皆以为然。是夜结束饱食，公子龙欲分作前中后三队，次第而进。公子坚曰："劫营与对阵不同，乃一时袭击之计，可分左右，不可分前后也。"于是三将并进。将及楚营，远远望见灯烛辉煌，笙歌嘹亮。公子坚曰："伯梦命合休矣！"麾车直进，楚军全不抵当。公子坚先冲入寨中，乐人四散奔走，惟越椒呆坐不动。上前看时，吃一大惊，乃是束草为人，假扮作越椒模样。公子坚急叫中计，退出寨前。忽闻寨后炮声大震，一员大将领军杀来，大叫："斗越椒在此！"公子坚奔走不迭，会合公子龙及乐耳二将，做一路逃奔。行

不一里，对面炮声又起，却是蒍贾预先埋伏一枝军马，在于中路，邀截郑兵。前有蒍贾，后有越椒，首尾夹攻，郑兵大败。公子龙、乐耳先被擒。公子坚舍命来救，马踬⑦车覆，亦为楚兵所获。郑穆公大惧，谓群臣曰："三将被擒，晋救不至，如何？"群臣皆曰："楚势甚盛，若不乞降，早晚打破城池，虽晋亦无如之何矣！"郑穆公乃遣公子丰至楚营谢罪，纳赂求和，誓不反叛。斗越椒使人请命于穆王，穆王许之。乃释公子坚、公子龙、乐耳三人之囚，放还郑国。

楚穆王传令班师。行至中途，楚公子朱伐陈兵败，副将公子茂为陈所获，打从狼渊一路来见穆王，请兵复仇。穆王大怒，正欲加兵于陈，忽报："陈有使命，送公子筏还楚，上书乞降。"穆王拆书看之，略曰：

寡人朔，壤地褊小，未获接侍君王之左右。蒙君王一旅训定⑧，边人愚莽，获罪于公子。朔惶悚，寝不能寐，敬使一介，具车马致之大国。朔愿终依宇下，以求荫庇。惟君王辱收之。

穆王笑曰："陈惧我讨罪，是以乞附，可谓见几⑨之士矣。"乃准其降。传檄征取郑、陈二国之君，同蔡侯以冬十月朔，于厥貉⑩取齐相会。

却说晋赵盾因郑人告急，遣人约宋、鲁、卫、许四国之兵，一同救郑。未及郑境，闻郑人降楚，楚师已还。又闻陈亦降楚。宋大夫华耦、鲁大夫公子遂，俱请伐陈、郑。赵盾曰："我实不能驰救，以失二国，彼何罪焉？不如退而修政。"乃班师。髯翁有诗叹云：

　　谁专国柄主诸侯？却令荆蛮肆蠹谋。

　　今日郑陈连臂去，中原伯气黯然^⑪收。

再说陈侯朔与郑伯兰，于秋末齐至息地，候楚穆王驾到。相见礼毕，穆王问曰："原订厥貉相会，如何逗遛此地？"陈侯、郑伯齐声答曰："蒙君王相约，诚恐后期获罪，故预于此地奉候随行。"穆王大喜。忽谍报："蔡侯甲午，已先到厥貉境上。"穆王遂同陈、郑二君，登车疾走。蔡侯

迎穆王于厥貉，以臣礼见，再拜稽首。陈侯、郑伯大惊，私语曰："蔡屈体如此，楚必以我为慢矣。"乃相与请于穆王曰："君王税驾^⑫于此，宋君不来参谒，君王可以伐之。"穆王笑曰："孤之顿兵于此，正欲为伐宋计也。"

　　早有人报入宋国。时宋成公王臣已卒，子昭公杵臼[13]已立三年，信用小人，疏斥公族。穆、襄之党[14]作乱，杀司马公子卬，司城荡意诸奔鲁，宋国大乱。赖司寇华御事调停国事，请复意诸之官，国以粗安。至是，闻楚合诸侯于厥貉，有窥宋之意。华御事请于宋公曰："臣闻'小不事大，国所以亡'。今楚臣服陈、郑，所不得者宋耳。请先往迎之。若待其见伐，然后请成，无及也。"宋公以为然。乃亲造厥貉，迎谒楚王。且治田猎之具，请较猎于孟诸之薮[15]。穆王大悦。陈侯请为前队开路，宋公为右阵，郑伯为左阵，蔡侯为后队，相从楚穆王出猎。穆王出令，命诸侯从田者，于侵晨驾车，车中各载燧[16]，以备取火之用。合围良久，穆王驰入右师，偶赶逐群狐，狐入深窟，穆王回顾宋公，取燧薰之。车中无燧，楚司马申无畏奏曰："宋公违令，君不可以加刑，请治其仆。"乃叱宋公之御者，挞之三百，以儆于诸侯。宋公大惭。此周顷王二年[17]事。是时楚最强横，遣斗越椒行聘于齐、鲁，俨然以中原伯主自待，晋不能制也。

　　周顷王四年，秦康公集群臣议曰："寡人衔令狐之恨[18]，五年于兹矣！今赵盾诛戮大臣，不修边政。陈、蔡、郑、宋，交臂事楚，晋莫能禁，其弱可知。此时不伐晋，更何待乎？"诸大夫皆曰："愿效死力。"康公乃大阅车徒，使孟明居守，拜西乞术为大将，白乙丙副之，士会为参谋，出车五百乘，浩浩荡荡，济河而东，攻羁马[19]，拔之。

　　赵盾闻报，急为应敌之计。自将中军，迁上军大夫荀林父为中军佐，以补先克之缺。用提弥明为车右。使郤缺代箕郑父为上军元帅。盾有从弟赵穿，乃晋襄公之爱婿，自请为上军之佐。盾曰："汝年少好勇，未曾历练，姑待异日。"乃用臾骈为之。使栾盾为下军元帅，补先蔑之缺；胥臣之子胥甲为副，补先都之缺。赵穿又自请以其私属，附于上军，立功报效。赵盾许之。军中缺司马，韩子舆之子韩厥，自幼育于赵盾之家，长为门客，贤而有才，盾乃荐于灵公而用之。三军方出绛城，甚是整肃。行不十里，忽有乘车冲入中军。韩厥使人问之，御者对曰："赵相国忘携饮具，奉军令来取，特此追送。"韩厥怒曰："兵车行列已定，岂容乘车擅入？

法当斩！”御者涕泣曰：“此相国之命也。”韩厥曰：“厥忝为司马，但知有军法，不知有相国也。”斩御者而毁其车。诸帅言于赵盾曰：“相国举韩厥，而厥戮相国之车，此人负恩，恐不可用。”赵盾微笑，即使人召韩厥。诸将以盾必辱厥以报其怨。厥既至，盾乃降席而礼之曰：“吾闻‘事君者，比而不党[20]’。子能执法如此，不负吾举矣。勉之！”厥拜谢而退。盾又谓诸将曰：“他日执晋政者，必厥也！韩氏其将昌矣。”晋师营于河曲[21]，臾骈献策曰：“秦师蓄锐数年，而为此举，其锋不可当，请深沟高垒，固守勿战。彼不能持久，必退，退而击之，胜可万全。”赵盾从其计。

秦康公求战不得，问计于士会。士会对曰：“赵氏新任一人，姓臾名骈，此人广有智谋。今日坚壁不战，盖用其谋，以老我师也。赵有庶子赵

穿，晋先君之爱婿。闻其求佐上军，赵孟不从而用骈，穿意必然怀恨。今赵孟用骈之谋，穿必不服，故自以私属从行，其意欲夺臾骈之功也。若使轻兵挑其上军，即臾骈不出，赵穿必恃勇来追，因之以求一战，不亦可乎？"秦康公从其谋，乃使白乙丙率车百乘，袭晋上军挑战。郤缺与臾骈俱坚持不动。赵穿闻秦兵掩至，即率私属百乘出迎。白乙丙回车便走，车行甚速，赵穿追十余里，不及而返。怪臾骈等不肯协力同追，乃召军吏大骂曰："裹粮披甲，本欲求战，今敌来而不出击，岂上军皆妇人乎？"军吏曰："主帅自有破敌之谋，不在今日。"穿复大骂曰："鼠辈有何深谋？直是畏死耳！别人怕秦，我赵穿偏不怕！我将独奔秦军，拼死一战，以雪坚壁之耻。"遂驱车复进，呼号于众曰："有志气者，都跟我来！"三军莫应。惟有下军副将胥甲叹曰："此人真正好汉，吾当助之。"正欲出军。却说上军元帅郤缺，急使人以赵穿之事报之赵盾。盾大惊曰："狂夫独出，必为秦擒，不可不救也。"乃传令三军，一时并出，与秦交战。

再说赵穿驰入秦壁，白乙丙接住交锋，约战三十余合，彼此互有杀伤。西乞术方欲夹攻，见对面大军齐至，两下不敢混战，各鸣金收军。赵穿回至本阵，问于赵盾曰："我欲独破秦军，为诸将雪耻，何以鸣金之骤也？"盾曰："秦大国，未可轻敌，当以计破之。"穿曰："用计用计，吃了一肚子好气！"言犹未毕，报："秦国有人来下战书。"赵盾使臾骈接

之。使者将书呈上，臾骈转呈于赵盾。盾启而观之，书曰："两国战士，皆未有缺，请以来日决一胜负！"盾曰："谨如命。"使者去后，臾骈谓赵

盾曰："秦使者口虽请战，然其目傍徨四顾，似有不宁之状，殆惧我也，夜必遁矣。请伏兵于河口，乘其将济而击之，必大获全胜。"赵盾曰："此计甚妙。"

　　正欲发令埋伏，胥甲闻其谋，告于赵穿。穿遂与胥甲同至军门，大呼曰："众军士听吾一言：我晋国兵强将广，岂在西秦之下？秦来约战，已许之矣；又欲伏兵河口，为掩袭之计，是岂大丈夫所为耶？"赵盾闻之，召谓曰："我原无此意，勿得挠乱军心也！"秦谍者探得赵穿和胥甲军门之语，乃连夜遁走，复侵入瑕邑[22]，出桃林塞[23]而归。赵盾亦班师，回国治泄漏军情之罪，以赵穿为君婿，且是从弟，特免其议；专委罪于胥甲，削其官爵，逐去卫国安置。又曰："臼季之功，不可斩也[24]！"仍用胥甲之子胥克为下军佐。髯仙有诗议赵盾之不公。诗云：

同呼军门罪不殊，独将胥甲正刑书。

相君庇族非无意，请把桃园问董狐。

周顷王五年，赵盾惧秦师复至，使大夫詹嘉居瑕邑，以守桃林之塞。
臾骈进曰："河曲之战，为秦画策者士会也。此人在秦，吾辈岂能高枕而
卧耶？"赵盾以为然，乃于诸浮㉕之别馆，大集六卿而议之。那六卿：赵
盾、郤缺、栾盾、荀林父、臾骈、胥克。是日六卿毕至，赵盾开言曰：
"今狐射姑在狄，士会在秦，二人谋害晋国，当何策以待之？"荀林父曰：
"请召射姑而复之。射姑堪境外之事，且子犯旧勋，宜延其赏。"郤缺曰：
"不然。射姑虽系宿勋，然有擅杀大臣㉖之罪。若复之，何以儆将来乎？
不如召士会。士会柔顺而多智，且奔秦非其罪也。狄远而秦逼，欲除秦
害，先去其助，言召士会者是。"赵盾曰："秦方宠任士会，请之必不从，

何计而可复之？”臾骈曰：“骈所善一人，乃先臣毕万之孙，名寿余，即魏犨之从子也。见今食邑于魏[27]，虽在国中带名世爵，未有职任。此人颇能权变，要招来士会，只在此人身上。”乃附赵盾之耳曰：“如此恁般……何如？”盾大喜曰：“烦吾子为我致之。”六卿既散，臾骈即夕往叩寿余之门，寿余相迎坐定。臾骈请至密室，以招士会之策，告于寿余，寿余应允。臾骈回复了赵盾。

次早，赵盾奏知灵公，言：“秦人屡次侵晋，宜令河东诸邑宰，各各团练甲伍，结寨于黄河岸口，输番戍守。并责成食采之人[28]，往督其事，倘有失利，即行削夺，庶肯用心防范。"灵公准奏。赵盾又曰："魏，大邑也，魏倡之，诸邑无敢不从矣。"乃以灵公之命召魏寿余，使督责有司，团兵出戍。寿余奏曰："臣蒙主上录先世之功，衣食大县，从未知军旅之事。况河上绵延百余里，处处可济，暴露军士，守之无益。"赵盾怒曰："小臣何敢挠吾大计？限汝三日内，取军籍呈报！再若抗违，当正军法！"寿余叹息而出，回家闷闷不悦。妻子叩问其故，寿余曰："赵盾无道，欲我督戍河口，何日了期？汝可收拾家资，随我往秦国，从士会去可也。"吩咐家人整备车马。是夜索酒痛饮，以进馔不洁，鞭膳夫百余，犹恨恨不绝，言欲杀之。膳夫奔赵府，首告寿余欲叛晋奔秦之事，赵盾使韩厥帅兵往捕之。厥放走寿余，只擒获其妻子，下于狱中。

寿余连夜奔往秦国，见秦康公，告诉赵盾如此恁般，强横无道："妻

子陷狱，某孤身走脱，特来投降。"康公问士会："真否？"士会曰："晋人多诈，不可信也。若寿余果真降，当以何物献功？"寿余于袖中出一文书，乃是魏邑土地人民之数，献于康公曰："明公能收寿余，愿以食邑奉献。"康公又问士会："魏可取否？"寿余以目盼士会，且蹑其足。士会虽奔在秦，然心亦思晋，见寿余如此光景，阴会其意，乃对曰："秦弃河东五城，为姻好也㉙。今两国治兵相攻，数年不息，攻城取邑，惟力是视。河东诸城，无大于魏者，若得魏而据之，以渐收河东之地，亦是长策㉚。只恐魏有司惧晋之讨，不肯来归耳！"寿余曰："魏有司虽晋臣，实魏氏之所莅。若明公率一军屯于河西，遥为声援，臣力能致之。"秦康公顾士会曰："卿熟知晋事，须同寡人一行。"乃拜西乞术为将，士会副之，亲率大军前进。

既至河口，安营了毕，前哨报："河东有一枝军屯札，不知何意。"寿余曰："此必魏人闻有秦兵，故为备耳。彼未知臣之在秦也。诚得一东方之人，熟知晋事者，与臣先往，谕以祸福，不愁魏有司不从。"康公命士会同往。士会顿首辞曰："晋人虎狼之性，暴不可测。倘臣往谕而从，是国家之福也。万一不从，拘执臣身，君复以臣不堪事之故，加罪于臣之妻孥，无益于君，而臣之身家，枉被其殃，九泉之下，可追悔乎？"康公不知士会为诈，乃曰："卿宜尽心前往。若得魏地，重加封赏。倘被晋人拘留，寡人当送还家口，以表相与之情。"与士会指黄河为誓。秦大夫绕朝谏曰："士会，晋之谋臣，此去如巨鱼纵壑，必不来矣。君奈何轻信寿余之言，而以谋臣资敌乎？"康公曰："此事寡人能任之，卿其勿疑。"士会同寿余辞康公而行。绕朝慌忙驾车追送，以皮鞭赠士会曰："子莫欺秦国无智士也，但主公不听吾言耳。子持此鞭马速回，迟则有祸。"士会拜谢，遂驰车急走。史臣有诗云：

策马挥衣古道前，殷勤赠友有长鞭。

休言秦国无名士，争奈康公不纳言。

士会等渡河而东。

d 未知如何归晋，再看下回分解。

【注释】

①主帅：指先蔑。先蔑为下军元帅，先都（字子会）佐之。见上回。

②比：限期追捕犯人叫比。

③上元节：旧俗以农历正月十五为上元节，后又称元宵。

④赐酺（pú 仆）：赐宴。天子赐臣下聚饮叫酺。

⑤狼渊：春秋时郑地名。在今河南许昌市西。

⑥玩敌：轻视敌人。

⑦踬（zhì 治）：绊倒。

⑧训定：平定并使其顺服。

⑨见几（jī基）：几通"机"。见几，即了解形势。

⑩厥貉（hé核）：春秋时楚地名，在今河南项城市境内。

⑪黯（àn暗）然：沮丧的样子。

⑫税（tuó脱）驾：停车休息。税，通"脱"。

⑬昭公杵臼：宋成公子，在位九年（前619—前611）。

⑭穆、襄之党：指宋穆公子和、宋襄公子兹父的子孙后代。

⑮孟诸之薮：春秋时宋境内之著名薮泽。故址在今河南商丘市北。因

屡被黄河冲决，早已不存。

⑯燧（suì 碎）：火炬之类。

⑰周顷王二年：周顷王姬壬臣，周同襄王子。在位六年（前618—前613）。其二年即公元前617年。

⑱令狐之恨：指秦奉约送公子雍至令狐下寨，晋违约反攻秦军，致秦大败一事。见上回。

⑲羁马：春秋时晋邑名。在今山西永济市南。

⑳比而不党：亲近而不偏私。

㉑河曲：黄河弯曲之处。黄河流至今山西永济市，由南北流向转折为东西流向。

㉒瑕（xiá 侠）邑：春秋时晋邑。在今河南灵宝市东，旧名曲沃地。

㉓桃林塞：古边塞名，又称桃园、桃原。在今河南灵宝市以西、陕西潼关以东。

㉔"白季"二句：白季，即胥甲之父胥臣。乃重耳从亡的功臣。斩，此指断绝，埋没。

㉕诸浮：春秋时晋地名，在新绛城外近郊。

㉖擅杀大臣：指狐射姑使其弟狐鞫居杀太傅阳处父一事。见上回。

㉗魏：春秋时晋邑名。在今山西芮城县西。

㉘食采之人：指封土赐爵但无官职禄位之人。

㉘"秦弃"二句：河东，疑为河西之误。世子圉（即晋怀公）质于秦，穆公以女怀嬴妻之，乃以河西五城归于晋。此事本书未载。

㉚长策：善策，良策。

第四十九回　公子鲍厚施买国　齐懿公竹池遇变

　　话说士会同寿余济了黄河，望东而行。未及里许，只见一位年少将军，引着一队军马来迎，在车上欠身曰："随季①别来无恙?"士会近前视之，那将军姓赵名朔，乃赵相国盾之子也。三人下车相见。士会问其来意，朔曰："吾奉父命，前来接应吾子还朝，后面复有大军至矣。"当下一声炮响，车如水，马如龙，簇拥士会同寿余一齐去了。秦康公使人隔河瞭望，回报康公，大怒，便欲济河伐晋。前哨又报："探得河东复有大军到来，大将乃是荀林父、郤缺二人。"西乞术曰："晋既有大军接应，必不容我济河，不如归也。"乃班师。

　　荀林父等见秦军已去，亦还晋国。士会去秦三载，今日复进绛城，不胜感慨。入见灵公，伏地谢罪。灵公曰："卿无罪也。"使列于六卿之间。赵盾嘉魏寿余之劳，言于灵公，赐车十乘。秦康公使人送士会之妻孥于晋，曰："吾不负黄河之誓也!"士会感康公之义，致书称谢，且劝以息兵养民，各保四境。康公从之。自此秦、晋不交兵者数十年。

　　周顷王六年，崩，太子班即位，是为匡王②。即晋灵公之八年也。时楚穆王薨，世子旅嗣位，是为庄王③。赵盾以楚新有丧，乘此机会，思复先世盟主之业，乃大合诸侯于新城④。宋昭公杵臼、鲁文公兴、陈灵公平国、卫成公郑、郑穆公兰、许昭公锡我，并至会所。宋、陈、郑三国之君，各诉前日从楚之情，出于不得已。赵盾亦各各抚慰，诸侯始复附于晋。惟蔡侯附楚如故，不肯赴会。赵盾使郤缺引军伐之，蔡人求和，乃还。

　　齐昭公潘本欲赴会，适患病，未及盟期，昭公遂薨，太子舍即位。其母乃鲁女子叔姬，谓之昭姬。昭姬虽为昭公夫人，不甚得宠。世子舍才望

庸常，亦不为国人所敬重。公子商人，齐桓公之妾密姬所生，素有篡位之志，赖昭公待之甚厚，此念中沮，峕俟昭公死后，方举大事。昭公末年，召公子元⑤于卫，任以国政。商人忌公子元之贤，意欲结纳人心，乃尽出其家财，周恤贫民，如有不给，借贷以继之，百姓无不感激。又多聚死亡在家，朝夕训练，出入跟随。及世子舍即位，适彗星出于北斗，商人使人占之，曰："宋、齐、晋三国之君，皆将死乱。"商人曰："乱齐者，非我

而谁?"命死士即于丧幕中,刺杀世子舍。商人以公子元年长,乃伪言曰:"舍无人君之威,不可居大位,吾此举为兄故也。"公子元大惊曰:"吾知尔之求为君也久矣,何乃累我?我能事尔,尔不能事我也,但尔为君以后,得容我为齐国匹夫,以寿终足矣!"商人即位,是为懿公⑥。子元心恶商人之所为,闭门托病,并不入朝。此乃是公子元的好处。

且说昭姬痛其子死于非命,日夜悲啼。懿公恶之,乃囚于别室,节其饮食。昭姬阴赂宫人,使通信于鲁。鲁文公畏齐之强,命大夫东门遂如周,告于匡王,欲借天子恩宠,以求释昭姬之囚。匡王命单伯往齐,谓懿公曰:"既杀其子,焉用其母,何不纵之还鲁,以明齐之宽德?"懿公讳弑舍之事,闻"杀子"之语,面颊发赤,嘿然无语。单伯退就客馆。懿公迁昭姬于他宫,使人诱单伯曰:"寡君于国母未之敢慢。况承天子降谕,敢不承顺?吾子何不谒见国母,使知天子眷顾宗国之意?"单伯只道是好话,遂驾车随使者入宫谒见昭姬。昭姬垂涕,略诉苦情,单伯尚未及答,不虞懿公在外掩至,大骂曰:"单伯如何擅入吾宫,私会国母,欲行苟且之事耶?寡人即讼之天子!"遂并单伯拘禁,与昭姬各囚于一室。恨鲁人以王命压之,兴兵伐鲁。论者谓懿公弑幼主,囚国母,拘天使,虐邻国,穷凶极恶,天理岂能容乎?但当时高、国世臣,济济在朝,何不奉子元以声商人之罪,而乃纵其凶恶,绝无一言?时事至此,可叹矣!有诗云:

欲图大位欺孤主,先散家财买细民。

堪恨朝中绶若若⑦,也随市井媚凶人!

鲁使上卿季孙行父如晋告急。晋赵盾奉灵公合宋、卫、蔡、陈、郑、曹、许共八国诸侯,聚于扈地⑧,商议伐齐。齐懿公纳赂于晋,且释单伯还周,昭姬还鲁,诸侯遂散归本国。鲁闻晋不果伐齐,亦使公子遂纳赂于齐以求和。不在话下。

却说宋襄公夫人王姬,乃周襄王之女兄,宋成公王臣之母,昭公杵臼之祖母也。昭公自为世子时,与公子卬、公孙孔叔、公孙钟离三人,以田猎游戏相善,既即位,惟三人之言是听,不任六卿,不朝祖母,疏远公族，怠弃民事，日以从田⑨为乐。司马乐豫知宋国必乱，以其官让于公子卬。司城⑩公孙寿亦虑祸及，告老致政，昭公即用其子荡意诸⑪，嗣为司城之官。襄夫人王姬老而好淫，昭公有庶弟公子鲍，美艳胜于妇人，襄夫人心爱之，醉以酒，因逼与之通，公子鲍力拒得免。然襄夫人终有心，遂

欲废昭公而立公子鲍。昭公畏穆、襄之族太盛，与公子卬等谋逐之。王姬阴告于二族，遂作乱，围公子卬、公孙钟离二人于朝门而杀之。司城荡意诸惧而奔鲁。公子鲍素能敬事六卿，至是，同在国诸卿，与二族讲和，不究擅杀之罪，召荡意诸于鲁，复其位。

公子鲍闻齐公子商人以厚施买众心，得篡齐位，乃效其所为，亦散家

财，以周给贫民。昭公七年，宋国岁饥，公子鲍尽出其仓廪之粟，以济贫者。又敬老尊贤，凡国中年七十以上，月致粟帛，加以饮食珍味，使人慰问安否。其有一才一艺之人，皆收致门下，厚稿管待[12]。公卿大夫之门，月有馈送。宗族无亲疏，凡有吉凶之费，倾囊助之。昭公八年，宋复大饥，公子鲍仓廪已竭，襄夫人尽出宫中之藏以助之施，举国无不颂公子鲍之仁。宋国之人，不论亲疏贵贱，人人愿得公子鲍为君。公子鲍知国人助己，密告于襄夫人，谋弑昭公。襄夫人曰："闻杵臼将猎于孟诸之薮，乘其驾出，我使公子须闭门，子帅国人以攻之，无不克矣。"鲍依其言。

司城荡意诸，颇有贤名，公子鲍素敬礼之。至是，闻襄夫人之谋，以告昭公曰："君不可出猎，若出猎，恐不能返。"昭公曰："彼若为逆，虽在国中，其能免乎？"乃使右师[13]华元、左师公孙友居守。遂尽载府库之宝，与其左右，以冬十一月望孟诸进发。才出城，襄夫人召华元、公孙友留之宫中，而使公子须闭门。公子鲍使司马华耦号于军中曰："襄夫人有命，今日扶立公子鲍为君。吾等除了无道昏君，共戴有道之主，众议以为何如？"军士皆踊跃曰："愿从命！"国人亦无不乐从。华耦率众出城，追赶昭公。

昭公行至半途闻变，荡意诸劝昭公出奔他国，以图后举。昭公曰："上自祖母，下及国人，无不与寡人为仇，诸侯谁纳我者？与其死于他国，宁死于故乡耳！"乃下令停车治餐，使从田者皆饱食。食毕，昭公谓左右曰："罪在寡人一身，与汝等何与？汝等相从数年，无以为赠，今国中宝玉，俱在于此，分赐汝等，各自逃生，毋与寡人同死也！"左右皆哀泣曰："请君前行，倘有追兵，我等愿拼死一战。"昭公曰："徒杀身，无益也。寡人死于此，汝等勿恋寡人！"少顷，华耦之兵已至，将昭公围住，口传襄夫人之命："单诛无道昏君，不关众人之事。"昭公急麾左右，奔散者大半，惟荡意诸仗剑立于昭公之侧。华耦再传襄夫人之命，独召意诸。意诸叹曰："为人臣而避其难，虽生不如死！"华耦乃操戈直逼昭公，荡意诸以身蔽之，挺剑格斗。众军民齐上，先杀意诸，后杀昭公，左右不去

者，尽遭屠戮。伤哉！史臣有诗云：

昔年华督弑殇公[14]，华耦今朝又助凶。

贼子乱臣原有种，蔷薇桃李不相同。

华耦引军回报襄夫人。右师华元、左师公孙友等合班启奏："公子鲍仁厚得民，宜嗣大位。"遂拥公子鲍为君，是为文公[15]。华耦朝贺毕，回家患心疼暴卒。文公嘉荡意诸之忠，用其弟荡虺为司马，以代华耦。母弟公子须为司城，以补荡意诸之缺。

赵盾闻宋有弑君之乱，乃命荀林父为将，合卫、陈、郑之师伐宋。宋右师华元至晋军，备陈国人愿戴公子鲍之情，且敛金帛数车，为犒军之礼，求与晋和。荀林父欲受之。郑穆公曰："我等鸣钟击鼓，以从将军于宋，讨无君也。若许其和，乱贼将得志矣。"荀林父曰："齐、宋一体也，吾已宽齐，安得独诛宋乎？且国人所愿，因而定之，不亦可乎？"遂与宋华元盟，定文公之位而还。郑穆公退而言曰："晋惟赂是贪，有名无实，不能复伯诸侯矣。楚壬新立，将有事于征伐，不如弃晋从楚，可以自安。"乃遣人通款于楚，晋亦无如之何也。髯仙有诗云：

仗义除残是伯图，兴师翻把乱臣扶。

商人无恙鲍安位，笑杀中原少丈夫。

再说齐懿公商人，赋性贪横，自其父桓公在位时，曾与大夫邴原争田邑之界，桓公使管仲断其曲直，管仲以商人理曲，将田断归邴氏，商人一向衔恨于心。及是弑舍而自立，乃尽夺邴氏之田，又恨管仲党于邴氏，亦削其封邑之半。管氏之族惧罪，逃奔楚国，子孙遂仕于楚。懿公犹恨邴原不已，时邴原已死，知其墓在东郊，因出猎过其墓所，使军士掘墓，出其尸，断其足。邴原之子邴歜随侍左右，懿公问曰："尔父罪合断足否？卿得无怨寡人乎？"歜应曰："臣父生免刑诛，已出望外，况此朽骨，臣何敢怨？"懿公大悦曰："卿可谓干蛊之子⑯矣！"乃以所夺之田还之。邴歜请掩其父，懿公许之。复购求国中美色，淫乐惟日不足。有人誉大夫阎职之妻甚美，因元旦出令，凡大夫内子俱令朝于中宫⑰。阎职之妻，亦在其内，懿公见而悦之，因留宫中，不遣之归，谓阎职曰："中宫爱尔妻为伴，可别娶也。"阎职敢怒而不敢言。

齐西南门有地名申池，池水清洁可浴，池旁竹木甚茂。时夏五月，懿公欲往申池避暑，乃命邴歜御车，阎职骖乘⑱。右师华元⑲私谏曰："君刖邴歜之父，纳阎职之妻，此二人者，安知不衔怨于君？而君乃亲近之。齐臣中未尝缺员，何必此二人也？"懿公曰："二子未尝敢怨寡人也，卿勿疑。"乃驾车游于申池，饮酒甚乐。懿公醉甚，苦热，命取绣榻，置竹林密处，卧而乘凉。邴歜与阎职浴于申池之中，邴歜恨懿公甚深，每欲弑之，以报父仇，未得同事之人，知阎职有夺妻之怨，欲与商量，而难于启口。因在池中同浴，心生一计，故意以折竹击阎职之头。职怒曰："奈何欺我？"邴歜带笑言曰："夺汝之妻，尚然不怒，一击何伤，乃不能忍

耶?"阎职曰:"失妻虽吾之耻,然视刖父之尸,轻重何如?子忍于父,而责我不能忍于妻,何其昧也!"邴歜曰:"我有心腹之言,正欲语子,一向隐忍不言,惟恐子已忘前耻,吾虽言之,无益于事耳。"阎职曰:"人各有心,何日忘之,但恨力不及也。"邴歜曰:"今凶人醉卧竹中,从游者惟吾二人,此天遣我以报复之机,时不可失!"阎职曰:"子能行大事,吾当相助。"

二人拭体穿衣,相与入竹林中看时,懿公正在熟睡,鼻息如雷,内侍守于左右。邴歜曰:"主公酒醒,必觅汤水,汝辈可预备以待。"内侍往备汤水。阎职执懿公之手,邴歜扼其喉,以佩剑刎之,头坠于地。二人扶其尸，藏于竹林之深处，弃其头于池中。懿公在位才四年耳。内侍取水至，邴歜谓之曰："商人弑君而立，齐先君使我行诛。公子元贤孝，可立为君也。"左右等唯唯，不敢出一言。邴歜与阎职驾车入城，复置酒痛饮，欢呼相庆。早有人报知上卿高倾、国归父，高倾曰："盍讨其罪而戮之，以戒后人？"国归父曰："弑君之人^⑳，吾不能讨，而人讨之，又何罪焉？"邴、阎二人饮毕，命以大车装其家资，以辁车^㉑载其妻子，行出南门，家人劝使速驰，邴歜曰："商人无道，国人方幸其死，吾何惧哉？"徐徐而行，俱往楚国去讫。高倾与国归父聚集群臣商议，请公子元为君，是为惠公^㉒。髯翁有诗云：

仇人岂可与同游？密迩仇人仇报仇。

不是逆臣无远计，天教二憾逞凶谋。

话分两头。却说鲁文公^㉓名兴，乃僖公嫡夫人声姜之子，于周襄王二十六年嗣位。文公娶齐昭公女姜氏为夫人，生二子，曰恶，曰视。其嬖妾秦女敬嬴，亦生二子，曰倭，曰叔肸。四子中惟倭年长。而恶乃嫡夫人所生，故文公立恶为世子。时鲁国任用三桓^㉔为政。孟孙氏曰公孙敖，生子曰穀，曰难。叔孙氏曰公孙兹，生子曰叔仲彭生，曰叔孙得臣。文公以彭生为世子太傅。季孙氏曰季无佚，乃季友之子，无佚生行父，即季文子也。鲁庄公有庶子曰公子遂，亦曰仲遂，住居东门，亦曰东门遂，自僖公之世，已与三桓一同用事。论起辈数，公孙敖与仲遂为再从兄弟，季孙行父又是下一辈了。因公孙敖得罪于仲遂，客死于外，故孟孙氏失权，反是仲孙氏、叔孙氏、季孙氏三家为政。

且说公孙敖如何得罪？敖娶莒女戴己为内子，即穀之母；其娣声己，即难之母也。戴己病卒，敖性淫，复往聘己氏之女。莒人辞曰："声己尚在，当为继室。"敖曰："吾弟仲遂未娶，即与遂纳聘可也。"莒人许之。鲁文公七年，公孙敖奉君命如莒修聘，因顺便为仲遂逆女。及鄢陵^㉕，敖登城而望，见己氏色甚美，是夜竟就己氏同宿，自娶归家。仲遂见夺其妻，大怒，诉于文公，请以兵攻之。叔仲彭生谏曰："不可。臣闻之：

'兵[20]在内为乱，在外为寇。'幸而无寇，可启乱乎？"文公乃召公孙敖，使退还己氏于莒，以释仲遂之憾。敖与遂兄弟讲和如故。敖一心思念己氏，至次年，奉命如周，奔襄王之丧，不至京师，竟携吊币，私往莒国，与己氏夫妇相聚。鲁文公亦不追究，立其子穀主孟氏之祀。其后敖忽思故国，使人言于穀，穀转请于其叔仲遂。遂曰："汝父若欲归，必依我三件事乃可。无入朝，无与国政，无携带己氏。"穀使人回复公孙敖。敖急于求归，欣然许之。敖归鲁三年，果然闭户不出。忽一日，尽取家中宝货金帛，复往莒国。孟孙穀想念其父，逾年病死。其子仲孙蔑尚幼，乃立孟孙难为卿。未几，己氏卒，公孙敖复思归鲁，悉以家财纳于文公，并及仲遂，使其子难为父请命。文公许之，遂复归。至齐，病不能行，死于堂阜^⑳。孟孙难固请归其丧于鲁。难乃罪人之后，又权主宗祀，以待仲蔑之长，所以不甚与事。季孙行父让仲遂与彭生得臣是叔父行，每事不敢自专。而彭生仁厚，居师傅之任。得臣屡掌兵权，所以仲遂、得臣二人，尤当权用事。敬嬴恃文公之宠，恨其子不得为嗣，乃以重赂交结仲遂，因以

其子倭托之，曰："异日倭得为君，鲁国当与子共之。"仲遂感其相托之意，有心要推戴公子倭，念："叔仲彭生，乃是世子恶之傅，必不肯同谋。而叔孙得臣，性贪贿赂，可以利动。"时时以敬嬴所赐分赠之，曰："此嬴氏夫人命我赠子者。"又使公子倭时时诣得臣之门，谦恭请教，故得臣

亦心向之。

　　周匡王四年，鲁文公十有八年也。是年春，文公薨，世子恶主丧即位，各国皆遣使吊问。时齐惠公元新即大位，欲反商人之暴政，特地遣人至鲁，会文公之葬。仲遂谓叔孙得臣曰："齐、鲁世好也。桓、僖二公，欢若兄弟。孝公结怨，延及商人，遂为仇敌。今公子元新立，我国未曾致贺，而彼先遣人会葬，此修好之美意，不可不往谢之。乘此机会，结齐为援，以立公子倭，此一策也。"叔孙得臣曰："子去，我当同行。"

　　毕竟二人如齐，商量出甚事来，且看下回分解。

【注释】

　　①随季：即士会。士会字季，亦称士季。因食采于随、范，故又可称

为随会、随季或范会。死后谥武，又称范武子或随武子。

②匡王：周匡王姬班，顷王子。在位六年（前612—前607）。

③庄王：楚庄王芈旅（又作芈侣），穆王子。春秋五霸之一。在位二十三年（前613—前591）。

④新城：春秋时郑邑名，或称新密。在今河南密县东南。

⑤公子元：齐桓公妾少卫姬所生。因桓公死后群公子作乱失败而逃卫。见第三十二、三十三回。

⑥懿公：齐懿公吕商人，齐桓公妾密姬所生。在位四年（前612—前609）。

⑦绶若若：古代职官用以系印环的丝带叫绶。若若，长而下垂貌。此泛指众多的官僚。

⑧扈：春秋时郑邑名。在今河南原武县西北有扈亭。

⑨从田：从事打猎。

⑩司城：宋职官名，即司空。因宋武公名司空，故避讳改名。

⑪荡意诸：人名，公孙寿之子。寿父公子荡乃宋桓公子。故寿之子乃以荡为氏。

⑫厚糈（xǔ 许）管待：以优厚的食物接待。糈指粮饷。管待，招待。

⑬右师：与左师均为宋官名，位列六卿。

⑭华督弑殇公：事见第八回。下句华耦系华督之曾孙。

⑮文公：宋文公子鲍，在位二十二年（前 610—前 589）。

⑯干蛊（gǔ 古）之子：意指为子者而能矫正父母的过失。语出《易经·蛊》。

⑰中宫：王后或诸侯夫人居处，以别于东西二宫。此借指齐懿公夫人。

⑱骖乘：平时乘车时居于车右者，即陪乘。

⑲ "右师华元"以下一段：此处甚误。齐无右师官名，齐大夫中亦无名华元者。上文宋右师华元乃春秋时著名人物，但此人此时并未写明出使齐国，且此段所谓"私谏"全系针对国君用人而发，根本不合外臣口吻。

⑳弑君之人：此指齐懿公吕商人，言其曾弑昭公之子舍。

㉑辒（píng 平）车：妇女乘坐四围有障蔽之车。

㉒惠公：齐惠公吕元，在位十年（前608—前599）。

㉓鲁文公：名姬兴。在位十八年（前626—前609）。

㉔三桓：指鲁桓公后代孟孙、叔孙、季孙三家。见第二十二回。

㉕鄣（yān 烟）陵：春秋时莒国邑名。在今山东沂水县西南。

㉖兵：此指军事行动。

㉗堂阜：春秋时齐邑名。在今山东蒙阴县西北。

第五十回 东门遂援立子倭
赵宣子桃园强谏

话说仲孙遂同叔孙得臣二人如齐拜贺新君，且谢会葬之情。行礼已毕，齐惠公赐宴，因问及鲁国新君："何以名恶？世间嘉名颇多，何偏用此不美之字？"仲遂对曰："先寡君初生此子，使太史占之，言：'当恶死，不得享国。'故先寡君名之曰恶，欲以厌①之。然此子非先寡君所爱也。所爱者长子名倭，为人贤孝，能敬礼大臣，国人皆思奉之为君，但压于嫡耳。"惠公曰："古来亦有'立子以长'之义，况所爱乎？"叔孙得臣曰："鲁国故事，立子以嫡，无嫡方立长。先寡君狃②于常礼，置倭而立恶，国人皆不顺焉。上国若有意为鲁改立贤君，愿结婚姻之好，专事上国，岁时朝聘，不敢有阙。"惠公大悦曰："大夫能主持于内，寡人惟命是从，岂敢有违？"仲遂叔孙得臣请歃血立誓，因设婚约。惠公许之。

遂等既返，谓季孙行父曰："方今晋业已替③，齐将复强，彼欲以嫡女室公子倭，此厚援不可失也。"行父曰："嗣君，齐侯之甥也。齐侯有女，何不室嗣君，而乃归之公子平？"仲遂曰："齐侯闻公子倭之贤，立心与倭交欢，愿为甥舅。若夫人姜氏，乃昭公之女，桓公诸子，相攻如仇敌，故四世④皆以弟代兄，彼不有其兄，何有于甥？"行父嘿然，归而叹曰："东门氏将有他志矣！"仲遂家住东门，故呼为东门氏。行父密告于叔仲彭生。彭生曰："大位已定，谁敢贰心耶？"殊不以为意。

仲遂与敬嬴私自定计，伏勇士于厩中，使圉人伪报："马生驹甚良。"敬嬴使公子倭同恶与视往厩看驹毛色。勇士突起，以木棍击恶杀之，并杀视。仲遂曰："太傅彭生尚在，此人不除，事犹未了。"乃使内侍假传嗣君有命，召仲叔彭生入宫。彭生将行，其家臣公冉务人，素知仲遂结交宫

禁之事，疑其有诈，止之曰："太傅勿入，入必死。"彭生曰："有君命，虽死，其可逃乎？"公冉务人曰："果君命，则太傅不死矣。若非君命而死，死之何名？"彭生不听。务人牵其袂而泣。彭生绝袂登车，径造宫中，问嗣君何在，内侍诡对曰："内厩马生驹，在彼阅之。"即引彭生往厩所。勇士复攒击杀之，埋其尸于马粪之中。敬嬴使人告姜氏曰："君与公子视，被劣马踶啮⑤，俱死矣。"姜氏大哭，往厩视之，则二尸俱已移出于宫门之外。

季孙行父闻恶、视之死，心知仲遂所为，不敢明言，私谓仲遂曰：

"子作事太毒，吾不忍闻也。"仲遂曰："此嬴氏夫人所为，与某无与。"行父曰："晋若来讨，何以待之？"仲遂曰："齐、宋往事，已可知矣。彼弑其长君，尚不成讨；今二孺子死，又何讨焉？"行父抚嗣君之尸，哭之

不觉失声。仲遂曰："大臣当议大事，乃效儿女子悲啼何益！"行父乃收泪。叔孙得臣亦至，问其兄彭生何在，仲遂辞以不知。得臣笑曰："吾兄死为忠臣，是其志也，何必讳哉？"仲遂乃私告以尸处，且曰："今日之事，立君为急。公子倭贤而且长，宜嗣大位。"百官莫不唯唯。乃奉公子倭为君，是为宣公⑥，百官朝贺。胡曾先生咏史诗云：

外权内宠私谋合，无罪嗣君一旦休。

可笑模棱季文子，三思不复有良谋⑦。

得臣掘马粪，出彭生之尸而殡之。不在话下。

再说嫡夫人姜氏，闻二子俱被杀，仲遂扶公子倭为君，捶胸大哭，绝而复苏者几次。仲遂又献媚于宣公，引"母以子贵"之文，尊敬嬴为夫人，百官致贺。姜夫人不安于宫，日夜啼哭，命左右收拾车仗，为归齐之

计。仲遂伪使人留之曰："新君虽非夫人所出，然夫人嫡母也，孝养自当不缺，奈何向外家寄活乎？"姜氏骂曰："贼遂！我母子何负于汝，而行此惨毒之事？今乃以虚言留我！鬼神有知，决不汝宥也！"姜氏不与敬嬴相见，一径出了宫门，登车而去。经过大市通衢，放声大哭，叫曰："天乎，天乎！二孺子何罪？婢子又何罪？贼遂蔑理丧心，杀嫡立庶！婢子今与国人永辞，不复再至鲁国矣！"路人闻者，莫不哀之，多有泣下者。是日，鲁国为之罢市。因称姜氏为哀姜，又以出归于齐，谓之出姜。出姜至齐，与昭公夫人母子相见，各诉其子之冤，抱头而哭。齐惠公恶闻哭声，另筑室以迁其母子。出姜竟终于齐。

却说鲁宣公同母之弟叔肹，为人忠直，见其兄借仲遂之力，杀弟自立，意甚非之，不往朝贺。宣公使人召之，欲加重用。肹坚辞不往。有友人问其故，肹曰："吾非恶富贵，但见吾兄，即思吾弟，是以不忍耳！"友人曰："子既不义其兄，盍适他国乎？"肹曰："兄未尝绝我，我何敢于绝兄乎？"适宣公使有司候问，且以粟帛赠之，肹对使者拜辞曰："肹幸不至冻饿，不敢费公帑⑧。"使者再三致命，肹曰："俟有缺乏，当来乞取，今决不敢受也。"友人曰："子不受爵禄，亦足以明志矣。家无余财，稍领馈遗，以给朝夕饔飧之资，未为伤廉。并却之，不已甚乎？"肹笑而不答。友人叹息而去。

使者不敢留，回复宣公。宣公曰："吾弟素贫，不知何以为生？"使人夜伺其所为，方挑灯织屦，俟明早卖之，以治朝餐。宣公叹曰："此子欲学伯夷、叔齐，采首阳之薇耶？吾当成其志可也。"肹至宣公末年方卒。终其身未尝受其兄一寸之丝，一粒之粟，亦终其身未尝言兄之过。史臣有赞云：

贤哉叔肹，感时泣血。织屦自赡，于公不屑。顽民耻周，采薇甘绝⑨。惟叔嗣音⑩，久而不涅⑪。一乳同枝，兄顽弟洁。形彼东门，言之污舌！

鲁人高叔肹之义，称颂不置。成公⑫初年，用其子公孙婴齐为大夫。于是叔孙氏之外，另有叔氏。叔老、叔弓、叔辄、叔鞅、叔诣，皆其后

也。此是后话，搁过一边。

　　再说周匡王五年⑬，为宣公元年。正旦⑭，朝贺方毕，仲遂启奏："君内主尚虚，臣前与齐侯，原有婚媾之约，事不容缓。"宣公曰："谁为寡人使齐者？"仲遂对曰："约出自臣，臣愿独往。"乃使仲遂如齐，请婚纳币⑮。遂于正月至齐，二月迎夫人姜氏以归，因密奏宣公曰："齐虽为甥舅，将来好恶，未可测也。况国有大故⑯者，必列会盟，方成诸侯。臣曾与齐侯歃血为盟，约以岁时朝聘，不敢有阙。盖预以定位嘱之。君必无恤重赂，请齐为会。若彼受赂而许会，因恭谨以事之，则两国相亲，有唇齿之固，君位安于泰山矣。"宣公然其言，随遣季孙行父往齐谢婚，致词曰：

寡君赖君之灵宠，备守宗庙⑰，恐恐焉惧不得列于诸侯，以为君羞。君若惠顾寡君，赐以会好，所有不腆济西⑱之田，晋文公所以赆先君者，愿效赞于上国，惟君辱收之。

齐惠公大悦，乃约鲁君以夏五月，会于平州⑲之地。

至期，鲁宣公先往，齐侯继至，先叙甥舅之情，再行两君相见之礼。仲遂捧济西土田之籍以进，齐侯并不推辞。事毕，宣公辞齐侯回鲁。仲遂曰："吾今日始安枕而卧矣。"自此，鲁或朝或聘，君臣如齐，殆无虚日，无令不从，无役不共。至齐惠公晚年，感鲁侯承顺之意，仍以济西田还之，此是后话。

话分两头。却说楚庄王旅即位三年，不出号令，日事田猎。及在宫中，惟日夜与妇人饮酒为乐。悬令于朝门曰："有敢谏者，死无赦！"大夫申无畏入谒，庄王右抱郑姬，左抱蔡女，踞坐于钟鼓之间，问曰："大夫之来，欲饮酒乎？闻乐乎？抑有所欲言也？"申无畏曰："臣非饮酒听乐也。适臣行于郊，有以隐语进臣者，臣不能解，愿闻之于大王。"庄王

曰："噫！是何隐语，而大夫不能解，盍为寡人言之？"申无畏曰："有大鸟，身被五色，止于楚之高阜三年矣。不见其飞，不闻其鸣，不知此何鸟也？"庄王知其讽己，笑曰："寡人知之矣！是非凡鸟也。三年不飞，飞必冲天。三年不鸣，鸣必惊人。子其俟之。"申无畏再拜而退。

居数日，庄王淫乐如故。大夫苏从请间见庄王，至而大哭。庄王曰："苏子何哀之甚也？"苏从对曰："臣哭夫身死而楚国之将亡也！"庄王曰："子何为而死？楚国又何为而亡乎？"苏从曰："臣欲进谏于王，王不听，必杀臣。臣死而楚国更无谏者。恣王之意，以堕楚政，楚之亡可立而待

矣。"庄王勃然变色曰:"寡人有令:'敢谏者死。'明知谏之必死,而又欲入犯寡人,不亦愚乎?"苏从曰:"臣之愚,不及王之愚之甚也!"庄王益怒曰:"寡人胡以愚甚?"苏从曰:"大王居万乘之尊,享千里之税,士马精强,诸侯畏服,四时贡献,不绝于庭,此万世之利也。今荒于酒色,溺于音乐,不理朝政,不亲贤才,大国攻于外,小国叛于内,乐在目前,患在日后。夫以一时之乐,而弃万世之利,非甚愚而何?臣之愚,不过杀身。然大王杀臣,后世将呼臣为忠臣,与龙逢、比干并肩,臣不愚也。君

之愚,乃至求为匹夫而不可得。臣言毕于此矣。请借大王之佩剑,臣当刎颈王前,以信[20]大王之令!"庄王幡然[21]起立曰:"大夫休矣!大夫之言,

忠言也，寡人听子。"乃绝钟鼓之悬，屏郑姬，疏蔡女，立樊姬为夫人，使主宫政。曰："寡人好猎，樊姬谏我不从，遂不食鸟兽之肉，此吾贤内助也。"任芮贾、潘尪、屈荡，以分令尹斗越椒之权。早朝宴罢，发号施令。命郑公子归生伐宋，战于大棘[22]，获宋右师华元。命芮贾救郑，与晋师战于北林[23]，获晋将解扬以归，逾年放还。自是楚势日甚，庄王遂侈然有争伯中原之志。

　　却说晋上卿赵盾，因楚日强横，欲结好于秦以拒楚。赵穿献谋曰："秦有属国曰崇[24]，附秦最久，诚得偏师以侵崇国，秦必来救，因与讲和，如此，则我占上风矣。"赵盾从之。乃言于灵公，出车三百乘，遣赵穿为将，侵崇。赵朔曰："秦、晋之仇深矣。又侵其属国，秦必益怒，焉肯与我议和?"赵盾曰:"吾已许之矣。"朔复言于韩厥,厥微微冷笑,附朔耳言曰:"尊公此举,欲树穿以固赵宗,非为和秦也。"赵朔嘿然而退。秦闻晋侵崇,竟不来救,兴兵伐晋,围焦㉕。赵穿还兵救焦,秦师始退。穿自此始与兵政。臾骈病卒,穿遂代之㉖。

　　是时晋灵公年长,荒淫暴虐,厚敛于民,广兴土木,好为游戏。宠任一位大夫,名屠岸贾,乃屠击之子,屠岸夷之孙。岸贾阿谀取悦,言无不纳。命岸贾于绛州城内,起一座花园,遍求奇花异草,种植其中。惟桃花

最盛,春间开放,烂如锦绣,名曰桃园。园中筑起三层高台,中间建起一座绛霄楼,画栋雕梁,丹楹刻桷㉗,四围朱栏曲槛,凭栏四望,市井俱在

目前。灵公览而乐之，不时登临，或张弓弹鸟，与岸贾赌赛饮酒取乐。

一日，召优人呈百戏于台上，园外百姓聚观，灵公谓岸贾曰："弹鸟何如弹人？寡人与卿试之。中目者为胜；中肩臂者免；不中者以大斗罚之。"灵公弹右，岸贾弹左。台上高叫一声："看弹！"弓如月满，弹似流星，人丛中一人弹去了半只耳朵，一个弹中了左胂。吓得众百姓每乱惊乱逃，乱嚷乱挤，齐叫道："弹又来了！"灵公大怒，索性教左右会放弹的，一齐都放。那弹丸如雨点一般飞去，百姓躲避不迭，也有破头的，伤额的，弹出乌珠的，打落门牙的，啼哭号呼之声，耳不忍闻。又有唤爹的，叫娘的，抱头鼠窜的，推挤跌倒的，仓忙奔避之状，目不忍见。灵公在台望见，投弓于地，呵呵大笑，谓岸贾曰："寡人登台，游玩数遍，无如今日之乐也！"自此百姓每望见台上有人，便不敢在桃园前行走。市中为之谚云：

莫看台，飞丸来。出门笑且忻，归家哭且哀！

又有周人所进猛犬，名曰灵獒，身高三尺，色如红炭，能解人意。左右有过，灵公即呼獒使噬之。獒起立啗其颡，不死不已。有一奴，专饲此犬，每日啖以羊肉数斤，犬亦听其指使，其人名獒奴，使食中大夫之俸。灵公废了外朝，命诸大夫皆朝于内寝。每视朝或出游，则獒奴以细链牵犬，侍于左右，见者无不悚然。其时列国离心，万民嗟怨，赵盾等屡屡进谏，劝灵公礼贤远佞，勤政亲民，灵公如瑱㉘充耳，全然不听，反有疑忌之意。

忽一日，灵公朝罢，诸大夫皆散，惟赵盾与士会尚在寝门，商议国家之事，互相怨叹。只见有二内侍抬一竹笼，自闱㉙而出。赵盾曰："宫中安有竹笼出外？此必有故。"遥呼："来，来！"内侍只低头不应。盾问曰："竹笼中所置何物？"内侍曰："尔相国也，欲看时可自来看，我不敢言。"盾心中愈疑，邀士会同往察之，但见人手一只，微露笼外。二位大夫拉住，发笼细看，乃支解过的一个死人。赵盾大惊，问其来历，内侍还不肯说。盾曰："汝再不言，吾先斩汝矣！"内侍方才告诉道："此人乃宰夫也。主公命煮熊蹯，急欲下酒，催并数次，宰夫只得献上。主公尝之，嫌其未熟，以铜斗击杀之，又砍为数段，命我等弃于野外，立限时刻回报，迟则获罪矣。"赵盾乃放内侍依旧扛抬而去。

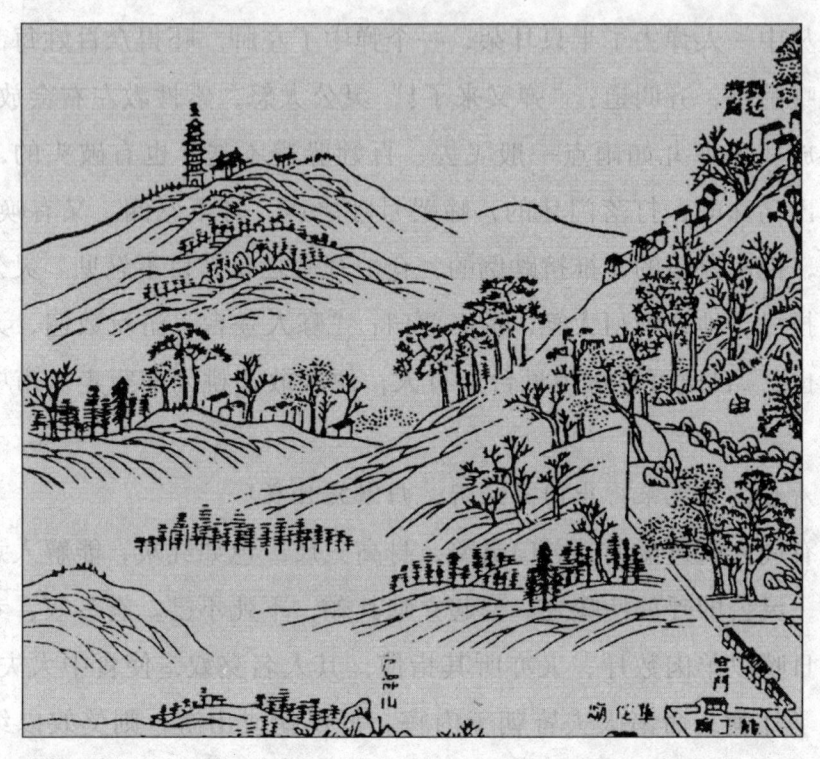

　　盾谓士会曰："主上无道，视人命如草菅㉚。国家危亡，只在旦夕。我与子同往苦谏一番，何如？"士会曰："我二人谏而不从，更无继者。会请先入谏，若不听，子当继之。"时灵公尚在中堂，士会直入。灵公望见，知其必有谏诤之言，乃迎而谓曰："大夫勿言，寡人已知过矣，今当改之！"士会稽首对曰："人谁无过，过而能改，谓之贤人；过而不改，谓之愚人。君之过能改，离愚就贤，此社稷之福，臣等不胜欣幸！"言毕而退，述于赵盾。盾曰："主公若果悔过，旦晚必有施行。"

　　至次日，灵公免朝，命驾车往桃园游玩。赵盾曰："主公如此举动，岂像改过之人？吾今日不得不言矣！"乃先往桃园门外，伺候灵公驾至，

上前参谒。灵公讶曰："寡人未尝召卿，卿何以至此？"赵盾稽首再拜，

口称："死罪！微臣有言启奏，望主公宽容采纳！臣闻：'有道之君，以乐乐人，无道之君，以乐乐身。'夫宫室壁幸，田猎游乐，一身之乐止此矣，未有以杀人为乐者。今主公纵犬噬人，放弹打人，又以小过支解膳夫，此有道之君所不为也，而主公为之。人命至重，滥杀如此，百姓内叛，诸侯外离，桀、纣灭亡之祸，将及君身！臣今日不言，更无人言矣。臣不忍坐视君国之危亡，故敢直言无隐。乞主公回辇入朝，改革前非，毋荒游，毋嗜杀。使晋国危而复安，臣虽死不恨。"灵公大惭，以袖掩面曰："卿且退，容寡人只今日游玩，下次当依卿言。"赵盾身蔽园门，不放灵

公进去。屠岸贾在旁言曰："相国进谏，虽是好意，然车驾既已至此，岂可空回，被人耻笑？相国暂请方便。如有政事，俟主公明日早朝，于朝堂议之，何如？"灵公接口曰："明日早朝，当召卿也。"赵盾不得已，将身闪开，放灵公进园，瞋目视岸贾曰："亡国败家，皆由此辈！"恨恨不已。

岸贾侍灵公游戏，正在欢笑之际，岸贾忽然叹曰："此乐不可再矣！"灵公问曰："大夫何发此叹？"岸贾曰："赵相国明早必然又来聒絮，岂容主公复出耶？"灵公忿然作色曰："自古臣制于君，不闻君制于臣。此老在，甚不便于寡人，何计可以除之？"岸贾曰："臣有客鉏麑者，家贫，臣常周给之，感臣之惠，愿效死力。若使行刺于相国，主公任意行乐，又何患哉？"灵公曰："此事若成，卿功非小！"

是夜，岸贾密召钮麑，赐以酒食，告以："赵盾专权欺主，今奉晋侯之命，使汝往刺。汝可伏于赵相国之门，俟其五鼓赴朝刺杀，不可误事。"钮麑领命而行，扎缚停当，带了雪花般匕首，潜伏赵府左右。闻谯鼓已交五更，便趱到③赵府门首，见重门洞开，乘车已驾于门外，望见堂上灯光影影。钮麑乘间趱进中门，躲在暗处，仔细观看。堂上有一位官员，朝衣朝冠，垂绅正笏，端然而坐。此位官员，正是相国赵盾，因欲趋朝，天色尚早，坐以待旦。钮麑大惊，退出门外，叹曰："不忘恭敬，民之主也！贼杀民主，则为不忠；受君命而弃之，则为不信。不忠不信，何以立于天地之间哉？"乃呼于门曰："我，钮麑也，宁违君命，不忍杀忠臣，我今自杀！恐有后来者，相国谨防之！"言罢，望着门前一株大槐，一头触去，脑浆迸裂而死。史臣有赞云：

壮哉钮麑，刺客之魁！闻义能徙，视死如归。报屠存赵，身灭名垂，槐阴所在，生气依依！

此时惊动了守门人役，将钮麑如此恁般，报知赵盾。盾之车右提弥明曰："相国今日不可入朝，恐有他变。"赵盾曰："主公许我早朝，我若不往，是无礼也。死生有命，吾何虑哉？"吩咐家人，暂将钮麑浅埋于槐树之侧。赵盾登车入朝，随班行礼。灵公见赵盾不死，问屠岸贾以钮麑之事。岸贾答曰："钮麑去而不返，有人说道触槐而死，不知何故。"灵公曰："此计不成，奈何？"岸贾奏曰："臣尚有一计，可杀赵盾，万无一失。"灵公曰："卿有何计？"岸贾曰："主公来日，召赵盾饮于宫中，先伏甲士于后壁。俟三爵之后，主公可向赵盾索佩剑观看，盾必捧剑呈上。臣从旁喝破：'赵盾拔剑于君前，欲行不轨，左右可救驾！'甲士齐出，缚而斩之。外人皆谓赵盾自取诛戮，主公可免杀大臣之名，此计如何？"灵公曰："妙哉，妙哉！"依计而行。

明日，复视朝，灵公谓赵盾曰："寡人赖吾子直言，以得亲于群臣，敬治薄享，以劳吾子。"遂命屠岸贾引入宫中。车右提弥明从之，将升阶，岸贾曰："君宴相国，余人不得登堂。"弥明乃立于堂下。赵盾再拜，就坐于灵公之右，屠岸贾侍于君左。庖人献馔，酒三巡，灵公谓赵盾曰："寡人闻吾子所佩之剑，盖利剑也，幸解下与寡人观之。"赵盾不知是计，方欲解剑。提弥明在堂下望见，大呼曰："臣侍君宴，礼不过三爵^②，何为酒后拔剑于君前耶？"赵盾悟，遂起立。弥明怒气勃勃，直趋上堂，扶盾而下。岸贾呼獒奴纵灵獒，令逐紫袍者。獒疾走如飞，追及盾于宫门之内。弥明力举千钧，双手搏獒，折其颈，獒死。灵公怒甚，出壁中伏甲以攻盾，弥明以身蔽盾，教盾急走。弥明留身独战，寡不敌众，遍体被伤，力尽而死。史臣赞云：

君有獒，臣亦有獒；君之獒，不如臣之獒。君之獒，能害人；臣之獒，克保身。呜呼二獒！吾谁与亲？

话说赵盾亏弥明与甲士格斗，脱身先走。忽有一人狂追及盾，盾惧甚。其人曰："相国无畏，我来相救，非相害也。"盾问曰："汝何人？"对曰："相国不记翳桑㉝之饿人乎？则我灵辄便是。"原来五年之前，赵盾曾往九原山㉞打猎而回，休于翳桑之下，见有一男子卧地，盾疑为刺客，使人执之。其人饿不能起，问其姓名，曰："灵辄也。游学于卫三年，今日始归，囊空无所得食，已饿三日矣。"盾怜之，与之饭及脯，辄出一小筐，先藏其半而后食。盾问曰："汝藏其半何意？"辄对曰："家有老母，住于西门，小人出外日久，未知母存亡何如。今近不数里，倘幸而母存，愿以大人之馂，充老母之腹。"盾叹曰："此孝子也！"使尽食其余，别取箪食与肉，置囊中授之。灵辄拜谢而去。今绛州有哺饥坂，因此得名。后灵辄应募为公徒，适在甲士之数，念赵盾昔日之恩，特地上前相救。时从人闻变，俱已逃散，灵辄背负赵盾，趋出朝门。众甲士杀了提弥明，合力来追。恰好赵朔悉起家丁，驾车来迎，扶盾登车。盾急召灵辄欲共载，辄已逃去矣。甲士见赵府人众，不敢追逐。赵盾谓朔曰："吾不得复顾家矣！此去或翟或秦，寻一托身之处可也。"于是父子同出西门，望西路而进。

不知赵宣子出奔何处，再看下回分解。

【注释】

①厌（yā 压）：镇压，抑制。

②狃（niǔ 扭）：拘泥，束缚。

③替：衰微。

④四世：指齐自桓公之后，孝公昭、昭公潘、懿公商人及惠公元四君，均为桓公之子，相继嗣位。

⑤踶啮（dì niè 帝聂）：踶，同"踢"。啮，用牙齿咬。

⑥宣公：鲁宣公姬倭，一作姬俀。在位十八年（前608—前591）。

⑦"三思"句：此句讽刺季文子为鲁之重臣，预知弑君之谋而又无可如何。三思，再三思考。季文子以能反复思考而闻名。《论语·公冶长》云："季文子三思而后行。子闻之，曰：'再，斯可矣！'"文子乃季孙行父之谥号。

⑧帑（tǎng 淌）：库藏的金帛。

⑨"顽民"二句：顽民，指伯夷、叔齐，耻食周粟，采薇首阳山，自甘远离尘世。

⑩嗣音：继承其传统。

⑪入而不涅（niè 聂）：进入染缸但却不被染黑。借喻叔盼出身宫廷却不同流合污。涅，黑色染料。

⑫成公：鲁成公姬黑肱，宣公之子。在位十八年（前590—前573）。

⑬周匡王五年：即公元前608年。

⑭正旦：即年初一。时行周历，以十一月为岁首。

⑮纳币：即婚姻六礼中的纳征，犹今之下聘礼，女家受金，婚姻乃定。

⑯大故：大事，大变故。多指国君死亡，新君嗣位。

⑰备守宗庙：即嗣位为君的谦虚说法。备，备位，充数。守宗庙，即主持宗庙的祭典。

⑱济西：济水西岸。济水乃古河流，其河道为黄河所夺。

⑲平州：春秋时齐、鲁交界处邑名。在今山东莱芜市西。

⑳信（shēn 申）：通"伸"。伸张。

㉑幡然：突然醒悟的样子。幡，同"翻"。

㉒大棘：春秋时宋地名。在今河南睢县南。

㉓北林：春秋时郑地名。在今河南新郑市北。

㉔崇：古国名。周文王时曾伐崇侯虎，即其国。故址在今陕西鄠邑区东。

㉕焦：本诸侯国名，后为晋地。故址在今河南三门峡市。

㉖代之：指代臾骈为上军佐。

㉗丹楹刻桷（jué 决）：红漆的柱子，雕刻的椽子。桷，方形之椽。圆者为椽，方者为桷。

㉘瑱（tiàn 掭）：玉制的耳塞。

㉙闱：小门。

㉚草菅（jiān 尖）：菅亦草名，俗称苞子草。草菅，均为低贱之物。

㉛踅（xué 学）：盘旋而进，即绕着走。

㉜三爵：三杯。爵，盛酒器。不过三爵，以免醉后乱君臣之分。

㉝翳（yì 义）桑：指浓密的桑树底下。一说，应为九原山区内小地名。

㉞九原山：地在今山西绛县境内。

第五十一回　责赵盾董狐直笔　诛鬬椒绝缨大会

　　话说晋灵公谋杀赵盾，虽然其事不成，却喜得赵盾离了绛城，如村童离师，顽竖离主，觉得胸怀舒畅，快不可言，遂携带宫眷于桃园住宿，日夜不归。

　　再说赵穿在西郊射措而回，正遇见盾、朔父子，停车相见，询问缘由。赵穿曰："叔父且莫出境，数日之内，穿有信到，再决行止。"赵盾曰："既然如此，吾权住首阳山①，专待好音。汝凡事谨慎，莫使祸上加祸。"赵穿别了盾、朔父子，回至绛城，知灵公住于桃园，假意谒见，稽首谢罪，言："臣穿虽忝宗戚，然罪人之族，不敢复侍左右，乞赐罢斥。"灵公信为真诚，乃慰之曰："盾累次欺蔑寡人，寡人实不能堪，与卿何与？卿可安心供职。"穿谢恩毕，复奏曰："臣闻'所贵为人主者，惟能极人生声色之乐也'。主公钟鼓虽悬，而内宫不备，何乐之有？齐桓公嬖幸满宫，正娶之外，如夫人者六人。先君文公虽出亡，患难之际，所至纳姬，迄于返国，年逾六旬，尚且妾媵无数。主公既有高台广圃，以为寝处之所，何不多选良家女子，充牣其中，使明师教之歌舞，以备娱乐，岂不美哉？"灵公曰："卿所言，正合寡人之意。今欲搜括国中女色，何人可使？"穿对曰："大夫屠岸贾可使。"灵公遂命屠岸贾专任其事。不拘城内郊外，有颜色女子，年二十以内未嫁者，咸令报名选择，限一月内回话。赵穿借此公差，遣开了屠岸贾，又奏于灵公曰："桃园侍卫单弱，臣于军中精选骁勇二百人，愿充宿卫，伏乞主裁！"灵公复准其奏。

　　赵穿回营，果然挑选了二百名甲士。那甲士问道："将军有何差遣？"赵穿曰："主上不恤民情，镇日在桃园行乐，命我挑选汝等，替他巡警。汝等俱有室家，此去立风宿露，何日了期？"军士皆嗟怨曰："如此无道昏君，何不速死？若相国在此，必无此事。"赵穿曰："吾有一语，与汝等商量，不知可否？"众军士皆曰："将军能救拔我等之苦，恩同再生！"穿曰："桃园不比深宫邃密，汝等以二更为候，攻入园中，托言讨赏，我挥袖为号，汝等杀了晋侯，我当迎还相国，别立新君。此计何如？"军士皆曰："甚善！"赵穿皆劳以酒食，使列于桃园之外。入告灵公。灵公登台阅之，人人精勇，个个刚强。灵公大喜，即留赵穿侍酒。

　　饮至二更，外面忽闻喊声，灵公惊问其故。赵穿曰："此必宿卫军士，驱逐夜行之人耳。臣往谕之，勿惊圣驾。"当下赵穿命掌灯，步下层台。

甲士二百人，已毁门而入。赵穿稳住了众人，引至台前，升楼奏曰："军士知主公饮宴，欲求余沥犒劳，别无他意。"灵公传旨，教内侍取酒分犒众人，倚栏看给。赵穿在旁呼曰："主公亲犒汝等，可各领受!"言毕，以袖麾之，众甲士认定了晋侯，一涌而上。灵公心中着忙，谓赵穿曰："甲士登台何意? 卿可传谕速退!"赵穿曰："众人思见相国盾，意欲主公召还归国耳。"灵公未及答言，戟已攒刺，登时身死。左右俱各惊走。赵穿曰："昏君已除，汝等勿得妄杀一人，宜随我往迎相国还朝也。"只为晋侯无道好杀，近侍朝夕惧诛，所以甲士行逆，莫有救者。百姓怨苦日久，反以晋侯之死为快，绝无一人归罪于赵穿。七年之前，彗星入北斗，占云："齐、宋、晋三国之君，皆将死乱。"至是验矣。髯仙有诗云：

> 崇台歌管未停声，血溅朱楼起外兵。
> 莫怪台前无救者，避丸②之后绝人行。

屠岸贾正在郊外，�挨门挨户的访问美色女子，忽报晋侯被弑，吃了大惊，心知赵穿所为，不敢声张，潜回府第。士会等闻变，趋至桃园，寂无一人。亦料赵穿往迎相国，将园门封锁，静以待之。不一日，赵盾回车，入于绛城，径到桃园，百官一时并集。赵盾伏于灵公之尸，痛哭了一场，哀声闻于园外。百姓闻者皆曰："相国忠爱如此，晋侯自取其祸，非相国之过也。"赵盾吩咐将灵公殡殓，归葬曲沃。一面会集群臣，议立新君。时灵公尚未有子，赵盾曰："先君襄公之殁，吾常倡言欲立长君，众谋不协，以及今日，此番不可不慎。"士会曰："国有长君，社稷之福，诚如相国之言。"赵盾曰："文公尚有一子，始生之时，其母梦神人以黑手涂其臀，因名曰黑臀。今仕于周，其齿已长，吾意欲迎立之，何如?"百官不敢异言，皆曰："相国处分甚当。"赵盾欲解赵穿弑君之罪，乃使穿如周，迎公子黑臀归晋，朝于太庙，即晋侯之位，是为成公③。

成公既立，专任赵盾以国政，以其女妻赵朔，是为庄姬。盾因奏曰："臣母乃狄女，君姬氏④有逊让之美，遣人迎臣母子归晋，臣得僭居适子，遂主中军。今君姬氏三子同、括、婴皆长，愿以位归之。"成公曰："卿

之弟，乃吾娣⑤所钟爱，自当并用，毋劳过让。"乃以赵同、赵括、赵婴并为大夫。赵穿佐中军如故。穿私谓盾曰："屠岸贾谄事先君，与赵氏为仇，桃园之事，惟岸贾心怀不顺。若不除此人，恐赵氏不安。"盾曰："人不罪汝，汝反罪人耶？吾宗族贵盛，但当与同朝修睦，毋用寻仇为也。"赵穿乃止。岸贾亦谨事赵氏，以求自免。

　　赵盾终以桃园之事为歉。一日，步至史馆，见太史董狐，索简观之。董狐将史简呈上。赵盾观简上，明写："秋七月乙丑，赵盾弑其君夷皋于桃园。"盾大惊曰："太史误矣！吾已出奔河东⑥，去绛城二百余里，安知弑君之事？而子乃归罪于我，不亦诬乎？"董狐曰："子为相国，出亡未尝越境，返国又不讨贼，谓此事非子主谋，谁其信之？"盾曰："犹可改乎?"狐曰:"是是非非,号为信史。吾头可断,此简不可改也!"盾叹曰:"嗟乎!史臣之权,乃重于卿相。恨吾未即出境,不免受万世之恶名,悔之无及。"自是赵盾事成公,益加敬谨。赵穿自恃其功,求为正卿,盾恐碍公论,不许。穿愤恚,疽发于背而死。穿子赵旃,求嗣父职,盾曰:"待汝他日有功,虽卿位不难致也。"史臣论赵盾不私赵穿父子,皆董狐直笔所致。有赞云:

庸史纪事,良史诛意⑦。穿弑其君,盾蒙其罪。宁断吾头,敢以笔媚?卓哉董狐,是非可畏!

时乃周匡王之六年也。是年,匡王崩,其弟瑜立,是为定王⑧。

定王元年,楚庄王兴师伐陆浑之戎⑨,遂涉雒水⑩,扬兵于周之疆界,欲以威喝天子,与周分制天下。定王使大夫王孙满问劳庄王。庄王问曰:"寡人闻大禹铸有九鼎,三代相传,以为世宝,今在雒阳,不知鼎形大小与其轻重何如?寡人愿一闻之!"王孙满曰:"三代以德相传,岂在鼎哉!昔禹有天下,九牧⑪贡金,取铸九鼎。夏桀无道,鼎迁于商。商纣暴虐,鼎又迁于周。若其有德,鼎虽小亦重;如其无德,虽大犹轻!成王定鼎于郏鄏⑫,卜世三十,卜年七百,天命有在,鼎未可问也!"庄王惭而退,自是不敢复萌窥周之志。

却说楚令尹斗越椒,自庄王分其政权,心怀怨望,嫌隙已成。自恃才勇无双,且先世功劳,人民信服,久有谋叛之意,常言:"楚国人才,惟司马伯嬴一人,余不足数也!"庄王伐陆浑时,亦虑越椒有变,特留芳贾在国。越椒见庄王统兵出征,遂决意作乱。欲尽发本族之众,斗克不从,杀之,遂袭杀司马芳贾。贾子敖,扶其母奔于梦泽以避难。越椒出屯蒸野⑬之地,欲邀截庄王归路。

庄王闻变,兼程而行,将及漳澨⑭,越椒引兵来拒,军威甚壮。越椒贯弓挺戟,在本阵往来驰骤,楚兵望之,皆有惧色。庄王曰:"斗氏世有功勋于楚,宁伯棼负寡人,寡人不负伯棼也!"乃使大夫苏从,造越椒之营,与之讲和,赦其擅杀司马之罪,且许以王子为质。越椒曰:"吾耻为

令尹耳，非望赦也，能战则来。"苏从再三谕之，不听。

　　苏从去后，越椒命军士击鼓前进。庄王问诸将："何人可退越椒？"大将乐伯应声而出。越椒之子斗贲皇便接住厮杀。潘旭见乐伯战贲皇不下，即忙驱车出阵。越椒之从弟斗旗亦驱车应之。庄王在戎辂之上，亲自执枹⑮，鸣鼓督战。越椒远远望见，飞车直奔庄王，弯着劲弓，一箭射来。那枝箭直飞过车辕，刚刚中在鼓架之上，骇得庄王连鼓槌都掉下车乘。庄王急教避箭，左右各将大笠前遮。越椒又复一箭，恰恰的把左笠射个对穿。庄王且教回车，鸣金收兵。越椒奋勇赶来，却得右军大将公子侧，左军大将公子婴齐，两军一齐杀到，越椒方退。乐伯、潘尪闻金声，亦弃阵而回。楚军颇有损折，退至皋浒⑯下寨。取越椒箭视之，其长半倍于他箭，鹤翎⑰为羽，豹齿为镞，锋利非常，左右传观，无不吐舌。

　　至夜，庄王自出巡营，闻营中军卒，三三五五相聚，都说："斗令尹神箭可畏，难以取胜！"庄王乃使人谬言于众曰："昔先君文王之世，闻戎蛮造箭最利，使人问之，戎蛮乃献箭样二枝，名透骨风，藏于太庙，为越椒所窃得。今尽于两射矣，不必虑也。明日当破之。"众心始定。庄王乃下令退兵随国，扬言："欲起汉东诸国之众，以讨斗氏。"苏从曰："强敌在前，一退必为所乘，王失计矣！"公子侧曰："此王之谬言耳。吾等入见，必别有处分。"乃与公子婴齐，夜见庄王。庄王曰："逆椒势锐，可计取，不可力敌也。"吩咐二将，如此恁般，埋伏预备。二将领计去了。

　　次早鸡鸣，庄王引大军退走。越椒探听得实，率众来追。楚军兼程疾走，已过竟陵⑱而北。越椒一日一夜行二百余里，至清河桥。楚军在桥北晨炊，望见追兵来到，弃其釜爨而遁。越椒令曰："擒了楚王，方许朝餐。"众人劳困之后，又忍着饥饿，勉强前进，追及后队潘尫之军。潘尫立于车中，谓越椒曰："吾子志在取王，何不速驰？"越椒信为好语，乃舍潘尫，前驰六十里，至青山，遇楚将熊负羁，问："楚王安在？"负羁曰："王尚未至也。"越椒心疑，谓负羁曰："子肯为我伺王，如得国，当与子分治。"负羁曰："吾观子众饥困，且饱食，乃可战。"越椒以为然，乃停车治爨。爨尚未熟，只见公子侧、公子婴齐两路军杀到。越椒之军不能复战，只得南走。回至清河桥，桥已拆断。原来楚庄王亲自领兵，伏于桥之左右，只等越椒过去，便将桥梁拆断，绝其归路。越椒大惊，吩咐左右测水深浅，欲为渡河之计。只见隔河一声炮响，楚军于河畔大叫："乐伯在此！逆椒速速下马受缚！"越椒大怒，命隔河放箭。

　　乐伯军中有一小校，精于射艺，姓养名繇基，军中称为神箭养叔。自请于乐伯，愿与越椒较射，乃立于河口大叫曰："河阔如此，箭何能及？闻令尹善射，吾当与比较高低，可立于桥堵之上，各射三矢，死生听命！"越椒问曰："汝何人也？"应曰："吾乃乐将军部下小将养繇基也。"越椒欺其无名，乃曰："汝要与我比箭，须让我先射三矢。"养繇基曰："莫说

三矢，就射百矢，吾何惧哉！躲闪的不算好汉！”乃各约住后队，分立于桥堵之南北。越椒挽弓先发一箭，恨不得将养繇基连头带脑射下河来。谁知“忙者不会，会者不忙”，养繇基见箭来，将弓梢一拨，那箭早落在水中。高叫：“快射，快射！”越椒又将第二箭搭上弓弦，觑得亲切，飕的发来。养繇基将身一蹲，那枝箭从头而过。越椒叫曰：“你说不许躲闪，如何蹲身躲箭？非丈夫也！”繇基答曰：“你还有一箭，吾今不躲，你若这箭不中，须还我射来。”越椒想道：“他若不躲闪，这枝箭管情射着。”便取第三枝箭，端端正正的射去，叫声：“着了！”养繇基两脚站定，并不转动，箭到之时，张开大口，刚刚的将箭镞咬住。越椒三箭都不中，心下早已着慌，只是大丈夫出言在前，不好失信，乃叫道：“让你也射三箭，若射不着，还当我射。”养繇基笑曰：“要三箭方射着你，便是初学了。我只须一箭，管教你性命遭于我手！”越椒曰：“你口出大言，必有些本事，好歹由你射来。”心下想道：“那里一箭便射得正中？若一箭不中，我便喝住他。"大着胆由他射出。谁知养繇基的箭，百发百中。那时养繇基取箭在手，叫一声："令尹看射！"虚把弓拽一拽，却不曾放箭。越椒听得弓弦响，只说箭来，将身往左一闪。养繇基曰："箭还在我手，不曾

上弓，讲过'躲闪的，不算好汉'，你如何又闪去？"越椒曰："怕人躲闪的，也不算会射！"繇基又虚把弓弦拽响，越椒又往右一闪。养繇基乘他那一闪时，接手放一箭来，越椒不知箭到，躲闪不迭，这箭直贯其脑。可怜好个斗越椒，做了楚国数年令尹，今日死于小将养繇基的一箭之下。髯仙有诗云：

> 人生知足最为良，令尹贪心又想王。
>
> 神箭将军聊试技，越椒已在隔桥亡。

斗家军已自饥困，看见主将中箭，慌得四散奔走。楚将公子侧、公子婴齐，分路追逐，杀得尸同山积，血染河红。越椒子斗贲皇，逃奔晋国，晋侯用为大夫，食邑于苗⑲，谓之苗贲皇。

　　庄王已获全胜，传令班师，有被擒者，即于军前斩首。凯歌还于郢都，将斗氏宗族，不拘大小，尽行斩首。只有斗班[20]之子，名曰克黄，官拜箴尹，是时庄王遣使行聘齐、秦二国。斗克黄领命使齐，归及宋国，闻越椒作乱之事，左右曰：“不可入矣！”克黄曰：“君，犹天也，天命其可弃乎？”命驰入郢都，复命毕，自诣司寇请囚，曰：“吾祖子文，曾言‘越椒有反相，必主灭族’。临终嘱吾父逃避他国。吾父世受楚恩，不忍他适，为越椒所诛[21]，今日果应吾祖之口。既不幸为逆臣之族，又不幸违先祖之训，今日死其分也，安敢逃刑耶？”庄王闻之，叹曰：“子文真神人也。况治楚功大，何忍绝其嗣乎？”乃赦克黄之罪，曰：“克黄死不逃刑，乃忠臣也。”命复其官，改名曰斗生，言其宜死而得生也。

　　庄王嘉繇基一箭之功，厚加赏赐，使将亲军，掌车右之职。因令尹未得其人，闻沈尹虞邱㉒之贤，使权㉓主国事。置酒大宴群臣于渐台㉔之上，妃嫔皆从。庄王曰："寡人不御钟鼓㉕，已六年于此矣。今日叛臣授首，四境安靖，愿与诸卿同一日之游，名曰太平宴。文武大小官员，俱来设

席，务要尽欢而止。"群臣皆再拜，依次就坐。庖人进食，太史奏乐。饮至日落西山，兴尚未已。庄王命秉烛再酌，使所幸许姬姜氏，遍送诸大夫之酒，众俱起席立饮。忽然一阵怪风，将堂烛尽灭，左右取火未至。席中有一人，见许姬美貌，暗中以手牵其袂。许姬左手绝袂，右手揽其冠缨㉖，缨绝，其人惊惧放手。许姬取缨在手，循步至庄王之前，附耳奏曰："妾奉大王命，敬百官之酒，内有一人无礼，乘烛灭，强牵妾袖。妾已揽得其

缨，王可促火察之。"庄王急命掌灯者："且莫点烛！寡人今日之会，约与诸卿尽欢，诸卿俱去缨痛饮，不绝缨者不欢。"于是百官皆去其缨，方许秉烛，竟不知牵袖者为何人也。

　　席散回宫，许姬奏曰："妾闻'男女不渎[27]'，况君臣乎？今大王使妾献觞于诸臣，以示敬也。牵妾之袂，而王不加察，何以肃上下之礼而正男女之别乎？"庄王笑曰："此非妇人所知也！古者，君臣为享，礼不过三爵，但卜[28]其昼，不卜其夜。今寡人使群臣尽欢，继之以烛，酒后狂态，人情之常。若察而罪之，显妇人之节，而伤国士之心，使群臣俱不欢，非寡人出令之意也。"许姬叹服。后世名此宴为"绝缨会"。髯翁有诗云：

暗中牵袂醉中情，玉手如风已绝缨。

尽说君王江海量，畜鱼水忌十分清。

一日，与虞丘论政至于夜分，方始回宫。夫人樊姬问曰："朝中今日何事，而晏罢如此？"庄王曰："寡人与虞丘论政，殊不觉其晏也。"樊姬曰："虞丘何如人？"庄王曰："楚之贤者。"樊姬曰："以妾观之，虞丘未必贤矣！"庄王曰："子何以知虞丘之非贤？"樊姬曰："臣之事君，犹妇之事夫也。妾备位中宫，凡宫中有美色者，未常不进于王前。今虞丘与王论政，动至夜分，然未闻进一贤者。夫一人之智有限，而楚国之士无穷，虞丘欲役一人之智，以掩无穷之士。又乌得为贤乎？"庄王善其言，明早以樊姬之言，述于虞丘。虞丘曰："臣智不及此，当即图之。"乃遍访于群臣。斗生言蒍贾之子蒍敖之贤，"为避斗越椒之难，隐居梦泽，此人将相才也"。虞丘言于庄王。庄王曰："伯嬴智士，其子必不凡。微子言，吾几忘之。"即命虞丘同斗生驾车往梦泽，取蒍敖入朝听用。

却说蒍敖字孙权，人称为孙叔敖，奉母逃难，居于梦泽，力耕自给。一日，荷锄而出，见田中有蛇两头，骇曰："吾闻两头蛇，不祥之物，见者必死，吾其殆矣！"又想道："若留此蛇，倘后人复见之，又丧其命，不如我一人自当！"乃挥锄杀蛇，埋于田岸，奔归向母而泣。母问其故，敖对曰："闻见两头蛇者必死，儿今已见之，恐不能终母之养，是以泣也。"母曰："蛇今安在？"敖对曰："儿恐后人复见，已杀而埋之矣。"母曰："人有一念之善，天必祐之。汝见两头蛇，恐累后人，杀而埋之，此其善岂止一念哉？汝必不死，且将获福矣。"逾数日，虞丘等奉使命至，取用孙叔敖。母笑曰："此埋蛇之报也。"敖与其母，随虞丘归郢。

庄王一见，与语竟日，大悦曰："楚国诸臣，无卿之比！"即日拜为令尹。孙叔敖辞曰："臣起自田野，骤执大政，何以服人？请从诸大夫之后！"庄王曰："寡人知卿，卿可不辞。"叔敖谦让再三，乃受命为令尹。考求楚国制度，立为军法：凡军行，在军右者㉙，挟辕为战备㉚；在军左

者，追求草蓐，为宿备^㉛；前茅虑无^㉜，中权后劲^㉝。前茅虑无者，旌帜在前，以觇贼之有无，而为之谋虑。中权者，权谋皆出中军，不得旁挠^㉞。后劲者，以劲兵为后殿，战则用为奇兵，归则用为断后。王之亲兵^㉟，分为二广，每广车十五乘，每乘用步卒百人，后以二十五人为游兵。右广管丑、寅、卯、辰、巳五时；左广管午、未、申、酉、戌五时。每日鸡鸣时分，右广驾马以备驱驰，至于日中，则左广代之，黄昏而止。内官^㊱分班摧次，专主巡亥、子二时，以防非常之变。用虞丘将中军，公子婴齐将左军，公子侧将右军，养繇基将右广，屈荡将左广。四时蒐阅，各有常典，三军严肃，百姓无扰。又筑芍波^㊲以兴水利，六、蓼^㊳之境，灌田万顷，民咸颂之。楚诸臣见庄王宠任叔敖，心中不服，及见叔敖行事，井井有条，无不叹息曰："楚国有幸，得此贤臣，子文其复起矣！"当初令尹子文，善治楚国，今得叔敖，如子文之再生也。

是时郑穆公兰薨，世子夷即位，是为灵公^㉚。公子宋与公子归生当国，尚依违于晋、楚之间，未决所事。楚庄王与孙叔敖商议欲兴兵伐郑，忽闻郑灵公被公子归生所弑，庄王曰："吾伐郑益有名矣。"

不知归生如何弑君，且看下回分解。

【注释】

①首阳山：亦名首山、雷首山，在今山西永济市东南，中条山西起于此。

②避丸：典出《左传·宣公二年》：晋灵公无道，从台上用弹弓弹人，观人避丸，以此取乐。本书第五十回曾叙及。

③成公：晋成公姬黑臀。晋文公子。在位七年（前606—前600）。

④君姬氏：即晋文公之女伯姬，嫁赵衰后称赵姬。见第三十七回。赵盾视之如嫡母，故称之为君姬氏。

⑤吾娣（dì 弟）：古时姐称其妹曰娣。按赵姬乃文公在蒲城所生，而黑臀乃归国后所生。故赵姬应为黑臀之姐而非娣。

⑥河东：地区名。即河曲，指今山西永济市一带。黄河至此由南北流向改为东西流向。

⑦诛意：责备人动机不善。犹言"诛心"。指责赵盾虽无弑君之事，不免有弑君之心。

⑧定王：周定王姬瑜，周顷王子。在位二十一年（前606—前586）。

⑨陆浑之戎：古部族名。亦称允姓之戎或阴戎。原住瓜州之陆浑（今甘肃敦煌一带）。春秋时迁往伊水（今河南嵩县附近），但仍以陆浑为名。

⑩雒（luò 洛）水：即洛水。在河南中部，于洛阳附近入黄河。

⑪九牧：指九州的主管官员。相传夏禹治水后，分天下为九州。

⑫郏鄏（jiá rǔ 甲汝）：即周之洛邑，西周成王时周公营建，以作东都。故《左传》称："成王定鼎于郏鄏。"春秋时称之为王城，平王以下十二王皆都于此。

⑬蒸野：春秋时楚地名，在今湖北江陵县境。

⑭漳澨（shì 世）：春秋时楚地名，即漳水东岸地，在今湖北荆门市西。

⑮枹（fú 伏）：同"桴"。击鼓之杖，即鼓槌。

⑯皋浒：地名。在今湖北襄阳区西。诸本多误为"皇浒"，皇、皋形近，故讹。

⑰鹳（guàn 灌）翎：鹳鸟的翎。鹳鸟，形似鹤，嘴长而直。翎，翅及尾上较粗之羽毛。

⑱竟陵：春秋时楚邑名，在今湖北潜江县西北。

⑲苗：春秋时晋邑名，在今河南济源市西南。

⑳斗班：即令尹子文之子。前文均称斗般。古代班、般通用。但与第二十回诛杀令尹子元的斗班并非一人。

㉑为越椒所诛：斗般为越椒谮死一事见第四十六回。

㉒沈尹虞邱：即沈邑之邑宰姓虞邱者。沈，本国名。楚此时并有其部分地区。其地在今河南汝南县东。虞邱，《新序》作虞邱子。

㉓权：代理，摄守其职。

㉔渐台：春秋时楚郢都城内著名高台。

㉕不御钟鼓：意指不享受声色之乐。钟鼓，代指音乐。

㉖冠缨：结帽的带子。

㉗男女不渎（dú 读）：男女之间不容有轻慢亵渎的行为。

㉘卜：选择。

㉙军右：指行军时每兵车后有步卒七十二人跟随。这又分左右两列，各三十六人。被称为军右及军左。

㉚挟辕为战备：整理好战车，做好战斗准备。辕，此代车。

㉛"追求"二句：即搜集好茅草，以作住宿之准备。

㉜前茅虑无：古行军，前军探道，以旌旗为标志以告中军及后军。茅，通"旄"。前茅，即前面根据不同情况举起相应的旌旗。虑无，预备不虞，防止各种情况。

㉝中权后劲：中军出谋划策，而以精兵殿后。

㉞旁挠：从旁阻挠。

㉟亲兵：相当于保护王官之卫队。

㊱内官：指宫廷内的卫士。

㊲芍（què 却）波：当作"芍陂"。楚相孙叔敖所修筑之人工湖，周围百二十里，在今安徽寿县南。

㊳六、蓼：古国名，后均并于楚。六，故址在今安徽六安市北。蓼，故址在今河南固始县东北。

㊴灵公：郑灵公姬夷，郑穆公子。在位仅一年（前605）即被公子宋所杀。

第五十二回　公子宋尝鼋构逆
陈灵公衵服戏朝

　　话说公子归生字子家，公子宋字子公，二人皆郑国贵戚之卿①也。郑灵公夷元年，公子宋与归生相约早起，将入见灵公。公子宋之食指，忽然翕翕②自动。何谓食指？第一指曰拇指，第三指曰中指，第四指曰无名指，第五指曰小指。惟第二指，大凡取食必用着他，故曰食指。公子宋将食指跳动之状，与归生观看，归生异之。公子宋曰："无他。我每常若跳动，是日必尝异味。前使晋食石花鱼③，后使楚一食天鹅，一食合欢橘④，指皆预动，无次不验。不知今日尝何味耶？"将入朝门，内侍传命，唤宰夫甚急。公子宋问之曰："汝唤宰夫何事？"内侍曰："有郑客从汉江来，得一大鼋⑤，重二百余斤，献于主公，主公受而赏之。今缚于堂下，使我召宰夫割烹，欲以享诸大夫也。"公子宋曰："异味在此，吾食指岂虚动耶？"既入朝，见堂柱缚鼋甚大，二人相视而笑，谒见之际，余笑尚在。灵公问曰："卿二人今日何得有喜容？"公子归生对曰："宋与臣入朝时，其食指忽动，言'每常如此，必得异味而尝之。'今见堂下有巨鼋，度主公烹食，必将波及诸臣，食指有验，所以笑耳！"灵公戏之曰："验与不验，权尚在寡人也。"二人既退，归生谓宋曰："异味虽有，倘君不召子，如何？"宋曰："既享众，能独遗我乎？"

　　至日哺，内侍果遍召诸大夫。公子宋欣然而入，见归生笑曰："吾固知君之不得不召我也。"已而，诸臣毕集，灵公命布席叙坐，谓曰："鼋乃水族佳味，寡人不敢独享，愿诸卿共之。"诸臣合词谢曰："主公一食

不忘，臣等何以为报！"坐定，宰夫告鼋味已调，乃先献灵公，公尝而美

之。命人赐鼋羹一鼎，象箸一双，自下席派起，至于上席。恰到第一第二席，止剩得一鼎，宰夫禀道："羹已尽矣，只有一鼎，请命赐与何人？"灵公曰："赐子家。"宰夫将羹致归生之前。灵公大笑曰："寡人命遍赐诸卿，而偏缺子公，是子公数⑥不当食鼋也！食指何尝验耶？"原来灵公故意吩咐庖人，缺此一鼎，欲使宋之食指不验，以为笑端。却不知公子宋已在归生面前说了满话，今日百官俱得赐食，己独不与，羞变成怒，径趋至灵公面前，以指探其鼎，取鼋肉一块啖之，曰："臣已得尝矣！食指何尝不验也？"言毕，直趋而出。灵公亦怒，投箸曰："宋不逊，乃欺寡人！岂以郑无尺寸之刃，不能斩其头耶？"归生等俱下席俯伏曰："宋恃肺腑之爱，欲均沾君惠，聊以为戏，何敢行无礼于君乎？愿君恕之。"灵公恨

恨不已，君臣皆不乐而散。归生即趋至公子宋之家，告以君怒之意，"明日可入朝谢罪。"公子宋曰："吾闻'慢人者，人亦慢之'。君先慢我，乃不自责而责我耶？"归生曰："虽然如此，君臣之间，不可不谢。"

次日，二人一同入朝。公子宋随班行礼，全无觳觫⑦伏罪之语。倒是归生心上不安，奏曰："宋惧主公责其染指之失，特来告罪。战兢不能措辞，望主公宽容之。"灵公曰："寡人恐得罪子公，子公岂惧寡人耶？"拂衣而起。公子宋出朝，邀归生至家，密语曰："主公怒我甚矣！恐见诛，不如先作难，事成可以免死。"归生掩耳曰："六畜岁久，犹不忍杀之。况一国之君，敢轻言弑逆乎？"公子宋曰："吾戏言，子勿泄也。"归生辞去。公子宋探知归生与灵公之弟公子去疾相厚，数有往来，乃扬言于朝曰："子家与子良早夜相聚，不知所谋何事，恐不利于社稷也。"归生急牵宋之臂，至于静处，谓曰："是何言与？"公子宋曰："子不与我协谋，吾必使子先我一日而死！"归生素性懦弱，不能决断，闻宋之言，大惧曰："汝意欲何如？"公子宋曰："主上无道之端，已见于分鼋。若行大事，吾与子共扶子良为君，以亲睦于晋，郑国可保数年之安矣。"归生想了一回，徐答曰："任子所为，吾不汝泄也。"公子宋乃阴聚家众，乘灵公秋祭斋宿，用重赂结其左右，夜半潜入斋宫，以土囊压灵公而杀之，托言"中魇⑧暴薨"。归生知其事而不敢言。按孔子作《春秋》，书："郑公子归生弑其君夷。"释公子宋而罪归生，以其身为执政⑨，惧潜从逆，所谓"任重者，责亦重"也。圣人书法，垂戒人臣，可不畏哉！

次日，归生与公子宋共议，欲奉公子去疾为君。去疾大惊，辞曰："先君尚有八子，若立贤，则去疾无德可称；若立长，则有公子坚在。去疾有死，不敢越也。"于是逆⑩公子坚即位，是为襄公⑪。总计穆公共有子十三人：灵公夷被弑，襄公坚嗣立，以下尚有十一子，曰公子去疾字子良，曰公子喜字子罕，曰公子騑字子驷，曰公子发字子国，曰公子嘉字子孔，曰公子偃字子游，曰公子舒字子印，又有公子丰、公子羽、公子然、公子志。襄公忌诸弟党盛，恐他日生变，私与公子去疾商议，欲独留去

疾，而尽逐其诸弟。去疾曰："先君梦兰而生，卜曰：'是必昌姬氏之宗。'夫兄弟为公族，譬如枝叶茂盛，本是以荣；若剪枝去叶，本根俱露，枯槁可立而待矣。君能容之，固所愿也。若不能容，吾将同行，岂忍独留于此，异日何面目见先君于地下乎？"襄公感悟，乃拜其弟十一人皆为大夫，并知郑政。公子宋遣使求成于晋，以求安其国。此周定王二年事也。

明年，为郑襄公元年，楚庄王使公子婴齐为将，率师伐郑，问曰："何故弑君？"晋使荀林父救之，楚遂移兵伐陈。郑襄公从晋成公盟于黑壤^⑫。

周定王三年，晋上卿赵盾卒，郤缺代为中军元帅，闻陈与楚平，乃言于成公，使荀林父从成公率宋、卫、郑、曹四国伐陈。晋成公于中途病薨，乃班师，立世子孺为君，是为景公^⑬。

是年，楚庄王亲统大军，复伐郑师于柳棼^⑭。晋郤缺率师救之，袭败楚师。郑人皆喜，公子去疾独有忧色。襄公怪而问之。去疾对曰："晋之败楚，偶也。楚将泄怒于郑，晋可长恃乎？行见楚兵之在郊矣！"明年，楚庄王复伐郑，屯兵于颖水之北。适公子归生病卒，公子去疾追治尝鼋之事，杀公子宋，暴其尸于朝，斲子家之棺，而逐其族，遣使谢楚王曰："寡君有逆臣归生与宋，今俱伏诛。寡君愿因陈侯而受歃于上国。"庄王许之。遂欲合陈、郑同盟于辰陵⑮之地，遣使约会陈侯。使者自陈还，言："陈侯为大夫夏徵舒所弑，国内大乱。"有诗为证：

> 周室东迁世乱离，纷纷篡弑岁无虚。
>
> 妖星入斗征三国⑯，又报陈侯遇夏舒。

话说陈灵公⑰讳平国，乃陈共公朔之子，在周顷王六年嗣位。为人轻佻惰慢，绝无威仪，且又耽于酒色，逐于游戏，国家政务，全然不理。宠着两位大夫，一个姓孔名宁，一个姓仪名行父，都是酒色队里打锣鼓的。一君二臣，志同气合，语言戏亵，各无顾忌。其时朝中有个贤臣，姓泄名冶，是个忠良正直之辈，遇事敢言，陈侯君臣，甚畏惮之。又有个大夫夏御叔，其父公子少西，乃是陈定公之子。少西字子夏，故御叔以夏为字，

又曰少西氏，世为陈国司马之官，食采于株林[18]。御叔娶郑穆公之女为妻，谓之夏姬。那夏姬生得蛾眉凤眼，杏脸桃腮，有骊姬、息妫之容貌，兼妲己、文姜之妖淫。见者无不消魂丧魄，颠之倒之。更有一桩奇事，十五岁时，梦见一伟丈夫，星冠羽服，自称上界天仙，与之交合，教以吸精导气之法。与人交接，曲尽其妙，就中采阳补阴，却老还少，名为素女采战之术。在国未嫁，先与郑灵公庶兄公子蛮兄妹私通，不勾三年，子蛮夭死。后嫁于夏御叔为内子，生下一男，名曰徵舒。徵舒字子南，年十二岁上，御叔病亡。夏姬因有外交[19]，留徵舒于城内，从师习学，自家退居株林。孔宁仪行父，向与御叔同朝相善，曾窥见夏姬之色，各有窥诱之意。夏姬有侍女荷华，伶俐风骚，惯与主母做脚[20]揽主顾。

孔宁一日与徵舒射猎郊外，因送徵舒至于株林，留宿其家。孔宁费一片心机，先勾搭上了荷华，赠以簪珥，求荐于主母，遂得入马[21]，窃穿其锦裆[22]以出，夸示于仪行父。行父慕之，亦以厚币交结荷华，求其通款。夏姬平日窥见仪行父身材长大，鼻准丰隆，也有其心，遂遣荷华约他私会。仪行父广求助战奇药，以媚夏姬，夏姬爱之，倍于孔宁。仪行父谓夏姬曰："孔大夫有锦裆之赐，今既蒙垂盼，亦欲乞一物为表记，以见均爱。"夏姬笑曰："锦裆彼自窃去，非妾所赠也。"因附耳曰："虽在相爱，岂无厚薄？"乃自解所穿碧罗襦[23]为赠。仪行父大悦。自此行父往来甚密，孔宁不免稍疏矣。有古诗为证：

郑风[24]何其淫？桓武化已渺[25]。士女竞私奔，里巷失昏晓。仲子墙欲逾[26]，子充性偏狡[27]。东门忆茹藘[28]，野外生蔓草[29]。褰裳望匪遥[30]，驾车去何杳[31]？青衿萦我心[32]，琼琚破人老[33]。风雨鸡鸣时，相会密以巧[34]。扬水流束薪，谗言莫相搅[35]！习气多感人，安能自美好？

仪行父为孔宁将锦裆骄了他，今得了碧罗襦，亦夸示于孔宁。孔宁私叩荷华，知夏姬与仪行父相密，心怀妒忌，无计拆他，想出一条计策来："那陈侯性贪淫乐，久闻夏姬美色，屡次言之，相慕颇切，恨不到手，不如引他一同入马，陈侯必然感我。况陈侯有个暗疾，医书上名曰'狐

臭',亦名'腋气',夏姬定不喜欢。我去做个贴身帮闲,落得捉空调情,讨些便宜。少不得仪大夫稀疏一二分,出了我这点撇酸的恶气。好计,好计!"遂独见灵公,闲话间,说及夏姬之美,天下绝无。灵公曰:"寡人亦久闻其名,但年齿已及四旬,恐三月桃花,未免改色矣。"孔宁曰:"夏姬熟晓房中之术,容颜转嫩,常如十七八岁好女子模样。且交接之妙,大异寻常,主公一试,自当魂消也。"灵公不觉欲火上炎,面颊发赤,向孔宁曰:"卿何策使寡人与夏姬一会?寡人誓不相负。"孔宁奏曰:"夏氏所居株林,其地竹木繁盛,可以游玩。主公来早只说要幸株林,夏氏必然设享相迎。夏姬有婢,名曰荷华,颇知情事,臣当以主公之意达之,万无不谐之理。"灵公笑曰:"此事全仗爱卿作成。"

国学经典文库

东周列国志

第五十二回　图文珍藏版

831

次日传旨驾车，微服出游株林，只教大夫孔宁相随。孔宁先送信于夏姬，教他治具相候。又露其意于荷华，使之转达。那边夏姬，也是个不怕事的主顾，凡事预备停当。灵公一心贪着夏姬，把游幸当个名色，正是："窃玉偷香真有意，观山玩水本无心。"略蹜一时，就转到夏家。夏姬具礼服出迎，入于厅坐，拜谒致词曰："妾男徵舒，出就外傅，不知主公驾临，有失迎接。"其声如新莺巧啭，呖呖可听。灵公视其貌，真天人也，六宫妃嫔，罕有其匹。灵公曰："寡人偶尔闲游，轻造尊府，幸勿惊讶。"夏姬敛衽®对曰："主公玉趾下临，敝庐增色，贱妾备有蔬酒，未敢献上。"灵公曰："既费庖厨，不须礼席，闻尊府园亭幽雅，愿入观之，主人盛馔，就彼相扰可也。"夏姬对曰："自亡夫即世，荒圃久废扫除，恐慢大驾，贱妾预先告罪。"夏姬应对有序，灵公心中愈加爱重，命夏姬："换去礼服，引寡人园中一游。"夏姬卸下礼服，露出一身淡妆，如月下梨花，雪中梅蕊，别是一般雅致。

夏姬前导，至于后园。虽然地段不宽，却有乔松秀柏，奇石名葩，池沼一方，花亭几座。中间高轩一区，朱栏绣幕，甚是开爽，此乃宴客之所。左右俱有厢房。轩后曲房数层，回廊周折，直通内寝。园中立有马厩，乃是养马去处。园西空地一片，留为射圃。灵公观看了一回，轩中筵席已具，夏姬执盏定席。灵公赐坐于旁，夏姬谦让不敢。灵公曰："主人岂可不坐？"乃命孔宁坐右，夏姬坐左："今日略去君臣之分，图个尽欢。"饮酒中间，灵公目不转睛，夏姬亦流波送盼。灵公酒兴带了痴情，又有孔大夫从旁打和事鼓，酒落快肠，不觉其多。日落西山，左右进烛，洗盏更酌，灵公大醉，倒于席上，鼾鼾睡去。孔宁私谓夏姬曰："主公久慕容色，今日此来，立心与你求欢，不可违拗。"夏姬微笑不答。孔宁便宜行事，出外安顿随驾人众，就便宿歇。夏姬整备锦衾绣枕，假意送入轩中，自己香汤沐浴，以备召幸，止留荷华侍驾。

少顷，灵公睡醒，张目问："是何人？"荷华跪而应曰："贱婢乃荷华也。奉主母之命，伏侍千岁爷爷。"因取酸梅醒酒汤以进。灵公曰："此

汤何人所造?"荷华答曰:"婢所煎也。"灵公曰:"汝能造梅汤,能为寡

人作媒乎?"荷华佯为不知,对曰:"贱婢虽不惯为媒,亦颇知效奔走,但不知千岁爷属意何人?"灵公曰:"寡人为汝主母,神魂俱乱矣。汝能成就吾事,当厚赐汝。"荷华对曰:"主母残体,恐不足当贵人,倘蒙不弃,贱婢即当引入。"灵公大喜,即命荷华掌灯引导,曲曲弯弯,直入内室。夏姬明灯独坐,如有所待。忽闻脚步之声,方欲启问,灵公已入户内。荷华便将银灯携出,灵公更不攀话,拥夏姬入帷,解衣共寝。肌肤柔腻,著体欲融,欢会之时,宛如处女。灵公怪而问之。夏姬对曰:"妾有内视⑩之法,虽产子之后,不过三日,充实如故。"灵公叹曰:"寡人虽遇天上神仙,亦只如此矣!"论起灵公淫具,本不及孔、仪二大夫,况带有暗疾,没讨好处。因他是一国之君,妇人家未免带三分势利,不敢嗔嫌,于枕席上百般献媚,虚意奉承,灵公遂以为不世之奇遇矣。

睡至鸡鸣，夏姬促灵公起身，灵公曰："寡人得交爱卿，回视六宫，有如粪土。但不知爱卿心下有分毫及寡人否？"夏姬疑灵公已知孔、仪二人往来之事，乃对曰："贱妾实不相欺，自丧先夫，不能自制，未免失身他人。今既获侍君侯，从兹当永谢外交，敢复有二心，以取罪戾！"灵公欣然曰："爱卿平日所交，试为寡人悉数之，不必隐讳。"夏姬对曰："孔、仪二大夫，因抚遗孤，遂及于乱，他实未有也。"灵公笑曰："怪道孔宁说卿交接之妙，大异寻常，若非亲试，何以知之？"夏姬对曰："贱妾得罪在先，望乞宽宥！"灵公曰："孔宁有荐贤之美，寡人方怀感激，卿其勿疑。但愿与卿常常相见，此情不绝，其他任卿所为，不汝禁也。"夏姬对曰："主公能源源而来，何难常常而见乎？"

须臾，灵公起身，夏姬抽自己贴体汗衫，与灵公穿上，曰："主公见此衫，如见贱妾矣。"荷华取灯，由旧路送归轩下。天明后，厅事上已备早膳，孔宁率从人驾车伺候。夏姬请灵公登堂，起居问安，庖人进馔。众人俱有酒食犒劳。食毕，孔宁为灵公御车回朝。百官知陈侯野宿，是日俱集朝门伺候。灵公传令免朝，径入宫门去了。仪行父扯住孔宁，盘问主公夜来宿处。孔宁不能讳，只得直言。仪行父知是孔宁所荐，顿足曰："如此好人情，如何让你独做？"孔宁曰："主公十分得意，第二次你做人情便了。"二人大笑而散。

次日，灵公早朝，礼毕，百官俱散，召孔宁至前，谢其荐举夏姬之事。又召仪行父问曰："如此乐事，何不早奏寡人？你二人却占先头，是何道理？"孔宁、仪行父齐曰："臣等并无此事。"灵公曰："是美人亲口所言，卿等不必讳矣。"孔宁对曰："譬如君有味，臣先尝之；父有味，子先尝之。若尝而不美，不敢进于君也。"灵公笑曰："不然。譬如熊掌，就让寡人先尝也不妨。"孔、仪二人俱笑。灵公又曰："汝二人虽曾入马，他偏有表记送我。"乃扯衬衣示之曰："此乃美人所赠，你二人可有么？"孔宁曰："臣亦有之。"灵公曰："赠卿何物？"孔宁撩衣，见其锦裆，曰："此姬所赠。不但臣有，行父亦有之。"灵公问行父："卿又是何物？"行父解开碧罗襦，与灵公观看。灵公大笑曰："我等三人，随身俱有质证，异日同往株林，可作连床大会矣！"

一君二臣，正在朝堂戏谑，把这话传出朝门，恼了一位正直之臣，咬牙切齿，大叫道："朝廷法纪之地，却如此胡乱，陈国之亡，屈指可待矣！"遂整衣端简，复身闯入朝门进谏。

不知那位官员是谁，再看下回分解。

【注释】

①贵戚之卿：二人皆为郑之宗室。归生乃郑灵公之庶弟。

②翕翕（xī 息）：伸缩的样子。

③石花鱼：疑即石斑鱼，一种中型海鱼，肉肥美可食。

④合欢橘：橘的一种。每枝两橘并生。产于湖北江陵县。

⑤大鼋（yuán 元）：鳖的一种。俗称癞头鼋。

⑥数：命运。

⑦觳觫（hú sù 胡速）：因恐惧而发抖。

⑧中魇（yǎn 演）：即中邪。魇，妖邪。

⑨执政：似指公子归生乃执掌政权之正卿。但有关史籍及本书均未交代。

⑩逆：迎接。

⑪襄公：郑襄公姬坚，穆公子。在位十八年（前604—前587）。

⑫黑壤：春秋时晋地名。一称黄父。在今山西翼城县东北之乌岭。

⑬景公：据《春秋》，晋景公名姬獳（rú 如）。而《史记》则称姬据。本书原作"孺"，当为刻写之误，今校正。景公在位十九年（前599—581）。

⑭柳棼（fén 焚）：春秋时郑地名。地址不详。

⑮辰陵：春秋时陈地名。在今河南淮阳县西。

⑯"妖星"句：指公元前六〇〇年，彗星入北斗。占卜谓齐、宋、晋三国之君皆死于乱。见第五十一回。

⑰陈灵公：在位十五年（前613—前599）。

⑱株林：春秋时陈邑名。在今河南西华县西南。

⑲外交：意同外遇。

⑳做脚：指为男女私情牵线。

㉑入马：勾搭上手。

㉒锦裆（dāng 嗒）：织锦背心。

㉓碧罗襦（rú 如）：绿色绫罗做的内衣。

㉔郑风：指《诗经·国风》中所收之郑国民歌，共二十一篇，其中写男女情爱的达十五篇，故历来受到封建士大夫鄙视，称之为"郑声淫"

㉕桓武：指郑国始封之君桓公友及其子武公掘突。化已渺：指那时的教化风尚已不存在。

㉖"仲子"句：出《诗经·郑风·将仲子》："将仲子兮，无逾我墙。"这是一首女赠男的情诗。诗中劝她情人仲子不要爬墙到她家来。

㉗"子充"句：出《郑风·山有扶苏》："不见子充，乃见狡童。"子充，古代美男子名。狡，狡狯。

㉘"东门"句：出《郑风·东门之墠》："东门之墠，茹藘在阪。"意为在东门郊外长着茜草的坡地上，乃是自己与情人相会之处。茹藘（rú lú 如驴），即茜草，亦称茅蒐。

㉙"野外"句：出《郑风·野有蔓草》："野有蔓草，零露漙兮。有美一人，清扬婉兮。"这是一首恋歌，写男女相遇于野田草露之间的情景。

㉚搴（qiān 千）裳：提起裙子。搴，同"褰"。此为《郑风》篇名。诗中有句为："子惠思我，褰裳涉溱。"意为你如果爱我而想念我，就提起裙子涉过溱水来吧。

㉛"驾车"句：出《郑风·丰》："叔兮伯兮，驾予与行。"意指她那字叔伯的情人，赶快驾车来同我走。这里说"去何杳"，暗示不见驾车来到。

㉜"青衿（jīn 今）"句：出《郑风·子衿》："青青子衿，悠悠我心。"意谓那位穿着青色交领衣服的读书人，正是我内心牵挂的对象。衿，古代衣服的交领。领连于襟，故称衿，乃读书人之常服。后来成为秀才的代称。

㉝"琼琚"句：出《郑风·有女同车》："有女同车，颜如舜华。将翱将翔，佩玉琼琚。"意指男子载着一个遍身珠玉的美女，将翱翔远方。琼琚，华美的佩玉。破人老，指岁月催人，时不我待之意。

㉞"风雨"二句：出《郑风·风雨》："风雨凄凄，鸡鸣喈喈。既见君子，云胡不夷。"意谓在风雨交加、鸡鸣不已之时会见情人，还有什么

不高兴呢！选择风雨鸡鸣时相会，乃是既机密而又巧妙的安排。

㉟"扬水"二句：出《郑风·扬之水》："扬之水，不流束薪。终鲜兄弟，维予二人。无信人之言，人实不信。"大意指扬起水波也流不走一捆柴。只我们两人相爱，连兄弟俱无。不要相信谗人之言，那些话都是假的。

㊱敛衽（rèn 刃）：提起衣襟夹于带间，以表示敬意。古代男女行礼皆可，元以后，始专指妇女的拜礼。

㊲内视：道家的一种修炼内丹之法。

第五十三回　楚庄王纳谏复陈　晋景公出师救郑

　　却说陈灵公与孔宁、仪行父二大夫，俱穿了夏姬所赠亵衣①，在朝堂上戏谑。大夫泄冶闻之，乃整襟端笏，复身趋入朝门。孔、仪二人，素惮泄冶正直，今日不宣自至，必有规谏，遂先辞灵公而出。灵公抽身欲起御座，泄冶腾步上前，牵住其衣，跪而奏曰："臣闻'君臣主敬，男女主别'。今主公无《周南》②之化，使国中有失节之妇；而又君臣宣淫，互相标榜，朝堂之上，秽语难闻，廉耻尽丧，体统俱失。君臣之敬，男女之别，沦灭已极！夫不敬则慢，不别则乱，慢而且乱，亡国之道也，君必改之！"灵公自觉汗颜，以袖掩面曰："卿勿多言，寡人行且悔之矣！"泄冶辞出朝门，孔、仪二人尚在门外打探，见泄冶怒气冲冲出来，闪入人丛中避之。泄冶早已看见，将二人唤出，责之曰："君有善，臣宜宣之，君有不善，臣宜掩之。今子自为不善，以诱其君，而复宣扬其事，使士民公然见闻，何以为训？宁不羞耶？"二人不能措对，唯唯谢教。

　　泄冶去了，孔、仪二人，求见灵公，述泄冶责备其君之语："主公自今更勿为株林之游矣。"灵公曰："卿二人还往否？"孔、仪二人对曰："彼以臣谏君，与臣等无与。臣等可往，君不可往。"灵公奋然曰："寡人宁得罪于泄冶，安肯舍此乐地乎？"孔、仪二人复奏曰："主公若再往，恐难当泄冶絮聒③，如何？"灵公曰："二卿有何策，能止泄冶勿言？"孔宁曰："若要泄冶勿言，除非使他开口不得。"灵公笑曰："彼自有口，寡人安能禁之使不开乎？"仪行父曰："宁之言，臣能知之。夫人死则口闭，

主公何不传旨，杀了泄冶，则终身之乐无穷矣！"灵公曰："寡人不能也。"孔宁曰："臣使人刺之何如？"灵公点首曰："由卿自为。"

二人辞出朝门，做一处商议。将重贿买出刺客，伏于要路，候泄冶入朝，突起杀之。国人皆认为陈侯所使，不知为孔、仪二人之谋也。史臣有赞云：

陈丧明德④，君臣宣淫。缨绅⑤袎服⑥，大廷株林⑦。壮哉泄冶，独矢⑧直音！身死名高，龙血比心⑨。

自泄冶死后，君臣益无忌惮，三人不时同往株林，一二次还是私偷，以后习以为常，公然不避。国人作《株林》⑩之诗以讥之。诗曰：

胡为乎株林？从夏南！匪适株林，从夏南⑪！

徵舒字子南，诗人忠厚，故不曰夏姬，而曰夏南，言从南而来也。

陈侯本是个没偈僵⑫的人，孔、仪二人，一味奉承帮衬，不顾廉耻，更兼夏姬善于调停，打成和局，弄做了一妇三夫，同欢同乐，不以为怪。徵舒渐渐长大知事，见其母之所为，心如刀刺，只是干碍陈侯，无可奈何。每闻陈侯欲到株林，往往托故避出，落得眼中清净。那一班淫乐的男女，亦以徵舒不在为方便。光阴似箭，徵舒年一十八岁，生得长躯伟干，多力善射。灵公欲悦夏姬之意，使嗣父职为司马，执掌兵权。徵舒谢恩毕，回株林拜见其母夏姬。夏姬曰："此陈侯恩典，汝当恪供乃职⑬，为国分忧，不必以家事分念。"徵舒辞了母亲，入朝理事。

忽一日，陈灵公与孔、仪二人，复游株林，宿于夏氏。徵舒因感嗣爵之恩，特地回家设享，款待灵公。夏姬因其子在坐，不敢出陪。酒酣之后，君臣复相嘲谑，手舞足蹈。徵舒厌恶其状，退入屏后，潜听其言。灵公谓仪行父曰："徵舒躯干魁伟，有些像你，莫不是你生的？"仪行父笑曰："徵舒两目炯炯，极像主公，还是主公所生。"孔宁从旁插嘴曰："主公与仪大夫年纪小，生他不出，他的爹极多，是个杂种，便是夏夫人自家也记不起了。"三人拍掌大笑。

徵舒不听犹可，听见之时，不觉羞恶之心，勃然难遏。正是："怒从心上起，恶向胆边生。"暗将夏姬锁于内室，却从便门溜出，吩咐随行军众："把府第团团围住，不许走了陈侯及孔、仪二人。"军众得令，发一声喊，围了夏府。徵舒戎妆披挂，手执利刃，引着得力家丁数人，从大门杀进，口中大叫："快拿淫贼！"陈灵公口中还在那里不三不四，要笑弄酒。却是孔宁听见了，说道："主公不好了！徵舒此席，不是好意。如今引兵杀来，要拿淫贼。快跑罢！"仪行父曰："前门围断，须走后门。"三人常在夏家穿房入户，路道都是识熟的。陈侯还指望跑入内室，求救于夏姬，见中门锁断，慌上加慌，急向后园奔走，徵舒随后赶来。陈侯记得东边马厩，有短墙可越，遂望马厩而奔。徵舒叫道："昏君休走！"攀起弓来，飕的一箭，却射不中。陈侯奔入马厩，意欲藏躲，却被群马惊嘶起来，即忙退身而出。徵舒刚刚赶近，又复一箭，正中当心。可怜陈侯平国，做了一十五年诸侯，今日死于马厩之下！孔宁、仪行父先见陈侯向东走，知徵舒必然追赶，遂望西边奔入射圃。徵舒果然只赶陈侯。孔、仪二人，遂从狗窦中钻出，不到家中，赤身奔入楚国去了。

徵舒既射杀了陈侯，拥兵入城，只说陈侯酒后暴疾身亡，遗命立世子午为君，是为成公[14]。成公心恨徵舒，力不能制，隐忍不言。徵舒亦惧诸侯之讨，乃强逼陈侯往朝于晋，以结其好。

再说楚国使臣，奉命约陈侯赴盟辰陵，未到陈国，闻乱而返。恰好孔宁、仪行父二人逃到，见了庄王，瞒过君臣淫乱之情，只说夏徵舒造反，弑了陈侯平国。与使臣之言相合。庄王遂集群臣商议。却说楚国一位公族大夫，屈氏巫名，字子灵，乃屈荡之子。此人仪容秀美，文武全才，只有一件毛病，贪淫好色，专讲彭祖房中之术[15]。数年前，曾出使陈国，遇夏姬出游，窥见其貌，且闻其善于采炼，却老还少，心甚慕之。及闻徵舒弑逆，欲借此端，掳取夏姬，力劝庄王兴师伐陈。令尹孙叔敖亦言："陈罪宜讨。"庄王之意遂决。时周定王九年，陈成公午之元年也。

楚庄王先传一檄，至于陈国，檄上写道：

楚王示尔：少西氏弑其君，神人共愤。尔国不能讨，寡人将为尔讨之。罪有专归，其余臣民，静听勿扰！

陈国见了檄文，人人归咎徵舒，巴不能勾假手于楚，遂不为御敌之计。楚庄王亲引三军，带领公子婴齐、公子侧、屈巫一班大将，云卷风驰，直造陈都，如入无人之境，所至安慰居民，秋毫无犯。夏徵舒知人心怨己，潜奔株林。时陈成公尚在晋国未归。大夫辕颇，与诸臣商议："楚王为我讨罪，诛止徵舒。不如执徵舒献于楚军，遣使求和，保全社稷，此为上策。"群臣皆以为然。辕颇乃命其子侨如，统兵往株林，擒拿徵舒。侨如未行，楚兵已至城下。陈国久无政令，况陈侯不在国，百姓做主，开门迎楚。楚庄王整队而入。诸将将辕颇等拥至庄王面前，庄王问："徵舒何在？"辕颇对曰："在株林。"庄王问曰："谁非臣子，如何容此逆贼，不加诛讨？"辕颇对曰："非不欲讨，力不加也。"庄王即命辕颇为向导，自引大军，往株林进发，却留公子婴齐一军，屯扎城中。

再说徵舒正欲收拾家财，奉了母亲夏姬，逃奔郑国，只争一刻，楚兵围住株林，将徵舒拿住。庄王命囚于后车，问："何以不见夏姬？"使将士搜其家，于园中得之。荷华逃去，不知所适。夏姬向庄王再拜言曰："不幸国乱家亡，贱妾妇人，命悬大王之手。倘赐矜宥，愿充婢役！"夏姬颜色妍丽，语复详雅，庄王一见，心志迷惑，谓诸将曰："楚国后宫虽多，如夏姬者绝少，寡人意欲纳之，以备妃嫔，诸卿以为何如？"屈巫谏曰："不可，不可！吾主用兵于陈，讨其罪也。若纳夏姬，是贪其色也。讨罪为义，贪色为淫。以义始而以淫终，伯主举动，不当如此。"庄王曰："子灵之言甚正，寡人不敢纳矣。只是此妇世间尤物，若再经寡人之眼，必然不能自制。"叫军士凿开后垣，纵其所之。

时将军公子侧在旁，亦贪夏姬美貌，见庄王已不收用，跪而请曰：

"臣中年无妻，乞我王赐臣为室。"屈巫又奏曰："吾王不可许也。"公子侧怒曰："子灵不容我娶夏姬，是何缘故？"屈巫曰："此妇乃天地间不祥之物，据吾所知者言之：妖子蛮，杀御叔，弑陈侯，戮夏南，出孔、仪，丧陈国，不祥莫大焉！天下多美妇人，何必取此淫物，以贻后悔？"庄王曰："如子灵所言，寡人亦畏之矣！"公子侧曰："既如此，我亦不娶了。只是一件，你说主公娶不得，我亦娶不得，难道你娶了不成？"屈巫连声曰："不敢，不敢！"庄王曰："物无所主，人必争之。闻连尹⑯襄老，近日丧偶，赐为继室可也。"时襄老引兵从征，在于后队。庄王召至，以夏姬赐之，夫妇谢恩而出。公子侧倒也罢了。只是屈巫谏止庄王，打断公子侧，本欲留与自家；见庄王赐于襄老，暗暗叫道："可惜，可惜！"又暗想道："这个老儿，如何当得起那妇人？少不得一年半载，仍做寡妇，到其间再作区处。"这是屈巫意中之事，口里却不曾说出。庄王居株林一宿，仍至陈国，公子婴齐迎接入城。庄王传令将徵舒囚出栗门，车裂以殉，如齐襄公处高渠弥之刑。史臣有诗云：

陈主荒淫虽自取，徵舒弑逆亦违条。

庄王吊伐如时雨，泗上诸侯望羽旄。

庄王号令徵舒已毕，将陈国版图查明，灭陈以为楚县，拜公子婴齐为陈公，使守其地。陈大夫辕颇等，悉带回郢都。南方属国，闻楚王灭陈而归，俱来朝贺，各处县公^⑰，自不必说。独有大夫申叔时，使齐未归。其时齐惠公薨，世子无野即位，是为顷公^⑱。齐、楚一向交好，故庄王遣申

叔时，往行吊旧贺新之礼。这一差还在未伐陈以前。及庄王归楚三日之后，申叔方才回转，复命而退，并无庆贺之言。庄王使内侍传语责之曰："夏徵舒无道，弑其君，寡人讨其罪而戮之，版图收于国中，义声闻于天下。诸侯县公，无不称贺，汝独无一言，岂以寡人讨陈之举为非耶？"申叔时随使者来见楚王，请面毕其辞，庄王许之。申叔时曰："王闻'蹊田夺牛'之说乎？"庄王曰："未闻也。"申叔时曰："今有人牵牛取径于他人之田者，践其禾稼，田主怒夺其牛。此狱若在王前，何以断之？"庄王曰："牵牛践田，所伤未多也。夺其牛，太甚矣！寡人若断此狱，薄责牵

牛者,而还其牛。子以为当否?"申叔时曰:"王何明于断狱,而昧于断陈也?夫徵舒有罪,止于弑君,未至亡国也,王讨其罪足矣。又取其国,此与夺牛何异?又何贺乎?"庄王顿足曰:"善哉此言,寡人未之闻也!"申叔时曰:"王既以臣言为善,何不效反牛之事?"庄王立召陈大夫辕颇,问:"陈君何在?"颇答曰:"向往晋国,今不知何在。"言讫,不觉泪下。庄王惨然曰:"吾当复封汝国,汝可迎陈君而立之。世世附楚,勿依违南北,有负寡人之德。"又召孔宁、仪行父吩咐:"放汝归国,共辅陈君!"辕颇明知孔、仪二人是个祸根,不敢在楚王面前说明,只是含糊一同拜谢而行。

将出楚境,正遇陈侯午自晋而归,闻其国已灭,亦欲如楚,面见楚王。辕颇乃述楚王之美意,君臣并驾至陈。守将公子婴齐,已接得楚王之命,召还本国,遂将版图交割还陈,自归楚国去了。此乃楚庄王第一件好处。髯翁有诗云:

县陈谁料复封陈?跖舜还从一念新。

南楚义声驰四海,须知贤主赖贤臣。

孔宁归国,未一月,白日见夏徵舒来索命,因得狂疾,自赴池中而死。死之夜,仪行父梦见陈灵公、孔宁与徵舒三人,来拘他到帝廷对狱,梦中大惊,自此亦得暴疾卒。此乃淫人之报也!

再说公子婴齐既返楚国,入见庄王,犹自称陈公婴齐。庄王曰:"寡人已复陈国矣,当别图所以偿卿也。"婴齐遂请申、吕[19]之田,庄王将许之。屈巫奏曰:"此北方之赋,国家所恃以御晋寇者,不可以充赏。"庄王乃止。及申叔时告老,庄王封屈巫为申公,屈巫并不推辞,婴齐由是与屈巫有隙。周定王十年[20],楚庄王之十七年也。

庄王以陈虽南附,郑犹从晋,未肯服楚,乃与诸大夫计议。令尹孙叔敖曰:"我伐郑,晋救必至,非大众不可。"庄王曰:"寡人意正如此。"乃悉起三军两广之众,浩浩荡荡,杀奔荥阳而来。连尹襄老为前部,临发时,健将唐狡请曰:"郑小国,不足烦大军,狡愿自率部下百人,前行一

日，为三军开路。"襄老壮其志，许之。唐狡所至力战，当者辄败，兵不留行，每夕扫除营地，以待大军。庄王率诸将直抵郑郊，未曾有一兵之阻，一日之稽。庄王怪其神速，谓襄老曰："不意卿老而益壮，勇于前进如此！"襄老对曰："非臣之能，乃副将唐狡力战所致也。"庄王即召唐狡，欲厚赏之。唐狡对曰："臣受君王之赐已厚，今日聊以报效，敢复叨赏乎？"庄王讶曰："寡人未尝识卿，何处受寡人之赐？"唐狡对曰："绝缨会上，牵美人之袂者，即臣也。蒙君王不杀之恩，故舍命相报。"庄王叹息曰："嗟乎！使寡人当时明烛治罪，安得此人之死力哉？"命军正纪其首功，俟平郑之后，将重用之。唐狡谓人曰："吾得死罪于君，君隐而不诛，是以报之。然既已明言，不敢以罪人徼后日之赏。"即夜遁去，不知所往。庄王闻之，叹曰："真烈士矣！"

大军攻破郊关，直抵城下。庄王传令，四面筑长围攻之，凡十有七日，昼夜不息。郑襄公恃晋之救，不即行成，军士死伤者甚众。城东北角崩陷数十丈，楚兵将登，庄王闻城内哭声震地，心中不忍，麾军退十里。

公子婴齐进曰:"城陷正可乘势,何以退师?"庄王曰:"郑知吾威,未知吾德,姑退以示德。视其从违,以为进退可也。"郑襄公闻楚师退,疑晋救已至,乃驱百姓修筑城垣,男女皆上城巡守。庄王知郑无乞降之意,复进兵围之。郑坚守三月,力不能支。楚将乐伯率众自皇门[21]先登,劈开城门。庄王下令,不许虏掠,三军肃然。行至逵路,郑襄公肉袒牵羊,以迎楚师,辞曰:"孤不德,不能服事大国,使君王怀怒,以降师于敝邑,孤知罪矣!存亡死生,一惟君王命。若惠顾先人之好,不遽翦灭,延其宗祀,使得比于附庸,君王之惠也!"公子婴齐进曰:"郑力穷而降,赦之复叛,不如灭之。"庄王曰:"申公若在,又将以蹊田夺牛见诮矣。"即麾军退三十里。郑襄公亲至楚军,谢罪请盟,留其弟公子去疾为质。

庄王班师北行,次于郔[22],谍报晋国拜荀林父为大将,先縠为副,出车六百乘,前来救郑,已过黄河。庄王问于诸将曰:"晋师将至,归乎?抑战乎?"令尹孙叔敖对曰:"郑之未成,战晋宜也;已得郑矣,又寻仇于晋,焉用之?不如全师而归,万无一失。"嬖人[23]伍参奏曰:"令尹之言非也。郑谓我力不及,是以从晋;若晋来而避之,真我不及矣。且晋知郑之从楚,必以兵临郑,晋以救来,我亦以救往,不亦可乎?"孙叔敖曰:"昔岁入陈,今岁入郑,楚兵已劳敝矣。若战而不捷,虽食参之肉,岂足赎罪?"伍参曰:"若战而捷,令尹为无谋矣;如其不捷,参之肉将为晋军所食,何能及楚人之口?"

庄王乃遍问诸将,各授以笔,使书其掌,主战者写"战"字,主退者写"退"字。诸将写讫,庄王使开掌验之。惟中军元帅虞丘,及连尹襄老、裨将蔡鸠居、彭名四人,掌中写"退"字,其他公子婴齐、公子侧、公子縠臣、屈荡、潘党、乐伯、养繇基、许伯、熊负羁、许偃等二十余人,俱"战"字。庄王曰:"虞丘老臣之见,与令尹合,言退者是矣。"乃传令南辕[24]反旆,来日饮马于河而归。

伍参夜求见庄王曰:"君王何畏于晋,而弃郑以畀之也?"庄王曰:"寡人未尝弃郑也。"伍参曰:"楚兵顿郑城下九十日,而仅得郑成。今晋来而楚去，使晋得以救郑为功而收郑，楚自此不复有郑矣，非弃郑而何？"庄王曰："令尹言战晋未必捷，是以去之。"伍参曰："臣已料之审矣。荀林父新将中军，威信未孚于众。其佐先縠，先轸之孙，先且居之子㉕，恃其世勋，且刚愎不仁，非用命之将也。栾、赵之辈，皆累世名将，各行其意，号令不一。晋师虽多，败之易耳。且王以一国之主，而避晋之诸臣，将遗笑于天下，况能有郑乎？"庄王愕然曰："寡人虽不能军㉖，何至出晋诸臣之下？寡人从子战矣！"即夜使人告令尹孙叔敖，将乘辕一齐改为北向，进至管城㉗，以待晋师。

不知胜负如何，且看下回分解。

【注释】

①亵（xiè 泄）衣：旧指贴身衣服为亵衣。

②《周南》：《诗经·国风》中篇名，含诗十一首。应为周代南国民歌。内容较纯正。首篇为《关雎》，旧时认为是颂"后妃之德"的。

③絮聒（guō 郭）：意同絮叨，形容说话囓唆。

④明德：完美的德性。

⑤缨绅：指头戴缨冠、腰束大带者。即官僚士大夫之类。

⑥袘（nì 溺）服：妇女贴身之内衣。与"亵衣"相近。

⑦"大廷"句：意指把株林当作朝廷。

⑧独矢：喻泄冶。矢即箭，用以比喻正直、端正。

⑨"龙血"句：关龙逢之血，比干之心。关龙逢、比干分别为夏桀、商纣时之忠臣，皆因忠谏不从而被杀。此喻泄冶死之壮烈。

⑩《株林》：《诗经·陈风》中篇目。

⑪"胡为乎"四句：前二句为疑问句，意为国君到株林干什么呢？他何以去找夏南呢？后二句为陈述句，意为，他去株林，就是去找夏南啊。匪，意同彼。

⑫没儑儑（tà sà 踏萨）：恶劣，没出息。

⑬恪（kè 客）供乃职：谨慎地担任你的职守。

⑭成公：陈成公妫午，在位三十年（前598—前569）。据《史记·陈世家》，灵公被杀后，夏征舒曾自立为陈侯。

⑮彭祖房中之术：彭祖，传说颛顼玄孙陆终氏的第三子，尧封之于彭城，因其道可祖，故称彭祖。房中之术，指男女运气采战之术。古代有些讲房中术书籍曾托名彭祖之术。

⑯连尹：楚国朝廷官名，职掌不详。

⑰县公：即县尹。此时楚国初设县，县有县尹，县尹冒称为公。

⑱顷公：齐顷公吕无野，齐惠公吕元之子。在位十七年（前598—前582）。

⑲申、吕：春秋时楚邑名。申在今河南南阳市及以北部分，吕在今南阳市以西部分。

⑳周定王十年：即公元前597年。

㉑皇门：郑都城门。有人认为郑都郭门。

㉒郔（yán延）：春秋时楚邑名。在今河南项城市境。

㉓嬖（bì避）人：宠爱的人。此指宠臣、幸臣。

㉔南辕：把车辕转向南方，意指回车。

㉕"先轸"二句：据史籍及前文，先縠应为先轸之曾孙。先轸之子先且居，先且居子先克，而先縠乃先克之子。见第四十八回。

㉖军：打战。此指指挥作战。

㉗管城：春秋时郑邑名。在今河南郑州市。

第五十四回　荀林父纵属亡师
孟侏儒托优悟主

　　话说晋景公即位三年，闻楚王亲自伐郑，谋欲救之，乃拜荀林父为中军元帅，先縠副之；士会为上军元帅，郤克副之；赵朔为下军元帅，栾书副之。赵括、赵婴齐①为中军大夫，巩朔、韩穿为上军大夫，荀首、赵同为下军大夫，韩厥为司马。更有部将魏锜、赵旃、荀、罃、逢伯、鲍癸等数十员，起兵车共六百乘，以夏六月自绛州进发。到黄河口，前哨探得郑城被楚久困，待救不至，已出降于楚，楚兵亦将北归矣。荀林父召诸将商议行止。士会曰："救之不及，战楚无名；不如班师，以俟再举。"林父善之，遂命诸将班师。中军一员上将，挺身出曰："不可，不可！晋能伯诸侯者，以其能扶倾救难故也。今郑待救不至，不得已而降楚，我若挫楚，郑必归晋。今弃郑而逃楚，小国何恃之有？晋不复能伯诸侯矣！元帅必欲班师，小将情愿自率本部前进。"荀林父视之，乃中军副将先縠，字彘子②。林父曰："楚王亲在军中，兵强将广，汝偏师独济，如以肉投馁虎，何益于事？"先縠咆哮大叫曰："我若不往，使人谓堂堂晋国，没一个敢战之人，岂不可耻？此行虽死于阵前，犹不失志气。"说罢，竟出营门，遇赵同、赵括兄弟，告以："元帅畏楚班师，我将独济。"同、括曰："大丈夫正当如此。我弟兄愿率本部相从。"三人不秉将令，引军济河。

　　荀首不见了赵同，军士报道："已随先将军去迎楚军矣。"荀首大惊，告于司马韩厥。韩厥特造中军，来见荀林父，曰："元帅不闻彘子之济河乎？如遇楚师，必败。子总中军，而彘子丧师，咎专在子，将若之何？"

林父悚然问计。韩厥曰："事已至此，不如三军俱进。如其捷，子有功矣。

万一不捷，六人均分其责，不犹愈于专罪乎？"林父下拜曰："子言是
也。"遂传令三军并济，立营于敖、鄗二山[3]之间。先縠喜曰："固知元帅
不能违吾之言也。"

话分两头。且说郑襄公探知晋兵众盛，恐一旦战胜，将讨郑从楚之
罪，乃集群臣计议。大夫皇戌进曰："臣请为君使于晋军，劝之战楚。晋
胜则从晋，楚胜则从楚，择强而事，何患焉？"郑伯善其谋，遂使皇戌往
晋军中，致郑伯之命曰："寡君待上国之救，如望时雨，以社稷之将危，
偷安于楚，聊以救亡，非敢背晋也。楚师胜郑而骄，且久出疲敝，晋若击

之，敝邑愿为后继。"先縠曰："败楚服郑，在此一举矣。"栾书曰："郑人反覆，其言未可信也。"赵同、赵括曰："属国助战，此机不可失。彘子之言是也。"遂不由林父之命，同先縠竟与皇戌定战楚之约。

谁知郑襄公又别遣使往楚军中，亦劝楚王与晋交战，是两边挑斗，坐观成败的意思。孙叔敖虑晋兵之盛，言于楚王曰："晋人无决战之意，不如请成，请而不获，然后交兵，则曲在晋矣。"庄王以为然。使蔡鸠居往晋请罢战修和。荀林父喜曰："此两国之福也。"先縠对蔡鸠居骂曰："汝夺我属国，又以和局缓我，便是我元帅肯和，我先縠决不肯，务要杀得你片甲不回，方见我先縠手段！快去报与楚君，教他早早逃走，饶他性命！"蔡鸠居被骂一场，抱头而窜。将出营门，又遇赵同、赵括兄弟，以剑指之曰："汝若再来，先教你吃我一剑！"鸠居出了晋营，又遇晋将赵旃，弯弓向之，说道："你是我箭头之肉，少不得早晚擒到。烦你传话，只教你蛮王仔细！"

鸠居回转本寨，奏知庄王。庄王大怒，问众将："谁人敢去挑战？"大将乐伯应声而出曰："臣愿往！"乐伯乘单车，许伯为御，摄叔为车右。许伯驱车如风，径逼晋垒。乐伯故意代御执辔，使许伯下车饰马正鞅④，以示闲暇。有游兵十余人过之，乐伯不慌不忙，一箭发去，射倒一人；摄叔跳下车，又只手生擒一人，飞身上车，余兵发声喊都走。许伯仍为御，望本营而驰。晋军知楚将挑战杀人，分为三路追赶将来。鲍癸居中，左有逢宁，右有逢盖。乐伯大喝曰："吾左射马，右射人，射错了，就算我输！"乃将雕弓挽满，左一箭，右一箭，忙忙射去，有分有寸，不差一些。左边连射倒三四匹马，马倒，车遂不能行动。右边逢盖面门亦中一箭，军士被箭伤者甚多。左右二路追兵，俱不能进。只有鲍癸紧紧随后，看看赶着，乐伯只存下一箭了，搭上弓靶，欲射鲍癸，想道："我这箭若不中，必遭来将之手。"正转念间，车驰马骤之际，赶出一头麋来，在乐伯面前经过。乐伯心下转变，一箭望麋射去，刚刚的直贯麋心。乃使摄叔下车取麋，以献鲍癸曰："愿充从者之膳。"鲍癸见乐伯矢无虚发，心中正在惊惧，因其献麋，遂假意叹曰："楚将有礼，我不可犯也！"麾左右回车。乐伯徐行而返。有诗为证：

> 单车挑战骋豪雄，车似雷轰马似龙。
> 神箭将军谁不怕？追军缩首去如风。

晋将魏锜知鲍癸放走了乐伯，心中大怒曰："楚来挑战，晋国独无一人敢出军前，恐被楚人所笑也。小将亦愿以单车，探楚之强弱。"赵旃曰："小将愿同魏将军走遭。"林父曰："楚来求和，然后挑战。子若至楚军，也将和议开谈，方是答礼。"魏锜答曰："小将便去请和。"赵旃先送魏锜登车，谓魏锜曰："将军报鸠居之使，我报乐伯，各任其事可也。"

却说上军元帅士会，闻赵、魏二将讨差往楚，慌忙来见荀林父，欲止其行。比到中军，二将已去矣。士会私谓林父曰："魏锜、赵旃，自恃先世之功，不得重用，每怀怨望之心。况血气方刚，不知进退，此行必触楚怒。倘楚兵猝然乘我，何以御之？"时副将郤克亦来言："楚意难测，不可不备。"先縠大叫曰："且晚厮杀，何以备为！"荀林父不能决。士会退谓郤克曰："荀伯⑤木偶耳，我等宜自为计。"乃使郤克约会上军大夫巩朔、韩穿，各率本部兵，分作三处，伏于敖山之前。中军大夫赵婴齐亦虑晋师之败，预遣人具舟于黄河之口。

话分两头。再说魏锜一心忌荀林父为将，欲败其名，在林父面前只说请和，到楚军中，竟自请战而还。楚将潘党知蔡鸠居出使晋营，受了晋将辱骂，今日魏锜到此，正好报仇。忙趋入中军，魏锜已自出营去了，乃策马追之。魏锜行及大泽，见追将甚紧，方欲对敌，忽见泽中有麋六头，因想起楚将战麋之事，弯起弓来，也射倒一麋，使御者献于潘党曰："前承乐将军赐鲜，敬以相报。"潘党笑曰："彼欲我描旧样耳！我若追之，显得我楚人无礼。"亦命御者回车而返。魏锜还营，诡说："楚王不准讲和，定要交锋，决一胜负。"荀林父问："赵旃何在？"魏锜曰："我先行，彼在后，未曾相值。"林父曰："楚既不准和，赵将军必然吃亏。"乃使荀罃率軘车二十乘，步卒千五百人，往迎赵旃。

却说赵旃夜至楚军，布席于军门之外，车中取酒，坐而饮之。命随从二十余人，效楚语，四下巡绰，得其军号，混入营中。有兵士觉其伪，盘诘之，其人拔刀伤兵士。营中乱嚷起来，举火搜贼，被获一十余人。其余逃出，见赵旃尚安坐席上，扶之起，登车，觅御人，已没于楚军矣。天色渐明，赵旃亲自执辔鞭马，马饿不能驰。楚庄王闻营中有贼遁去，自驾戎辂，引兵追赶，其行甚速。赵旃恐为所及，弃其车，逃入万松林内，为楚将屈荡所见，亦下车逐之。赵旃将甲裳挂于小小松树之上，轻身走脱。屈荡取甲裳并车马，以献庄王。方欲回辕，望见单车风驰而至，视之，乃潘党也。党指北向车尘,谓楚王曰:"晋师大至矣!"这车尘却是荀林父所遣軘车,迎接赵旃者。潘党远远望见,误认以为大军,未免轻事重报,吓得庄王面如土色。忽听得南方鼓角喧天,为首一员大臣,领着一队车马飞到。这员大臣是谁?乃是令尹孙叔敖。庄王心下稍安,问:"相国何以知晋军之至,而来救寡人?"孙叔敖对曰:"臣不知也。但恐君王轻进,误入晋军,臣先来救驾,随后三军俱至矣。"庄王北向再看时,见尘头不高,曰:"非大军也。"孙叔敖对曰:"兵法有云:'宁可我迫人,莫使人迫我。'诸将既已到齐,吾王可传令,只顾杀向前去。若挫其中军,余二军皆不能存扎矣。"

庄王果然传令,使公子婴齐同副将蔡鸠居,以左军攻晋上军;公子侧同副将工尹齐,以右军攻晋下军;自引中军两广之众,直捣荀林父大营。庄王亲自援桴击鼓。众军一齐擂鼓,鼓声如雷,车驰马骤,步卒随着车马,飞奔前行。晋军全没准备。荀林父闻鼓声,才欲探听,楚军漫山遍野,已布满于营外,真是出其不意了。林父仓忙无计,传令并力混战。楚兵人人耀武,个个扬威,分明似海啸山崩,天摧地塌。晋兵如久梦乍回,大醉方醒,还不知东西南北,"没心人遇有心人",怎生对敌得过?一时鱼奔鸟散,被楚兵砍瓜切菜,乱杀一回,杀得四分五裂,七零八碎。荀罃乘着軘车,迎不着赵旃,却撞着楚将熊负羁,两下交锋。楚兵大至,寡不敌众,步卒奔散,荀罃所乘左骖,中箭先倒,遂为熊负羁所擒。

再说晋将逢伯,引其二子逢宁、逢盖,共载一小车,正在逃奔。恰好赵旃脱身走到,两趾俱裂,看见前面有乘车者,大叫:"车中何人?望乞挈带!"逢伯认得是赵旃声音,吩咐二子:"速速驰去,勿得反顾。"二子不解其父之意,回头看之,赵旃即呼曰:"逢君可载我!"二子谓父曰:"赵叟⑥在后相呼。"逢伯大怒曰:"汝既见赵叟,合当让载也!"叱二子下车,以辔授赵旃,使登车同载而去。逢宁、逢盖失车,遂死于乱军之中。

荀林父同韩厥,从后营登车,引着败残军卒,取路山右,沿河而走,弃下车马器仗无算。先縠自后赶上,额中一箭,鲜血淋漓,扯战袍裹之。

林父指曰："敢战者亦如是乎?"行至河口,赵括亦到,诉称其兄赵婴齐⑦私下预备船只,先自济河:"不通我每得知,是何道理?"林父曰:"死生之际,何暇相闻也?"赵括恨恨不已,自此与婴齐有隙。林父曰:"我兵不能复战矣!目前之计,济河为急。"乃命先縠往河下招集船只。那船俱四散安泊,一时不能取齐。

正扰攘之际,沿河无数人马,纷纷来到。林父视之,乃是下军正副将赵朔、栾书,被楚将公子侧袭败,驱率残兵,亦取此路而来。两军一齐在岸,那一个不要渡河的?船数一发少了。南向一望,尘头又起,林父恐楚兵乘胜穷追,乃击鼓出令曰:"先济河者有赏!"两军夺舟,自相争杀。及至船上人满了,后来者攀附不绝,连船覆水,又坏了三十余艘。先縠在舟中喝令军士:"但有攀舷扯桨的,用刀乱砍其手。"各船俱效之。手指跳落舟中,如飞花片片,数掬不尽,皆投河中。岸上哭声震响,山谷俱应,天昏地惨,日色无光。史臣有诗云:

舟翻巨浪连帆倒,人逐洪波带血流。

可怜数万山西卒,半丧黄河作水囚!

后面尘头又起,乃是荀首、赵同、魏锜、逢伯、鲍癸一班败将,陆续逃至。荀首已登舟,不见其子荀罃,使人于岸呼之。有小军看见荀罃被楚所获,报知荀首。荀首曰:"吾子既失,吾不可以空返。"乃重复上岸,整车欲行。荀林父阻之曰:"罃已陷楚,往亦无益。"荀首曰:"得他人之子,犹可换回吾子也。"魏锜素与荀罃相厚,亦愿同行。荀首甚喜。聚起荀氏家兵,尚有数百人。更兼他平昔恤民爱士,大得军心,故下军之众,在岸者无不乐从,即已在舟中者,闻说下军荀大夫欲入楚军寻小将军,亦皆上岸相从,愿效死力。此时一股锐气,比着全军初下寨时,反觉强旺。荀首在晋,亦算是数一数二的射手,多带良箭,撞入楚军。遇着老将连尹襄老,正在掠取遗车弃仗,不意晋兵猝至,不作整备,被荀首一箭射去,恰穿其颊,倒于车上。公子縠臣看见襄老中箭,驰车来救。魏锜就迎住厮杀。荀首从旁觑定,又复一箭,中其右腕。縠臣负痛拔箭,被魏锜乘势将

穀臣活捉过来，并载襄老之尸。荀首曰："有此二物，可以赎吾子矣！楚师强甚，不可当也。"乃策马急驰。比及楚军知觉，欲追之，已无及矣。

　　且说公子婴齐来攻上军，士会预料有事，探信最早，先已结阵，且战且走。婴齐追及敖山之下，忽闻炮声大震，一军杀出，当头一员大将在车中高叫："巩朔在此等候多时矣！"婴齐倒吃了一惊。巩朔接住婴齐厮杀，约斗二十余合，不敢恋战，保着士会，徐徐而走。婴齐不舍，再复追来，前面炮声又起，韩穿起兵来到。偏将蔡鸠居出车迎敌，方欲交锋，山凹里炮声又震，旗旆如云，大将郤克引兵又至。婴齐见埋伏甚众，恐堕晋计，鸣金退师。士会点查将士，并不曾伤折一个人。遂依敖山之险，结成七个小寨，连络如七星，楚不敢逼。直到楚兵尽退，方才整旆而还。此是后话。

再说荀首兵转河口，林父大军尚未济尽，心甚惊皇。却喜得赵婴齐渡过北岸，打发空船南来接应。时天已昏黑，楚军已至邲城⑧。伍参请速追晋师。庄王曰："梦自城濮失利，贻羞社稷，此一战可雪前耻矣。晋、楚终当讲和，何必多杀？"乃下令安营。晋军乘夜济河，纷纷扰扰，直乱到天明方止。史臣论荀林父智不能料敌，才不能御将，不进不退，以至此败，遂使中原伯气，尽归于楚，岂不伤哉！有诗云：

阃外元戎⑨无地天，如何裨将敢挠权⑩？

舟中掬指真堪痛，纵渡黄河也觍然！

郑襄公知楚师得胜，亲自至邲城劳军，迎楚王至于衡雍⑪，僭居王宫，大设筵席庆贺。潘党请收晋尸，筑为京观⑫，以彰武功于万世。庄王曰："晋非有罪可讨，寡人幸而胜之，何武功之足称耶？"命军士随在掩埋遗骨，为文祭祀河神，奏凯而还。论功行赏，嘉伍参之谋，用为大夫。伍举、伍奢、伍尚、伍员即其后也。令尹孙叔敖叹曰："胜晋大功，出自嬖人，吾当愧死矣！"遂郁郁成疾。

话分两头。却说荀林父引败兵还见景公，景公欲斩林父。群臣力保曰："林父先朝大臣，虽有丧师之罪，皆是先縠故违军令，所以致败。主公但斩先縠，以戒将来足矣。昔楚杀子玉而文公喜，秦留孟明而襄公惧。望主公赦林父之罪，使图后效。"景公从其言，遂斩先縠，复林父原职。命六卿治兵练将，为异日报仇之举。此周定王十年事也。

定王十二年春三月，楚令尹孙叔敖病笃，嘱其子孙安曰："吾有遗表一通，死后为我达于楚王。楚王若封汝官爵，汝不可受。汝碌碌庸才，非经济之具，不可滥厕冠裳⑬也。若封汝以大邑，汝当固辞。辞之不得，则可以寝丘⑭为请。此地瘠薄，非人所欲，庶几可延后世之禄耳。"言毕遂卒。孙安取遗表呈上，楚庄王启而读之。表曰：

臣以罪废之余，蒙君王拔之相位，数年以来，愧乏大功，有负重任。今赖君王之灵，获死牖下[15]，臣之幸矣！臣止一子，不肖，不足以玷冠裳。臣之从子蒍凭[16]，颇有才能，可任一职。晋号世伯，虽偶败绩，不可轻视。民苦战斗已久，惟息兵安民为上。人之将死，其言也善。愿王察之！

庄王读罢，叹曰："孙叔死不忘国，寡人无福，天夺我良臣也！"即命驾往视其殓，抚棺痛哭，从行者莫不垂泪。次日，以公子婴齐为令尹。召蒍凭为箴尹，是为蒍氏。庄王欲以孙安为工正，安守遗命，力辞不拜，退耕于野。

庄王所宠优人孟侏儒[17]，谓之优孟，身不满五尺，平日以滑稽调笑，取欢左右。一日出效，见孙安砍下柴薪，自负而归。优孟迎而问曰："公子何自劳苦负薪？"孙安曰："父为相数年，一钱不入私门，死后家无余财，吾安得不负薪乎？"优孟叹曰："公子勉之，王行且召子矣！"乃制孙叔敖衣冠剑履一具，并习其生前言动，摹拟三日，无一不肖，宛如叔敖之再生也。值庄王宴于宫中，召群优为戏。优孟先使他优扮为楚王，为思慕叔敖之状，自己扮叔敖登场。楚王一见，大惊曰："孙叔无恙乎？寡人思卿至切，可仍来辅相寡人也。"优孟对曰："臣非真叔敖，偶似之耳。"楚王曰："寡人思叔敖不得见，见似叔敖者，亦足少慰寡人之思，卿勿辞，可即就相位。"优孟对曰："王果用臣，于臣甚愿。但家有老妻，颇能通达世情，容归与老妻商议，方敢奉诏。"乃下场，复上曰："臣适与老妻议之，老妻劝臣勿就。"楚王问曰："何故？"优孟对曰："老妻有村歌劝臣，臣请歌之！"遂歌曰：

贪吏不可为而可为，廉吏可为而不可为。贪吏不可为者，污且卑；而可为者，子孙乘坚而策肥[18]。廉吏可为者，高且洁；而不可为者，子孙衣单而食缺。君不见楚之令尹孙叔敖，生前私殖[19]无分毫，一朝身没家凌替，子孙丐食栖蓬蒿。劝君勿学孙叔敖，君王不念前功劳！

庄王在席上见优孟问答，宛似叔敖，心中已是凄然；及闻优孟歌毕，不觉潸然[20]泪下曰："孙叔之功，寡人不敢忘也！"即命优孟往召孙安。

孙安敝衣草履而至，拜见庄王。庄王曰："子穷困至此乎？"优孟从旁答曰："不穷困，不见前令尹之贤。"庄王曰："孙安不愿就职，当封以万家之邑。"安固辞。庄王曰："寡人主意已定，卿不可却。"孙安奏曰："君王倘念先臣尺寸之劳，给臣衣食，愿得封寝丘，臣愿足矣。"庄王曰："寝丘瘠恶之土，卿何利焉？"孙安曰："先臣有遗命，非此不敢受也。"庄王乃从之。后人以寝丘非善地，无人争夺，遂为孙氏世守。此乃孙叔敖先见之明。史臣有诗单道优孟之事。诗曰：

清官遑计子孙贫，身死褒崇赖主君。

不是侏儒能讽谏，庄王安肯念先臣？

却说晋臣荀林父，闻孙叔敖新故，知楚兵不能骤出。乃请师伐郑，大掠郑郊，扬兵而还。诸将请遂围郑，林父曰："围之未可遽克，万一楚救忽至，是求敌也，姑使郑人惧而自谋耳。"郑襄公果大惧，遣使谋之于楚，且以其弟公子张，②换公子去疾回郑，共理国事。庄王曰："郑苟有信，岂在质乎？"乃悉遣之，因大集群臣计议。

不知所议何事，且看下回分解。

【注释】

①赵婴齐：赵衰之子，赵盾异母弟。双名婴齐。古人凡双名者，单复并行。故此前第三十七及五十一回均单称为"婴"。

②彘（zhì 致）子：先縠之祖先轸等食邑于原，而其本人则食邑于彘（今山西霍县东北），故称彘子。彘子并非其字。

③敖、鄗（hào 浩）二山：古代山峰名，在今河南荥阳市西北。

④鞅（yāng 央）：指套在马颈上用以负轭的皮带。

⑤荀伯：荀林父字伯。死后谥桓，又称桓子。因其曾将中行，又称中行桓子。

⑥赵旃：赵旃字傻。傻与旃，古通。

⑦其兄赵婴齐：据第三十七及五十一回，均称"曰同、曰括、曰婴"或"三子同、括、婴"。婴齐似为赵括之弟，而非其兄。

⑧郊（bì避）城：春秋时郑邑名。在今河南荥阳市东北。

⑨阃（kǔn捆）外元戎：指统兵在外的元帅。阃，郭门，国门。

⑩挠权：不服从命令。权，权力，引申为命令。

⑪衡雍：春秋时郑邑名。在今河南原阳县西北。

⑫京观（guàn贯）：指积尸封其土，建表木而书之，以垂功后世。京，指高丘。观，谓其形如台。

⑬滥厕冠裳：指超越个人才能插足于官僚队伍中。厕，参加。

⑭寝丘：一作沈丘，春秋时楚地名。在今河南沈丘县东南。

⑮获死牖（yǒu有）下：意同寿终正寝。牖下。窗户之下，意即房中。

⑯从子蒍（wěi伟）凭：从子，即侄儿。孙叔敖本姓蒍，蒍与芪通，故蒍凭与之同宗。

⑰侏儒：身材特别矮小的人。古时常用侏儒作优人。

⑱乘坚而策肥：即乘坐坚车、驱赶肥马的缩语。

⑲私殖：指私人财产。财产可以生息，故有"货殖"之称。

⑳潸（shān删）然：泪流不止的样子。

㉑公子张：郑襄公有兄弟十三人，而此人不在其内。见第五十二回。据《左传》，此人名公孙黑，字子张，乃郑穆公之孙，郑襄公之侄。

第五十五回　　华元登床劫子反
　　　　　　　老人结草亢杜回

　　话说楚庄王大集群臣，计议却晋之事。公子侧进曰："楚所善无如齐，而事晋之坚，无过于宋。若我兴师伐宋，晋方救宋不暇，敢与我争郑乎？"庄王曰："子策虽善，然未有隙也。自先君败宋于泓，伤其君股，宋能忍之，及厥貉之会，宋君亲受服役①。其后昭公见弑，子鲍嗣立，今十八年矣，伐之当奉何名？"公子婴齐对曰："是不难。齐君屡次来聘，尚未一答。今宜遣使报聘于齐，竟自过宋，令勿假道，且以探之。若彼不较，是惧我也，君之会盟，必不拒矣。如以无礼之故，辱我使臣，我借此为辞，何患无名哉？"庄王曰："何人可使？"婴齐对曰："申无畏曾从厥貉之会，此人可使也。"

　　庄王乃命无畏如齐修聘。无畏奏曰："聘齐必经宋国，须有假道文书送验，方可过关。"庄王曰："汝畏阻绝使臣耶？"无畏答曰："向者厥貉之会，诸君田于孟诸，宋君违令，臣执其仆而戮之②，宋恨臣必深。此行若无假道文书，必然杀臣。"庄王曰："文书上与汝改名曰申舟，不用无畏旧名可矣。"无畏犹不肯行，曰："名可改，面不可改。"庄王怒曰："若杀子，我当兴兵破灭其国，为子报仇！"无畏乃不敢复辞。明日，率其子申犀，谒见庄王曰："臣以死殉国，分也，但愿王善视此子。"庄王曰："此寡人之事，子勿多虑。"申舟领了出使礼物，拜辞出城。子犀送至郊外，申舟吩咐曰："汝父此行，必死于宋。汝必请于君王，为我报仇，切记吾言！"父子洒泪而别。

不一日，行至睢阳，关吏知是楚国使臣，要索假道文验。申舟答言：

"奉楚王之命，但有聘齐文书，却没有假道文书。"关吏遂将申舟留住，飞报宋文公。时宋华元为政，奏于文公曰："楚，吾世仇也。今遣使公然过宋，不循假道之礼，欺我甚矣，请杀之！"宋公曰："杀楚使，楚必伐我，奈何？"华元对曰："欺我之耻，甚于受伐。况欺我，势必伐我，均之受伐，且雪吾耻。"乃使人执申舟至宋廷。华元一见，认得就是申无畏，怒上加怒，责之曰："汝曾戮我先公之仆，今改名，欲逃死耶？"申舟自知必死，大骂宋鲍："汝奸祖母，弑嫡侄③，幸免天诛，又妄杀大国之使，楚兵一到，汝君臣为齑粉矣！"华元命先割其舌，而后杀之。将聘齐的文书礼物，焚弃于郊外。

从人弃车而遁，回报庄王。庄王方进午膳，闻申舟见杀，投箸于席，奋袂而起，即拜司马公子侧为大将，申叔时副之，立刻整车，亲自伐宋，使申犀为军正从征。按申舟以夏四月被杀，楚兵以秋九月即造宋境，可谓速之至矣。潜渊有诗云：

明知欺宋必遭屯④，君命如天敢惜身？

投袂兴师风雨至，华元应悔杀行人。

楚兵将睢阳城围困，造楼车高与城等，四面攻城。华元率兵民巡守，一面遣大夫乐婴齐奔晋告急。晋景公欲发兵救之，谋臣伯宗谏曰："林父以六百乘而败于邲城，此天助楚也，往救未必有功。"景公曰："当今惟宋与晋亲，若不救，则失宋矣。"伯宗曰："楚距宋二千里之遥，粮运不继，必不能久。今遣一使往宋，只说晋已起大军来救，谕使坚守。不过数月，楚师将去。是我无敌楚之劳，而有救宋之功也。"景公然其言，问："谁能与我使宋国者？"大夫解扬请行。景公曰："非子虎不胜此任也。"

解扬微服行及宋郊，被楚之游兵盘诘获住，献于庄王。庄王认得是晋将解扬，问曰："汝来何事？"解扬曰："奉晋侯之命，来谕宋国，坚守待救。"楚庄王曰："原来是晋使臣，尔前者北林之役，汝为我将芳贾所擒，寡人不杀，放汝回国，今番又来自投罗网，有何理说？"解扬曰："晋、楚仇敌，见杀分也，又何说乎？"庄王搜得身边文书，看毕，谓曰："宋城破在旦夕矣，汝能反书中之言，说汝国中有事，'急切不能相救，恐误你国之事，特遣我口传相报'。如此则宋人绝望，必然出降，省得两国人民屠戮之惨。事成之日，当封你为县公，留仕楚国。"解扬低头不应。庄王曰："不然，当斩汝矣。"解扬本欲不从，恐身死于楚军，无人达晋君之命，乃佯许曰："诺。"庄王升解扬于楼车之上，使人从旁促之。扬遂呼宋人曰："我晋国使臣解扬也。被楚军所获，使我诱汝出降。汝切不可！我主公亲率大军来救，不久必至矣。"庄王闻其言，命速牵下楼车，责之曰："尔既许寡人，而又背之，尔自无信，非寡人之过也。"叱左右斩讫报来。解扬全无惧色，徐声答曰："臣未尝无信也。臣若全信于楚，必然失信于晋。假使楚有臣而背其主之言，以取赂于外国，君以为信乎？不信乎？臣请就诛，以明楚国之信在外不在内⑤！"庄王叹曰："'忠臣不惧死'，子之谓矣！"纵之使归。

宋华元因解扬之告，缮守益坚。公子侧使军士筑土堙⑥于外，如敌楼之状，亲自居之，以阚⑦城内，一举一动皆知。华元亦于城内筑土堙以向之。自秋九月围起，至明年之夏五月，彼此相拒九个月头，睢阳城中，粮草俱尽，人多饿死。华元但以忠义激劝其下，百姓感泣，甚至易子为食，拾骸骨为爨，全无变志。庄王没奈何了，军吏禀道："营中只有七日之粮矣。"庄王曰："吾不意宋国难下如此！"乃亲自登车，阅视宋城，见守陴军士，甚是严整，叹了一口气，即召公子侧议班师。申犀哭拜于马前曰："臣父以死奉王之命，王乃失信于臣父乎？"庄王面有惭色。

申叔时时为庄王执辔在车，乃献计曰："宋之不降，度我不能久耳。若使军士筑室耕田，示以长久之计，宋必惧矣。"庄王曰："此计甚善！"乃下令，军士沿城一带起建营房，即拆城外民居及砍伐竹木为之。每军十名，留五名攻城，五名耕种，十日一更番，军士互相传说。

华元闻之，谓宋文公曰："楚王无去志矣！晋救不至，奈何？臣请入楚营，面见子反，劫之以和，或可侥幸成事也。"宋文公曰："社稷存亡，在此一行，小心在意。"华元探知公子侧在土堙敌楼上住宿，预得其左右姓名，及奉差守宿备细。捱至夜分，扮作谒者模样，悄地从城上缒下，直到土堙边。遇巡军击柝而来，华元问曰："主帅在上乎？"巡军曰："在。"又问曰："已睡乎？"巡军曰："连日辛苦，今夜大王赐酒一樽，饮之已就枕矣。"华元走上土堙，守堙军士阻之。华元曰："我谒者庸僚⑧也。大王有紧要机密事吩咐主帅，因适才赐酒，恐其醉卧，特遣我来当面叮咛，立等回复。"军士认以为真，让华元登堙。堙内灯烛尚明，公子侧和衣睡倒。华元径上其床，轻轻的以手推之。公子侧醒来，要转动时，两袖被华元坐住了，急问："汝是何人？"华元低声答曰："元帅勿惊，吾乃宋国右师华元也。奉主公之命，特地夜至求和。元帅若见从，当世从盟好；若还不允，元与元帅之命，俱尽于今夜矣！"言毕，左手按住卧席，右手于袖中擎出雪白一柄匕首，灯光之下，晃上两晃。公子侧慌忙答曰："有事大家商量，不须粗卤。"华元收了匕首，谢曰："死罪勿怪！情势已急，不得从容也。"公子侧曰："子国中如何光景？"华元曰："易子而食，拾骨而爨，已十分狼狈矣。"公子侧惊曰："宋之困敝，一至此乎？吾闻军事'虚者实之，实者虚之'。子奈何以实情告我？"华元曰："'君子矜⑨人之厄，小人利人之危'。元帅乃君子，非小人，元是以不敢匿情。"公子侧曰："然则何以不降？"华元曰："国有已困之形，人有不困之志。君民效死，与城俱碎，岂肯为城下之盟哉？倘蒙矜厄之仁，退师三十里，寡君愿以国从，誓无二志！"公子侧曰："我不相欺，军中亦止有七日之粮矣。若过七日，城不下，亦将班师。筑室耕田之令，聊以相恐耳。明日我当奏知楚王，退军一舍；尔君臣亦不可失信。"华元曰："元情愿以身为质，与元帅共立誓词，各无反悔。"二人设誓已毕，公子侧遂与华元结为兄弟，将令箭一枝付与华元，吩咐速行。华元有了令箭，公然行走，直到城下，口中一个暗号，城上便放下兜子，将华元吊上城堞去了。华元连夜回复宋公，欢欢喜喜，专等明日退军消息。

次早天明，公子侧将夜来华元所言，告于庄王，言："臣之一命，几丧于匕首。幸华元仁心，将国情实告于我，哀恳退师，臣已许之，乞我王降旨。"庄王曰："宋困惫如此，寡人当取此而归。"公子侧顿首曰："我军止有七日之粮，臣已告之矣。"庄王勃然怒曰："子何为以实情输敌？"公子侧对曰："区区弱宋，尚有不欺人之臣，岂堂堂大楚，而反无之？臣故不敢隐讳。"庄王颜色顿霁⑩，曰："司马之言是也！"即降旨退军，屯于三十里之外。申犀见军令已出，不敢复阻，捶胸大哭。庄王使人安慰之曰："子勿悲，终当成汝之孝。"

楚军安营已定，华元先到楚军，致宋公之命，请受盟约。公子侧随华元入城，与宋文公歃血为誓。宋公遣华元送申舟之棺于楚营，即留身为质。庄王班师归楚，厚葬申舟，举朝皆往送葬。葬毕，使申犀嗣为大夫。

华元在楚，因公子侧又结交公子婴齐，与婴齐相善。一日，聚会之间，论及时事，公子婴齐叹曰："今晋、楚分争，日寻干戈，天下何时得太平耶?"华元曰:"以愚观之,晋、楚互为雌雄,不相上下,诚得一人合二国之成,各朝其属,息兵修好,生民免于涂炭,诚为世道之大幸。"婴齐曰:"此事子能任之乎?"华元曰:"元与晋将栾书相善,向年聘晋时,亦曾言及于此,奈无人从中联合耳。"明日,婴齐以华元之言,告于公子侧。侧曰:"二国尚未厌兵,此事殆未可轻议也。"华元留楚凡六年,至周定王十八年,宋文公鲍卒,子共公固⑪立,华元请归奔丧,始返宋国。此是后话。

却说晋景公闻楚人围宋,经年不解,谓伯宗曰:"宋之城守倦矣,寡人不可失信于宋,当往救之。"正欲发兵,忽报:"潞国有密书送到。"按潞国乃赤狄别种,隗姓,子爵,与黎国⑫为邻。周平王时,潞君逐黎侯而有其地,于是赤狄益强。此时潞子名婴儿,娶晋景公之姊伯姬为夫人。婴儿微弱,其国相酆舒,专权用事。先时,狐射姑奔在彼国,他是晋国勋臣,识多才广,酆舒还怕他三分,不敢放恣。自射姑死后,酆舒益无忌惮，欲潞子绝晋之好，诬伯姬以罪，逼其君使缢杀之。又与潞子出猎郊外，醉后君臣打弹为戏，赌弹飞鸟。酆舒放弹，误伤潞子之目，投弓于地，笑曰："弹得不准，臣当罚酒一卮！"潞子不堪其虐，力不能制，遂写密书送晋，求晋起兵来讨酆舒之罪。谋臣伯宗进曰："若戮酆舒，兼并潞地，因及旁国，尽有狄土，则西南之疆益拓，而晋之兵赋益充，此机不可失也。"景公亦怒潞子婴儿不能庇其妻，乃命荀林父为大将，魏颗副之，出车三百乘伐潞。

酆舒率兵拒于曲梁[13]，战败奔卫。卫穆公速方与晋睦，囚酆舒以献于晋军。荀林父令缚至绛都，杀之。晋师长驱直入潞城，潞子婴儿迎于马首，林父数其诬杀伯姬之罪，并执以归，托言曰："黎人思其君久矣。"乃访黎侯之裔，割五百家，筑城以居之，名为复黎，实则灭潞也。婴儿痛其国亡，自刎而死。潞人哀之，为之立祠。今黎城南十五里，有潞祠山是也。

晋景公恐林父未能成功，自率大军屯于稷山[14]。林父先至稷山献捷，留副将魏颗略定赤狄之地。还至辅氏[15]之泽，忽见尘头蔽日，喊杀连天，晋兵不知为谁。前哨飞报："秦国遣大将杜回起兵来到。"按秦康公薨于周匡王之四年，子共公[16]稻立，因赵穿侵崇起衅，秦兵围焦无功，遂厚结酆舒，共图晋国。共公立四年薨，子桓公[17]荣立，此时乃秦桓公之十一年，闻晋伐酆舒，方欲起兵来救，又闻晋已杀酆舒，执潞子，遂遣杜回引兵来争潞地。

那杜回是秦国有名的力士，生得牙张银凿，眼突金睛，拳似铜锤，脸如铁钵，虬须卷发，身长一丈有余，力举千钧，惯使一柄开山大斧，重一百二十斤。本白翟人氏。曾于青眉山[18]，一日拳打五虎，皆剥其皮以归。秦桓公闻其勇，聘为车右将军。又以三百人破嵯峨山贼寇万余，威名大振，遂为大将。

魏颗排开阵势，等待交锋。杜回却不用车马，手执大斧，领着惯战杀手三百人，大踏步直冲入阵来。下砍马足，上劈甲将[20]，分明是天降下神煞一般。晋兵从来未见此凶狠，遮拦不住，大败一阵。魏颗下令，扎住营垒，且莫出战。杜回领着一队刀斧手，在营外跳跃叫骂，一连三日，魏颗不敢出应。忽报本国有兵来到，其将乃颗弟魏锜也。锜曰："主公恐赤狄之党结连秦国生变，特遣弟来帮助。"魏颗述秦将杜回，如此惩般，勇不可当，正欲遣人请兵。魏锜不信，曰："彼草寇何能为？来日弟当见阵，管取胜之。"

至明日，杜回又来挑战，魏锜忿然欲出，魏颗止之，不听。当下领着新来甲士，驱车直进，秦兵却四方奔走，魏锜分车逐之。忽然呼哨一声，三百个杀手，复合为一，都跟着杜回，大刀阔斧，下砍马足，上劈甲将。北边步卒随车行转，辂车不便转折，被他左右前后，觑便就砍，魏锜大败。亏着魏颗引兵接应，回营去了。

是夜，魏颗在营中闷坐，左思右想，没有良策。坐至三更困倦，朦胧睡去，耳边似有人言"青草坡"三字，醒来不解其义，再睡，仍复如前，乃向魏锜言之。魏锜曰："辅氏左去十里，有个大坡，名为青草坡，或者秦军合败于此地也。弟先引一军往坡埋伏。兄诱敌军至此，左右夹攻，可以取胜。"魏锜自去行埋伏之事。魏颗传令拔寨都起，扬言且回黎城。杜回果然来追，魏颗略斗数合，回车就走，渐渐引近青草坡来。一声炮响，魏锜伏兵俱起。魏颗复身转来，将杜回团团围住，两下夹攻。杜回全不畏惧，轮着一百二十斤的开山大斧，横劈竖劈，当者辄死，虽然众杀手颇有损伤，不能取胜。二魏督率军众，力战杜回不退。看看杀至青草坡中间，杜回忽然一步一跌，如油靴踏着层冰，立脚不住。军中发起喊来，魏颗举眼看时，遥见一老人，布袍芒履^㉑，似庄家之状，将青草一路挽结，以攀杜回之足。魏颗、魏锜双车碾到，二戟并举，把杜回搠倒在地，活捉过来。众杀手见主将被擒，四散逃奔，俱为晋兵追而获之，三百人逃不得四五十人。魏颗问杜回曰："汝自逞英雄，何以见擒？"杜回曰："吾双足似有物攀住，不能展动，乃天绝我命，非力不及也。"魏颗暗暗称奇。魏锜曰："彼既有绝力，留于军中，恐有他变。"魏颗曰："吾意正虑及此。"

即时将杜回斩首，解往稷山请功。

是夜，魏颗始得安睡，梦日间所见老人，前来致揖曰："将军知杜回所以获乎？是老汉结草以御之，所以颠踬㉒被获耳。"魏颗大惊曰："素不识叟面，乃蒙相助，何以奉酬？"老人曰："我乃祖姬之父也。尔用先人之治命㉓，善嫁吾女，老汉九泉之下，感子活女之命，特效微力，助将军成此军功。将军勉之，后当世世荣显，子孙贵为王侯，无忘吾言。"

原来魏颗之父魏犨，有一爱妾，名曰祖姬。犨每出征，必嘱魏颗曰："吾若战死沙场，汝当为我选择良配，以嫁此女，勿令失所，吾死亦瞑目矣。"及魏犨病笃之时，又嘱颗曰："此女吾所爱惜，必用以殉吾葬，使吾泉下有伴也。"言讫而卒。魏颗营葬其父，并不用祖姬为殉。魏锜曰："不记父临终之嘱乎？"颗曰："父平日吩咐必嫁此女，临终乃昏乱之言。孝子从治命，不从乱命。"葬事毕，遂择士人而嫁之。有此阴德，所以老人有结草之报。魏颗梦觉，述于魏锜曰："吾当时曲体亲心，不杀此女，不意女父衔恩地下如此。"魏锜叹息不已。髯仙有诗云：

结草何人亢㉔杜回？梦中明说报恩来。

劝人广积阴功事，理顺心安福自该。

秦国败兵，回到雍州，知杜回战死，君臣丧气。晋景公嘉魏颗之功，封以令狐之地，复铸大钟，以纪其事，备载年月。后人因晋景公所铸，因名曰"景钟"。晋景公复遣士会领兵攻灭赤狄余种，共灭三国㉕，曰甲氏，曰留吁，及留吁之属国曰铎辰。自是赤狄之土，尽归于晋。

时晋国岁饥，盗贼蜂起，荀林父访国中之能察盗者，得一人，乃郤氏之族，名雍。此人善于亿逆㉖，尝游市井间，忽指一人为盗，使人拘而审之，果真盗也。林父问："何以知之？"郤雍曰："吾察其眉睫之间，见市中之物有贪色，见市中之人有愧色，闻吾之至而有惧色，是以知之。"郤雍每日获盗数十人，市井悚惧，而盗贼愈多。大夫羊舌职谓林父曰："元帅任郤雍以获盗也。盗未尽获，而郤雍之死期至矣。"林父惊问："何故？"

不知羊舌职说出甚话来，且看下回分解。

【注释】

①"厥貉之会"二句：指宋昭公至厥貉迎楚穆王等共猎孟诸一事。见第四十八回。

②戮之：惩罚、侮辱他。据第四十八回叙述，当时仅"挞之三百"。

③弑嫡侄：此亦与四十九回叙述矛盾。上文明确叙述"昭公有庶弟公子鲍"。可见宋文公鲍乃是弑嫡兄昭公杵臼才得嗣位。

④屯：《易经》六十四卦之一，指艰难，引申为灾难。

⑤在外不在内：指对外国守信用，对本国不守信用。

⑥土堙（yīn 因）：堆土为山，用以攻城。

⑦阚（kàn 刊）：通"瞰"，即瞰。俯视，向下看。

⑧谒者庸僚：古代为君王接通宾客的近侍称为谒者。庸僚意为普通官吏，亦可理解为华元虚报的名字。

⑨矜：同情，怜悯。

⑩霁（jì 既）：雨止天晴，此借喻怒气平息，脸色转和。

⑪共公固：宋共公子固，此据《春秋》。《史记·宋世家》作"瑕"，固、瑕古音近，可通。宋共公在位十三年（前 588—前 576）。

⑫黎国：古国名，周武王曾封帝尧之后代于黎。在今山西长治市西南。

⑬曲梁：春秋初潞国地名，后并于晋。地在今山西潞城县北。

⑭稷山：春秋时晋地名。在今山西稷山县南。

⑮辅氏：春秋时晋地名。在今陕西大荔县东。

⑯共公：秦共公嬴稻，在位四年（前 608—前 605）。

⑰桓公：秦桓公嬴荣，在位二十八年（前 604—前 577）。

⑱青眉山：古代山名。在今陕西延川县境内。

⑲嵯峨山：古代山名。在今陕西三原县境内。

⑳甲将：披上铠甲的将领。

㉑芒履：草鞋。芒乃多年生草本植物，可造纸编鞋。

㉒颠踬（zhì 致）：绊倒，跌倒。

㉓治命：与乱命相对，指清醒时的遗嘱。

㉔亢：通"抗"，抵御。

㉕三国：其所指甲氏、留吁、铎辰三国均为赤狄部落国家。甲氏在今山西屯留县境内。留吁在屯留县南部一带。铎辰在山西潞城县附近。

㉖亿逆：猜想，揣测。